눈 감고 보이는 것

슬로시티 제주

눈 감고 보이는 것

슬로시티 제주

허남춘 지음

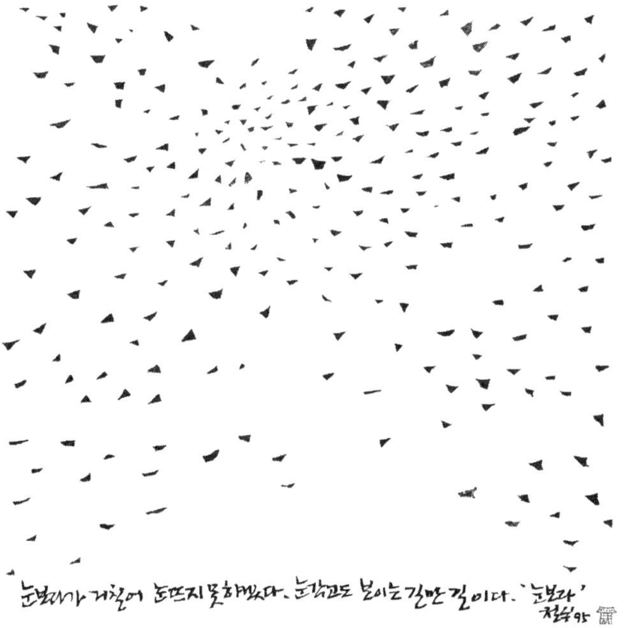

보고사
BOGOSA

우리는 새 길이 있다

우리는 우리를 아는가. 우리는 지금 어디로 가는가. 목표는 명확한 것인가. 명확한 목표가 있더라도 출발에서부터 과정이 잘못된다면 목표를 잘못 찾게 될지도 모른다. 그래서 우리는 멈춰 서서 물어야 한다. 지금 우리는 어디에 서 있을까. 목표를 한 번 쳐다보고 뒤돌아보아야 한다. 우리나라의 숨 가쁜 근대화 과정을 뒤돌아보면 만감이 교차하기 마련이다. 많은 것을 얻었고 또 많은 것을 잃었다. 서구적 근대성을 얻었고 전통적 중세성을 버렸다. 경제적 성과를 얻었고 문화적 전통을 잃었다. 물질을 얻었고 정신을 잃었다.

물론 우리는 근대적 세계관으로 재무장하면서 서구적 정신을 얻었다. 중세는 모두 청산해야 할 것으로 생각했던 점은 잘못인데 그런 생각을 하지 못했었다. 왜냐하면 우리는 너무나 급한 물결 속에서 반성과 성찰을 할 겨를 없이 떠밀려 왔기 때문이다. 그 흐름 속에서 전통적인 가치를 송두리째 잃었다. 그 과정을 두고 다행이라고 여기는 부류가 많았다. 어차피 기존에 우리가 가지고 있던 것은 모두 폐기해야 한다고 여겼고 하루빨리 서구적인 근대를 배우는 길만이 우리가 살 방법이라고 여겼다. 해외유학파들이 문명을 옮겨오면서 그런 전통 비판을 당연시하고 우리 사회 속에 만연시켰다.

근대화 과정에서 일제가 똑같은 생각을 먼저 했었다. 그것은 '탈아입구(脫亞入歐)' 즉 구질구질한 아시아를 벗어나 서양으로 진입하자는 취지였다. 일제가 우리를 식민지로 만든 후 악독한 방식으로 전통을 부수고 우리를 일본식 근대성으로 개량해 나갔다. 서구를 배워야 문명인이 된다고 했고 그것이 진보라고 가르쳤다. 일제는 상투를 자르고 한복을 벗기고 당을 부수고 몸까지 관리했다. 서구에서 배운 제국주의 지배방식이었다. 거기에 일본식까지 끼워 넣어 그 방식은 더욱 가혹해졌다. 우리의 근대화 과정은 일본이라는 경유지를 통해 서구를 받아들이는 방식이었다. 일본에 의해 왜곡된 서구이기도 했다. 그래서 한편으로 일본을 답습했고 다른 한편으로 서구를 모방해 나갔다. 일본식 내셔널리즘(민족주의 혹은 국민주의)을 흉내 내 단일민족의 우수성을 주장하면서 식민지 백성의 열등감을 달래기도 했다.

서구를 본격적으로 배울 수 있는 계기는 일제의 패망과 함께 찾아왔다. 미군정이 남한에 주둔하면서 우리의 모든 교양과 상식과 희망은 미국으로 바뀌었다. 미국이 그런 것을 강요했다. 영어를 잘하면 취업할 수 있었고 상류층으로 진입할 수 있었다. 미국식 교과서를 보급하여 이 땅의 아이들을 미국식 이데올로기에 편입시켰다. 우리는 '몽금포타령' 대신에 포스터의 미국 민요 '스와니강'을 배웠다. 어느 시인은 "그리운 스와니 보고 싶은 스티브"라고 노래했다. 그러면서 서서히 우리 스스로 미국을 추종하게 되었다.

영어를 하고 미국식 옷을 입고 팝송을 따라 부르고 우리의 이상향은 미국이었다. 생활 속에서 우리의 선망은 늘 미제(美製)였다. 미제 초콜릿, 미제 담배, 미제 그릇, 미제 전자제품, 미제 자동차, 이 모든 것은 해방 후 한국인이 꿈꾸는 문명의 대명사였다. 오죽하면 "미제는 똥도 좋다"라고 했을까. 그래서 닮아야 할 대상은 미국이 되었다. 그 어려운 시기에 이 땅의 주도 그룹은 자식을 미국으로 유학 보내기 시작했고, 엘리트라고 자처하는 부류들도 성공을 위해 미국 유학을 택했다. 그리고 학위를 받고 고국에 돌아와 우리 학문을 송두리째 미국식으로 바꾸었고 교육도 미국식으로, 경제정책도 모두 미국식으로 바꾸었다. 아무런 비판이 있을 수 없었다. 미국을 배운다는 것은 일제 잔재를 청산하는 길이었고 선진국으로 진입하는 방식이었기 때문이다. 그리고 그들을 비판하는 토종 학자가 있다면 '무식한 놈'으로 오히려 비판받았을 것이 분명하다. 그것은 대세였다.

해외유학파는 모든 것을 바꾸었다. 우리의 급속한 근대화와 눈부신 성장에는 그들의 공로가 숨겨져 있다. 통째로 부수고 바꾸는 드라마틱한 변화의 효율성이 한강의 기적을 만드는 기반이었을 것이다. 새로운 것을 주장하고 그것만이 가야 할 길이라고 했으니, 기존의 전통적인 것들은 낡은 가치나 몰가치로 폐기되어야 했다. 해방 후 근대화 50년 만에 그 근대화의 혁명은 엄청난 성과를 냈고 우리나라는 OECD 국가에 가입하게 되었다. 세계 10위 전후의 경제 대국이 되었다니 놀랄 만하다. 우리 스스로도 그 급속한 성장에 놀라며 물질적·경제적 성취에 취하게 되었다. 이젠 앞으로 가는 수밖에 없다. 서구적 근대화와 경제 대국으로의 진군을 우리의 당연한 행보처럼 여기게 되었다.

그런데 우리는 행복해지려는 순간 불행을 감지하게 되었다. 서구적 근대화가 영원한 목표일 수 없는 상황이 나타나기 시작했다. 자본주의 근대성이 서서히 파탄나기 시작했기 때문이다. 지나친 소비 때문에 환경파괴가 심화되었고 지구는 자정능력을 잃었다. 지나친 욕망 때문에 금융 위기가 발생했고 신자유주의 경제 전반의 붕괴가 예고되고 이제는 현실화할 수순만 남았다. 물질을 지나치게 탐하다가 정신을 잃고 말았다. 몸의 쾌락만 추구하다가 영혼의 순수를 잃고 말았다. 이제 어디로 가야 하는가. 과거에 매인 사람들은 여전히 신자유주의 욕망을 떨치지 못할 것이고, 설마 지구가 파멸할까, 혹은 자본주의는 순간적으로 주춤하는 것이 아닐까, 하는 미련을 지닐 것이다. 그러나 이젠 아니다.

아직 길은 있다. 새 길을 찾아 나서야 한다. 어디에 있는가. 우리의 과거에 있다. 그렇다면 지금 우리가 지닌 근대적 가치를 모두 버리고 과거를 향해 나서는 것인가. 그럴 수는 없다. 근대적 가치 중에 인간에 유익했던 고귀한 것들을 계승하되, 욕망과 소비와 자연 파괴로 이어지는 파괴적인 요소와 지나치게 인간 중심적으로 흘러 주위의 생명을 죽음으로 내몬 파탄적인 요소를 부정해야 옳다. 욕망을 절제하고 온 생명을 소중하게 여기는 정신은 어디에서 구할까. 바로 우리가 버린 중세적 전통 속에서 찾아낼 수 있을 것이다. 남을 배우면서도 우리 속에 있던 좋은 선례를 찾아내 이를 병용하는 새로운 시도가 필요하다. 우리 속에는 바람직하지 못한 것도 있겠지만, 우리의 과거 속에는 아름다운 가치도 있을 것이다. 그것을 찾아 나서야 할 때다.

지금 우리가 살아가는 데 겪는 불편과 고통 속에서 우리 스스로 환멸과 증오를 느끼지 않았던가. 자동차를 차도에 불법주차 하는 것도 모자라 인도 위에 세우는 그 무지막지한 행동을 보면서 숨이 턱 막힌 적이 있으리라. 우리 주변의 무지와 폭력성과 공격성 때문에 상처 입고 결국 자학한 적은 없던가. 남을 배려하지 않는 소리와 눈빛 때문에 결국 한국인의 자화상에서 환멸을 느끼고 자조적인 상황에 내몰리게 된다. 이 땅을 버리고 이민가야 하는 상황이라고 푸념만 할 일은 아니다.

서구적 근대성이 이룩한 장점은 배우지 못하고 그것이 만들어 낸 단점과 폐단만을 수용한 과도기적 모순 탓인가. 그것도 아니라면 근대 욕망 구조가 이런 파탄을 불러온 것은 아닌가. 어떻게 해야 하는가. 우리 스스로 모색해야 한다.

우리가 결핍으로 여기는 진지성과 엄숙성, 절제성과 남에 대한 배려는 과거 우리의 전통 속에서 중하게 여기는 것들이었고, 우리가 그토록 비판해 마지않던 유교적 규범 속에 내재한 고귀한 가치들이다. 유교가 조선조 멸망의 원흉이라고 몰아세우는 태도는 잘못이다. 한 시대가 가고 다음 시대가 오게 되면 기존의 가치가 일방적으로 비판받게 마련이다. 유학이 잘못 운용돼 온 폐단이 극에 달했던 것은 사실이지만, 유학 그 자체의 가치를 일방적으로 폄훼해서는 안 된다. 어느 한 이념 편에서면 "공자가 죽어야 나라가 산다"는 책을 낼 수도 있지만, 인류를 향한 공자의 진실과 애정을 송두리째 부정할 수는 없다. 우리는 과거에 놓인 진정한 가치를 찾아보아야 근대 이후의 미래를 열 수 있다.

그것들이 중국에서 온 것이 아니냐고 반문할 수도 있다. 우리에게 자아 찾기의 성찰을 일깨워 준 불교 역시 인도에서 중국을 거쳐 우리나라에 들어온 외래적인 것이라고 단정할 수도 있다. 그러나 이것들은 이미 1,600년이 넘게 우리 삶 속에 들어와 용해된 우리 문화다. 특히 고려와 조선왕조의 통치이념으로 1,000년 이상을 버텨 온 유교가 우리에게 무엇인가 검증하는 일이 필요하다. 중국은 땅의 개념으로 말할 때 동아시아의 중심이고 주도부이며, 종족의 개념으로 말할 때 이민족의 지배가 역사의 반이 넘어 복잡하긴 하지만 중원의 한족(漢族)을 말하고, 문화의 개념으로 말할 때는 탄생보다 실현시킨 현상이 중요함을 적용해야 한다. 중국은 웅덩이와 같은 곳이어서 모든 문화가 중국으로 집결하고, 웅덩이에 가득 차면 서서히 주변으로 밀려 나간다. 설사 중원에서 만들어졌다 하더라도 그것은 동아시아 일원이 함께 만든 문화이고, 그 만들어진 문화를 더욱 꽃피우는 곳이 어딘가가 중요하다. 우리는 중국 못지않게 유교를 꽃피우고 문화의 정수를 드날리게 되었다.

우리는 중국을 경유한 불교를 받아들여 더 큰 성취를 얻었고, 선불교의 자취를 지금도 오롯이 지니고 있다. 유불 중세문명은 우리에게 큰 빛이었으니, 1,000년 넘게 공들여 키워 온 유불 전통은 21세기 지금에도 하나의 좌표가 될 수 있겠다. 유불을 통해 인간다운 삶의 방식을 터득해 고차원의 철학적 담론까지 완성했으니 미래의 갈 길을 위해 우리에게서 그 단서를 마련한다고 함은 당연한 일이다.

우리는 많은 문화를 받아들여 자기화했다. 동시에 동아시아 문명을 중국과 일본과 공유하고 있다. 사유재산의 가치도 있지만 우선 공유재산임에 주목하자. BC 6~5세기 축의 시대에 마련되어 동아시아의 중세를 관통한 유불 전통을 잘 가꾸어 미래지향적 문화를 만드는 일이 소중하다. 근대화 과정은 과학과 기술을 중시하였으니, 다음 시대에는 정신을 중시하는 시대여야 하고, 그 근거를 다양하게 발굴해야 한다. 두루 찾아 밝히는 중심에 동아시아 문명을 두고, 중국과 일본과 평화적 공존을 꾀해야 한다. 일본이 과거 제국주의 역사를 반성하지 않고, 중국이 동북공정에 골몰하더라도 그들을 일깨워 대등한 화합을 이루어야 한다. 그 중심에 작은 나라인 우리가 있다. 큰 나라여야 큰 역사를 쓰고 세계의 주역인 시대는 지나갔다. 작은 나라이면서 큰 나라들과 균형을 이루면서 대등하게 화합하는 일이 더 소중하다.

우리는 공유재산만 있는 것은 아니다. 사유재산도 있으니 그 근거로 무속과 동학을 들 수 있다. 무속은 지역민의 안전과 풍요를 비는 것이

주인데, 미루어 펼치면 인류의 안전과 평화를 기원하는 사상으로 키울 수 있다. 제주도에 남아 있는 무속을 보면, 아주 오래된 인간의 보편적 사유를 고스란히 간직하고 있는데, 그 요체는 우주 자연에서 인간의 집에 이르기까지 신성하지 않은 곳이 없다고 하고, 인간이 신과 대등하게 신성함을 간직하고 있다고 한다. 동학은 사람을 하늘처럼 존중하는 인내천(人乃天) 사상으로 알려져 있지만, 경천(敬天)과 경인(敬人)만이 아니라 경물(敬物)을 아우르고 있다. '천지가 곧 부모요, 부모는 곧 천지니, 천지부모는 일체니라'라고 선언한다. 인간과 자연을 대등하게 바라보고 존중하는 이 마음이 바로 21세기 미래를 치유할 근거가 될 수 있다.

하나는 아주 오래된 사상체계이고 다른 하나는 19세기 중반 발현한 고유 종교인데 두루 동아시아의 경천사상을 담고 있고, 인간과 자연과 우주가 하나라는 유기체적 세계관을 공유하고 있다. 무속은 오래전에 발흥하여 구닥다리 원시적 사유만 담고 있는 것이 아니라, 역사를 흘러오면서 동아시아를 관통하는 유불 전통의 영향을 받아 타율적 신앙체계에서 자율적 신앙체계로 탈바꿈하고, 인간의 운명도 신이 정한 것에 매여 있기보다는 운명을 개척해 나가야 한다는 자력(自力)신앙으로 발전한다. 운명을 크게 전 우주적으로 바꾸고자 하는 노력은 동학 운동을 통해 실현하고자 했다. 세상이 개벽하고 수만 년을 흘러와 경직되었으니, 새로 개벽을 이루어야 인간이 인간답게 살고 뭇 생명이 대등하게 화합할 수 있다고 하면서, 후천개벽(後天開闢)을 주장했다. 선천개벽의 사상인 무속에서 후천개벽의 사상인 동학까지 우리의 사유재산이라 하겠지만, 이것도 실은 고대인의 공유재산을 우리식으로 바꾸어 나간 것이라 해야 옳다. 그런데 우리식 사유체계가 쓸만하여 지금 시대의 파탄을 치유하고, 다음 시대의 패러다임이 될 수 있다. 탈근대의 패러다임은 우리에게서 시작되어야 한다.

무속이 원시시대부터 근대에 이르기까지 오랜 지층을 고스란히 남기고 있는 곳이 제주도다. 다른 지역에서는 사라졌지만 제주에는 아주 오랜 삶의 방식이 무속의 사유 속에 스며들어 있다. 인간이 사냥으로 먹고살 무렵, 최초의 도구를 사용하였는데 끈에 돌을 넣어 돌림으로써 얻어지는 원심력으로 멀리 날려 보내는 방식인 '무릿매'(sling)가 그것이다. 제주어로 '뿡개질'이라 하는데, 신이 제주에 내려와 처음 사냥할 때 그렇게 하였다고 이야기를 전한다. 이런 오랜 방식은 성경의 '다윗과 골리앗' 이야기에도 보이는데, 제주는 다양하게 오래된 삶의 지층을 보여주고 있다. 운명은 정해진 것도 있지만 스스로 개척해야 한다고 일러주면서 하늘과 땅과 부모의 덕으로 세상을 살지만, 궁극은 '내 복에 산다'고 외치고 있다. 인간은 뭇 생명들의 도움으로 살아가기 때문에 '베풀고 보답하는' 이치를 터득해야 한다고 일깨우고 있다. 그래서 제주적 삶에 주목하였다.

제주에 와 살면서 오랜 전통의 향기를 느끼고 살았다. 그러다가 최근 10여 년간 느낀 것을 '제주 이야기', '문화 이야기', '신화 이야기', '환경과 평화'로 이어가면서 우리나라와 인류가 지녀야 할 덕목을 쉽게 풀어내 보았다. 대학을 정년퇴임하면서 주변 사람들과 공유하려고 한 권의 책으로 엮었다. 뒤쪽 이야기는 '제주참여환경연대'에서 시민운동을 하면서 제주의 아름다운 자연이 파괴되는 현실을 안타까워하면서 적은 것들이다. 제주가 잘 보존되면 그 훈김으로 우리나라와 온 세계가 두루 잘 지켜질 것 같다고 여겼다. 인간과 자연의 대등한 화합을 기대하면서 글을 시작한다. 새로운 세상의 길을 가고자 한다.

차례

문화 이야기

신화 이야기

제주 이야기

환경과 평화, 그리고 슬로시티 1

환경과 평화, 그리고 슬로시티 2

문화 이야기

누군가에게 사랑일 때 아름답다

갓나희(계집애)들이 여러 층이오레
송골매 같기도 하고
줄에 앉은 제비 같기도 하고
온갖 꽃이 핀 뜰안(百花園裡)에 두루미 같고
푸른 물 파도(綠水波瀾)에 비오리 같고
땅에 펄썩 앉은 솔개 같기도 하고
썩은 등걸에 부엉이도 같은데
그래도 다 각각 님의 사랑이니 모두가 미인(皆一色)인가 하노라.

(사설시조)

여인들이 여러 모습이다.

송골매같이 먹이를 쏘아 보듯 매서운 눈매의 여인도 있고,

제비처럼 날렵하게 생긴 여인도 있고,

꽃밭의 두루미처럼 우아한 여인도 있고,

잔잔한 물결을 가르며 유영하는 오리같이 유연하고 부드러운 여인도 있고,

땅에 펄썩 앉아 무언가 욕심에 골몰하는 여인도 있고,

썩은 나무 등걸에 앉은 듯한 추레한 여인도 있는데,

이들 모두가 짝이 있고 사랑 받는 여인들이어서 모두 제각각 뛰어난 미인 같다고 한다.

제각각 개성이 있어 아름답다.

누군가에게 사랑일 때 사람이다.

작고 허술한 것도 아름답다.

비어 있고 못난 것도 아름답다.

모두가 제각각 아름답다. 그렇게 자신 있게 살기 바란다. (2016. 12.)

교육부를 없애자

2019년을 뜨겁게 달군 살인마 고유정은 악녀의 대명사가 되었다. 제주도의 악녀 중에는 고유정보다 먼저 소문난 과양생이 처가 있다. 〈차사본풀이〉 앞의 이야기는 잘라내고 그녀가 결정적으로 자기 자식을 죽게 한 엽기적 대목부터 살펴보자. 과양생이 처의 자식 셋이 과거에 급제하여 집으로 돌아오는데, 남의 집 자제가 과거에 급제하여 금의환향하는 줄 알고 '목이나 톡 부러져 죽어라'라고 저주를 퍼부은 어머니 때문에 목이 부러져 죽게 된다.

과양생이 처는 대성통곡하다가 억울함을 풀기 위해 고을의 김치 원님을 찾아가 하소연하고 급기야 횡포를 부리자, 원님은 이 청원을 해결하기 위해 강림을 불러들이고, 염라대왕을 잡아 와 대왕으로 하여금 이 사건을 판결하게 하자는 방안을 냈다. 원님 밑에 있던 강림이는 식구를 하직하고 저승으로 향한다. 조왕신과 문전신의 도움으로 길을 찾고, 본처가 만들어준 떡으로 저승의 문지기를 회유하여 저승문에 당도한 후 그곳을 지나던 염라대왕을 압박한 결과 염왕이 이승에 오게 된다. 염왕은 과양생이 처의 그간의 죄상을 알고 사지를 찢어 빻아서 바람에 날리니 각다귀와 모기가 되었다고 한다.

과양생이의 처는 재물에 눈이 어두워 남의 집 아들 삼형제를 죽였다. 그리고 자기 자식이 과거급제하여 오는 줄도 모르고 저주를 퍼붓다가 제 자식을 죽였다. 그리고는 억울하다고 관가에 가서 살려내라고 악을 쓴다. 하루에 세 번, 백일 동안 청원을 올린다. 재물에 목숨 걸고, 남이 잘되는 것을 시기질투하고, 자식의 일에 지나치게 집요한 과양생이 처를 보면 서울 강남의 아줌마들이 생각난다. 자식을 일류 대학에 입학시켜 상류층의 일원으로 살게 하려고 초등학교부터 극성스럽게 과외를 시키고 아이들을 속박하여 초죽음에 이르게 한다. 자식의 대학 입학을 위해서는 하루에 세 번씩 백일 동안 교회에건 절에건 가서 합격 기원을 올린다. 그래서 그들은 성공했을까. 이 강남 아줌마들을 과양생이 처의 패망을 알고 있을까.

강남 아줌마의 패망 스토리를 반면교사로 삼자. 그리고 우리 모든 불행의 근원인 교육부를 없애고 교육을 개혁하자. 늘 미래를 준비해야 하고 늘 과대한 목표에 매달려 불행한 우리의 청년들을 구해주어야 한다. 대한민국 교육은 늘 이 미래 가치와 과대 목표만 중시해 왔다. '지금 여기' 행복을 찾기 위해 반드시 교육부를 없애자.

교육이 지나치고, 권세와 부를 차지한 강남 아줌마들의 세습 욕망이 지나치다. 스카이 캐슬이 보여준 우리의 문제점이 현실이었음을 다시 확인했다. 조국 처와 나경원의 강남 방식이 우리를 주눅 들게 했다. 세계 42명이 세계 전체 부의 절반을 가지고 있고, 세계 1%가 세계 전체 부의 82%를 가지고 있는 세상이다. 우리나라도 예외가 아니다. 부가 세습되고, 특권층의 힘도 세습되며 그 격차감은 날로 심해진다. 우리 시대의 극단적 상황이 모두 교육에서 비롯된다. 자신이 겪다가 자식이 겪게 되니 평생 교육에 시달린다. 이 교육을 그대로 둘 수는 없다.

우리 교육이 벼랑 끝에 서 있다. 경제발전기에는 우리의 평균주의 성과가 나름 있었다. 그러나 세월이 흘렀는데 아직도 50년 전과 똑같은 학기 시스템과 수업 과목으로 똑같은 지식을 가르치고 있다. 평균주의가 지향하는 정상적인 경로란 없다. 표준 경로도 없다. 더 빠른 것이 더 훌륭하지도 않다. 인간은 각각의 속도로 발전한다. 그런데 이런 가치를 강요해 왔다. 그래서 개개인의 존엄성이 훼손되었다. 성공을 위해 경쟁만 일삼고 성적이 급급했다. 성공에 이르는 길은 늘 시험과 성적으로 귀결되었다.(토드 로즈, 『평균의 종말』)

우리의 삶은 '암기력'이 좌우했다. 아울러 속도전이 작용했다. 단기간에 빨리 암기하는 길만 있었다. 이런 것을 이해력이라고도 칭송했다. 조금 천천히 이해하는 것은 용납이 안 됐다. 명칭과 개념어와 숫자를 어렴풋이 아는 것도 열등생의 길이었다. 우리들의 시험은 우등생과 영재 키우기에만 급급했고, 열등생을 분류하여 계층화하는 데 열을 올렸다. 그 결과 스카이 캐슬이 모든 권력과 부를 쥐었고, 그들은 상류층의 길을 걸으며 부와 권력을 세습하고 있었다. 지방에 사는 학생들에게 '개천에서 용이 나는' 출세는 사라졌다. 지방국립대 학생들은 대기업과 공기업 취업의 기회를 박탈당했다. 스스로 열패감에 시달리며 그나마 공정하다는 공무원 시험에 목을 매고 있다. 제주대학도 온통 공무원 열풍이다.

대학을 정상적으로 다니면 취업하는 세상을 만들어야 한다. 대학 기간 중에 취업을 걱정하지 않게 만들어야 한다. 그런데 이 세상은 아직도 경쟁주의의 불을 피우고 토익 점수에 열을 올리게 만들고 있다. 취업도 암기력일 뿐이다. 단순히 한 가지 잣대로 평가하는 더러운 세상 속에서 온갖 재능을 가진 사람들이 루저가 된다. 인간의 모든 재능이 모두 아름답게 평가받는 세상을 만들어야 한다. 그런데 그게 안 되고 있다. 교육부 탓이다.

이 교육을 그대로 둘 수는 없다. 이제 교육부를 해체하자. 그렇게 해버리면 모든 것이 해결되는가 반문할 것이다. 가능하다. 우선 초중고 교육을 각 도의 교육청으로 넘기면 된다. 각 지역은 지역에 맞는 교육을 하며 지역 정체성도 기르고 지역 인재도 키우고 지역 산업도 키우면 된다. 그다음 대학은 어찌할 것인가. 각 대학에 맡기면 된다. 이제 우리 대학들은 자기 성장 동력을 충분히 갖추었고 지역 현실에 맞게 교육 방향을 잡을 수 있을 만큼 성숙하였다. 혹여 특권층의 비리에 영합할 지도 모른다는 기우를 하겠지만, 골목마다 지키는 CC TV만큼 세상을 지키는 눈이 있어 공정할 수밖에 없다.

그러면 교육부는 어찌할 것인가. 청년부로 바꾸어 청년의 일자리를 창출해 주고, 청년이 독립할 때까지 장학금을 주고 생활비를 보조하는 제도 수립과 운영에 힘쓰면 된다. 취업 때문에 결혼도 미루고 아이 낳는 것도 미루고 모든 희망을 미루고 불행한 청년을 앞장 서 구해야 한다. 남북문제가 조속히 해결되고 평화가 정착되어야 한다. 그러면 징병제도 없애고 남학생들의 부담도 줄어들 것이다. 아울러 모병제를 실시해 10만 일자리도 창출하면 된다. 젊은 여성들이 아이를 낳아 잘 키울 수 있는 여건을 성숙시키는 것도 우리 시대의 과제다. 이 모든 것이 청년부의 몫이다.

국가가 취업 때까지 지지해 주고 밀어주는 괜찮은 세상에서 살아 보자. 제각각 하고 싶은 공부를 하고, 기술이 대접받는 사회를 만들어야 한다. 보일러공이나 배관공이 화이트칼라보다 높은 연봉을 받게 해야 한다. 고등학교를 나와도 기죽지 않고 살게 해야 한다. 출발점이 같다고 해도 실패자가 나오게 되니, 그런 사람을 위해 또 기회를 주자. 기회를 주었는데도 실패하면 국가의 보장제도로 살게 하자. 실패해도 거듭 도전할 수 있게 해 주어야 1등 국가가 된다. 제각각 하고 싶은 것에 도전하는 다양성을 살려야 세상이 살아난다.

앞에서 말한 것을 다시 거듭한다. 평균주의가 우리에게 강요했던 정상적인 경로란 없다. 표준 경로도 없다. 인간은 각각의 속도로 발전한다. 물론 각각의 방식으로, 각각의 목표로 살아가야 한다. 우리 학생들이 기죽지 말고 당당하게 하루하루를 살기 바란다. 이제 시작이다. 천천히 그 길을 가기 바란다.

길을 잘못 들어섰다고
슬퍼하지 마라 포기하지 마라
삶에서 잘못 들어선 길이란 없으니
온 하늘이 새의 길이듯
삶이 온통 사람의 길이니(박노해, 잘못 들어선 길은 없다) (2019. 10.)

김상곤·도종환 장관, 그건 아니죠

대한민국 백년대계는 교육에 달려 있다고 하는데 교육부가 표류하고 있다. 표류하고 있는 중이고, 20~30년 동안 표류 중이다. 아무도 교육부를 믿지 않는다. 이번 교육부의 연구 성과를 보면 여실히 알 수 있다. 교육부가 맡긴 대입 개선안이 국가교육회의를 통해 발표되었는데 우습게도 수능 비율을 현재보다 '자율적으로' 높이라는 권고였다. 수능 비율을 높이는 것은 그동안 문제의 근원이었던 학교 교육 정상화나 입시경쟁 과열을 오히려 부추기는 쪽으로 몰고 갈 텐데 이런 엉뚱한 결과가 초래되었다. 그래서 발표 당일(7일) KBS 9시 뉴스를 끝내는 발언이 "교육부가 없어져야 교육이 정상화된다."고 했고, 우리 국민이 20~30년간 이야기해 온 불만의 목소리를 대신 터트려 주어, 올여름 폭염을 잠시 식혀주었다는 평가가 나온다.

대학 입시는 대학에 맡기면 된다. 각 대학이 원하는 인재를 적절하고 다양하게 뽑을 수 있도록 자율권을 주어야 한다. 수능 비율을 '자율적으로' 높이는 것이 자율이 아님은 우리 백성들 모두가 아는 상식이다. 그런데 교육부가 중대한 대학 입시 문제를 전문가 집단에 맡겼는데 얻은 결론이 상식을 벗어나는 것이었으니, 이는 교육부의 가이드라인이 얼마나 적폐 수준이었는가를 반증한다. 교육부는 대통령의 자율 교육의지를 위배하고 그동안 유지해 온 비자율의 관행을 지속하고 싶어함이 분명하다. 대학 위에 군림하면서 사사건건 간섭하고 지시하고 훈계하는 교육부, 모든 칼자루를 쥐고 싶어 하는 교육부가 초중등 교육에 있어서는 얼마나 갑질을 해댔는가는 미루어 짐작할 수 있다. 교육부에도 블랙리스트가 있었다고 하는데 이에 대해 함구하는 것 또한 교육부의 적폐가 심각한 정도를 대변한다.

우선 촛불 민심에 의해 선출된 대통령의 행보에 걸림돌이 되는 김상곤 교육부 장관은 퇴진하여야 한다. 교육철학이 부재한 장관이 더 이상 그 자리에 머물 이유가 없다. 또 한 사람, 문재인 정부의 뒤에 숨어 음험한 음모를 꾸미는 무능한 장관이 더 있다. 다름 아닌 문화관광부 도종환 장관이다.

대한민국 천년의 자존심이 문화 정책에 달려 있는데 문화관광부의 표류 또한 심각한 수준이다. 분단과 갈등이 전쟁 위기까지 치닫다가 현 정권에 들어서 해결의 실마리가 보이고 있는 국면에서 남북이 동질성을 회복할 수 있는 근거는 문화적 동질성일 것이다. 정치적 경제적 사회적 분위기가 모두 이념에 의해 경직된 북한에 그나마 우리와 같은 문화가 남아 있다는 것은 행운의 실마리가 된다. 20세기를 마감하는 즈음 방영되었던 BBC의 한반도 취재는 아직도 기억에 생생하다. 분단 후 50년이 지난 남한과 북한을 보여주면서 너무나 다른 교육의 현장, 경제적 환경, 사고방식을 극명하게 대비하는 가운데 이해하지 못하는 구석이 있다고 했다. 북에서건 남에서건 똑같은 '아리랑' 노래를 부르며 즐거워하는 장면을 비춰주었다. 한 민족이 전쟁을 벌이고 50년 헤어진 마당에 모든 삶의 방식이 달라졌는데, 유독 아리랑과 같은 민족의 노래는 공유되고 있다는 것을 빌미로 BBC는 민족적 동질성을 강조하고 있었다. 지금 다시 민족의 화해와 통일을 논하게 된 마당에 문화관광부가 앞장서서 민족의 민속문화에 관심을 기울이며 화해의 분위기를 만들어가야 하는데 그런 조짐이 전혀 없다. 오히려 민속문화를 박대하고 외면하고 있지 않은가.

반세기 동안 외인부대의 땅이었던 용산을 돌려받고 거기에 민족 정신문화의 산실이라 할 '국립민속박물관'을 이전하려는 계획을 알차게 준비하였는데, 도종환 장관이 들어오면서 갑자기 세종시 이전이 확정되었다. 시인 도종환이 그곳에 '한국문학도서관'을 짓겠다고 나선 것이다. 물론 '한국문학도서관'이 그곳에 온다고 부끄러운 일은 아니고 어울릴 수 있겠지만, 갑작스런 정책 변화가 문인들의 기대와 환호에 부응하려는 개인적 처사처럼 느껴지기 때문이다. 그렇다고 우리 민족뿐만 아니라 세계 관광객이 즐겨 찾는 '국립민속박물관'을 저 먼 세종시로 옮기려는 꼼수가 용서될 수는 없다. 사사로움이 공적인 일을 넘어서는 것은 경계할 일이다. 더구나 남북 화해의 분위기를 염두에 둔다면 민족의 중심을 세종시 입지처럼 아래쪽으로 옮기는 것보다는 위쪽으로 옮겨야 하고, 지금 서울시 입지를 고수하는 것도 중요하다. 남북 화해를 위해서 민속문화를 중시해야 하는 시기에, 민속박물관장도 민속 전공자로 임명하여야 한다고 민속 관련 학자들이 충정어린 권고를 했음에도 불구하고 그 자리에 고고역사학 전공자를 앉히는 처사는 이해할 수 없다. 인사도 제멋대로이고 국가기관 입지 선정도 제멋대로다.

민심을 끌어안고 민족 화해를 준비하는 대통령의 행보를 우리는 환영한다. 그런데 분란을 가중시키고 사사로움에 빠진 장관이 새로운 세상을 만드는 데 걸림돌이 되고 있다. 분위기 쇄신과 개혁을 위해서라도 두 장관을 경질해서 민족 백년대계를 새로 짜야 옳다. 대학에 자율을 주고, 초중등 교육은 지역 분권화를 추진하는 대통령의 공약대로 도교육청으로 넘기고, 문화 동질성을 확대해가면서 전쟁과 갈등 없는 한반도 평화를 만들면 사람 사는 세상이 만들어지지 않겠는가. 너무 어렵게 가지 말고 쉽게 상식적인 길을 만들자. 적폐 속에 허우적거리는 행정부서에는 단호한 칼질이 필요한 때다. (2018. 8.)

바람개비를 돌게 하는 힘

바람개비를 돌게 하는 힘은 바람이 아니고,

오히려 바람개비가 가진 신체 구조일 것입니다.(김형경, 「담배 피우는 여자」)

여러분을 움직이게 하는 힘도 바깥의 조건(돈, 권력, 지위, 때와 장소 등)이 아니고,

오히려 여러분이 세상에 대해 갖는 '관심과 애정'의 마음자리일 것입니다. (2017. 6.)

춤, 우리의 신명

해외로 간 우리 춤 "땐스 3부작" (안은미, 53)

10대 = 사심 없는 땐스

60~80대 = 조상님께 바치는 땐스

중년 남성 = 아저씨를 위한 무책임한 땐스

(2015년 9월 30일 중앙일보 기사에서)

할머니 11명과 할아버지 1명이 '울릉도 트위스트' '백만송이 장미' '단발머리' '사의 찬미' 노래에 맞춰 춤을 추었다고 한다. 프랑스 엠마뉴엘 페랑(45)의 감상은 "K팝을 통해 늘 짧은 치마를 입고 성적 매력을 강조하는 한국의 10대들을 봐 왔는데, 이와는 다른 한국 청소년들의 모습을 알게 돼 인상적"이었다. 한국인의 신명나는 춤에 외국인 관객들이 환호하였다고 한다.

한국의 K팝은 일부 외국 젊은이들에게 환호받지만, 외국 중년에게 배척당하고 있다. 그리고 그것은 한국문화가 아니라, 미국문화의 아류에 불과하다. 우리 순수한 전통을 고집하는 하는 말이 아니다. 우리 속에 들어온 외래문화, 즉 전통과 잘 융합하여 우리화한 것에 주목하자는 말이다. 서양의 트위스트도 받아들이고, 러시아의 노래도 받아들이고, 서양 문화가 일본화한 트로트도 받아들여 우리 것으로 만들었듯이, 우리의 주류를 잘 파악하여 외국에 소개할 필요가 있다. "땐스 3부작"은 우리의 막춤을 선보인 것이고 우리의 흥을 자연스럽게 구성한 의미를 지닌다. 자연스러운 흥에 주목하자.

우리의 신명을 알려야 한다. 우리의 문화적 정서는 한(恨)이 아니다. 한이나 비애를 골계로 풀어내는 것이 우리의 정체성이다. 당한 아픔이 있어도 복수로 되갚음하는 것은 우리의 무협 소설에는 존재하지 않는다. 원수를 갚으려는 마음으로 도술을 배우지만 물 긷기 3년, 나무하기 3년, 불 때기 3년 도합 9년을 보내면서 정신을 수련하게 되고, 정작 하산하여 원수를 찾아갈 때는 스승의 말씀 "함부로 칼을 쓰지 말라."는 뜻에 따라 세상을 순리대로 살아간다. 상극을 상생으로 바꾸는 힘에서 한국의 미의식이 나온다. 우리의 신명풀이를 찾아 우리 삶의 활력으로 삼고, 그것을 세계화 상품으로 키워 보자. (2017. 11.)

노래와 민심의 조화

국가적인 노래(악)는 통치 질서와 연관된다. 예를 통해 상하의 질서를 구축하고 악을 통해 계층 간의 위화감을 해소하고 계층을 통합하였다. 그래서 건국 초기나 국가의 기강이 흐트러지고 전란 등으로 위기를 맞이하게 되면 으레 악을 정비하였다. 악은 결국 민심 수습의 차원에서 이루어진 것이다. 신라 초기 「덕사내(德思內)」나 「석남사내(石南思內)」와 같은 지방의 악(郡樂)을 가져와 궁중악에 편제한 것은 지방 민심을 수습하려는 정치적 의도가 있으며, 신라 말 국가적인 위기를 맞게 되자 토속신 제사를 드리고, 아울러 가악을 중시한 것도 발호하는 호족과 그에 동조하는 백성들의 불만과 위화감을 무마하기 위한 일환이었다. 국가적인 차원의 제의를 드리는 것은 국가의 불행한 사태를 미리 방지하여 백성들을 안돈케 하려는 것이다.

악의 정비에는 또 다른 의도가 숨겨져 있다. 악의 대표는 적(笛)이었다. 기장 천이백 알이 들어가는 길이의 젓대를 만들고 이 젓대의 소리를 기준 음으로 삼아 다른 악기의 음을 정비하였다고 한다. 요즘의 오보에 기준 음에 맞춰 오케스트라의 음을 조화시키는 것과 같은 이치였을 것이다. 그리고 이 젓대는 도량형의 기본인 '척(尺)'이 되었다. 도량형의 완비는 토지를 균등하게 분배하는 토대가 되었고, 백성들은 일정한 경제적 수입을 보장받게 되니, 자연 민심이 안정되고 통치 질서가 구축되었던 것이다. 서구식 근대화 직후 미터법을 보급하여 상거래를 바로잡아 경제적 질서를 구축하고자 한 점도 역시 통치 질서의 구축과 연관된 정책이라 하겠다.

융천사가 「혜성가」를 지어 혜성이 나타난 변괴를 없앴다는 사실에서 노래에 담긴 주술적 서정성을 찾을 수 있고, 노래가 우주의 변괴를 퇴치할 힘이 존재한다고 믿은 당대인의 사유를 알 수 있다. 효소왕 때 혜성이 나타났는데 이는 금(琴)과 적(笛)을 봉작(封爵)하지 아니한 때문이란 일관의 말을 듣고 적(笛)에 만만파파식적(萬萬波波息笛)이라 봉하니 혜성이 사라졌다고 한다. 노래로 혜성을 퇴치한 것은 아니지만 현금(玄琴)과 신적(神笛)과 같은 신물(神物)의 영험함 때문에 그렇게 되었다는 것이다. 일찍이 신문왕 때부터 만파식적의 신이한 힘은 알려졌다. 왕이 동해안에 나갔을 때, 용이 대를 바치며 "성왕이 소리로써 천하를 다스릴 상서로운 징조이니 이 대를 취하여 저를 만들어 불면 천하가 화평할 것이다."라 하여 대로 저를 만드니, '이 만파식적을 불면 쳐들어온 병사가 물러나고 병이 낫고, 가물었을 때 비가 오고 비가 오다가도 맑게 개고, 풍파가 가라앉는다고 한다.' 월명사의 저를 연주하는 소리가 달을 멈추게 한다는 것도 같은 맥락이다. 악기의 소리가 우주적 변괴를 물리칠 수 있고, 사회적 변란을 해결할 수도 있고, 외물을 변화시킬 수 있다는 생각은 '노래 – 악(樂)'의 효용성을 언급한 것으로 여겨진다. 여기에서 주목할 것은 소리로 천하를 다스려 화평하게 할 수 있다고 사유한다는 점이다.

이런 사유는 조선조에까지 이어진다. 조선 초 악장 「몽금척」에는 태조가 꿈에 하늘이 내린 금척(金尺)을 받고 왕위에 오르게 되었다고 한다. 「용비어천가」에서도 "자로써 제도가 나므로 인정(仁政)을 맡기리라 하늘의 금척을 내리시니"(83장)이라 했다. 금척은 왕권을 보장해주고 제도를 마련하는 기준을 부여하는 이중의 기능을 지녔다. 자는 길이를 재는 데 쓰인 것이다. 길이를 정확하게 재야 모든 제도를 이치에 맞게 마련할 수 있고, 다스리는 사람 자신이 스스로를 구제하면서도 합당한 정치를 베풀 수 있다. 이 태조가 꿈에 받은 이 금척은 신라 왕실의 금척의 전통을 이어받았다는 의미를 감추고 있다. 왕실의 정당성을 밝히면서, 아울러 이 금척으로 올바른 정치를 하게 되었다는 의미이다. 이 금척은 바로 도량형의 도구이면서 피리(笛)와 음악을 정비하는 기준이었다. 그리고 세상의 정치적·사회적 풍파를 막아낼 수 있는 만파식적과 같은 신성한 권위였다. 이 태조는 악으로 나라를 다스렸다는 의미이다.

악은 조화를 추구한다. 소리를 조화롭게 한다는 것은 결국 민심을 조화롭게 하여 천지의 조화를 꾀한다는 것이다. 인간의 감정을 화평하게 하면 인간의 말과 소리를 조화롭게 할 수 있고, 나아가 사회의 불평과 불만을 해소하여 사회적 조화를 도모할 수 있고, 결국 정치적인 안정을 얻어 천하를 화평하게 할 수 있는 것이다.

백성의 소리를 화평하게 한다는 것은 백성들의 비판거리를 제거하여 백성들의 불만을 해소한다는 의미이다. 빗발치던 불만이 제거되면 당연히 그들의 소리가 순해지는 법이다. 그런데 소리를 화평하게 하는 것은 백성의 감정을 매만지는 일이다. 개인과 개인의 관계에서 이를 유추할 수 있다. 감정이 북받치면 소리가 격앙되고, 소리가 격앙된 상태는 마음이 동요되는 상태를 뜻한다. 감정이 격해지면 상대의 마음을 헤아리지 못하고 격앙된 소리를 내지르게 되고, 상대는 발악하게 된다. 소리의 부조화 상태이다. 그러나 감정을 평정하고 나면 상대의 마음을 이해하고 순한 소리가 나온다. 서로의 감정을 이해하고 마음을 주고받는 교감에서 문제의 실마리가 풀린 것이다.

나라를 다스리는 이치도 대저 이와 같다. 백성들이 요구하는 모든 물질적 요구를 다 충족시킬 수는 없다. 백성들의 불만을 일일이 찾아가며 해결할 수도 없는 일이다. 왕은 백성의 감정을 조절할 만한 상징적인 행위를 통해 그들에게 다가간다. 예를 하나 들겠다.

노래 혹은 음악이 소리의 조화된 면이라는 것은 바로 민심과 민성(民聲)을 조화롭게 한다는 의미를 함유하고 있다. 악은 악기의 소리만이 아니다. 그것은 말단을 두고 근본을 곡해하는 말이다. 왕과 백성이 화합함을 악이라고 한다. 악의 근본은 상하계층의 화합, 지역 간의 화합, 전통과 외래의 화합에 있다.

중세의 사람들은 인간세계의 부조화나 갈등, 파탄이나 위기가 발생하게 되거나 발생할 정도의 극심한 상태에 이르면 천체나 우주의 변괴 혹은 재이(災異)가 나타난다고 생각했고, 그것을 정치적 위기의 조짐으로 보아 역사에 기록하고 있다. 삼국사기에 기록된 1,000여 개의 자연현상과 고려사의 6,500여 개, 조선 초기 100년 동안의 8,000여 개의 자연현상 기록은 그들의 세계관의 반영이다. 그들은 이러한 흉조와 이상이 생겼을 때 가악을 사용하여 그 조화를 도모하기도 하고, 제사를 통해 그 본연의 질서회복을 꾀하였다. 이것이 그들의 유기체적 우주론이요 예악사상이다.

1444년 7월 가뭄 끝에 비가 내리면서 벼락이 연생전 등을 쳤고 마침 궁녀 한 명이 벼락을 맞아 죽고, 서울 시내의 다른 여자도 벼락을 맞았다. 세종은 고관들을 불러 중국의 고사를 예로 들어 이 재변에 대한 자신의 두려움을 말하고 사면조치 등을 시행하여 백성을 기쁘게 할 방법을 상의하라고 지시했다. 신하들은 "벼락이란 양기가 내려치는 것으로 그 기에 닿으면 죽는 것"이라면서, 재변이라 할 것도 없다고 응대했다. 그들에 의하면 목석과 금수도 벼락에 맞고 또 죽는 법이니, 어찌 그것이 꼭 인사의 잘잘못에 따라 일어나겠느냐는 것이다.

그러나 세종은 그의 주장을 굽히지 않고 궁녀와 궁궐 안의 부엌 심부름꾼들이 오래 안에 갇혀 지내고 있으니 이를 줄여 내보내야겠다면서 그 밖에도 몇 가지 노인 우대책 등을 강구하라고 지시했다. 그다음에 이어지는 세종실록의 기록에 의하면, 세종은 벼락 맞아 죽은 궁녀에게는 10석의 미두, 종이 60권 그리고 관을 부의로 하사했다. 또 이튿날에는 대역, 모반, 살인, 강도 등을 비롯한 중죄인을 제외한 죄수들에게 사면령을 내렸고, 다시 그다음 날에는 전국 80세 이상의 노인에 대해서 면천과 봉작이 시행되었다. 또 이날 임금은 궁녀 45명을 밖으로 내보냈다.

조선 초기 130년 남짓 동안에 천둥번개가 502회, 벼락이 133회로 이를 합한 635회의 기록은 같은 기간 동안의 여러 가지 다른 재이 가운데 '낮에 보이는 별' 1,281회, 햇무리 기타 등 1191회에 이어 세 번째로 많은 재이로 밝혀졌다. 조선시대 전기간을 조사한다면 적어도 이 숫자의 세 배는 된다고 할 수 있다. 천둥번개와 벼락을 대단히 중요한 재변으로 여긴 것은 이상의 논의로 충분히 알 수가 있다. 그리고 이런 재변이 일어나면 언제나 그 의미를 놓고 임금과 신하들이 여러 방면으로 심각한 논의를 해왔다.

벼락으로 궁녀가 죽자 세종은 두려움을 느끼고, 죄인들의 사면조치를 궁리하여 백성을 기쁘게 할 방도를 구하라고 신하에게 명한다. 신하들은 과학적 논리로 대수롭지 않은 사건처럼 응대한다. 그러나 세종은 궁녀와 궁궐 여인들이 수고로우니 숫자를 줄이라 하고, 노인 우대책을 시행하고, 죄인을 사면하는 데 이른다. 벼락이 쳤는데 죄인의 사면이 있고, 궁녀들을 위한 복지 정책이 실시되고 있으니 신하들의 과학적 응대에 비하면 세종의 생각과 조치는 비과학적이라고 할 만하다.

조선조의 왕은 천지자연에 변괴가 생기면 이는 인간 사회에 부조화가 생길 조짐이라 여기고 근신하였다. 우선 감선(減膳)하였고, 철악(徹樂)·공구(恐懼)·수성(修省)하였다. 반찬 수를 줄여 근검함을 몸소 실천하고, 음악을 대동한 놀이를 중단하고, 자신의 결함이나 실정이 없는가 반성하고, 자기 수양에 전념하며 주변을 세심하게 살폈다. 예를 들어 옥에 갇힌 자 중에 억울한 옥살이를 하는 자가 없는지 살펴 중죄인이 아니면 대체로 방면하여 민심을 수습하는 노력을 기울였다.

자연계의 재앙에 대해 지나치게 비과학적인 대처를 하였다고 평가

할 수도 있다. 그러나 **자연계의 심각한 파괴와 오염 속에서도 방자한 태도를 고칠 줄 모르고, 파멸이 눈앞에 와 있음에도 오히려 경제발전에 박차를 가하며 대량 생산과 대량 소비의 틀 속에서 욕망을 줄일 줄 모르는 현대인의 삶보다는 가치 있는 것**이라고 확언한다. 조선조의 통치 방식은 비과학적 전제가 있다 하더라도, 재앙에 대처하는 인간의 겸허함이 담겨 있다. 인간세계의 부조화나 갈등은 결국 인간의 노력으로, 특히 왕과 통치권의 자기 혁신으로 가능한 것이었기에, 자연계를 빌미로 삼아 수시로 왕이 스스로 검소한 생활을 하고 인간의 주변을 돌아보아 공정한 정치를 펴고, 민심을 어루만졌다는 시대적 논리로 읽힌다. 왕이 반찬 수를 줄이며 검소한 생활을 하면 당연히 관료들도 그러했을 것이고 국가 전체적 재화가 절약되어 국가 경제를 강화하고 백성의 세금을 감면하는 효과를 가져와 민생이 두터워졌다는 의미로도 읽힌다. 이것이 조선조 유교의 자연관이다. (2017. 9.)

들판을 거닐며 느낀 생각

기도란 무릎 꿇고 두 손 모아
하늘의 소리를 듣는 것이 아니라,
바람 부는 들판에 서서
내 안에서 들려오는 내 음성을 듣는 것이다.(이재무, '기도')

일상, 기계적 공간에서 기계적으로 반복되는 일상에 갇힌 자아를 해방시켜야 한다.

그래서 들판을 자주 걸어보면 좋겠다.

푸른 들판, 풀내음, 바람 소리, 바람이 스치는 촉감.

고민, 괴로움, 스트레스를 털어버리고 자연의 소리와 향기와 촉감을 느껴본다.

마음에 여유가 생기지 않는가. 이것이 자연의 치유 능력이다.

자기에 집중하라. 나는 어디에 있는가. 어디로 가는가.

기계적 이성에서 감성으로 나아가고, 투쟁보다는 관용을 중시해야 한다.

언론의 위협을 곰곰이 생각해 보라. 증오를 가르치는 교육을 직시하라.

증오에서 벗어나 자비와 공존을 향해 나아가라.

국가, 국가 경제란 거대 담론에서 벗어나 '나 자신'에 집중하라.

전두엽의 기계적 이성과 파충류적인 본능이 만들어 낸 괴물 같은 문명에서 벗어나자. (2017. 6.)

역사 교과서와 정치공작

대통령까지 나서서 역사 교과서를 국가에서 만들어야 한다고 난리다. 2003년 검인정제도를 성취한 역사 교과서를 다시 국가 공권력 아래에 두어야 한다고 주장하는 이 정권의 속셈은 무엇인가. 설마 이승만에서 박정희로 이어지는 독재정권을 미화하려 하겠는가? 역사 교과서 문제는 교과서 문제가 아니라 정치공작이라는 의혹을 지울 수 없다. **'비밀스럽게 장악하고, 싸움을 부추기며 이익을 챙긴다. 지속적으로!'** 라는 한마디 말속에 그 속내가 있다고 생각하며 우리 시대의 정치를 말하련다.

'비밀스럽게' – 이미 교육부가 오래전부터 비밀스럽게 준비한 사안이다. 역사 교과서 국정화 비밀 TF팀이 가동되어 좌편향 교과서를 공략하는 논리를 개발해 왔다는 것이다. 지난 대선 때 국정원 댓글녀의 비밀스런 행보와 너무 닮아 있다. 정보력을 가진 자들이 권력을 등에 업고 비밀스럽게 무언가를 꾸민다는 이 음모에 몸을 떤다.

'장악하고' – 구국의 결단으로 나라를 살린 그 역사적 쿠데타의 배후에 일본군의 경력과 노하우가 있다고 하면서 식민지 근대화론을 들고나오진 않을 것이다. 이승만 끼워팔기를 하면서 독재를 미화하지도 않을 것이다. 이 정권이 그렇게 어리석지는 않을 것이다. 모든 역사적 결단에는 공과가 있다고 물타기 하는 정도에 그칠 것이다. 그러나 이 과정에서 이 정권이 결단한 바가 있다. 그것은 역사와 문화를 지배하는 일이다. 역사를 소유하는 일이다. 재벌과 결탁하여 공고한 정경유착의 틀을 마련하고 언론을 시녀로 삼았지만, 아직 부족한 것이 있으니, 그것은 학자와 지식인의 무릎을 꿇리고 역사와 문화를 장악하면 그야말로 온 세상을 마음대로 주무를 수 있다는 행보이다. 이런 장악의 음모에 몸을 떤다.

'싸움을 부추기며' – 우리의 권력자들이 매일 일어나며 감사하는 말이 있다. "우리에게 북한이 있다는 것이 얼마나 다행인지." 틈만 나면 북한 때리기를 하면서 국가적 명분을 세운다. 세월호 집회든 노동 집회든 문제가 생기면 북한의 소행으로 돌리면 그만이다. 역사 교과서 문제도 북한의 지령을 들먹이면 먹힌다. 이따금 일본 때리기를 끼워 싸움을 부추기면 온 국민이 분노하며 일어서서 하나로 선다. 이 얼마나 손쉬운가. 남북의 단합으로 통일을 이루고 일본과 화해하면서 동아시아의 평화를 구축해야 한다는 역사 교과서는 그들에겐 정권을 단축시키는 위험한 일인 듯하다. 그들의 이런 싸움질에 몸서리를 친다.

'이익을 챙긴다' – 나라에 산적한 일이 많다. 가장 시급한 일은 청년 실업 문제다. 시골 노인네로 영화 주인공이 된 〈워낭소리〉의 노인네가 한 말이 떠오른다. "자식들 입에 밥 들어가는 모습과 논에 물 들어가는 모습이 생애에 가장 즐거운 일이었다." 우리 젊은 자식들 입에 밥이

들어가는 모습을 보았으면 좋겠다. 역사는 과거에 집착하는 것이 아니라 미래를 구상하는 일이다. 그런데 젊은이들이 꿈꾸는 세상은 짓밟혀 5포, 7포, N포 세대가 나오고 우리의 학생들은 규격화된 지식으로 봉합된다. 그리고 1%가 99%를 지배하는 지독한 극단화 현상이 지배한다. 이런 밥상 독차지 욕심에 눈물이 난다.

'지속적으로' – 이 이익이 2대 3대로 이어지도록 조정하고 있다. 권력도 재벌도 모두 차세대로 상속된다. 위에서 한 말을 아래서 받아 숭배한다. 다음 정권의 선두주자도 예외는 아니다. 학교 교육이 잘못되어 '헬조선'이란 자기비하적 용어가 만연하고 있다고 말한 김무성 여당 대표의 세계관은 너무 몰상식이다. 다음 정권도 희망이 없다.

왜 이 지옥 같은 나라가 만들어졌는가. 재벌 독식구조를 권력이 용인하고 언론이 동조하는 지배의 틀에서 젊은이들이 자학하고 있지 않은가. 염치도 없으면서 호통을 치는 정치인들이 부끄러움을 배우려면 역사책을 들여다보고 거울처럼 여기며 오늘을 반성해 볼 일이다.

역사가 무언지 아는가. 부끄러워하는 것이다. 끊임없이 부끄러워하는 것이다. 반성하는 일이다. 그리고 사람을 사랑하는 일이다. 밤이 낮을 사랑하듯이. (2015. 10.)

실업률 최악의 세상을 바꿀 기회

우리 대학생들이 위태롭다. 3포 시대를 지나고 5포 시대를 지나, 7포 시대에 다다랐다. 사랑과 결혼과 행복 모두를 포기해야 한다. 그 근본 이유는 취업을 포기해야 하기 때문이다. 왜 취업이 어려운가. 대학생들이 노력하지 않고 능력이 부족하기 때문인가. 경제사정이 나빠져서 일자리가 없기 때문인가. 정치 때문이다. 못된 정치와 부도덕한 경제가 결탁했기 때문이다. 그리고 대학생들이 그런 현실을 눈감아주기 때문이다.

2016년 봄 총선 후보 공천에서 이슈가 되었던 새누리당 유승민의 과거 발언으로 돌아가 보자. 2015년 2월쯤의 일이다. 유승민 원내총무가 보편복지를 위해서는 국민 세금과 법인세를 함께 올려야 한다고 했다. 다음날 김무성 당 대표가 경제를 살리려면 법인세를 올려서는 안 된다고 했다. 그리고 며칠 후 박 대통령은 경제가 활성화되면 국민 세금도 법인세도 올릴 필요가 없고 자연스럽게 모든 문제가 해결된다고 했다. 그리고 1년, 아무런 보편복지도 이루어진 게 없다. 노인 복지도, 유아 복지도 아무것도 이루어지지 않았다. 노인 기초연금도 표류하고 있고 유치원과 어린이집 보육과정에 관한 누리과정 예산도 전혀 해결되지 않고 있다. 청년 실업을 위한 대책도 아무것도 없다. 그러고는 보편복지는 빨갱이들이 주장하는 것이라고 억지를 부렸다. 그리스가 부도사태가 나는 것도 보편복지 때문이니 선별복지로 가야 한다고 했다. 그러나 우리나라 복지예산은 선진국의 5분의 1 수준이다.

올봄 청년 실업률이 12.5%로 사상 최악의 수치를 기록했다. 정규직을 만드는 데 국가가 한 일이 없다. 재벌들에게 법인세의 혜택을 주면서 국민을 위한 일자리 창출에는 실패했다. 좋은 일자리를 만들지 않아 공무원 시험에 22만 명이 몰렸다. IMF가 한국금융 발전 수준이 일본과 홍콩을 제치고 세계 6위라고 했고 재벌들의 흑자는 최고치를 경신하는데 일자리는 늘리지 않고 있다. 노인 빈곤 수준은 OECD에서 가장 열악한 수준이고, 취업률도 가장 열악한 수준이다. 국가가 잘못하고 있는데 우리 대학생들은 자기 잘못인 줄 알고 의기소침해 있다. 국가가 대학생들에게 열등감만 심어 주고 있다.

이제 바뀌어야 한다. 우선 국가가 바뀌어야 한다. 무기 구입은 세계 최고 수준이고 복지는 바닥이라면 긴장을 완화하여 복지비용을 늘릴 생각을 해야 한다. 북한 때리기를 하면서 복지보다 국방이 우선이라고 우기고 국민을 불안에 빠트리고 불행하게 만드는 정권을 심판해야 한다. 그러기 위해서는 우리 대학생들이 변해야 한다. 복지비용을 늘리고 일자리를 창출하라고 정부를 다그쳐야 한다. 정당한 목소리를 주장해야 한다. 그래도 듣지 않는다면 대학생 여러분이 정치를 바꾸면 된다.

이제 곧 4.13 총선이다. 대학생 젊은이들이 정치에 적극적으로 참여해야 한다. 그래서 청년 실업을 해소하도록, 좋은 일자리를 만들도록 주문하고 호소해야 한다. 늘 대학생 투표율은 바닥이었다. 그러니 정책 속에 대학생의 요구가 실리지 못하는 것이다. 이번 총선에 바로 여러분의 목소리를 담아 보자. 그동안 게을렀던 정치인을 떨어트리고, 청년실업에 눈감았던 정당을 심판하길 바란다. 여러분들이 국가의 주인이다. 정치는 함께 잘사는 기술이라고 했다. 우리 대학생들도 사랑과 결혼과 행복을 포기하지 않기 위해, 취업과 창업의 기회를 위해 정치를 바꾸어 보기 바란다. 대학생들이여, 기죽지 말라. 여러분이 주인인 세상을 만들어 가면서 당당히 취업하고 창업하기 바란다.

꼭 투표하길 바랍니다. (2016. 4. 11.)

박물관대 졸업생 여러분께

인생에는 몇 개의 마디가 있는데 여러분은 학생의 마디, 직장인의 마디, 부모로서 아이들 키우는 마디를 지냈습니다. 그리고 자기 자신을 위한 새로운 마디를 시작하셨습니다. 바로 박물관대학을 시작하며 얻은 성과일 겁니다. 인생을 조망하면서 여생을 어떻게 보낼 것인가 고민한 분도 계셨을 겁니다. 시간의 여유를 갖고 주변을 돌아볼 기회를 가진 것으로도 충분하다고 여기는 분도 계십니다. 밥 먹는 일에만 골몰하다가 우리 주변의 역사와 문화에 첫 눈길을 주시면서 의미를 느낀 분도 계셨을 겁니다. 제주와 한국의 역사 문화에 뿌듯해하면서 앞으로도 역사 공부에 매진하고자 뜻을 둔 분도 계셨을 겁니다. 이제부터 인생이 시작이고 끝날 때까지 분투하겠다고 마음먹은 분이 가장 훌륭한 수료생입니다.

공자는 "아침에 도를 들으면 저녁에 죽어도 좋다."고 말하였습니다. 여러분의 아침은 아직도 매일 열리고 있습니다. 인생의 도를 터득할 기회가 아직도 많습니다. 죽어도 좋을, 죽어도 여한이 없을 인생을 마련해야 합니다. 길게 오래도록 수련해야 얻어지는 것이 깨달음은 아닙니다. 지금까지 살아온 경험을 바탕으로 삼으면 인생의 도를 찾는 것은 멀지 않고, 지금부터의 매진에 달려 있습니다. 부지런히 공부하고 생각하고 실천하면 됩니다. 그동안 물질에 욕심을 두었건만 큰 기쁨과 행복이 없었다면, 그 욕심 내려놓고 비우는 연습을 하십시오. 그러면 깨달음이 가까이 다가올 겁니다. 너무 많은 것에 목표를 두고 이것저것 챙겨 보았지만, 시간이 지나면 허무해진 경험도 있을 겁니다. 이제부터는 간결하고 단순하게 살아 보십시오. 자식들이나 재물이나 음식에서 벗어나, 자기 자신에게만 주목하고 한 생각 깊이 하게 되면 그 도를 터득하게 될 겁니다.

이제는 스스로 시간표를 만들어 공부하고 쉬고 운동하고 사색해야 합니다. 그러다가 막힐 수도 있으니 박물관대학 동기생끼리 모임을 만들어 서로 격려하고 고민을 해결해주는 기회를 가지면 좋겠습니다. 그래도 막히면 다시 박물관을 찾아오시기 바랍니다. 저희들도 정기적인 모임을 구상하고 있습니다.

여러분이 바로 박물관이기도 합니다. 오래된 유물 같은 인생의 묘리를 몸에 담고 있기 때문입니다. 자기 자신을 중히 여기고 그 자리에서 한 발짝 더 나가는 수련을 지속해 나가기 바랍니다. 자기 자신에 집중하시기 바랍니다. 2016년 새해도 멋지게 보내시기 바랍니다. (2016. 1.)

정치드라마에서 활로를 꿈꾸다

어셈블리는 추했지만 드라마는 화려했다. 황인혁 PD에 의해 KBS에서 방영된 〈어셈블리〉는 4~6%의 시청률로 큰 반향은 일으키지 못했지만, 진한 감동을 주었다. 몇 년 전 SBS에서 방영한 최고의 정치드라마 〈시티홀〉 이후 정치계의 뒷 풍경과 서민의 소망을 진솔하게 다룬 걸작이라 평가할 만하다. 정재영의 혼신의 연기와 송윤아의 절제된 연기는 자주 눈물을 쥐어짜게 만들어 함께 시청하는 아내에게 부끄러울 지경이었다.

여당에 들어간 노동자 출신이 국회의원이 되어 정치 선배들의 아성에 도전한다. 여당은 친청계와 반청계로 나뉘어 자기들의 이익만을 수호하는 이익집단에 불과하다. 위에 계신 대통령을 모시는 데에만 골몰하고 국민의 처지에는 냉랭하다. 여기에 주인공 진상필은 홀로 딴청계를 만들어 집단이기주의에 저항하고, 이런 몸부림은 국민의 지지를 받아 가면서 정치적 성공 가도를 달린다. 국민의 아픔을 달래주기 위해 애쓰는 참된 국회의원의 목소리를 들으며 우리 국회가 저런 사람들로 가득 차는 세상을 꿈꾸었다.

그러나 진상필은 낙마의 위기를 맞는다. 정치공작의 그물에 걸려 뇌물수수로 감옥신세를 지게 된다. 이처럼 운신의 폭을 넓히기 위해 정치 자금이 필요했을 텐데 불법으로 비자금을 챙기다 낙마하는 정치가들을 종종 본다. 잘 버티는 의원님들 대부분도 아마 비자금 관리 덕택일 것이다. 이제 그 더러운 정치계를 떠올리며 정치 혐오증에 떨어야 할까. 패배주의는 국정교과서를 만든다고 해결되지 않는다.

정치를 양지에 서게 하고 정치자금을 양성화해야 한다. 정치계를 직시하고 관심을 두고 적극적으로 참여해야 패배주의를 극복할 수 있다. 뇌물수수의 정치공작을 벗어나 '정치공학'을 주장하는 진상필의 목소리에 귀 기울여야 한다. 그런 깨끗한 세상을 향한 한 방식이 정치자금 기부 행위다. 정치인에게 후원금을 낼 수도, 선관위에 기탁금을 낼 수도 있다. 여러분이 쓰는 신용카드의 포인트로도 500억 상당의 기부를 할 수 있다니, 세상을 청소하는 방식이 멀리 있지 않다.

승자 독식구조에 대항하여 "승자에겐 관용이 없다. 패자에겐 희망이 없다."고 하면서, 재기를 위한 두 번째 기회를 주어 세상의 모든 국민들이 행복할 수 있는 기회를 법적으로 보장하자던 그 드라마 속 정치인을 현실에서도 만나고 싶다. (2015. 10.)

단일민족신화에서 다문화주의로

현대는 사상가 부재의 시대다. 세상이 모두 경제를 부르짖으며 돈에 물들어버린 탓이 아닐까. 민족을 뛰어넘어 인류를 논하고 문화권을 뛰어넘어 평화를 논하는 사람이 드물다. 우리나라는 어떤가. 일제 식민지에서 벗어나자마자 분단이 되고 60여 년을 넘게 이데올로기 갈등이 계속되면서 민족 모순과 계급 모순에 시달렸고, 그것을 뛰어넘는 인류 평화 담론은 우리에게 낯설다.

한민족의 신화는 단일민족의 우월주의에서 비롯된다. 오랜 역사 속에서 우리 것과 남의 것을 잘 섞어가며 유연하게 발전해 온 장점은 외면한 채, 우리는 순수한 혈통과 문화를 지키고 있다고 자랑하고, 주변과 비교해 볼 때 우월한 민족문화를 간직하고 있다고 우겨댄다. 이웃나라 일본의 순수혈통주의를 흉내 낸 치졸함이라 하겠다. 순수 혈통과 문화를 주장하는 시대는 지났고, 이제는 문화다원주의 시대다. 곧 외국인 200만 시대가 다가오고, 500만 시대도 멀지 않다. 21세기는 온 인류가 섞여 사는 시대이고 다양한 문화가 한 지역에 공존하는 시대이며 우리나라도 예외는 아니다.

민족에 대해 생각하게 되면, 20세기 비운의 시대에 주변국으로 흘러 들어간 동포를 떠올리게 된다. 그중에서 주변국 일본과 중국과 러시아로 떠나간 동포의 정체성을 생각하고, 특히 제주도와 가까운 일본으로 떠난 재일제주인을 생각하게 된다. 벌써 식민 초기에 떠난 1·2세대는 죽었고 3·4세대가 살 정도로 세월이 흘렀다. 재일 3·4세대는 한국의 문화나 언어를 잊었고 일본에 동화되어 간다. 매년 1만 명 이상씩 국적을 바꿔 귀화하고 있다. 우리는 한국어도 제대로 못 하는 그들을 두고 반쪽발이라고 한다. 그래도 될까. 이제 민족의 개념은 바뀌어야 한다. 언어·국적·인종·문화를 뛰어넘는 확장된 사고가 필요하다. 한국과 일본 양쪽을 함께 경험한 재일한국인, 그리고 재일제주인은 어느 한쪽에 귀착될 수 없는 경계인인 셈이다.

경계인(marginal man)이란 말은 제주 출신 독일 학자 송두율이 그의 저서에 쓰면서 우리에게 새롭게 각인된 단어이다. 오랫동안 소속되었던 집단에서 다른 집단으로 옮겼을 때, 원래의 집단의 사고방식이나 행동양식을 금방 버릴 수 없고, 또한 새로운 집단에도 충분히 적응되지 않는 사람을 일컫는다. 20세기 우리 민족이 겪은 비극으로 인해 많은 경계인이 생겨났고, 재일한국인도 역시 경계인의 삶을 살고 있다.

우리는 이미 민족의 개념과 경계를 허물고 새로운 개념의 민족을 논하고 있다. 민족은 언어와 국가와 인종과 문화를 초월한 개념이어야 하듯이, 이제 민족의 경계를 허물고 동아시아 평화 공존을 논할 시기에 다다랐다. 패권주의와 군국주의를 부활하려는 중국과 일본의 권위주의를 불식시키고, 우리가 먼저 그 평화의 디딤돌을 놓아야 한다.

(2015. 3.)

협력과 공감

크로폿킨은 다윈의 『종의 기원』을 읽고 시베리아 동물의 생활상에 특징이 있음을 알게 되었다. 즉 자연조건의 비정상적인 어려움에 의해 생존경쟁의 형태가 더욱 가열하게 나타나지만, 같은 종에 속하는 동물 사이에는 그 투쟁이 한정되고 희박하며, 동물의 수가 풍부한 곳에서는 상호 협력과 상호 지원이 이루어지고 있다는 점을 알았다. 이러한 관찰은 뒤에 그가 상호 협력 사상을 전개하는 데에 기본이 됐다.

다윈과 크로폿킨 이래 경쟁과 협력에 대한 논쟁이 이어져 왔다. 그 중 하버드대학의 굴드(Stephen Jay Gould)는 적자생존을 경쟁과 연결하는 것이 문화적 편견이라고 비판했다. 굴드에 의하면 성공이 더 많은 자손을 남기는 것으로 본다면, 그 목표는 상호 협력과 공생을 포함하는 다양한 전략을 통해 달성될 수 있다. 따라서 자연선택이 선험적으로 경쟁이나 협력 중에서 어느 것을 선호한다는 것은 사실이 아니라고 했다.(박홍규, 크로폿킨의 독서, 『인물과 사상』, 2013. 7.)

시장거래를 적대적인 관계와 제로섬 게임에서 나타나는 경쟁의 결과로 보았던 기존의 관념은 윈윈 전략에 기반을 둔 네트워크 합작이 득세하면서 입지를 잃고 있다. 다른 사람의 관심을 최대로 활용하는 네트워크는 자신의 자산과 가치를 증가시킨다. 협력이 경쟁을 누를 수 있다. 음모와 조작을 부추기는 권모술수보다는 리스크를 분담하는 오픈 소스 협력체계가 규범으로 자리 잡았다. (중략)

그렇다면 인간은 어떤 본성을 갖고 있는 것일까. 그리고 그 본성이 과연 공감이라는 본성일까. 우리가 일차적이라고 여겨 왔던 악행, 폭력, 탐욕, 공격성, 이기적 행동 등 다른 모든 충동은 실제로 이차적 충동이며, 그런 것들은 우리의 가장 기본적인 본능을 억제하고 부인하는 것에서 비롯된 병리적 파생물인가.(제레미 리프킨, 『공감의 시대』, 민음사, 2010.)

위백규의 건의 '만언봉사'

1. 어진 인재를 등용
2. 염치를 장려, 국가 기강 확립
3. 습관을 바르게 하고, 지나친 **경쟁심을 억제하도록** 가르침.
4. 탐관오리를 처단하고 사치 풍조를 금해야.
5. 옛 제도 중 옳은 것은 살리고, 폐단은 개선

동정은 승자가 패자를 내려다보는 시선이고, 위계적이고, 패자의 처지로 떨어지지 않는다는 믿음을 기반으로 한다. 공감은 타인의 고통을 기반으로 한다.

동정의 다리 위에선 이따금 불우이웃 돕기 모금이나 자선 바자회가 열리지만, 공감의 다리 위에선 복지라는 제도의 나무가 자란다. 공감이 복지를 감정으로 표현한 것이라면, 복지는 공감에 제도의 옷을 입힌 경우다.

경쟁과 적자생존이 인간의 본질적 영역이 아님을 확인할 수 있다. 우리 선조들은 입신양명을 추구하면서도 지나친 경쟁을 절제하도록 가르쳤다. 누군가를 이겨야 성공한다는 것은 거짓이다. 1%의 성공한 자가 99%를 먹여 살린다는 신화도 거짓이다. 상호 협력과 배려가 인간의 본질이다. 제주 신화 속에서도 그런 사실을 확인할 수 있다. 오래된 인간의 존재법을 통해 우리의 현실을 돌아보아야 한다. (2015. 2.)

한류는 사기다

진정 한류가 있을까.

한국의 '한'이 들어간 주요 문화 코드는 한글, 한복, 한옥, 한식, 한국의 대중음악, 한방 등이다.

한글을 보자. 세계적으로 뛰어난 글자이며 디지털 시대에 더욱 그 과학적 가치가 빛난다고 하는 데 적극 동감이다. 그런데 한글을 아끼고 사랑하는가. 온통 영어투성이의 간판이 판을 치는 서울 거리를 걸으면 그런 생각이 드는가. 텔레비전을 틀고 상품 판매 위주의 채널을 선택하면 어휘가 영어투성이다. 한글은 접속사와 어미 역할만 하는 낯 뜨거운 장면이 연출되는데도 어느 누구 하나 말릴 생각을 하지 않는다. 무슨 이런 세상이 다 있는가. 이런 상황인데 한글의 우수성을 말할 자격이 있는가.

한복, 한옥, 한식을 자랑하는데 부끄럽지 않은가. 지금 누가 한복을 입으며, 지금 누가 한옥에 살고 있는가. 한복의 아름다움을 자랑하고, 한옥의 과학성을 자랑하는 그 입이 부끄럽지 않은가. 젊은이들은 모두 서양식 햄버거, 피자, 스파게티, 커피에 열광하는데 한식이 우리가 자랑할 거리가 되는가. '김치'를 세계적이라 자랑하는데, 여기에는 일본이 '기무치'로 세계화한 것의 소유권을 찾아온 부끄러운 역사가 감추어져 있다. 불고기를 세계화하자고 하는데, 주영하 교수가 역설하였듯이 이것은 한식과 일식의 합작품에 지나지 않는다. 드러내 자랑할 대표 음식조차 제대로 선정하지 못하는 대한민국의 한심스런 안목이 불쌍해 보인다.

한국의 대중음악? 이 또한 우리 것인가 가늠해 보아야 한다. 미국에서 들여온 음악을 한국식으로 포장한 '보세 가공품' 정도는 아닐까. 아이돌의 춤은 미국 라스베이거스의 포르노 상품 같지 않은가. 음부를 만지고 엉덩이를 음란하게 흔드는 것이 무슨 한류인가. 중국과 베트남 청소년이 열광한다고 하지만 그들의 부모들은 한류를 음란한 상품으로 비난하고 증오하고 있다. 마치 20년 전 우리가 일본의 저질 상업문화를 증오하며 꺼렸던 것과 유사하다. 그런 측면에서 SM의 이수만은 감옥에 처넣어야 옳다.

'한국의 대중음악' 대신 '한악'은 없는가. 한방처럼 서양 의학이 감당하지 못하는 부분에서 놀라운 능력을 발휘하는 그런 대안의 음악은 없을까. 서양음악이 우리의 음악인 '한악'이 되어버린 현실을 뼈저리게 반성해야 옳다. 우리 전통음악을 '한악'이라 불러야 된다. 그리고 우리 전통음악에서 세계화 가능성을 찾을 수 있다. 한방이 세상의 아픈 사람을 구원하듯이, 한악이 세상의 아픈 영혼을 위로할 수 있는 날이 와야 진정 '한류'의 세계화를 논할 수 있다.

우리 음악에서 한류를 키워가는 멋진 2015년을 기대한다.

우리 음악은 세계를 놀라게 할만한 어마어마한 잠재력이 있다. 그것을 여태껏 '국악'이라 불렀다.

이제 우리 시대에 '한악(韓樂)'을 불러오자. 그것으로 세상을 포근히 감싸 주자.

한류는 충분히 가능하다. (2015. 1.)

* 시간이 지나 BTS가 전 세계 젊은이를 감동시킨 것을 보면 한류는 가능하고 우리 문화가 세계를 감동시킬 수 있다고 자신한다. 한국의 드라마가 지닌 스토리텔링의 장점도 충분히 인정할 수 있다. 다만 BTS처럼 우리 전통음악을 가미하는 노력이 빛을 발해, 국악의 전통을 잇는 현대음악이 꼭 탄생하기를 기대한다.

이수만을 사법처리하라!

텔레비전의 가요 프로그램이 온통 아이돌 천지가 된 지 오래다. 라디오를 틀어도 마찬가지다. 돈은 우리 어른이 벌어 아이들을 키우는데, 우리를 위한 노래는 없다. 우리 아이들이 좋아하는 아이돌 음악만이 온누리를 판친다. 왜 그런가. 그 노래들이 장사가 되기 때문이다. 누가 장사하는가. 이젠 기업이 노래를 생산하여 판다. 어린 가수를 발굴하여 장사 수단으로 삼는다. 장사꾼이 아이들을 키워 아이들을 위한 노래를 유통시킨다. 그래서 40을 넘긴 우리는 들을 노래가 없다. 우리는 찬밥이 된 지 오래다. 중년이 된 우리는 노래 없는 세상을 살아오면서 가슴마저 냉랭해졌다. 그냥 지나칠 일이 아니다.

노래 없는 이 처참한 상황을 만든 사람이 있다. SM의 이수만이다. 그는 자신들이 생산한 노래와 가수를 유통시키기 위해 방송국 PD를 매수한 적이 있다. 사법당국의 수사를 받았지만 처벌 되지는 않았다. 법적인 측면 이외에 아주 죄목이 많다. 첫째, 어른들의 음악을 빼앗은 죄. 둘째, 자기가 만든 음악만을 유통시키기 위해 로비자금을 뿌린 죄. 셋째, 어린아이들을 데려다 가혹한 훈련을 시킨 죄. 넷째, 예쁜 성형미인 가수를 만들어 이 땅의 모든 어린아이들을 현혹한 죄, 외모지상주의가 판치게 한 죄. 다섯째, 나이 어린 가수들과 불평등한 계약을 맺어 이익을 포탈한 죄. 여섯째, 비어와 속어가 난무하는 노랫말을 만들어 가요를 더럽힌 죄. 일곱째, 어린 가수들의 인권을 유린한 죄. 심지어는 금권을 쥐고 있는 간악한 무리들의 술시중까지 들게 하였다고 의혹을 받고 있는 기획사와 크게 다르지 않다는 죄. 여덟째, 음란한 행동을 춤으로 만들어 풍기를 문란하게 한 죄, 이것은 특히 문제다. 어린 가수를 거의 발가벗겨 성행위를 떠올리는 춤을 추게 하여 지독한 수치심을 느끼게 한 것은 두고두고 용서할 수 없는 부분이다.

이 정도면 SM을 비롯한 연예 기획사는 사법처리 되어야 할 것이다. 결국 이 땅의 음악만이 아니라 문화를 파괴한 죄는 당연히 사법처리의 대상이어야 한다. 그런데 이수만이 K-POP의 영웅처럼 대우받는 것은 언론이 조작한 결과다. 언론도 함께 사법처리의 대상으로 삼아야 한다. 특히 공영방송 KBS와 MBC의 대표들도 사법처리 대상이어야 한다. SM은 상장기업이 되어 세계를 유린하는 데까지 이르고 있다.

일부에서는 K-POP이 한류를 선도한다고 그 공을 논한다. 일부는 맞다. 그러나 그 노래문화를 한국의 문화라고 자부할 수 있는가. 미국 문화의 아류 아닌가. 결국 그들이 세상에 어필한 것은 한국문화가 아니다. 그것은 기업의 상품일 뿐이다. 한국의 상품이 팔려나가는 것을 비난할 필요는 없다. 다만 K-POP이 한국문화를 세상에 알리는 한류의 긍정적 흐름은 아니라는 점이다. 오히려 가볍고 천박한 문화의 진원지가 한국이라는 비난을 감수해야 하는 상황도 있으니 신중해야 할 것이다. 거의 벌거벗은 몸으로 밤무대의 성적 몸짓을 위주로 하는 K-POP

이 건전한 한류는 아니다. 어떨 때는 부끄럽기까지 하다.

이 못된 가요계를 질타하듯이 등장한 것이 '나가수'다. 가창력 있는 가수들이 등장하여 70~80년대의 가요를 멋지게 불러대는 모습에 세상이 환호했다. 아 이런 노래가 참으로 노래라고 찬탄을 아끼지 않았다. 무언가 이 아이돌의 판도를 바꿀 동기가 주어지는 듯했다. 그러나 이 방송 프로그램도 결국 경쟁만 부추기고 현대의 천박한 문명을 확인시켜 주는 데 머물렀다. '나가수'에 이은 'K-POP 스타' 프로그램도 마찬가지다. 방송사와 기획사의 이익이 맞아떨어지는 지점에 이 프로그램이 있었다. 여기에도 어김없이 SM이 등장했다. 그리고 양현석(YG)과 박진영(JYP)의 3대 기획사가 함께 공조하여 인재 등용을 빌미로 장삿속을 채우고 있었다.

아이돌이 불쌍하다. 노래 하나에 목숨 걸고 몇 년을 노예처럼 준비하는 그 아이돌이 불쌍하다. 상식과 교양을 쌓지 못하고 노래와 춤에만 매달리는 아이돌이 불쌍하다. 그 노래에 열광하는 이 땅의 아이들도 불쌍하다. 노래 없이 팍팍한 인생을 살고 있는 이 땅의 어른들도 역시 불쌍하기는 마찬가지다. 모두가 함께 즐기는 노래가 없다는 것 자체가 불행이다.

맹자는 정치를 묻는 왕에게, 백성들과 함께 음악을 즐기는 것이 나라를 잘 다스리는 이치라고 가르쳤다. 상하 남녀노소가 함께 노래를 즐기는 태평성대를 꿈꾼다. 1%의 상류층만이 아니라 99%가 함께 즐거워하는 세상을 꿈꾼다. 여민동락(與民同樂)의 세상으로 가는 첫걸음은 이수만을 사법처리하고, 부자 감세와 재벌 비호에 앞장선 MB를 응징하는 일이 아닐까. 2012년 선거에서 그 첫걸음을 떼자. 1%와 99%가 손잡는 아름다운 세상을 꿈꾸자. 與民同樂! (2012. 3.)

대한민국의 저질문화

10년 전 김대중 정권 때의 일본문화 수입 개방정책을 떠올리면 실소를 금치 못한다. 우리는 그런 일본 문화개방 때문에 우리 문화가 심각하게 타격받을 것이라고 생각하였고 아울러 일본의 저질 퇴폐문화가 물밀듯이 밀려올 것이라고 우려한 바 있었다. 그전까지 일본의 음란한 만화나 비디오테이프가 음성적으로 들어와 우리의 정서를 왜곡시킨 경험이 있었기 때문에 그런 우려는 오히려 당연한 것이었고, 개방정책을 편 김대중 정권은 심각한 비난에 휩싸이기도 했다.

그러나 우려는 현실화되지 않았다. 일부 불협화음이 있었지만 일본의 건강한 문화가 우리의 문화와 맞서 대응하기도 하면서 우리 문화의 자생력이 더욱 강해지는 계기가 되었다. 다양한 문화를 흡수한 우리 문화는 새로운 활로를 찾아 나서기도 하였고, 드디어 동아시아를 넘어 동남아시아, 중동에 이르는 한류를 만들어 내는 데에까지 이르렀다. 문화는 머무르면 고여 썩게 마련이다. 문화는 늘 새 물을 만나야 하고 교류해야 건강해진다. 서로 대비해보고 서로의 장점을 강화하면서 단점을 보완하게 되어 더욱 활력을 얻게 되기도 한다. 그래서 문화 개방은 큰 의미를 지닌다. 10년 전 일본문화 개방도 우리문화의 색깔을 찾는 데 크게 기여한 점이 인정된다.

그리고 10년이 흘렀다. 일본에는 한류 드라마에서 시작한 기세가 음악과 영화에까지 크게 확산되고 있다. 그 덕분에 한국어도 인기 가도를 달린다. 처음에는 배용준 고정 팬에서 시작한 한류가 할머니와 아줌마 팬을 넘어 10대들에게까지 확산되었음을 실감한다. 오사카의 쯔루하시와 조센 이치바에 있는 한국 음식 시장에는 주말마다 소녀들과 아주머니들이 떼를 지어 다니며 한국문화를 즐기는 모습이 자주 눈에 띈다. 이젠 아저씨들도 '소녀시대' 팬이 되었고, '주몽'과 같은 역사 드라마를 즐겨 본다고 하는 이야기를 자주 듣는다.

그러나 한류에 대한 선호만큼 '혐한류'도 있다. 이제는 대한민국의 저질 문화가 일본에 여과 없이 들어오게 됨을 우려하는 일본인을 만나게 된다. 미국이나 일본의 뒷골목에서나 공연되는 밤무대 저질문화와 유사한, 아니 어찌 보면 거의 성인 오락물 같은 저질 춤이 바로 한국 아이돌의 공연이다. 엉덩이를 흔들어 대고 은밀한 곳을 손으로 만지고 비비는 흉내를 하고 남녀가 음부를 맞대는 시늉까지 하는 모습을 보면, 바로 저질퇴폐문화에 불과하다. 그런 저질 춤이 한국의 공영방송 무대에서 공연된다는 것부터가 의아하다. 보여줄 것과 감출 것의 경계를 모두 허물어버린 상업주의의 극한에 다다랐고, 그 수위가 이제는 일본을 넘어섰다. 그래서 일본의 어른 남성들이 한국문화를 저질이라고 해도 도대체 변명할 거리가 없다.

그래도 양심적이고 현실비판적이라고 하는 경향신문의 자매지인 〈스포츠 칸〉 인터넷 신문의 화보를 보면 그 실상을 여실히 알 수 있다. 헤드라인부터 '아찔한 섹시 본능'이거나 '깜찍한 하의실종'이다. 하의가 실종되었다는 것은 벗었다는 의미 아닌가. 그 정도로 흉측한 장면이 전개된다. 천상지희, 걸스데이, 미쓰에이, 투애니원, 브레이브 걸스 등 아이돌의 춤추는 모습을 보여주면서 '섹시 본능' '섹시 하이킥' '명품 각선미' '섹시한 망사 스타킹' '아찔한 S라인' '아찔한 각선미' 등(스포츠칸, 2011년 8월 5일) 천박함이 하늘을 찌른다.

같은 날 〈경향신문〉에는 현아의 '버블팝 춤'이 선정적이어서 방송통신심의위원회에서 출석을 요구했다는 기사와 함께, 카라의 '엉덩이춤'은 괜찮고 현아의 '버블팝 춤'은 문제라는 것은 이해할 수 없다고 하면서 "지나치게 엄격한 잣대를 들이대는 것은 아닌가" 하고 오히려 방통위를 비난하는 투의 기사를 실었다. 엄격한 잣대의 근거가 도대체 무엇일까. 경향신문은 예술의 창조성을 해칠 수 있다는 측면에서 접근하고 있는데, 그 기사를 쓴 기자들은 정말 이 문제의 심각성을 모르는 것일까. 그들의 난잡한 춤이 '예술성' 차원에서 논해질 수 있는 것인가. 현대의 '창조성'은 늘 섹시함을 강조하는 일방통행인가. 뭔가 궁색한 논리를 펴고 있다. 오히려 카라의 '엉덩이춤'도 함께 선정적인 측면을 거론하면서 비난해야 옳다. 일본에서 가장 인기 있는 그룹이 카라인데, 그들의 충격적인(그리고 선정적인) 춤이 젊은이들을 열광시킨 점이 있고, 아저씨들이 한류를 비난하는 근거에 카라의 엉덩이춤이 있기 때문이다.

이제 한류가 건전한 한국문화의 전파 과정이 되고, 아울러 일본문화에 건강한 충격을 주었을 때 그 교류가 의미를 갖게 되는 것이고, 일본인으로부터 한국문화의 가치를 인정받게 될 것이다. 그 연장선상에 한일 간의 대등한 교류와 친분, 역사 문화적 화해와 동반자 관계도 구축될 수 있을 것이다. 한류는 지속돼야 하고, 그러기 위해서는 한국문화의 자기 점검이 요구된다. 이즈음 자신의 저질퇴폐성을 반성하고 자숙해야 더러운 한국문화가 일본문화를 오염시킨다는 비난에서 벗어날 수 있게 될 것이다. 지나친 한국의 상업주의와 선정성이 부끄럽다. 현재 상업적 성공이 있다고 해서 한일 양국의 문화교류가 왕성해지고 한류가 성공할 것이라는 기대는 버려야 옳다.

한국의 가요계를 이끄는 이름이 있다. SM의 이수만이다. 그는 1970년대 통기타 문화를 대표하는 가수였다. 작은 눈에 웃는 얼굴을 하고 인기를 끌었던 것은 서울대 농대를 나왔다는 그의 이력 덕분이었다. 착하게만 보이던 그가 어느 날 연예 사업에 뛰어들었다고 하더니 이제는 엔터테인먼트의 큰 손이 되어 한국 가요방송을 헤집고 다닌다. 가수 출연을 미끼로 큰돈이 오갔고 그 때문에 PD가 구속되고 이수만도 범죄자의 반열에 든 것이 분명한데, 감옥에 가지는 않았다. 최근 20년간 한국의 가요사를 새로 쓴 장본인인 만큼 존경을 받아야 하는데 실상은 그렇지 못하다. HOT, SES, 동방신기 등 최고 가수 그룹을 키운 것은 사실이지만, 그 배경에는 돈이 많이 오가는 뒷거래를 서슴지 않았고, 어린 가수들과는 불공정 계약을 맺어 노예처럼 부린 것이 언론을 들끓게 했다.

어린 가수를 발굴하여 오랫동안 연습을 시키고 그들이 데뷔할 때까지 뒷돈을 댔으니 그들이 성공하여도 어느 정도는 SM의 몫이 분명하다. 그런데 이제 가수를 키우는 일이 사업이 되었다. 엄청난 자금을 대고 엄청난 로비 자금도 뿌리면서 엄청난 수익을 올리는 대형 사업이 되어, SM은 코스닥에 상장되었고 이수만은 이제 천 억대의 부자라고 한다. 가요계를 흔드는 그들의 자금력은 어느 정도일까. 이제는 미국의 음반시장도 넘보는 큰손이 되었다. 범죄자로 입에 오르던 SM 회장을 대신해 지금은 김영민 사장이 앞장서는 이 사업의 규모는 다음과 같다.

총제작비가 한 그룹당 20억씩 드는데, 10개 팀 중에 몇 팀만 잘된다고 봤을 때, 적어도 순 제작비로 200억을 쓸 수 있는 회사여야 한국식 트레이닝이 가능하다. 그렇다면 적어도 순이익이 300~500억이 있어야 한다는 얘기다. 그걸 할 수 있는 건, 밀어붙일 수 있는 오너가 확실히 있는 회사다. 일본, 미국 모델에선 어려운 시스템이다. 물론 이런 한국식 모델이 다 된다는 게 아니고, 그게 잘 되는 시장이 따로 있다는 뜻이다.(조선일보 김영민 SM 대표 인터뷰 기사)

엄청난 규모의 투자와 수익이 가요계를 뒤흔들고 있다. 이제 가수는 투자 대상이다. 그 투자에 성공한 이수만은 KB(국민은행)의 광고 모델이기도 하다. 한국을 대표하는 CEO라는 표징이다. 그런데 그의 범죄 이력은 무시되고 묵살되는 우리의 부도덕한 풍토가 실로 문제다. 불법 로비와 정계 자금 살포가 있어도 성공하면 그 죄는 다 덮어지고 숭앙의 대상이 된단 말인가. 이런 잘못된 성공 신화가 미래의 아이들에게 얼마나 나쁜 영향을 끼치게 될 것인지 모른단 말인가. 이런 도덕 불감증이 우리 사회를 썩어가게 하고 있다.

더 큰 문제가 도사리고 있다. 한국 가요의 쏠림현상이 바로 큰 문제의 지점임을 누구나 걱정한다. TV를 켜면 온통 아이돌 일색이다. 어린 아이에서 20대까지의 적극적 소비자를 대상으로 가요가 유통되고, 그 나머지 나이층에 대해서는 무시 일색이다. 노래는 밥과 같다. 노래는 삶의 일부이면서 전부이기도 하다. 노래는 정치이고 예법이고 관계이기도 하다. 그런데 대형 기업이 돈벌이 수단으로 삼으면서 우리는 노래를 빼앗겼다. 제국주의 시절에도 없던 심각한 억압과 수탈이다.

이에 반발하는 심리를 '나는 가수다'란 TV 프로그램을 통해 읽을 수 있다. 노래를 빼앗는데 SM과 공모를 하던 TV여서 믿음성이 가지 않는 것은 사실이다. TV는 이 프로그램을 통해 엄청난 광고수익을 얻는 데 혈안임을 잘 안다. 하지만 많은 사람들의 노래에 대한 갈증을 읽어낼 수 있다. 실력 있는 가수의 등장에 환호하는 것은 아이돌의 가창력에 문제가 있다는 인식이고, 춤만 잘 추고 노래는 미미한 요즘 가수들의 한계를 모두 실감한다는 인식이라 하겠다.

과거의 가수와 과거의 노래, 그것은 그저 과거의 것으로만 끝인가. 왜 그것이 현재진행형이 될 수 없는가. 예전 노래를 듣는 자유를 박탈당하면서, 모두들 '왜 TV는 일방적인가'라는 불만을 갖는다. 다양한 장르의 가요가 살아남을 수 있게 조치해야 하는데, 어린 소비자를 꾀여 음반을 판매하는 데만 혈안이 된 대형 엔터테인먼트와 그 로비자금을 얻어먹고 사는 TV의 공모에 의해 랩과 레게 일색의 노래만 유행하고 있다. 노래는 문화다. 노래는 사람들에게 신명을 심어주는 문화다. 한 가지 문화만 남으면 문화가 편향되다가 외로움에 죽고 만다. 다양한 문화가 서로 견주고 북돋우면서 공존해야 한다. 그래야 모든 계층에서 신명나는 삶을 얻을 수 있다. 신명나는 삶을 위해 이수만과 SM을 경계해야 한다. 부도덕한 가요 기업을 응징함으로써 이 땅에 도덕을 살리고 노래를 살려 살만한 땅으로 만들어야 한다. 노래를 살리자. 모든 이들이 함께 듣고 함께 하나가 되는 그런 노래를 만들자. (2012. 4.)

한국음악은 없고 서양음악만 있는 나라

한국 정부가 6대 국가 브랜드로 한글, 한복, 한지, 한국음악, 한옥, 한식을 정해 대대적인 홍보를 하고 있으며 한국적인 것의 세계화 사업을 적극 지원하고 나섰다. 사실 위의 여섯 가지도 서구적 문화의 홍수 속에서 빈사 직전이라 하겠는데, 그나마 한글과 한식은 그 명맥이 유지되는 것으로 볼 수 있다. 그러나 21세기에도 한글은 그 위용을 그대로 유지할 수 있다고 장담할 수 있을까. 우리 삶의 깊숙한 곳까지 영어가 침투해 학술 용어, 간판, 노래, 심지어 일상대화에서 한글이 사라지거나 보조적인 역할로 전락하고 있다. 젊은 작가들의 소설 속에서 한글은 더욱 참담할 지경이다. 서구적 문화에서 벗어나야 민족과 언어가 회생할 수 있다.

그나마 한식은 국내적 기반을 굳건히 하면서 세계 속으로 약진하고 있다. 한식의 장점이 많은 데 비해 세계적 명성을 획득하는 것과 세계화는 더딘 편이다. 전 세계가 미국식 문화에 빠져들고 '팍스 아메리카나' 현상이 세계를 지배했던 점을 인정하더라도, 전쟁 후의 폐허 속에서 미국식 재건을 꿈꾸고 있던 우리의 경우는 미국화가 더욱 혹심했다고 하겠다. 먹는 것에서조차 서구적 문화에 대해 엄청난 열등감을 갖던 시기가 있었다. 그즈음 신토불이(身土不二)라는 이상한 사자성어까지 유행하면서 한식이 민족주의의 열풍을 타게 되었다. “우리 것은 좋은 것이여”라는 박동진 명창의 애국주의 발언이 유행어가 되기까지 했다.

네 개 브랜드인 한복, 한지, 한옥, 한국음악은 빈사상태인데, 판소리와 사물놀이의 약진에 힘입어 한국음악이 되살아나고 있긴 하지만 갈 길이 멀다. 음악계 내에서도 현재 한국음악은 존재하지 않으며, 전통음악은 이제 그 시대성을 상실하였고, 현대음악은 양식적인 면에서 서구의 것을 무분별하게 수용하는 입장에서 크게 벗어나지 못했다.

우리가 서양음악 중심의 문화구조에서 벗어나고, 한국음악의 가치를 재발견하며, 또한 그 외에 다른 민족들의 음악의 가치를 새롭게 인식해 나가는 것은 이러한 문화 제국주의가 생산하는 ‘자기부정의 정체성’으로부터 한국 민족을 구출해 내는 중요한 작업의 하나가 될 것이다. 즉 문화 다원주의가 자신에 대한 올바른 정체성을 갖게 하고 다양성과 차이를 인식하게 해 주듯이, 다문화주의 음악 교육은 타민족의 음악, 문화, 종교, 사회를 이해하고 다른 문화를 수용하고 존중하는 훈련이 될 것이다.

진정한 국악의 발전을 위해서는 민족주의 강요에서 벗어나야 한다. 우리 것만 중요하고 남의 것은 무시해도 좋다는 식의 일방적인 애호는 민족음악의 성장보다는 파괴를 조장하게 될 것이다. 더구나 외국인 200만 시대를 눈앞에 두고 있는 시점에서 국수주의적 편협한 사고를 갖고 문화 획일주의에 사로잡힌다면 문제는 심각해진다. 문화 다원주의를 수용해야 한다.

한국음악, 국악, 전통음악이라는 상이한 용어를 쓰지만 민족악에 대한 관심이 늘어나고 있고 그 교육의 문제점도 다양하게 제시되고 있다. 한국적 음악 정서의 파괴는 서양인으로 성장하게 하는 결과를 낳는다고 하면서, 국악 교육의 필요성을 역설하는 목소리 속에 가장 큰 문제는 국악을 가르치는 교사의 국악에 대한 지식 부족과 자신감 결여였다. 국악 연수를 한 번도 받지 못했다는 경우가 47.5%, 연수 기회가 부족하다는 응답이 81.8%, 연수를 받더라도 실효가 적다는 조사 결과가 80~90% 정도로 나타났으니 교사의 양성·연수 기회의 확대가 시급하고 교육과정 개선도 필요하다고 하겠다.

한국의 전통적인 노래의 경우 제4차 교육과정에서는 전무하다시피 했는데, 6차 교육과정에 와서는 21.3%, 7차에 와서는 30.7%(초등의 경우)로 비약적인 증가를 기록했다. 그러나 8차 교육과정에서는 축소될 전망이고, 우리나라 교육에서 예술교육이 축소되면 당연히 국악 교육 시간도 줄어들 것이 자명하기 때문에 앞날이 밝지만 않다. 대한민국 초중등 학교의 국악 교육이 아직도 문제가 많다는 것은 국악기 구비가 미비하고, 일부 구비되었다 하더라도 품질이 낮은 것이고, 싼 것들이었으니, 한국적 음악 정서를 함양하겠다는 목표는 아직 요원하다. 여기에 최근 우리나라 중학교의 국악 교육 실태조사 결과 일부를 보여주고자 한다.

전통음악 감상 횟수: 연 1회 이상 92.09%, 월 1회 이상 7.1%
전통음악을 감상한 장소: 학교 92.7%, 대중매체 6.7%, 음악회 0.6%
전통음악을: 잘 안다 0.01%, 좋아한다 2.6%

표본은 850명이었으니 신뢰 수치로 보아도 좋다. 전통음악을 월 1회 이상 듣는 학생이 7%라니 놀랍다. 그러나 전통음악을 접할 수 있는 장소는 대부분이 학교였다니 더욱 놀랍다. 대한민국의 라디오와 텔레비전에서는 주로 서양음악만 방송한다니 참으로 놀랄 일이다. 그러니 전통음악을 잘 안다는 학생은 고작 0.01%이고, 좋아하는 학생은 2.6%이고, 결국 학생들은 전통음악 수업이 지루하다거나 잘 모르겠다고 답변한다. 1만 명 중에서 1명만이 우리 음악을 잘 안다고 하니 이 나라의 정서 교육에 큰 문제점이 있음이 분명하다. 이러고서 어찌 교육이 이루어진다고 하겠는가.

학교의 국악 교육은 대부분이 전통음악 감상(57%), 악기 연주(35.6%), 노래(5.4%), 이론(2%) 순서였다. 국악을 음악으로만 다루었고 이론은 거의 다루지 않았다. 국악은 음악이면서 문학이고 사상이고 정치경제다. 그런데 음악 이론이 교육되지 않는다는 것은 전통음악의 기본조차 모른다는 말이다.

순수 혈통과 문화를 주장하는 시대는 지났고, 이제는 문화다원주의 시대다. 곧 외국인 200만 시대가 다가오고, 500만 시대도 멀지 않다. 21세기는 온 인류가 섞여 사는 시대이고 다양한 문화가 한 지역에 공존하는 시대이며 우리나라도 예외는 아니다. 하지만 우리 것은 없고 남의 것, 서양의 것만 판친다. 특히 우리나라 교육 속에 서양음악만 있는 것은 너무 이상하지 않은가. 음악 교육의 순서를 말하면 다음과 같다.

우리 음악을 먼저 알아야 한다. 자국 중심주의에 빠지면 안 된다는 조건하에, 우리와 주변 음악에 대해 관심을 가져야 한다. 특히 동아시아를 비롯해 동남아시아에 대한 관심도 필요하다. 그리고 국가와 민족을 초월한 세계 음악에 대한 관심으로 이어져야 한다. 학교에 우리 음악을 가르칠 선생님이 안 계셔서 다시 서양음악 위주로 돌아가는 이

촌극은 무엇인가. 10~20년 계획을 갖고 우리 음악 전공 선생님을 기르고, 우리 음악을 가르칠 준비를 하여야 한다. 우리 주변 동아시아, 동남아시아 음악도 가르쳐야 한다. 지금 우리는 음악이 없다. 슬프다.

(2012. 9.)

교황 방문, 대응하는 정치권

많은 사람들의 기대 속에 교황께서 한국을 방문했다. 천주교인뿐만 아니라 한국인 모두가 그분의 한국에 대한 애정을 고마워했고 말씀에 귀 기울였다. 지구에서 유일한 분단국가인 한국의 불행을 특히 아파하면서 평화와 통일을 염원했던 말씀을 우리는 기억한다. "하나님의 은총이 모든 이에게 함께 하시기를, 특히 노년층과 젊은이에게"라 했고, 그 말씀에서 우리의 소외된 이웃을 어루만져 주는 따듯한 손길을 느낄 수도 있었다. 그 말씀 속에는 입시 지옥과 군대에서 젊은 시절을 비참하게 보내거나, 세월호의 참사에 죽어간 많은 젊은이를 애도하는 마음이 담겨 있으리라는 짐작을 하게 된다. 그러니 그분의 행보는 지구 모든 가난하고 소외된 사람들에 대한 사랑임을 잘 안다.

프란치스코 교황의 방문을 맞아 청와대는 "**최고 수준의 예우**"를 거듭 천명했다. 가난하고 소외된 자들의 '**최저 생계**'를 걱정하는 교황께 '최고 수준'을 말하는 무모함이 느껴졌다. "평화를 주기 위해 방한"했다는 말씀의 진의를 잘 모르는 것 같다. 언론은 대대적으로 교황의 방한 일정과 때를 같이 해 북한이 로켓포 세 발을 발사한 것을 두고 호들갑을 부렸다. 우리는 평화를 지향하는데 저들은 그렇지 않다고 보채는 모습이었다. 교황께서 "불신의 벽을 끊임없이 허물고 평화를" 말씀하셨는데 그 말의 진의를 모르는 듯했다. 북한이 어긋나가더라도 잘 달래 분단의 벽을 넘어 평화 통일을 추구하라는 교황님의 권유를 외면하는 듯, 각하의 안색은 무표정했다.

우리는 다시 기억해야 한다. 지구상에 남은 마지막 분단국가에 살고 있고, 이 아픔을 치유하기 위해 노력해야 한다. 분단 현실이 정치적·경제적 목적에 이용당하느라 해결될 기미가 보이지 않는다는 정황을 교황께서도 알고 계셔서 기득권층을 나무라고, 화해와 평화를 당부하였는데도 그 진의를 모르는 것 같아 아쉽다. 우리는 좌우사상을 함께 이해하고 활용하면서 제3의 길을 마련하고, '민족 통일'을 스스로 이뤄야 할 큰 과제가 남아 있다. 지금 이 순간 그 해답에 매진할 기회가 던져졌다고 본다.

사족 하나, 광복절을 맞아 기념식이 열렸는데, 애국가 1절을 열창하던 테너 가수는 "**하나님이 보우하사**"라 노래 불렀다. 한민족 오천 년을 함께한 '하늘님'을 저버리고, 교황의 방문을 맞아 '하나님'으로 개사하는 해프닝을 벌인 것은 좀 심했다. (2014. 8.)

졸업생에 드리는 말씀,
취업하지 마라

졸업이 다가오는 2월은 졸업생들에게 두려움일까. 대학 졸업은 학문의 대업을 마친다는 의미이고, 이제 졸업생은 새로운 업을 시작하게 된다. 그 업(業)이 취업인가. 당연히 아니다. 이제 어린아이에서 청년이 되어 세상을 살기 위한 학업을 마치고 홀로서기의 본업으로 진입하는 것이 졸업의 진정한 의미다.

본업이란 무엇인가. 세상의 모든 일이 본업이 된다. 예전 사람들은 이를 사농공상(士農工商)이라 했다. 글 읽는 선비로 살다 벼슬을 하기도 하고 평생 학문 탐구에 전념하는 일을 값지다고 여겼지만, 농사를 천하의 근본으로 여겼다. 밥 먹는 일이 세상에서 가장 중요하니, 밥 먹는 이치를 알면 세상 이치를 통달하는 것이다. 밥그릇 하나에 진리가 담겨 있다는 옛사람들의 생각을 우리는 다시 경청해야 옳다. 아울러 장인이 되어 생필품을 만들거나 상품을 사고파는 장사꾼이 되는 것도 인간의 본업이다. 세월이 바뀌어 공상(工商)을 지나치게 우대하고 그것이 경제의 중심이라 여기는 자본주의 시대에 살고 있다. 세상 모든 일이 중요하고, 그 일들은 밥으로 통한다. 돈이 중심이란 천박한 마음을 버리면 세상 모든 일이 값지다.

예전처럼 농사를 짓는 것도 중요하지만, 이제는 농사를 지으면서 최고의 상품을 만드는 장인이 되어야 경쟁력이 있다. 훌륭한 장인이라도 스스로 판매망을 구축하여 장사할 수 있어야 경쟁력이 있다. 농사를 지어 얻은 자신의 농산물을 팔 수 있는 인터넷망을 스스로 구축하면 훌륭한 농부가 된다. 농공(農工), 농상(農商), 공상(工商)을 겸하면 새로운 돌파구가 생긴다. 취업만이 먹고 살 길이 아니라, 창업을 하는 것이 귀중하고, 부모의 가업을 이어받는 것도 좋다. 농공상을 재결합하면 좋은 일자리가 생겨난다. 졸업생들이여, 쫄지 말고 당당하게 그 길을 가라. 취업에 목숨 걸지 말고 당당하게 창업하라.

부모님이 가라는 길을 가면 망하기 쉽다. 자신이 가장 잘하는 것, 자신이 좋아하는 것, 보람 있는 것을 하면 된다. 공무원을 철밥통 직장이라 여기고 구하지 마라. 공인(公人)이 되어 세상 사람들에게 봉사할 사람만 가는 곳이다. 취업도 좋지만, 결국 남의 머슴이 되는 길이니 기왕이면 스스로 사장 되는 길을 구하라. 농부도 사장이고 장인도 사장인 세상이 왔다. 농사지으면서도 장인정신으로 최고의 농산물을 만들어 스스로 판로를 개척하여 팔면 좋은 창업이다. 그런데 장인정신과 판매망을 구축하기 위해서는 공부가 필요하다. 그러니 평생 공부해야 한다. 사농공상이 각각 존재하는 것이 아니라 한 몸에 사농공상을 실천해야 진정한 이 시대의 본업을 얻는 셈이다. 늘 공부하면서 땀 흘려 일하고, 남이 따라오지 못하는 장인정신으로 만들어 자신의 소비자에게 파는 것도 위대한 창업이고, 그것이 본업을 찾는 길이다. 졸업생들이여, 평생 공부하라. (2013. 2.)

신입생에게 권한다,
밥만 준비하지 말고 인생 전체를!!

대학은 밥이 아니다. 밥을 준비하는 곳이 아니다. 즉 대학은 취업을 준비하는 전초기지가 아니라는 말이다. 대학은 미래의 인생을 통째로 준비하는 곳이다. 20대 젊음을 불태우면서 열심히 공부하고, 졸업 후 취업을 하고, 결혼을 하고, 아이를 낳고 기르고, 하고 싶은 일을 하고 여행을 하고, 사회에 봉사하고, 서서히 늙어가며 일을 줄이고, 멋진 여생을 보내고 잘 죽는 과정 전부를 준비하는 곳이다. 대학은 취업만 준비하는 곳이 아니고, 인생의 전 과정을 준비하는 곳이기 때문에 다양하고 풍부한 생각을 하고 많은 인간관계를 쌓는 곳이다. 우리가 알아야 할 것을 유치원에서 모두 배웠다는 책은 거짓말이다. 그건 대학에서 가능한 일이다.

대학에서 무엇을 먼저 할까. 내가 누군지 아는 일부터 시작하라. 자기 자신을 알아내는 것은 남과 비교해야 명확해진다. 하나를 안다는 것은 아무것도 모른다는 것을 의미한다. 그래서 남을 알아야 한다. 결국 나와 남을 아는 일이 중요하다. 나를 벗어나 남을 알려고 하라. 제주를 잘 알기 위해서는 한국 전반을 알아야 하고, 한국을 잘 알기 위해서는 중국과 일본을 잘 알아야 한다. 동아시아를 잘 알려면 세계를 파악해야 한다. 나의 형체를 알려면 거울에 비친 모습을 보아야 하듯이, 나의 정체를 알려면 남과 견주어 보아야 한다. 그래야 같고 다른 점을 파악하여 나와 남의 관계가 형성되고, 어떻게 함께 살 것인지를 결정하게 된다. 이것이 있어 저것이 있는 연기(緣起)의 관계망이 완성된다. 그때부터 인생을 알게 된다.

대학에서는 어떻게 알아 가는가. 우선 듣고, 보고, 깨달아야 한다. 교수나 선배 등 남들에게 듣고 알아가기 시작한다. 그러나 들은 것은 부정확하니 직접 보아야 한다. 눈으로 본다고 모두 알게 되지 않으니 본질을 들여다보고 마음으로 알아야 한다. 그러기 위해서는 많은 것을 보고 듣고 경험하는 여행이 중요하다. 우리의 인생을 길에 비유하는 것도 이 때문이다. 시간이 나는 대로 발로 뛰어 확인하고 몸소 느끼기 바란다. 그런데 시간도 한정이 있고 그 넓은 세상을 모두 주유할 수 없으니 어쩌나. 그렇기 때문에 간접 경험이 차선책이다. 모르는 것을 책 속에서 찾으면 된다. 그래서 책 속에 길이 있다고 한다. 부지런히 여행하고, 책을 읽고 사색해야 깨닫는다.

제주대학에서 그런 모든 경험이 가능할까. 서울보다 뒤처지지 않을까. 그렇지 않다. 제주는 위대한 가능성의 땅이다. 왜 그런가. 제주에는 인간과 인공과 현대문명만 있지 않고 자연과 전통 문명이 함께 살아 있고, 인간관계를 형성하는 공동체문화가 살아 있기 때문이다. 데카르트가 "나는 생각한다. 고로 나는 존재한다."고 했는데, 이 근대성을 여는 발언은 '나' 즉 '개인'을 찾아 떠나면서 '우리'를 실종하고 인간을 파멸로 이끌었다. 나만 잘 먹고 잘살면 된다는 생각은 양극화를 부채질하고 지구의 종말을 불러왔다. 제주에는 아직 '우리'가 남아 있다. 그래서 가능성의 땅이다. 흙을 밟고 사색할 수 있다. 인간과 자연이 어우러지는 감격을 늘 만날 수 있다. 제주대학에는 그런 모든 조건이 구비되어 있다. 현대문명에 기대지 않고 다양하고 풍부한 감수성을 기를 수 있는 터전이다. 여러분이 결정한 대학에 대해 자부심을 갖고 최선을 다하면 제주에서, 제주대학에서 큰 가능성을 열 수 있을 것이다.

(2013. 3.)

떠나고 섞여라, 평화를 위해

2012년 올해 지방공무원 시험도 경쟁이 치열하다. (제주의 경우) 행정직 10명 모집에 433명이 지원했으니 43.3대 1이다. 지금 대학가는 공무원 시험 열풍이 불고 있다. 공사나 공단 등 철밥통 직장을 찾고 있다. 이 땅의 부모님이 원하는 직장이기도 하다. 비정규직이 늘어나자 대기업 정규직과 공무원의 인기가 하늘을 찌른다. 학생 시절부터 벽돌 찍듯 판박이 같은 생각을 하고 공부를 하고 대학에 진학했고, 안전하고 편한 길을 향해 달려온 요즘 젊은이들이니 그럴 수밖에 없을 것이다. 아이들이 어렸을 때부터 좋은 성적과 좋은 대학을 외치고 과외 열풍을 일으켰던 학부모들이 아이들을 공무원 시험 열풍으로 밀어 넣는 것 또한 당연하다.

모두 똑같으니 싸운다. 지나친 경쟁이다. 똑똑한 놈들은 의대 아니면 법대(지금은 로스쿨)를 지원하니 대한민국의 인재들이 다양한 분야에서 다양한 역할을 하길 기대할 수 없다. 같지 않은 다양한 길을 가도록 가르치는 것이 교육이어야 하는데, 그 교육이 죽었다. 학교 교육도 대학을 향한 입시지옥으로 전락했고, 공부만 외치는 부모님의 가정교육도 죽었다. 참된 인간이 되라거나 이웃과 함께 사는 법을 익히라거나 웃어른을 잘 공경하라거나 하는 교육은 이미 없다. 대학도 수수방관하고 있으니 이 글을 쓰는 나도 책임을 통감한다.

나는 우리 학생들에게 늘 다양한 길을 권한다. 국숫집을 하더라도 남들과 다른 국수를 내라고 말한다. 어제 산속에서 들었던 산새 소리를 국수에 버무려 드리고, 비 온 뒤 상큼해진 봄기운을 비벼 드리고, 바람에 실려 오는 달래 향을 담아 드리고, 아프리카 아이들에게 정성스런 성금을 보낸 이웃 아줌마의 따끈한 마음을 말아 드리고, 곱빼기를 원하는 사람에게 한라산을 담아 드리면 어떻겠냐고 말한다. 국수 속에 시를 담고, 국수 속에 풍자와 해학을 비벼 드리면 그 국숫집은 성공하지 않을까. 돈만 바라고 총수익이 늘어나기만 바라고 성공만 바라면 되지 않는다. 재룟값 아끼지 않고 좋은 재료 써서 맛있는 음식을 만들어 정성을 담아내면 자연히 성공한다.

나는 우리 학생들이 제주를 벗어나, 한국을 벗어나 세계를 주유하길 바란다. 온 세상을 다니다 보면 안목이 트이게 된다. 아, 김밥을 말아 시드니에서 팔면 성공하겠구나, 멕시코의 대표적 음식인 타코와 또르띠야를 로데오거리에서 팔면 성공하겠구나, 하는 깨달음을 얻게 될 것이다. 물론 한국어 열풍이 불고 있으니 일본에서 한국어 강사로 활약할 수도 있다. 이제 동아시아는 하나가 되어가고 있다. 중국어와 일본어는 기본이다. 중국 북경에서 아침을 먹고 일본 동경에서 저녁을 먹는 것은 이제 21세기를 살아갈 젊은이에게는 다반사가 될 것이다.

중국의 동북공정이나 일본의 독도 망언으로 화를 내고 경계심을 높일 필요가 없다. 제국주의와 패권주의로 치닫는 그들을 잘 달래어 평화로운 세상을 만들어 나갈 자세가 필요하다. 전쟁을 하고 경쟁하여 이긴 일을 자랑으로 삼지 말고, 역경 속에서도 평화롭게 살아온 시절을 교훈으로 삼아 동아시아의 평화를 만들어 나가야 한다. 자꾸 나가서 섞여야 한다. 저 유럽처럼 중세의 문화공동체를 복원하여 EU를 만든 것처럼, 우리도 동아시아 공동체를 복원하여야 한다. 동해를 일본해라고 우기는 일본을 마구 나무랄 필요도 없다. 마찬가지로 그들에겐 동쪽 바다가 아니니, 둘을 병기하거나 새로운 이름을 찾을 필요도 있다. 일부에서는 핏대를 올리고 있지만, 한일 국제학술대회에서는 그런 평화의 노력을 하고 있다. 우리는 싸우지 말고 섞여야 한다. 우리는 안에만 있지 말고 자꾸 나가야 한다.

나가면 보인다. 그러니 두더지처럼, 엄마 품을 찾는 어린아이처럼 안으로 파고들지 말고 밖으로 우리의 시선을 옮겨야 한다. 새로운 아이템을 얻어와 한국에서 사장이 되고, 우리 장점을 살려 북경에서 사장이 될 수도 있다. 안일한 직장 품에 안겨 인생을 낭비하지 말고 새로운 길을 개척하여 우리 학생들이 창업하고 사장이 되길 간절히 바란다. 망하더라도 여러분은 젊으니 또 창업하면 된다. 지금껏 다니지 않던 새 길을 찾아 떠나보길 바란다. (2012. 3.)

제주 무형문화유산

1. 제주의 이미지

제주, 그 단어를 떠올리면 많은 이미지가 연상된다. 감귤, 한라산, 돌하르방, 말, 돌담, 바람, 여자 등등. 뒤의 세 가지는 삼다(三多)의 섬 제주를 만들었다. 한때는 신혼의 메카였고, 요즘 제주는 관광의 메카이다. 최근 유네스코가 정한 세계자연유산으로 등재된 후에는 자연유산 이미지를 앞세워 제주를 알리고 있다. 그런데 2009년에는 강릉 단오제와 강강술래 등과 함께 '제주 칠머리당영등굿'이 세계무형문화유산에 등재되었다.

굿과 함께 제주는 신화의 섬이다. 민속과 무속이 잘 보존되어 있고 예부터 내려오는 신당과 신당에 얽힌 신화가 엄청나다. 제주에는 일만팔천 신이 산다고 한다. 제주는 세계 신화의 수도라고 할 만하다. 그리스와 로마가 기록된 신화로 으뜸이라면, 구전되는 신화로는 제주가 으뜸이다. 유행가가 우리나라 전역을 휩쓸어도 제주에서는 아직 민요를 들을 수 있다. 해녀노래(제주 무형문화재 1호)와 진사대소리(17호) 귀리 곁보리농사일소리(18호) 등과 함께 제주 민요가 국가중요무형문화재 95호로 지정되어 있다. 앞의 것들은 해녀의 물질과 밭농사의 현장에서 불리는 노동요이고, 제주 민요의 경우는 유흥민요의 성격이 짙은 창민

요다. '오돌또기'나 '봉지가' 류인데 옛 정의현의 도읍지인 성읍에서 불리는 것으로, 육지에서 들여와 기녀들이 주로 부르던 노래다. "저기 춘향 나온다. 달도 밝고 내가 머리로 갈까나. 둥그레 당실~"로 이어지는 '오돌또기'는 육지에서 들어왔지만 지금은 제주적 정서를 듬뿍 담은 노래로 남아 있다.

굿이건 민요건 그 보유자들은 거의 사라질 위기다. 전수자가 있어 명맥이 유지되고 있긴 하지만 사정이 어렵다. 이런 민족지가 모두 사라지기 전에 보존과 계승 방안을 잘 마련하는 것이 아마 문화재청 산하 〈국립 무형유산원〉의 할 일이 아닌가 한다. 할머니 한 분이 돌아가시면 박물관 하나가 사라지는 것과 맞먹는다고 하니 무형유산원의 활약은 무거운 시대적 요청이라 하겠다.

2. 무속과 굿

제주는 무속이 잘 보존·전승된 지역이다. 이른 시기에 불교와 유교가 들어왔지만 그 위세에 눌리지 않고 주도적 위치를 지켰다. 육지보다 늦게 불교를 받아들였고, 무속 속에 불교를 포용하면서 큰 갈등이 없었던 것으로 보인다. 유교의 지배력도 제주에 쉽게 미치지 못한 듯하다. 그래서 18세기 초 이형상 목사의 대대적인 유교화 정책이 실시된 것 같다. 그러나 이 목사가 당 오백과 절 오백을 파괴하였지만 이내 복구된 것으로 보인다.

18세기 말 19세기 초 제주의 무속은 큰 전환점을 맞는다. 본향당을 중심으로 한 마을제가 무속에서 유교식으로 바뀌어 포제로 대치되었다. 물론 무속의 마을제와 병행하여 남성 위주의 포제가 동시에 거행된 경우가 많았다고 하지만 유교식 의례가 민간에 파고들게 되었다.

20세기 이후 서구 문명의 영향으로 서쪽 지역은 무속이 약화되었다. 1948년 4.3 사건으로 중산간 마을의 당이 파괴되면서 마을 신앙도 함께 타격을 입기도 했다. 가장 큰 영향을 준 것은 1960년대 박정희 정권 시절의 새마을운동과 미신타파운동이다. 학교에서 이루어지는 의무교육에서 주입식으로 전달되던 사항은 전근대적 사고의 대표 격인 무당과 무속타파였고, 국민의 머릿속에는 '무속=미신=사악함'이었다. 근대국가를 만드는 데 걸림돌이라 할 미신을 타파해야 잘살 수 있게 된다는 허황한 신화를 유포하면서, 무속의 입지는 좁아질 대로 좁아졌다.

이런 근대화의 길을 걸으면서 육지의 무속은 극도로 위축되었으나 제주도의 경우는 예외다. 많은 어려움도 있었고 무속신앙의 본령인 본향당도 훼손된 것도 있지만, 그래도 마을신앙이 잘 지켜졌고 심방과 신앙민들의 이탈도 적었다. 근대화의 기치를 내건 질풍노도의 시간이 지나고 나자 사정은 조금 바뀌었다. 무속도 전통문화의 일부분으로서 보호와 보존의 대상이 되고, 국가로부터 무형문화재로 지정되면서 위상이 바뀌었다. 최근에는 칠머리당굿이 유네스코가 지정한 세계무형문화유산에 선정되면서 민족문화의 자랑이 되었다. 다행한 일이다.

그러나 문제는 지금부터다. 굿과 신화는 매우 중요한 문화유산인데 일부 신앙민을 제외하고 별로 관심이 없다. 그런 사이 굿과 신화도 시들해가고 있다. 굿을 관장하는 심방의 숫자도 줄어들고 있고, 단골의 숫자도 줄어들고 있다. 단골의 나이를 보면 대개 60~70대 이상이다. 굿이라는 의례가 내리막길을 가고 있다는 증거다. 앞으로 10년 뒤면 굿을 만나기 힘들 것이다. 이것이 제주 무속의 현주소다. 지금 남아 있는 무속의례를 잘 보존하고 거기에 담긴 문화적 가치를 잘 살펴, 후손들에게 자랑스러운 제주문화로 계승시켜야 옳은 일이다.

90년대 후반 조사에 의하면 제주시 47, 서귀포시 55, 북군 151, 남군 102 등 360여 개소의 신당이 분포하고 있다. 2008~2009년 제주전통문화연구소의 〈제주신당조사〉에 의하면 행정구역상 등재된 232개 마을 대부분에 신당이 분포하는데, 어떤 마을에는 7~8곳, 적은 마을에는 한두 곳의 신당이 있고, 일부 지역에는 멸실된 곳도 있었다. 이 조사에 의하면 현재 제주시권 192개소, 서귀포시권 199개소, 총 391개의 신당이 산재하는 것으로 보인다.

무속제의(제장) 유형으로 네 가지가 있다. ① 본향당 ② 칠일당 ③ 팔일당 ④ 해신당 등인데, 본향당에는 1년에 네 번의 정기적인 당굿이 있다. 정월의 신과세제, 2월의 영등굿, 7월의 마불림제, 10월 추수 후의 시만곡대제다.

3. 제주칠머리당영등굿(세계무형문화유산, 중요무형문화재 71호)

원래 영등굿은 풍우순조를 바라는 전국적인 의례였다. 우리나라 중부와 남부지방에서는 흔히 영등할머니 신앙이 보인다. 이 신은 2월 초하루에 내려와서 20일경에 올라간다고 여겨진다. 영등할머니가 며느리를 데리고 오는 해에는 며느리가 비를 맞고 초라하게 보이도록 하려고 비를 몰고 오기 때문에 풍년이 들고, 딸을 데리고 오는 해에는 다홍치마 노랑저고리의 고름과 치맛자락이 나부껴서 예쁘게 보이게 하려고 바람을 몰고 오기 때문에 흉년이 든다는 이야기가 있다.

제주의 경우 풍어제 성격에 가까운 의례이다. 세시의례와 연관된 이 굿은 제주도의 중요한 당굿 가운데 하나이다. 제주도에서는 2월을 영등달이라고 하는데, 2월 영등달에는 영등할망(혹은 영등하르방)이 들어와서 여러 곳을 거쳐 다시 2월 보름날에 나간다고 여긴다. 2월 초하루에는 제주수협 건물에서 영등 환영제를 한다. 칠머리당은 영등이 나가는 과정에서 2월 14일 송별제를 하는 당이고, 이 당의 영등굿은 의례와 단골들의 참여 규모가 큰 편에 속한다. 영등을 보내는 굿이므로 이를 '송별제'라고 지칭한다.

칠머리당영등굿은 중요무형문화재로 지정될 때 '칠머리당굿'이라고 했으나 현재 그 성격과 의미를 회복하여 '칠머리당영등굿'이라고 고쳐서 말하게 되었다. 이 칠머리당은 본디 건입동에 있었으나, 산지항이 들어서고 어수선해져서 사라봉 쪽으로 옮겨졌다. 칠머리당에는 영등굿에서 모시는 신격은 다음과 같다. 서편에서 동편으로 모셔지며, 순서는 영등대왕·해신선왕·당신(도원수감찰지방관)·요왕부인·남당하르방·남당할망 등이다.

4. 송당리 마을제(제주 무형문화재 5호)

소로소천국은 땅에서 솟아나, 강남천자국 금모래밭에서 솟아나 제주에 도래한 백주또와 혼인하여 자식 여럿을 두었다. 사냥으로 먹고 살 수 없어서 백주또는 남편에게 농사지을 것을 권한다. 소천국은 밭을 갈다가 중이 시장하다고 하여 밥을 내주었는데, 밥 아홉 동이 국 아홉 동이를 모두 먹고 가는 바람에 밭 갈던 소를 잡아먹고, 배가 차지 않자 이웃집 소까지 잡아먹는다. 이를 안 백주또는 살림을 가르자고 요구한다. 얼마 후 둘 사이에서 난 아들 문곡성은 아버지에게 버릇없이 굴다가 쫓겨나 무쇠상자에 담겨 바다에 버려진다. 그러나 문곡성이 담긴 상자는 동쪽 바다 용궁으로 흘러 들어간다. 문곡성은 용왕의 셋째딸을 배필로 얻게 된다. 하지만 문곡성은 대식가인 아버지 소천국의 피를 물려받은 아들답게 워낙 대식가라서 용궁에서 다시 쫓겨나 강남천자국에 다다른다. 거기서 난리를 평정한 후 군사 삼천을 데리고 다시 제주도로 돌아온다. 이 소식을 들은 부모는 스스로 물러나 웃송당 알송당의 당신이 되었다. 신들의 세대교체가 이루어진 셈이다.

송당 신화의 아들들이 제주섬 전역에, 특히 제주시에서 표선면에 이르는 동부에 주로 분포하고 있다. 송당 본향의 아들이 열여덟, 딸이 스물여덟, 손주가 삼백일흔여덟이었다고 한다.

5. 납읍리 마을제(포제, 제주 무형문화재 6호)

포제단은 '천연기념물 제375호'로 지정한 납읍 난대림지대가 있는 금산공원 안에 마련되어 있다. 포제단 주위로 돌담을 정성스럽게 가지런히 쌓아 전체적인 제장을 마련하였다. 제장의 북쪽에 제단이 마련되었고, 남쪽에는 기와를 덮은 포제청이 있다. 제단은 모두 세 개다. 북쪽인 제장 정면에 서신단(西神壇)과 토신단(土神壇)이 있고, 그 오른쪽에 따로 포신단(酺神壇)이 마련되어 있다. 토신단과 포신단의 크기가 서로 비슷한 데 견주어 서신단은 비교적 작고 단출한 편이다. 제단의 상석(床石)은 모두 자연석을 이용하여 사각형으로 만들었다. 상석 뒤에는 자그마한 돌을 비석 모양으로 다듬어 세워 포제를 지낼 때 지방을 붙이는 용도로 사용한다.

포제의 대상 신은 제단에서 알 수 있는 것처럼 토신(土神), 서신(西神), 포신(酺神)이다. 토신은 마을의 토지신(土地神)으로서 마을 수호신이며, 서신은 서쪽에서 온 손님 신을 뜻하는데 마마신(홍역신)이고, 포신은 농작물에 피해를 주는 신격인데 인간에게 피해를 주는 신격의 의미를 덧보태 인물재해지신(人物災害之神)이라고 한다. 원래 재해를 예방하는 포신에 대한 제사에 마을 수호신격인 토신을 덧보탰고, 여기에

재해의 신 중에도 특히 인간에게 큰 재앙을 주는 마마신을 덧보태 제사 지낸다. 예전에는 음력 정월에 춘제(春祭), 칠월에 추제(秋祭)라 하여 두 차례 포제를 지냈다고 한다. 하지만 1960년대에 마을회의의 결의를 통해 추제는 폐지되고 현재는 정월의 춘제만 지낸다.

6. 해녀노래(제주 무형문화재 1호)

너른 바다 앞을 재어
한 길 두 길 들어가니
저승길이 오락가락

제주에는 〈해녀노래〉가 메아리치고 있다. 제주를 삼다(三多)의 섬이라 한다. 돌과 바람과 여자이다. 제주의 강인한 여자 중에서도 해녀가 제일 먼저 떠오른다. 해녀, 잠녀, 잠수라고도 하는데, 보편적으로 해녀라 일컫는다.

해녀의 일은 고되고 목숨을 거는 일이다. 늘 죽음이 곁에 있다. 그래서 "혼백상자 등에 지고" 다닌다고 하고, 자신들이 물질을 위해 타는 배를 "타고 다니는 칠성판"이라고 하였고, "저승길이 오락가락"한다고 하였다. 그들의 고통은 나라에 바치는 진상품 때문에 더욱 가혹하였다. 조선조에 제주도에서 국가에 진상하는 품목으로는 귤과 말, 그리고 전복이 대표적이었는데, 18세기쯤에는 전복 9,000여 첩을 바쳐야 했고, 이를 위해 제주 여성들은 해녀 일에 시달릴 수밖에 없었다.

조선 중기 신광수는 「잠녀가」에서 고생하는 해녀들의 모습을 보고, "어찌 사람 목숨 희롱하며 내 배 채우리"라고 하면서 전복을 먹을 수 없다고 했다. 제주목사로 왔던 기건도 역시 추운 겨울 물질하는 해녀들의 모습을 본 후로는 평생 전복을 먹지 않았다고 한다. 해녀들의 고통은 '숨비소리'로 피어난다. 해녀 중에 상군(물질을 잘하는 해녀)은 22미터까지 내려가 2분 정도 숨을 멈추고 있다 나온다고 한다. 수면으로 나오면서 참았던 숨을 일시에 내뱉는데, "호오이 호오이" 하는 휘파람 비슷한 소리를 낸다. 그 인내의 숨결을 들으며 제주 여성의 강인함에 다시 한번 숙연해진다.

제주 해녀들은 생존을 위해, 희망을 위해 먼바다도 마다하지 않았다. 전 세계에서 해녀는 한국과 일본에만 분포한다. 우리나라에서는 제주 여성만이 물질을 했었고, 조선 후기부터 남해안에 원정 물질을 하고 이어 서해안과 동해안으로 행동 범위를 넓혔고, 근대에 들어서는 중국과 일본으로, 멀리는 블라디보스토크까지 발길이 닿는다. 해녀의 강인한 삶의 의욕이 지금의 제주 문화를 일구어냈다. 바다 밭을 개척했던 것처럼.

제주 여성들에게 밭은 땅 위에만 있는 건 아니다. 그들은 바다를 밭이라고 생각했다. 척박한 땅의 한계를 극복하기 위해 그들은 바닷속에도 밭을 일구어낸 것이다. 뭍의 밭에서 키워 낸 배추를 된장국에 넣어 먹고, 바다 밭에서 따온 미역을 된장국에 넣어 먹는다. 바다 밭에서 건져 온 전복과 소라는 그들의 희망이 되기도 한다. "소라랑 잡거들랑 닷 섬만 잡게 하고/ 전복일랑 잡거들랑 여든 섬만 잡게 하오/ 못사는 우리 팔자 한번 아주 고쳐 보게" 이렇게 노래하며 척박한 삶을 이겨내는 삶의 터전, 바다 밭을 부지런히 일구게 되었다.

해녀들은 2월에 영등제를 지낸다. 한 해의 풍요를 기원한다. 많은 해산물을 채취하게 해 달라고 하면서, 그들은 바다 밭에다 씨를 뿌리는 모의 농경을 거행한다. 이를 '씨드림'이라고 한다. 그들이 바다에 뿌리는 씨는 좁쌀이다. 좁쌀이 주렁주렁 열리듯이 바다에서도 소라와 전복과 미역이 많이 영글길 기대한다. 제약된 땅을 땅 위에서 찾지 않고 바다에서 찾는 제주 여성의 삶은, 상상 속에서 이상향을 찾아 헤매지 않는다. 현실 속에서 '이여도'라는 이상향을 찾는 찾아 나선다. 그러니 '이여도'는 바다 저 멀리에도 있고, 가까이는 바닷속에도 있는 것이 아닐까. (2013. 2.)

추자도 맛 기행

우리에게 낯설었던 추자도가 가까이 다가오고 있다. 역시 교통이 좋아졌기 때문이고, 거기에 아름다운 경치와 독특한 맛이 있기 때문이다. 몇 년 전부터 쾌속정인 컨티넨탈호가 다니다, 최근에는 핑크돌핀호가 다닌다. 추자도는 지금은 제주도의 부속도서다. 본디 전라도 땅이었지만, 일제 때인 1914년 전라남도 제주군에 편입되었고, 1946년 제주도와 함께 전라남도에서 분리되었다. 지리상 전라도의 영암군이나 완도군과 가깝고 언어와 문화도 전라도 전통을 그대로 유지하는 곳이다. 20세기 중반 행정 소속이 변하면서 추자도 학생들이 제주도의 고등학교로 진학하게 되고, 추자도는 서서히 제주시 북제주군의 생활권에 편입하였다. 그러나 여전히 전라도의 문화를 느낄 수 있고 제주도와 사뭇 다른 음식문화를 살필 수 있다.

1. 삼치와 방어

추자의 삶을 이야기하려면 이곳의 어업으로 실마리를 풀어야 한다. 일제강점기 때부터 추자도는 중요한 어장으로 각광받기 시작했다. 일본의 마루하라는 회사가 들어와 삼치와 방어 가두리 어망을 설치하여 이를 일본으로 수송했다고 한다. 해방 후에는 삼치를 유자망으로 잡았는데, 5·16 이후에 삼치를 전략어종으로 삼아 일본 수출을 재개했다고 한다. 최근에는 삼치와 방어를 채낚기로 잡는다. 대서리에서 낚시 어선을 하고 있는 원용순 씨(78세)는 1980년대 어느 크리스마스 경에 삼치 1kg을 2만 원 ~ 2만 5천 원 선에 수출했던 기억을 떠올리며, 지금은 7~8,000원 대로 떨어져 시름이 크다고 했다.

삼치와 방어를 잡는 채낚기 어선은 100여 척에 이른다. 일본 수출이 막히자 요즘은 국내 시판 쪽으로 눈을 돌리고 있다. 그래서 제주 시내에서 삼치횟집을 자주 볼 수 있다. 제주시에서 처음 삼치횟집을 낸 추자본섬(김영종 사장)에서는 추자도 사람의 방식대로 삼치회를 즐길 수 있다. 굽지 않은 투박한 김에 삼치회와 파김치를 얹어 쌈을 싸 먹으면 회의 부드러움과 파김치의 시원한 맛을 함께 느끼게 된다. 추자 모래밭에 산란을 하는 봄 삼치 때문에 봄에도 종종 삼치를 먹을 수 있다. 겨울 추자도 방어도 인기가 높다. 11월부터 이듬해 3월까지 대방어의 인기는 기존의 광어나 황돔을 뛰어넘은 지 오래다. 10kg이 넘는 방어는 부위별로 맛을 즐길 수 있다. 뱃살과 지느러미살이 압권이고, 방어와 신김치를 함께 끓인 방어신김치찌개가 겨울 입맛을 사로잡는다. 지느러미살은 쇠고기 육회와 색깔과 맛이 비슷하니 당연히 소금장에 찍어야 제맛이다. 뱃살은 제주말로 '베지근한 맛'(기름기 있는 것이 맛이 돌아 구미를 당긴다는 의미)을 느낄 수 있어 최고의 인기를 누린다.

2. 조기

추자 사람들에게 물었다. 추자 사람이 느끼는 대표 어종이 무엇이냐고 했더니 조기, 참돔, 삼치, 방어 4종을 들었다. 그중에서 무엇이 가장 맛있냐고 물었다. 돔이나 삼치는 여러 끼를 지속적으로 먹으면 물리지만, 절대 물리지 않고 맛있는 것이 바로 조기란다. 조기는 매운탕으로도, 구워 먹어도 늘 맛있다고 한다. 현재 추자도 조기 유자망 어선은 55척이다. 가을에서부터 봄까지 조기어장이 형성된다. 대한민국 조기는 대부분 추자도산이다.

전라도 칠산 바다에서부터 연평도에 이르는 조기어장은 이미 황폐해진 지 오래다. 인간들이 폐기물을 버리고 마구 바다를 오염시켜 조기는 서해로 회유하지 않는다. 추자도는 아직 깨끗하다. 조기들은 청정해역을 찾아 추자도에 내려와 이 근역을 벗어나지 않는다. 환경을 잘 지켜왔기 때문에 추자도는 미래의 땅이 되었다. 지금 추자도민은 4월 10일부터 8월 10일까지 자체 금어기간을 설정해 치어를 보호하고 있다.

그런데 아직도 영광굴비가 인기를 누리고 있지 않은가? 이것들이 모두 제주 추자도산이다. 추자도민은 굴비를 만드는 노하우도 없고 굴비를 만들 인력도 거의 없다. 그래서 조기철이 오면 영광에서 장사꾼들이 추자로 몰려온다. 매일 10톤 트럭 몇 대씩 조기를 영광으로 실어 나른다. 거기에서 조기는 소금에 절여 바람에 통째 말려지고 굴비로 둔갑한다. 3년 이상 건조시킨 고급 소금으로 절여, 고급 상품이 되어 백화점 등지로 팔려나간다. 추자도에서는 아직 냉풍 건조나 냉동으로 판다. 저급상품으로 싸게 유통된다. 추자도민이, 그리고 제주도정이 깊이 반성해야 할 일이다.

어릴 적 기억 속의 굴비는 늘 척이 넘었다. 그런데 요즘 굴비는 너무 작다. 보통 1호가 주로 팔리고, 3호(19~21cm)는 23,000원 수준이다. 30cm 이상의 선특호 10마리는 70만 원 수준인데 2010년 7월 추자도참굴비 축제장에서는 35만 원 선에서 거래되었다. 19~25cm의 2년산도 드문 편이다. 결국 대부분이 1년산이다. 왜 이 지경에 이르렀는가. 큰 것들은 어디로 갔는가. 크기도 전에 싹쓸이를 했으니 1년산밖에 없다. 남이 가져갈까 봐 작은 것이 크는 2~3년을 기다리지 못한다. 내가 잡으면 작은 것이라도 이익이라는 생각이 우리 시대 천민자본주의의 본질이다.

3. 환경과 공존의 법칙

유엔 환경계획(UNEP)의 녹색경제보고서가 공개됐다. 거기에는 바다와 물고기에 대한 이야기가 담겨 있었다. 초대형 선단이 온 바다를 싹쓸이하여 40년 뒤인 2050년에는 거의 모든 수산자원이 사라질 것이라고 경고하고 있다. 바다에 너무 많은 배들이 돌아다니고 있는데, 적정 규모의 50% 이상이라고 한다. 낚시를 하고 그물을 던지는 것에 국한하지 않고 그야말로 쌍끌이로 모든 물고기를 건져내는 우리 시대의 이 놀라운 기술문명에 대해 경탄하지 않을 수 없다. 추자도민 박방규 씨(65세)는 "아지(전갱이)가 사라진 지 20~30년이 됐고, 부서(부세)는 7~8년 전에, 준어(준치)는 3년 전부터 보이지 않는다"고 하면서 안타까워했다.

옛날 사람들의 삶은 어떨까. 그저 남을 배려했고, 자연을 배려했고, 욕심내지 않았다. 공존하는 원칙을 지켰다. 『맹자』에는 '척(尺)이 넘는 물고기만을 시장에 내다 팔면 연못의 물고기를 늘 먹을 수 있게 된다'고 했다. 그러면서 3촌(寸)이 넘는 그물코를 허용했던 그네들의 '공존의 법칙'을 제시한다. 우리는 어떤가. 놀라운 기술력으로 촘촘한 그물을 만들어 멸치 새끼조차 빠져나갈 수 없게 하는 대단한 포획 능력을 자랑하고 있지 않은가.

추자도 박종일 씨(65세)는 그물코를 규제해야 한다고 제안했다. 현재 조기 유자망의 그물코가 50mm인데 55mm 이상으로 넓혀야 한다고 했다. 추자면민들도 1년산을 싹쓸이하게 되는 현실을 아파하고 있었다. 법적으로 작은 어종을 보호하고 2~3년산을 잡도록 법적인 조치가 따르길 바랐다. 그런데 이것도 실효 가능성이 있을 것인가 의문이라며 한숨을 지었다. 중국 배가 추자도 인근 공해를 넘나들며 뜬그물로 크고 작은 것을 모두 싹쓸이하고 있다고 했다. 중국 배들이 저장과 수송 능력을 갖추면서 한국 어민들을 위협하는 수준에 이르렀다고 했다. 한중어업협정을 통해 반드시 짚고 넘어가야 할 문제라고 본다.

더 끔찍한 일이 있다. 15센티 정도의 1년산을 먹는 것은 그나마 다행이다. 그것들이 부화하기 전인 알을 즐기는 일이다. 조기는 알이 밴 봄 조기가 맛있다고 말한다. 조기 한 마리가 수만 개의 알을 낳는데, 사람들은 알이 탱탱한 암컷들을 즐겨 먹으며 엄지손가락을 치켜 올린다. 마음껏 먹으려면 조금 기다려 알을 낳은 뒤에 먹으면 되는데, 무슨 놈의 식도락이 이리도 천박하단 말인가.

알이 밴 생선을 시장에 내다 팔지 못하게 해야 한다. 생선알 혹은 알을 가공한 식품을 시장에 내다 팔지 못하게 해야 한다. 알을 파는 자와 먹는 자는 벌금을 부여하고 감옥에 보내야 한다. 알탕이나 알젓을 먹으면 경범죄로 처벌하거나, 시청 앞에 빨간 줄을 치고 그 안에 가두어 손을 들고 하루 동안 반성하게 하면 어떨까?

4. 어민과 항구

서울 변두리 공장지대처럼 추자도 선원도 외국 노동자로 채워지고 있다. 현재 중국과 인도네시아에서 온 선원은 약 200명 정도다. 처음에는 이들에게 욕설과 매질로 다루어 많은 노동자가 떠나버렸다고 했다.

그런데 시간이 지나면서 인간적 대우를 하는 것이 오히려 수확이 좋다는 것을 알게 되었다. 그래서 요즘은 130만 원 정도 월급을 주고, 개인에 따라서 성과급도 주고, 1년이 지난 선원에게는 편도 항공권도 제공하여 5년의 체류기간을 채운다고 한다.(대서리 김용웅 씨, 70세) 남해안 끝자락 섬에서도 공존의 법칙을 알아가고 있다.

추자도 선주들은 한결같이 선창이 좁다고 불평했다. 샛바람이 불 때는 특히 작업공간에 제약된다고 했다. 조기철 4~5척이 배를 대고 작업을 하면 나머지 배는 제주도 한림항에 가서 작업해야 하고, 그런 배가 대개 40~50척이라고 했다. 추자에는 고기를 딸 인력(1척에 20~30명 정도)도 얼음도 없고, 냉동차도 미흡하다고 입을 모았다. 누가 보아도 추자도의 어획량에 비해 항구가 비좁았다. 특히 5,000톤급 크루즈가 정박할 항구를 설비해야 하는데, 추자도의 대서리와 신양리, 묵리, 예초리 등이 합의하지 못해 항구 사업이 표류하고 있었다. 우선 추자도의 중심지인 대서리에 앞쪽 방파제와 연결하는 간단한 공사만으로 크루즈 정박이 가능할 것이라는 뉴태성호 원용순 씨의 말에 공감을 했다.

5. 2010 추자도 참굴비축제

7월 23일부터 25일까지 참굴비축제가 열렸다. 우리는 23일 대서의 절기에 걸맞게 푹푹 찌는 날 대서리에 들어갔다. 축제는 어한기(漁閑期)를 택해 이루어진다는 점에서 여유 있어 보였다. 추자도 바다는 7~8월에 제주 쪽에서 냉수대가 밀려와 어장이 형성되지 않는다고 한다. 그래서 가을부터 봄에 이르는 삼치와 조기 수확에 바빴던 심신을 쉬는 기간이다. 그런데 왜 축제가 복더위에 이루어져야 하는지 의아했다. 조기축제라면 그물에서 조기를 뜯는 것도 보고, 부두에서 조기를 구워 먹기도 하는 시기여야 하지 않은가? 싱싱한 조기를 맛보고 사 갈 수 있는 조기 철에 축제가 있어야 하는데 참으로 의문투성이다. 그리고 주민들의 불만도 대단했다. 축제위원이나 추자면 사무소 직원들이 모든 것을 결정하고, 정작 선주와 생산자와 유통업자는 배제되고 있었다. 추자도에서는 굴비 만드는 노하우도 없어 냉풍건조를 하거나 냉동하여 축제에 상품을 내놓고 있었는데, 결국 냉동고 끝물 처분하기 수순에 불과했다. 혹여 서울이나 육지 쪽 관광객이 비웃을까 두려웠다.

이번 축제에는 풍어제가 새롭게 선보였는데, 진도 당골들이 뱃고사도 지내고 씻김굿을 하면서 풍어를 빌었다. 국악 고수들의 반주를 곁들인 무형문화재(송순단)의 비념이 축제를 압도했다. 애초 추자도의 풍어제는 마을의 걸궁에 의해 이루어졌다. 대서리의 경우 산신제를 드리고 이어 최영장군 사당에서 사당제를 한 후, 바닷가에서 해신제를 드리는 절차로 거행되었다. 이번 축제에는 걸영제 헌식을 하고 걸궁의 길트기가 선보였다.

추자도는 음력 섣달그믐에서부터 정월 초사흘까지 걸궁을 펼치는데, 이 내용을 들여다보면 한국 농악대굿의 원형으로 판단된다. 추자도에는 무당굿이 전해지지 않는 것으로 판단되고 다만 농악대굿이 풍농과 풍어 등 풍요를 기원하는 행사로 전해온다. 이 걸궁에는 풍물패와 탈을 쓰고 춤을 추는 양반탈, 곱추탈 등이 따르고 마을사람들이 함께 탈놀이를 벌이는데, 이것이 탈춤의 기원일 것으로 본다. 육지에서는 그 흔적을 발견하기 어려운 매우 희귀한 놀이라고 생각된다.

그 내용을 살펴보면 다음과 같다. 걸궁패는 25~30명 정도고, 12모리로 구성된다. 1 얼림굿, 3-5 놀림굿, 6-7 길굿(제사), 11 단사리(獻食), 등 농악대굿의 원형을 보여준다. 이 놀이는 음력 정월 초사흘 밤에

밤굿으로 마무리된다. 저녁을 먹은 후 늦게 마을사람들 전체가 마을회관에 모여 탈(놀이)굿을 즐기는데, 여기에는 양반탈과 곱추탈 등이 있다고 한다.

모든 놀이의 출발은 최영장군 사당이다. 고려 말에 최영장군이 이 추자도에 들어와 고기를 잘 잡게 해주었다고 해서, 섣달그믐에 해신제를 드리고 '고기 부르는 걸궁'을 한 후, 정월 초하루 최영장군 사당제로 걸궁이 시작된다. 2월 초하루에서 중순까지 최영장군 사당 장군제가 별도로 거행된다.

본격적인 놀이에 앞서 길놀이를 하는데, 포수 3인이 각 집을 돌며 지신밟기를 주재한다. "덕담과 좌담"을 주고받으면서 마당과 부엌 등 집안의 지신을 밟고 돈을 받는다. 부엌에선 솥뚜껑 위에 돈을 올리는데, 마치 무속인처럼 빌어주는 주언을 왼다고 한다. (이상 1994년부터 2004년까지 이장을 지낸 고광찬 씨의 진술)

추자도의 숙박시설과 음식점은 대개가 낚시 관광객 위주로 짜여 있다. 숙박업을 하는 사람들은 낚시꾼들의 패턴에 맞춰 점심을 낚시 장소까지 배달하기도 했다. 그래서 일반 관광객용 숙박시설이 미흡하고, 당일 여행객을 위한 음식점도 제대로 갖추어지지 못했다. 특히 올 6월 추자도 올레 코스가 개장하였는데, 올레 탐방객을 위한 식당 등을 정비해야 할 것이다. 추자도의 생업이 어업으로 올인하는 상황에서 추자도의 제철 해산물을 메뉴로 삼고 해산물을 관광상품으로 개발해야 하는 과제를 안고 있다.

6. 추자도의 여름 맛

추자도는 가을에서 봄까지가 성어기다. 추자의 대표적인 조기와 삼치도 역시 여름에는 맛볼 수 없다. 그렇다고 이것만이 다는 아니다. 여름 별미로 먹장어를 꼽는다. 조금 때 낚시를 하여 잡는데 고등어 반쪽을 미끼로 쓴다. 큰 것은 7~8kg이 넘고 힘이 세기 때문에 낚싯줄은 와이어 두꺼운 것을 쓰고, 바늘은 주먹만 한 것을 쓴다고 한다. 추자 주민들은 먹장어 한 마리는 끓여 먹어야 여름날을 견딜 수 있다고 말한다. 삼복에 개 한 마리 잡듯이 추자에서는 7~8kg이 넘는 먹장어를 먹는 것이 뱃사람들의 관례라고 한다. 그 쓸개는 술에 담아 3일 후에 먹는데 한 잔 정도만 먹어도 남성들이 큰 효험을 본다고 한다. 2~3잔을 먹으면 바지 아래쪽 사정 때문에 외출이 불가능해진다고 하고, 그 이상 먹으면 설사를 한다고 한다.

농어는 멸치 떼를 따라 이동한다. 멸치 철이 되면 농어는 기름기가 그득하며 이때 가장 맛있다고 한다. 8월 포인트를 아는 사람은 1m짜리 10마리는 거뜬히 잡는다고 한다.(신양리 민중 씨) 농어든 삼치든 큰 것일수록 제맛이다. 추자의 전복이나 홍합은 크기로 소문났다. 전복 큰 것은 부르는 게 값이고, 홍합은 어른 손바닥 크기로 여름 별미다. 홍합과 파래를 넣어 얼음을 띄운 '홍합 파래 냉국'은 보기에도 시원하다. 제주의 여름 맛은 물회인데, 추자의 여름 맛은 냉국에서 찾을 수 있다.

추자에 낚시 오는 사람들을 이끄는 것은 감성돔과 돌돔이다. 감성돔은 주로 겨울에 잡히는데 60~70cm가 넘는 것도 있어 손맛을 아는 사람들을 유혹한다. 여름에도 만날 수 있는 추자 돌돔은 맛이 깨끗하고 쫄깃하다. 귀빈식당의 회 맛이 정갈하다.

최근 제주도에서 유행하기 시작하여 전국적인 인기를 누리는 회가 바로 고등어와 갈치회다. 고등어와 갈치회를 유행시킨 물항식당의 주인이 바로 추자 출신이다. 고등어와 갈치는 성질이 급한 놈들이어서

끌어내면 바로 죽기 때문에 그 회 맛을 보기 힘들다. 그래서 잡자마자 냉동고에 2~3도로 선동을 시켜 보관하면 횟감으로 가능해진다. 그것만이 아니다. 간장에 고춧가루와 참기름과 파 등을 넣어 만든 '추자도 소스'가 있어야 제격이다. 고등어 횟감이 품귀현상을 보이자 요즘에는 고등어를 가두리 양식하게 되었다. 흔해 빠져 개도 먹지 않았다던 제주 고등어의 과거를 떠올리면 참으로 많이 변했다. 양식 광어에 이어 양식 고등어도 세인들의 관심에서 밀려날 날도 멀지 않았다. 그러나 추자도에서는 아직 모든 것이 자연산이다.

추자의 대표 4종 '삼치, 방어, 참돔, 조기'뿐만 아니라 돌돔, 감성돔의 참맛을 보려면 추자에 오셔야 할 것이다. 더구나 대서리에서 출발하여 추자교를 건너, 묵리와 신양리와 예초리를 돌아오는 17km의 추자 올레길은 섬 여행의 진미를 선사할 것이다. 두 살짜리 아이가 살아나게 된 기적적인 이야기와 엄바위 아래 억발장군 이야기, 해녀들이 버려두고 와 죽게 된 애기업개를 위한 처녀당 이야기, 고기 잡는 법을 가르쳐 준 최영장군 이야기를 들으면서 어릴 적 추억의 맛을 기억해 내길 바란다. (2012. 3.)

침대 1

(최수철, 문학과지성사, 2011)

1) 침대의 역사

한국인 40세의 여성과 36세의 치과의사가 남아프리카공화국에서 결혼하게 된다. 여성은 몇 년 전부터 아프리카에서 봉사활동을 하다가 최근 의료봉사를 온 남성과 사귀게 되고 드디어 결혼하게 되었다. 남자는 국내 생활에 염증을 느끼고 도피한지도 모르겠다. 그리고 그들은 새로운 생활을 시작하면서, 김치찌개로 아침 식사를 한다.

며칠 전 꾼 꿈이다. 전혀 나와 상관없는 사람들이 꿈에 등장했다. 나의 염원이라거나 도피 의사와 전혀 관계없다. 내가 최근에 본 기사나 드라마와도 관계없다. 나의 억압적 요소와도 무관하다. 잠재의식 속에서 무슨 연동 작용이 일어났던 것인가. 꿈은 이렇게 무의미한 구석이 있다. 꿈과 현실을 연관시킬 필요도 없는데 우리는 꿈을 현실의 연장선상에 놓고 해석하거나 읽어내려고 한다.

작가가 말했듯이 인간의 보편적 꿈은 "자연스레 잠자는 법과 꿈꾸는 법을 배워" 사는 것이다. 밥 잘 먹고 잠 잘 자는 기본에 충실한 것이 인간의 꿈이다. 얼마나 쉽고, 또 얼마나 어려운가. 잠자리에 들자마자 잠이 들고 잠을 깨지 않고 잘 자고 상쾌하게 아침에 일어나는 일이 참으로 어렵다. 매일매일의 인생살이처럼 뒤죽박죽이다. 잠을 청하는 것에서부터 잠을 깨는 일까지 고통의 연속이다. 그 사이에 끼어드는 꿈은 또 어떤가. 최수철의 『침대』는 바로 우리들의 잠과 꿈에 대한 보고서다. 태곳적부터 인간이 살던 궤적을 그려내고 있지만 중심은 근대를 살아왔던 사람들의 현실과 꿈이다. 현실이 꿈에서 연유하고 하루의 일과가 잠에서 연유한다고 여기며 '잠과 꿈'에 대한 해부를 했는데, 분석적이거나 몽상적이지 않게 '침대'를 매개로 설정했다.

시베리아 샤먼의 침대에 깃든 신화적인 시간은 중세 왕정의 시간을 건너뛰고 근대 제국주의 각축의 시간과 연결된다. 그리고 러일전쟁과 일제 침탈, 그리고 한국전쟁과 근대화 과정이 세밀하게 펼쳐진다. 그러니 침대가 지내온 긴 시간의 중간 부분은 에피소드와 삽화로 녹여 인간의 보편적 삶을 보충하는 서술 태도를 취하고 있다. 태곳적 신비감은 근현대를 이어오면서 지속적으로 작용한다. 침대에 깃든 죽은 자의 원혼이 또 다른 죽음을 부르면서 침대의 마력이 작동한다. 침대는 죽음의 장소다. 침대에서 태어나 침대에서 죽는 인생의 전반이 죽음으로 강화되어 나타나는 것을 보면 인생을 비관적으로 바라보는 바탕이 깔려 있던가. 특히 근현대 우리 인생이 겪은 참담함을 이 침대를 통해 또렷하게 보여주고 있다.

시베리아 샤먼 미누에서부터 그의 영혼이 깃들어 있던 나무를 베어 침대를 만든 목수, 러시아 지휘관과 군의관, 일본의 후쿠스케와 조선의 유적, 외국 병사와 3공화국 주역에 이르는 끝없는 죽음이 저주처럼 한 침대에서 연속된다. 괴기스럽다. 그러나 그런 죽음은 바로 우리 역사의 단면인 셈이다.

침대는 "악마성의 근원이자 모든 희망과 가능성이 공존하는 신비한 장소"(11쪽)라고 한 것을 보면 침대를 '역사' 그 자체로 환원시키려 한 의도가 엿보인다. 포스트모던 역사가들에게 역사는 '사실의 기록'이 아니라 '희망과 절망 그리고 욕구의 표현'이라 규정한 것을 보면 그런 느낌이 든다. 그러나 작가는 포스트모던 역사의식에서 벗어나 있는데 시간적 단절을 극복하는 진지성이 도처에 있기 때문이다. 그러면서 근현대의 일제 침탈기와 민족 분단, 그리고 근대화 독재 시기에 인간이 지닌 보편적 꿈과 시대적 현실 사이의 간극을 사실적으로 그려내기 때문이다. 작가의 전작들과 다른 면모가 드러나고 있으니, 인간존재의 현실적 모순이라는 모더니즘적 특성을 구체적 역사성에 대입하여 리얼리즘적 반전을 시도하기 때문이다. 일제 침탈과 해방, 전쟁과 독재는 역사의 구체성이지만, 한편 인간의 존재의식을 다른 각도에서 상처 내고 억압한 보편적 비극이기도 하다. 다음은 그 구체적 역사에 녹아 있는 인간의 군상이다.

2) 전쟁과 독재

민족 분단과 민족 전쟁의 참혹함을 매우 다른 각도에서 포착하고 있다. 역시 침대를 매개로 하기 때문이지만 침대의 외연과 상징을 한껏 확대하여 인간세계를 조명하고 있다. 한국전쟁의 참혹한 모습을 간파하되 그것을 아귀들의 각축이라고 하면서, 입은 작지만 거대한 위장을 가져 아무리 먹어도(죽이고 파괴하여도) 채워지지 않는 식욕을 가진 아귀를 등장시켜 삽화처럼 그려내고 있다. 근대 민족주의 국가 시대는 아귀의 식욕만큼의 대량학살이 자행되는데도 자각증세가 전혀 없다. 전쟁은 전쟁을 낳고 있다.

동물에 대한 인간의 우월성을 주장하는 오만하기 짝이 없는 태도를 깔아뭉개고, 인간이 동물만도 못하다는 경멸을 퍼부으면서 작가는 전쟁을 부정한다. 동물은 먹을 것을 위해 다투지만 동족을 일시에 대량으로 죽게 하지는 않는다. 인간만이 전쟁을 일으켜 동족을 죽음에 빠트린다. 그래서 작가는 이런 상황을 요나의 침대라고 하고, 고래뱃속에 비유한다. 작가의 젊은 시절, 그를 위대한 작가로 알린 '고래뱃속'이란 소설에서도 우리 현실의 참담함을 고래뱃속에 비유한 바 있는데, 그곳은 "지옥·죽음보다도 더 나쁜 곳"(88쪽)이다. 전쟁, 군함 발진, 전투를 앞둔 인간의 참혹한 현실 앞에서 '전쟁에 대한 환멸'을 일으키는 등장인물을 통해 작가도 전율하고 있다. 요나는 하느님의 계시를 무시하고 도망치다가 고래뱃속에 들어가게 되었듯이, 현대 인간들에게도 하늘이 없다. 하늘이 심판할 것이라는 두려움이 전혀 없다. 작가는 작금의 전쟁을 두고 곧 하늘의 징벌이 가까웠음을 예언하고 있다.

오래전에 하늘이 인간의 오만함을 징벌하기 위해 대홍수를 일으켜 인간을 멸종시키려 했다는 신화가 있는데, 그것이 인류 멸종의 첫 번째 위기였다면 작금의 전쟁은 인류 멸종의 두 번째 위기일 것이라고 작가는 경고한다. 고대 메소포타미아의 길가메시 서사시에서 신들은 인간들이 시끄러워 못살겠다고 하면서 엔릴로 하여금 인간을 멸종시키기로 결의하였는데 엔키가 이 비밀을 지우쑤드라(우드나피시팀)에게 알리고 배를 만들어 온갖 생명의 씨앗과 동물을 싣도록 하여 인류가 위기에서 살아남았다고 한다. 작가는 위의 오천 년 전 사건과 달리 이번에는 그 위기를 넘길 수 있을지 모르겠다는 비관론을 펼친다. 인간의 전쟁이 너무 잔인해졌고 대량학살을 태연히 저지르고도 죄의식이 없는 점, 그리고 다른 나라의 영토를 빼앗는 것에 머무르지 않고 각 개인의 '잠자리의 안위'나 가장 기본적인 자유와 행복을 위협하고 있다고 하면서, "지금 이 침대 빼앗기 게임도 인류에게 치명적인 결과를 미칠 수" 있다고 공언한다. 침대 빼앗기는 '침대 파괴'로 이어지고 그것은 인간의 삶과 꿈을 송두리째 파괴하여 모든 희망과 가능성을 박탈하는 행위이기 때문이라고 말한다.

그 전쟁으로 아직 종말을 맞지는 않았지만 언젠가 머지않은 미래에 닥칠지도 모른다는 여운은 이 소설 속에 내장되어 있다. 인간이 피 맛을 알고, 종족 간의 대결이 계속되고, 대학살을 저지르고, 그것이 문명 간의 충돌로 이어지고 더 나아가 핵전쟁으로 이어진다면 신에 의해서가 아니라 인간 스스로 그 파멸을 가져오는 셈이다. 대통령과 정부가 북한과 전쟁놀이를 벌이면서 그것이 확대될 위험이나 핵전쟁의 위협을 모른다는 점이 더 큰 두려움이다.

전쟁의 위협과 불안을 해소하기 위해 작가는 잠 대신 춤을 제안한다. "꿈은 침대가 낳는 알과도 같은 것인데, 침대가 포탄 소리에 놀라 불임과 불모의 상태로 떨어져 알을 낳지 못하니, 꿈 대신 춤을 추어야지요. 춤으로 꿈을 대신하다 보면 침대도 살아나겠지요. 그럼 우리는 전쟁을 멈출 수 있겠지요." 포로수용소에서 남북이 갈려 서로를 불신하고 죽이게 되자 극도의 불안한 상황에서 장강이 꺼낸 말이다. "잠 대신 춤을" 제안했지만 결국 수용소 내의 음모세력에 의해 좌절되고 만다. 장강이 말한 춤은 '해원(解冤)의 춤'이 될 수 있었는데 실패하고 말았다.

작가는 몇 년 전 「페스트」라는 소설 속에서도 춤을 꺼낸 바 있다. 작품의 무대는 죽음의 병 페스트가 휩쓸고 지나간 직후다. 라인강과 모젤강 연안의 작은 도시에서 시작한 '광란의 춤'은 쾰른에서 프랑스로 이어졌다. 몇몇 사람들이 집 밖으로 뛰쳐나와 춤을 추기 시작했고, 춤을 추다 지친 사람들은 탈진해 쓰러졌고 이렇게 모두 지쳐 쓰러질 때까지 광란의 춤은 계속되었다고 한다. 춤추는 행렬은 한 도시에서 다른 도시로 전염되었는데, 페스트 후 종말을 예감한 자들의 몸부림이라 해석된다. 이는 당시 〈죽음의 춤〉이라는 연극으로도 상연되었다고 한다. 해골이 다양한 신분의 사람을 하나씩 불러내어 춤을 추고 무덤으로 끌고 가고, 지옥에서 솟아나는 화염 속에서 광란의 춤을 추다가, 등불을 든 순례자들에 의해 잠시 광란이 멈추는 극이었다고 한다. 물론 대마왕은 잠시 퇴진하지만 빛은 지속되지 않고 빛과 어둠의 끊임없는 투쟁이 계속되는 상황이다. 페스트에 의한 죽음이 전염병처럼 번지는 상황에서 추던 '광란의 춤'이 민족 전쟁 속에서도 재연되었다고 보았다. 수용소의 음모세력에 의해 어둠이 승리하고, 해원의 춤이 광란의 춤으로 바뀌어 엄청난 살육이 이어진다. 그래도 작가는 장강이 제안한 '해원의 춤'이 휴전선에서 다시 번질 것을 꿈꾸고 있을 것이다. 전쟁으로 인해 알을 잉태하지 못하는 침대가 춤을 통해 서서히 치유되고 꿈을 꿀 수 있는 미래를 기대하고 있기 때문이다. 불신과 반목과 의심과 분노 등 악덕이 깃든 나쁜 침대가 전쟁을 잉태하게 되는데, 인간은 "의심과 분노로도 생명의 에너지를 얻게"(74쪽) 되기 때문이다.

전쟁에서 수용소 침대, 야전침대로 쓰이던 것이 민족중흥의 사명에 투철했던 한 독재자를 만나면서 푸른 침대로 자리 잡는다. 푸른 기와의 청와대와 묘한 대응을 이룬다. 그곳의 독재자는 세상의 모든 침대를 독점하고 싶은 욕망에 불타고, "이 세상 모든 침대들이 새로운 위기"(399쪽)에 빠진다. 침대는 상상력이 발휘되는 공간이고 그래서 '사고와 결의의 탄생 공간'인데, 독재자는 침대를 관리함으로써 사고를 구속하기 시작한다. "침대 위에 누워 나누는 말속에 자신을 음해하려는 음모가 들어 있다고 의심"(406쪽)하면서 베갯머리송사도 관리한다. 지독한 전제국가의 상황을 적절하게 은유하는 흥미진진한 부분인데, 실제로 중국은 최근 민족분규가 일어나는 신강 위구르 지역에서 전화를 감청하고 인공위성으로 사람들의 대화를 도청하여, 말속에 의심스러운 단어가 잡히면 바로 공안들이 출동하여 인신구속을 한다는 소문이 만연하였다. 이제는 첨단기술로 가능해진 구속력을 인위적인 힘으로 실현시키려 했으니 얼마나 혹독한 '사상의 자유' 구속이 이루어졌는지 가늠케 한다.

권력자의 침대는 청와대를 빠져나와 고문 침대로 전락한다. 사고를 의심하던 단계에서 사상을 감시하고 처벌하는 단계로 상황이 악화되었음을 상징한다. 침대는 사상을 감시하는 밀실에서 이제 "잠을 재우는 것이 아니라 잠을 빼앗기 위한 물건"(417쪽)으로 전락한다. 침대의 타락은 역사의 타락이고 민중의 고난이 극에 달했음을 의미한다. 독재시절에 있었던 등화관제 훈련도 "잠자리의 관리"이고 이는 "내면까지 장악"(424쪽)하려는 음모라고 표현한 점이 70년대 시대 상황을 적절하게 반영하고 있다. 그의 다른 소설에서도 밀실의 침대가 등장하는데 그곳은 "처음에는 기억하게, 나중에는 잊게" 만드는 공간이라고 서술되고 있다. 처음에는 사상범을 고문하면서 관련자를 실토하도록 고문하고, 나중에는 밀실의 고문과 악행을 잊도록 조치하는 지독한 상황을 묘사한 바 있다.

70년대에 이어 80년대 밀실과 고문과 사상 검열과 감시로 점철되는 이 구속 공간을 작가는 '프로크루스테스 침대'로 단정한다. 침대 위에 눕혀 놓고 그 한정된 길이에서 긴 놈은 자르고 짧은 놈은 늘리는, 그야말로 민중을 엿가락 주무르듯 하던 시절을 프로크루스테스 침대에 비유하면서 '검열·교정의 시대'라 명명하였다. 그런 시대는 끝났는가. 프로크루스테스 침대는 아직도 우리 곁에 놓여 있다. 침대는 희망과 가능성의 배태되는 곳이지만, 악마성의 근원이기도 하다는 작가의 말을 상기하자.

고문은 침대 위에서 잠이 드는 것이라고 했다. 한 수도승은 고문을 받으며 고통 속에서 궁극의 침대를 꿈꾼다. 그것이 수도승의 깨달음을 얻는 과정이고 도달할 목표다. "이 세상에는 모두가 평안히 잠들지 못하는 한, 결코 잠들 수 없는 영혼이 있다는 사실"(422쪽)을 상기시킨다. 유마거사의 재림이고, 작가가 발견한 가능성의 세상이고, 작가가 감당하려는 세상의 표현이다. 유마거사의 깨달음, 거기에 잠과 꿈에 대한 해답의 실마리가 있다.

3) 꿈꾸기와 꿈 깨기

이 소설을 읽으면서 '잠자리'가 단순한 장소가 아니며 잠자리에 드는 시간도 단순한 시간이 아님을 느꼈다. 여태껏 잠을 잘 자는 편이었는데 이 소설을 읽은 후는 잠을 설치는 시간이 많아졌다. 침대는 아주 복잡한 것이고, 잠자리는 무수한 시간과 공간이 얽혀 상호작용을 하는 곳으로 새삼 인식되었다. 그리고 "세상 사람들이 그리 행복하지 않다는 사실을 새삼스레 절감"(539쪽)하였다고 하는데 정말 그렇다. 세상 사람들은 편히 잠자리에 들지 못하고 뒤척거리며, 설사 잠을 자더라도 꿈을 꾸지 않으며, 꿈을 꾸더라도 악몽을 꾼다는 사실을 절감하게 되었다.

잠을 잘 자고, 꿈꿀 시간이 많아야 행복하다고 했다. 그래서 "꿈은 자신이 살아 있음을 확인하는 방식"(479쪽)이라고 했다. 작가가 바라보는 뭇 중생의 생각이 그렇다는 말이다. 우리는 꿈을 깨야 하는데, 사람들은 꿈을 꾸는 것을 중시하고 있다. '꿈'은 희망 혹은 미래에 대한 낙관 정도로 해석된다. 그래서 늘 "꿈을 가져라"라고들 말한다. 그러나 진정한 길은 꿈을 깨는 데 있다. 샤먼 미누의 현신인 최불은 자신의 작품을 감상하는 사람들에게 두려움과 공포를 느끼길 바라면서 다음의 말을 던진다. "깬 상태로 악몽을 꾸면서 그것을 넘어설 용기를 가지는 게 중요한 거야"(550쪽) 바로 고통을 감내하는 수도승의 독백과도 유사하다. 고통 속에서 그 고(苦)와 대면하고 그것을 넘어설 끈질긴 생명력을 바라는 마음이다. 깨어 있으면서 고를 넘어설 용기는 인생을 낙관만 하는 자에게는 불가능하다.

침대에서 꿈을 꾸면서 망각을 통한 즉각적인 갱신 능력을 소유한 자를 소개하고 있는데, 그 '망각과 갱신의 장소'는 다름 아닌 우리의 교회와 사찰이 아니던가. 일주일의 잘못과 죄를 사하여 달라고 빌고 헌금을 하고 돌아와 홀가분한 마음으로 또 죄를 짓고 악을 증식하는 인간들에게 교회와 절은 고통을 환락으로 바꾸는 공간인 셈이다. 현대문명은 대부분 고통을 쾌락으로 환원시키는 작동 능력을 최선으로 삼는데, 교회와 사찰은 그 중심에 있다. 무통 문명을 이끄는 정신세계의 주모자다. 진통제와 마약도 바로 종교가 관장하고 있다. 고통스럽지 않으려고 고통을 회피하는 공간이 바로 종교의 공간이 되어버렸다. 원래 종교의 본래면목은 그렇지 않았으리라. 자아를 찾고 정신세계의 깨달음에 도달하거나 구원을 얻는 것이다.

작가는 인간의 구원은 오직 침대에 달렸다는 사실(577쪽)을 말하면서 "잠을 자면서 신비를 경험하는 동안 진정한 자아를 회복한다. 사랑도 그 신비 중의 하나다."라고 했다. 잠을 자면 바로 구원되는 게 아니다.

잠을 자면서 '사랑 혹은 평화'를 경험하는 사람들이 자아를 찾고 구원에 이른다고 했다. 작가는 인간을 구원할 수 있는 덕목으로 '사랑'을 던져 놓고 있다. 사랑 이외에 말하지 않은 신비는 무엇인가. 잡다한 욕망을 비워 두는 것이다. 비워 두기 때문에 평화가 찾아온다. 작가는 그래서 수많은 침대를 나열하고 궁극에 빈 침대를 제공하는 게 아닌가. 현대문명의 들끓는 욕망이 잠재워진 침대. 혼미한 욕망으로부터 깨어 있는 침대. 모든 욕망이 비워진 결핍의 침대. 사랑은 결핍에서 가능하다.

나는 이 소설의 메시지가 잠을 깨우는 것이 되었고, 꿈을 꾸는 것보다 꿈을 깨는 것, 꿈에서 깨어나 자아를 깨닫는 것이었다고 주장하면서도, 내가 혼미한 잠 속에서 꿈을 꾸는 것은 아닐까 우려된다. 더구나 작가와 동상이몽(同床異夢)을 하는 것이 아니길 간절히 바란다.

(2011. 10.)

침대 2

1층에서 2층으로 이어지는 계단 위에 조부님이 서 계셨다. 그 옆에서 부모님이 아래를 내려다보면서 내게 "왜 이렇게 늦게 왔니"라며 질책하였다. 손자에게 늘 따듯했던 조부님은 표정 없이 어서 올라오라는 손짓을 했다.

대학교 2학년 때 꿈이다. 그해 여름 멀리 경상도 양산 지방에서 봉사활동을 하고 있었는데 거기에서 이런 사실적인 꿈을 꾸었는데, 너무 생생하였다. 집에 무슨 일이 있을 것이란 예감이 들어 우체국에 가서 두 시간을 기다려 겨우 집에 전화가 연결되었는데, 어머니가 받으시면서 조모께서 위독하다고 빨리 집으로 돌아오라고 했고, 그다음 날 조모님은 세상을 뜨셨다. 나는 운명 직후 집에 도착할 수 있었다.

내가 집을 떠날 때는 조모님에게 아무런 징후도 없었다. 연세도 환갑을 조금 넘긴 상황이었다. 그런데 갑자기 돌아가시게 된 것이다. 집에서는 밖에 나간 내게 연락할 방법이 전혀 없었다. 어떻게 그 먼 거리에 있는 내게 텔레파시가 전해진 것인지 지금도 불가사의할 뿐이다. 아하 현몽이란 것이 이런 것이구나라는 생각을 처음 했다. 꿈은 늘 현실과 소통하는 통로를 어딘가에 감추고 있다고 느낄 수 있었다.

그러니 잠자리에 든다는 것은 현실에서 알지 못하는 다른 세계로 빨려드는 것이고, 의식에서 무의식의 세계로 전환하는 것이고, 짐을 지고 있다고 풀어 놓는 곳으로의 이해라 할 수 있다. 작가는 그 잠자리에 대해 이야기하는데, 그 잠자리를 침대로 환원시켜 실마리를 풀어내고 있다. 우리에게 침대는 조금 낯설다. 작가도 이 땅이 세계 각국의 침대의 전시장이 된 것을 근대문명의 침탈로 그려내고 있는데, 그런 점을 보더라도 근대적 잠자리에 대해 집중하는 느낌이 든다. 그러나 침대에 깃든 고대적 원형에서 이야기가 시작되는 것을 보면 침대는 인간이 겪은 잠자리에 대한 총체적인 집약이기도 하다.

작가는 잠자리에서 우리가 경험한 악몽을 들추어낸다. 무섭고 힘든 상황에서 가위눌리다가 소리 지르고 잠에서 깨어나 아픈 우리의 현실을 주무르고 있다. 우리가 꾸었던 악몽은 우리가 경험했던 현실의 반영이었다. 그 꿈을 꾸면서 우리는 아파했을까. 더 힘들어했을까. 현실에서 경험한 아픔이 또 반복되니 아픔이 배가된다고 할 수도 있지만, 그 아픔을 끄집어내 어루만지는 시간을 가지니 치유라고도 할 수 있다. 작가는 꿈을 통해 배설과 정화를 이야기하고 있다. 무거운 짐을 지고 있다가 내려놓을 수 있는 계기가 꿈이라고 했다. 작가가 인간의 흉포함과 그 역사를 되짚는 이유도 우리에게 그 아픔을 다시 느끼도록 구렁텅이에 몰아넣는 것이 아니라, 꿈을 통해 풀어내고 치유하길 바라는 마음에서였으리라 확신한다.

그래서 그 잠자리는 맺고 푸는 장소다. 해원의 장소이길 바라고 있다. 마치 한바탕 굿과 같은 신명이 내재되어 있다. 그런데 산 자들의 관계만이 아니라 산 자와 죽은 자의 관계를 이야기하기도 한다. 무당은 죽은 자의 접신하여 산 자와 대화하고 영혼을 달래준다. 죽은 자의 응

어리를 풀어주고 편안히 저승세계로 보내는데, 산 자의 맺힌 바도 함께 풀어주니 그 굿은 결국 산 자를 위한 것이 된다. 굿이 삶과 죽음의 통로이듯이 꿈을 꾸는 잠자리가 바로 "삶과 죽음이 연결되는 통로"(101쪽)이기도 하다.

그래서 작가는 진혼의 침대를 등장시키는데, "천하만물, 우주만상은 각기 서로에게 침대다. 만인은 각자에게 서로 침대다."(94쪽)라고 한다. 저 잠이 드는 유형의 침대에 국한하지 않고 인간과 만물이 모두 침대가 된다고 했다. 이 얼마나 광대무변한 제안인가. 내 어깨가 친구에게 침대가 되고, 여름날 한 그루 나무가 낮잠을 청하는 자에게 좋은 침대가 되고, 힘들고 지친 자에게 버스 차창이 침대가 되어 주는 형국은 생각만 해도 즐겁다. 이것이 있으므로 저것이 있고, 서로가 기댈 수 있어 내와 그가 함께 공존할 수 있는 인연법을 느끼게 되면, 인간이 서로에게 좋은 기댈 곳이 되어준다는, 그래서 서로 화평할 수 있는 근거를 발견한 셈이고 인간성 긍정의 극단에 다다른 작가의 따듯한 가슴을 느낄 수 있다. 냉소적이고 냉철했던 작가에게서 전에 볼 수 없던 따듯한 인간애가 느껴진다.

탄생과 죽음이 이 침대에서 이루어지니 인간의 모든 것이다. 나고 죽는 모든 것, 절망과 희망에 대한 모든 것, 악덕과 미덕의 모든 것이 이 소설 속에 들어 있어 너무 크다. 오랫동안, 한평생 천천히 뜯어 먹어도 남는 큰 빵 덩어리 같다. 신화와 역사에 대한 상세하고 친근한 지식은 빵의 소와 같다. 그리스 로마 신화, 이집트 메소포타미아 신화, 알렉산더와 싸웠던 다리우스, 카이사르와 대적했던 폼페이우스, 신화와 과학에 대한 해박한 지식 등이 현대 인간 삶에 뒤섞여 달콤 쌉싸름한 다양한 맛을 전해 준다. 광대한 역사를 뛰어넘는 우주의 역사와 과학을 이 책 한 권에서 모두 느낄 수 있다. 오래오래 두고 바이블처럼 읽어야 할 소설이 탄생했다.

잠 이야기에 이어 꿈 이야기 하나 더. 내 후배 중에 기막히게 꿈을 꾸어 미래를 예견하는데, 내 아이의 대학 합격이나 우리 집 이사한 내력 등을 기막히게 맞춘다. 자리 깔고 앉아도 좋을 만큼 신통하게 알아낸다. 어떻게 일어나지 않은 일을 현몽으로 알아낼 수 있을까. 과거와 현재와 미래가 연결되는 통로가 있기 때문일까. 잠과 꿈은 우리가 의식하지 못했던 것들을 일깨워준다. 꿈은 의식과 무의식의 고리 역할을 한다. 그런데 대부분의 사람들은 꿈에 제시하는 무의식을 감당하지 못하고, 심지어는 현실과 꿈을 혼동하여 의식의 무게에 가위눌림 당하기도 한다. 작가는 그 무의식을 다루면서 인간을 안위시키고 있다. 뿌리를 갖지 못한 인간들의 얕은 잠이 뿌리 깊은 나무의 깊은 잠으로 환원되는 주문을 이 이야기 속에 담고 있다. 그래서 뿌리 깊은 나무로 만들어진 침대 위에서 안식을 취하길 간절히 소망한다. 깊은 잠을 자면서 모든 짐을 풀어버리고 개운한 아침을 맞아보려면 '침대' 위에 오르기 바란다. (2011. 10.)

밥상머리 교육

교육은 학교에서만 시키는 것이 아니다. 길에서 어른들이 시키고, 들에서 농부가 시키고, 물가에서 어부가 시키고, 집에서 부모가 시키는 것이다. 교육의 큰 두 줄기는 학교와 집에서 이루어졌다. 예전에는 집에서도 별도의 시간을 내서 자녀 교육을 시킬 수 있었지만, 가장 보편적인 자리가 밥상머리였다. 밥상머리에서 제일의 화두는 밥 먹는 일에 관한 것이다. "이것도 먹어라, 저것도 먹어라, 골고루 먹어야 건강해진다, 남기지 말아라, 꼭꼭 씹어 먹어라, 흘리지 말아라." 등의 잔소리를 들어야 했다. 사람이 사는 이치가 밥 한 그릇을 먹는 데 모두 담겨 있다고 해도 과언이 아니다. 공부도 골고루 해야 하고, 친구도 골고루 사귀어야 하고, 음식을 함부로 버리지 않듯 재물을 아껴야 옳은 일이기 때문이다. 일을 계획하여 실행에 옮길 때도 밥을 꼭꼭 씹듯이 서두르지 않게 되었으니 그 잔소리의 혜택이 실로 크다고 하겠다.

그다음 밥상머리 교육은 언행에 관한 것이었다. 스스로 할 일을 못하는 것, 이웃 어른에게 말버릇이 나빴던 점, 늦잠 자고 이불 개지 않았던 점 등 일상생활에 대한 잔소리가 이어졌고 우리는 그 잔소리조차 꼭꼭 씹어 삼켰다. 오늘 할 일, 이번 달에 할 일, 올해 할 일을 떠올리게 해주었던 것도 밥상머리에서였다. 어머니는 대단한 기억력으로 형제각각의 할 일을 지정해 주셨다. 지금 생각해 보면 '잔소리'가 아니라 '큰 깨우침의 소리'였다.

현대에서는 가족 모두가 바빠 밥을 먹을 때나 겨우 얼굴을 볼 정도이니 밥상머리 교육이 실로 중요한 때이다. 요즘의 엄마들도 자녀들에게 잔소리를 한다. 그러나 여의찮다. 급히 아침밥을 먹고 학교에 가야 하고, 저녁 식사는 서너 군데 학원을 다녀온 뒤 지쳐서 한술 뜨고 또 학원에 가야 하니 무엇을 자근자근 이야기할 수 있겠는가. 그러니 학교 성적 이야기만 다그치듯 이야기하고 마는 경우가 허다하다. 2010년 중고생은 하루 5.4시간을 자고 11시간 반을 공부한다고 하니, 일과가 잠은 부족하고 공부는 넘치는 상황인데, 엄마는 밥상머리에서 또 "공부해라 공부, 1등을 해야지 1등"을 외치고 있으니 자녀들은 공부에 체하고 만다. 밥상머리가 지겨워진다. 그런데 입시지옥에 시달리는 그 애들이 이 세상에서 가장 중요하게 여기는 것 1위가 '화목한 가정'이란다. 공부 때문에 가족이 파탄 나고 있는 현실이 너무 아프기만 하다.

밥상에서 아버지는 만나기 어려우니 이따금 만나면 잔소리가 난무하게 되고, 급기야 심히 나무라다가 욕설로 마무리하는 경우도 허다하다. 어떤 아버지는 1년 내내 자녀를 만나지 못하는 경우도 있다. 술자리 때문에 아버지가 바빠서? 아니다. 기러기 아빠의 경우다. 자녀의 영어 실력 향상을 위해 엄마와 자녀는 미국에 가고, 아버지는 한국에 남아 뼈 빠지게 돈 버는 데만 골몰하다가 외로움에 지쳐 죽는 경우도 있다. 식구(食口)가 무엇인가. 함께 밥 먹는 입들이 모여 식구가 아닌가. 함께 밥을 먹지 못하니 밥상머리는 감옥이다.

21세기, 우리는 다시 밥상머리에서 만나야 한다. 식구가 모여 밥을 함께 먹어야 하고, 밥상머리 예절을 가르치고, 식구의 관계를 회복해야 한다. 밥을 흘리며 먹지 말라고, 남기면 안 된다고 하면서, 지구의 저편에서 굶고 있는 아이들에 대해 이야기하고 함께 살아가는 방법을 이야기해야 한다. 급히 먹는 밥이 체한다고 하면서, 서두르지 말고 하고자 하는 일을 성취해 나가는 방법도 일깨워 주어야 한다. 음식을 골고루 먹듯, 공부만 말고 운동도 잘하고 심부름도 잘하는 아이, 청소도 잘하는 아이를 키워야 한다. 오늘 할 일을 이야기하면서 올해 할 일도 일깨워 주고, 한평생 할 만한 일이 무엇인지 스스로 궁리하도록 따듯한 가슴을 내밀어야 한다. 밥상머리에서는 따듯한 가슴을 확인하는 시간이길 기대한다. (2011. 1.)

교육을 버리고 사람을 키우자

내 주변을 둘러보아도 나이 든 사람은 고집이 세다. 유연하지 못하고 자기주장만 내세운다. 몸도 경직되고 마음도 경직되는 것이 나이 드는 과정인 것 같다. 그래서 나이가 들수록 교우관계나 교류의 폭이 좁아진다. 특히 선거만 하고 나면 몇 명이 적이 된다. 몇 번의 선거를 치르고 나면 곁에 자신과 뜻을 함께하는 사람들이 거의 없다. 요즘 유행하는 '외톨이'가 되고 만다. "거봐 이미 너는 딴 곳을 보고 있어" 서로 다른 곳을 응시하다가 결별하고 만다. 인생이 그래서 늘 고독한 법이다.

2010년 6월 지방선거가 끝나고 곧 새로운 도지사와 도의원들이 들어선다. 희망이 느껴진다. 그들의 공약을 더듬어 보면 분명 새롭고 희망찬 일들이 막 벌어질 것 같기 때문이다. 그러나 선거를 치르고 보면 늘 그랬듯이, 새로움을 표방하면서 기존의 가치들을 모두 묵살하고 기존의 사람들의 목을 쳐내는 것이 예사다. 많은 것을 바꾸어도 보복 인사는 하지 말아야 한다. 과거와 화해하고 과거의 잘못을 용서해야 한다. 특히 사람을 함부로 바꾸거나 다치게 하거나 쫓아내서는 안 된다.

사람을 적재적소에 써야 한다. 한곳에 오래 두면 부정부패가 심해진다는 이유로 보직을 수없이 바꾸는데 이것은 잘못이다. 잘 알아야 잘 해낸다. 잘 모르니까 돈의 유혹에 빠지고 잘 못하는 법이다. 이번 도정은 사람들의 직능에 맞는 곳을 잘 찾아 주고, 한곳에서 오래 일을 하며 전문가로 클 수 있게 해 주었으면 좋겠다.

이번 도정은 사람을 많이 채용하면 좋겠다. 제주도에 온 관광객들의 불만은 서비스 질이 낮다는 것이다. 사람들의 친절도를 높이는 것도 중요하지만, 기계가 할 일을 사람이 하게 하여 적절한 서비스를 제공하는 것이 우선이다. 제주를 찾은 사람들에게 살가운 정을 느끼도록 하려면 사람을 많이 뽑아서 쓰면 된다. 이젠 기계에게 빼앗긴 자리를 되찾아 오는 길만이 사람을 살리는 길이다. 젊은이들에게 희망을 찾아주는 길이다.

우리는 지금껏 어떤 제주도를 만들어 왔는가. 국제자유도시를 만들어 왔는데, 거기에는 금융과 무역과 빌딩은 있어도 사람은 없었다. 외국에서 국제 전문가들이 와서 제주를 무역하기 좋은 곳으로 만들기는 하겠지만, 제주 사람을 키우는 계획은 없었다. 요즘 들어 중국의 부동산 중계업자를 유치해 호텔과 리조트 산업을 활성화하려는데, 큰일 날 짓이다. 제국주의는 종교를 앞세우지만, 중국은 땅을 소유하면서 지배력을 공고히 한다. 화교가 한국에서 버티지 못했던 교훈을 잘 되새겨야 옳다.

세계자연유산이 된 제주의 환경을 잘 지켜야 한다고 환경수도를 주장하고 있다. 제주의 산과 숲과 용암동굴과 일출봉은 잘 지켜야 한다면서, 사람을 귀하게 여기겠다는 슬로건을 본 적이 있는가? 작년에 '칠머리당굿'이 세계무형문화유산에 등재되었지만 그 유산을 전승해 온 심방을 중히 여긴 적이 있던가? 세계에 유래가 없는 해녀 물질을 자랑하면서 생태계 파괴와 고통 속에서 해녀 숫자가 현격히 줄어드는 것을 걱정한 적이 있던가? 제주의 전통을 잘 지켜온 사람들을 관심 둔 적이 있던가?

남들이 다 하는 교육은 이제 필요 없다. 전문대에 '해녀과'를 설치하여 물질문화를 잘 전수해야 한다. 제주만의 기능인 망건과 탕건을 만드는 기술을 전수하기 위해 '양태과'를 만들고, 흑룡만리 제주의 돌담 쌓는 기술을 위해 '돌담과'를 만들고, 세계적으로 희귀한 굿과 신화를 전수하기 위해 '심방과'를 두어야 한다. 승려가 되는 승가학과나 목사가 되는 신학과는 있는데 왜 '심방과'는 안 되는가 반성할 일이다. 제주 문화를 전수할 사람을 키워야 제주는 경쟁력을 갖는다.

제주 환경을 잘 지키고 가꿀 수 있는 인재, 제주 문화를 잘 보존하고 새 시대에 맞게 변용할 수 있는 인재, 관광의 마인드를 잘 알아 사람들에게 제주의 따듯한 마음을 전해줄 수 있는 인재, 전통의 가치를 가지고 우리 시대의 파탄을 치유할 수 있는 인재, 제주 자연의 넉넉함으로 세상 사람을 치유할 수 있는 인재를 키워야 한다. 청소를 아주 잘하는 인재, 나무를 아주 잘 키우는 인재, 농약을 뿌리지 않고도 건강한 먹을거리를 잘 키워내는 인재, 망가진 것을 재활용할 줄 아는 인재, 남을 위해 맛있는 음식을 만들 줄 아는 인재가 대접받는 세상이 오면 좋겠다. 개그콘서트에서 되뇌던 "1등만 대접받는 더러운 세상"을 청산하면 우리가 바라는 세상이 올 수 있다. 제주 전문가를 키우자.

"사람이 꽃보다 아름다워"라는 말은 좀 믿기 어렵지만, "사람만이 희망이다"란 말은 들을 만하다. 21세기 청년실업을 낮추고 취업 일자리를 보장해 주는 것이 희망을 키우는 방법이다. 제주 미래를 위해 사람을 키우자. 이제는 '국제자유도시'와 '환경수도'를 표방하는 그 본질을 들여다보자. 결국 도시를 만들겠다는 말 아닌가. 사람을 사람답게 만들고 대접하겠다는 말은 바로 우리가 우리를 존귀하게 여기는 태도다. 사람이 대접받는 땅을 만들어야 한다. 문화가 살아 숨 쉬는 제주, 그 전통을 사람들이 이어 나가야, 제주는 살 만한 땅이 될 것이다. 가서 보는 땅(可望)이 아니라 살 만한 땅(可居)을 꿈꾸며, 다시 사람만이 희망이다. (2010. 10.)

민지의 꽃과
감동천지귀신(感動天地鬼神)

강원도 평창군 미탄면 청옥산 기슭
덜렁 집 한 채 짓고 살러 들어간 제자를 찾아갔다
거기서 만들고 거기서 키웠다는
다섯 살배기 딸 민지
민지가 아침 일찍 눈을 비비고 일어나
저보다 큰 물뿌리개를 나한테 들리고
질경이 나싱개 토끼풀 억새……
이런 풀들에게 물을 주며
잘 잤니, 인사를 하는 것이었다
그게 뭔데 거기다 물을 주니?
꽃이야, 하고 민지가 대답했다
그건 잡초야, 라고 말하려던 내 입이 다물어졌다
내 말은 때가 묻어
천지와 귀신을 감동시키지 못하는데
꽃이야, 하는 그 애의 말 한마디가
풀잎의 풋풋한 잠을 흔들어 깨우는 것이었다.(정희성, '민지의 꽃')

우리에게 꽃은 무슨 의미일까. 그저 아름다움을 드러내는 존재일까. 우리가 일상에서 꽃을 만나는 경우는 무슨 특별한 날 정도이다. 어버이날에 카네이션, 장례 때 국화, 사랑을 고백할 때나 결혼기념일에 장미. 그리고 아주 이따금 화려한 꽃을 사다 화병에 꽂아 놓는 경우가 있을까 말까. 꽃은 꺾어 소유해야 진정 꽃이 되는가. 산에 들에 지천으로 피어 있는 꽃이야말로 우리를 감동시키는데 말이다.

우리는 길을 지나다가 수많은 들꽃을 만난다. 이를 두고 이름 없는 꽃이라고도 한다. 이름 모를 꽃이라 해야 옳다. 그러나 그 이름들을 제대로 알아야 정말 옳게 사는 것이다. 한데 우리는 그것들을 단지 잡초라고 해버리고 만다. 나이 든 사람들, 살아가는 과정에서 모든 것을 돈으로 사고, 모든 것을 돈으로 바꿀 수 있다고 생각하는 우리들은 돈이 되지 않는 것들은 모두 잡스러운 것으로 몰아세운다. 그런데 다섯 살 난 민지는 아침 일찍 물뿌리개를 들고 이 잡초들 – 질경이, 냉이, 토끼풀, 억새에다 물을 주면서 "잘 잤니" 인사를 하고, 그 들꽃들을 꽃으로 대접하고 있다. 시인은 "그건 잡초야"라고 말을 하려다 입을 다문다. 우리는 어떤가. 민지의 순수한 눈으로 세상을 보고 있을까. 산에 들에 피어난 무수한 생명들에 물을 줄 수 있는 순수한 영혼만이 천지와 귀신을 감동시킬 수 있는데, 우리는 너무 세속적이 되고 말았다. 그래서 천지신명을 감동시키지 못하고, 인간마저도 감동시키지 못한다. 그래서 싸우며 살아간다. 자연과 화해하며 인간과 화합하며 살고 싶다면 민지의 마음을 배워야 한다. (2012. 4.)

눈 감고도 보이는 길

1. 눈보라 거칠어 눈 뜨지 못하겠다. 눈 감고도 보이는 길만 길이다.(이철수의 판화 중에서)

2. 누군가가 팔십 대 할머니에게 물었다.

"할머니, 스쿠버 장비를 이용하면 훨씬 편하시잖아요?"

"그럼 편하지. 혼자서 100명 몫은 하지."

"그런데 왜 안 쓰세요. 힘드신데."

그러니까 할머니가 대답하길

"내가 그걸 쓰면 나머지 99명은 어떻게 살라고?"

3. 다산의 글에서

"천하에는 두 가지 큰 저울이 있다. 하나는 是非(시비)의 저울이고, 하나는 利害(이해)의 저울이다. 이 두 가지 큰 저울에서 네 가지 큰 등급이 생겨난다. 옳은 것을 지켜 이로움을 얻는 것이 가장 으뜸이다. 다음은 옳은 것을 지키다가 해로움을 입는 것이다. 그다음은 그릇됨을 따라가서 이로움을 얻는 것이다. 가장 낮은 것은 그릇됨을 따르다가 해로움을 불러들이는 것이다."

두 아들 학연과 학유에게 보낸 편지에서, 茶山(다산)은 나눔의 道(도)를 말한다.

"형체 있는 것은 부서지기 쉽고, 형체 없는 것은 없애기가 어렵다. 스스로 자기 재물을 쓰는 것은 형체로 쓰는 것이다. 남에게 재물을 베푸는 것은 마음으로 쓰는 것이다. 형체를 형체로 누리면 다 닳아 없어지기에 이르나, 형체 없는 것을 마음으로 누리면 변하거나 없어지는 법이 없다.

무릇 재물을 비밀스레 간직하는 것으로 베풂만 한 것이 없다. 도둑이 뺏어갈까 염려하지도 않고, 불에 타 없어질까 걱정하지도 않는다. 소나 말에 실어 운반하는 수고로움도 없다. 그런데도 내가 능히 죽은 뒤에까지 지니고 가서 아름다운 이름이 천년토록 전해진다. 천하에 이 같은 큰 이익이 있겠느냐? 단단히 잡으려 들면 들수록 미끄럽게 빠져 나가니, 재물이란 미꾸라지다."(『유배지에서 보낸 편지』)

4. 연암의 글에서

화담 서경덕 선생이 길을 가다가 길에서 울고 있는 사람을 만났다. '너는 왜 우는가?' 물으니 대답하기를 '저는 다섯 살에 눈이 멀어 이제 스무 해나 되었습니다. 아침에 나와 길을 가는데 갑자기 천지만물이 맑고 밝게 보이는지라 기뻐 돌아가려 하니, 골목길은 갈림도 많고 대문은 서로 같아 제집을 찾지 못하겠습니다. 그래서 웁니다.' 선생이 말하기를, '내가 네게 돌아가는 법을 가르쳐 주겠다. **도로 네 눈을 감아라. 그러면 바로 네 집을 찾을 수 있으리라.**'

연암은 화담 서경덕과 장님과의 일화를 소개하면서 **생물학적인 눈에 보이는 실체가 세상의 모든 것이 아니라는 점을 피력하고 있다. 광명정대한 눈이란 진정한 자신의 소견이 없으면 그저 창을 통해서 사물을 인식하는 정도밖에 되지 않는다고 질타하고 있다.** (2000. 1.)

신화 이야기

굿놀이에 담긴 철학

1. 제주의 굿놀이 개관

제주도는 다양한 예술 장르가 전승되는데 희곡 장르에 해당하는 것은 굿놀이가 유일하다. 육지에서 탈춤이 대유행했는데 제주도에는 어떤 영향을 미쳤을까. 1930년대 '입춘굿놀이' 재현 장면을 보면 탈의 모습이나 악기의 구성을 볼 때 육지의 영향이 있었음을 확신한다. 제주의 탈은 애초에 종이탈이었는데 30년대 굿놀이 장면에서는 육지 탈을 쓰고 연희하는 모습이 확연하다. 제주에는 타악기로 설쇄를 두드리는데, 거기의 악사는 꽹과리를 쥐고 치는 모습이다. 그러니 20세기에는 제주의 굿놀이에도 육지의 영향이 있었을 것 같지만, 그 이전에는 탈춤의 영향이 미미하였다. 조상신본풀이 〈윤대장본풀이〉를 보면 "억광대 빗광대 할미광대 초란광대 지인광대" 등 육지의 광대 이름이 나열되는 것을 보더라도 육지 탈춤이 들어왔던 것 같은데, 제주 굿놀이에 큰 변화를 주지는 못했다. 아마 제주의 굿놀이가 재미있어 탈춤이 발붙이지 못했던 것은 아닐까.

지금 남아 있는 굿놀이는 육지의 탈춤적 영향과 무관한 원래의 모습이다. 종이탈을 쓰는 원래적 모습이고, 내용도 인간과 자연의 교감이라는 원초적 주제의식을 고스란히 갖추고 있다. 풍요와 안전을 기원하고 액막이와 치병의례를 하는 내용이 큰 흐름을 이룬다. 그러나 굿이라는 종교적 의례가 큰 흐름을 이루는 과정에서 굿놀이가 벌어지는 이유는 '놀이'와 '흥미'를 위한 것이 아니겠는가. 굿놀이는 신앙민을 위한 '놀이'의 과정이어서 웃음을 유발하는 큰 신명풀이의 장이 된다. 인간의 섹스는 자연의 풍요만을 상징하는 것이 아니라 인간세계의 즐거운 행위로 놀아진다. 감추고 은폐하던 것을 노출함으로써 얻어지는 쾌감을 노린다. 굿판이 놀이판이 되는 이유가 여기 있다.

굿을 21세기 대중에게 친근하게 소개할 방법이 있을까. 굿이 제주의 훌륭한 전통문화라고 자랑할 방법이 없을까. 굿이 미신이라고 학교에서 가르치고, 청산해야 할 문화라고 배워 온 기간이 70년이 지났다. 70~80대 신앙민을 제외하고 정상적인 사람들은 굿을 모르고, 굿을 비하한다. 그런 상황에서 굿 문화를 되살릴 길은 요원하다. 다만 굿의 정신과 굿 속에 담긴 예술을 토대로 하여 새로운 공연과 축제를 만들어 낼 수 있을 것이다. 그럴 때 꼭 필요한 것이 바로 굿놀이다. 앞에서 언급하였듯이 굿이 종교성을 지속하지만, 굿놀이는 그 근엄함을 차단하고 흥미성을 제공하기 때문이다.

제주도 굿놀이의 의미와 가치가 대단하다. 현대인에게도 전해주는 메시지가 크다. 제주도민이 지닌 철학이 여기에 녹아 있다. 삶의 철학은 책에만 있는 것이 아니라, 말에도 있고 노래에도 놀이에도 있는 법이다. 그것이 문학의 영역에서 받아들이면 이야기문학, 노래문학, 놀이문학이 되는 것이고 철학의 영역에서 받아들이면 이야기철학, 노래철학, 놀이철학이다. 너무 철학을 어렵게 생각하지 말자. 철학을 운명을 점쳐주는 철학관에서 찾지 말자. 철학은 일상의 삶에서 찾아야 한다. 그런 철학적 가치를 찾아보자.

2. 산신놀이의 의미

제주의 중산간 마을에는 겨울철 사냥하는 생활이 남아 있다. 바다와 산간 지역의 중간에 해당하는 해발 200~400미터의 지경을 중산간 마을이라 한다. 중산간 마을의 당굿은 여느 마을과 비슷한 의례가 진행되고, 여기에 사냥놀이가 덧보태진다. 사냥을 주재하는 신이 산신이어서 산신놀이라 하고, 사냥놀이라고도 한다. 애초에는 수렵과 농경이 함께 행해지던 곳이었고, 그보다 훨씬 이른 시기에는 사냥을 업으로 삼는 지역민들이 산신을 숭배하며 생업의 풍요를 빌었던 대상이 산신일 것이다. 농업이 보편적 생업으로 정착한 뒤에도 사냥의 신, 즉 산신을 모시는 풍속은 이어져 내려온다. 한번 모신 신은 생업이 바뀌어도 지속적으로 모신 듯한데, 생활 주변이 산과 연관되어 있었기 때문일 것이다. 집안의 소나 말을 키우는 터전이 한라산 기슭의 중산간이다 보니 산신에 대한 의례는 남을 수 있었다. 거기에 겨울철 사냥 생활도 중요한 몫을 차지했을 것이다.

사농바치(사냥꾼)가 사냥하면서 겪는 과정을 놀이로 보여준다. 사농바치 둘이 산에 올라가 사냥감을 잡았는데 서로 자기가 쏘아 잡은 것이라고 주장하며 싸운다. 한참을 실랑이하다가 결국 둘은 화해하고 공평하게 분육하여 나누어 가진다. 싸움이 화해로 끝나는 것이라면 재미없다. 싸움이 화해이고 화해가 싸움인 경지를 보여준다. 어차피 사냥에 참여한 주민들은 공과에 따라 분육하는 것이 이들의 법도다. 인간과 자연과의 싸움이 사냥하는 과정이다. 인간이 자연을 배려하고 자연이 인간을 배려해야 함께 공존한다. 사냥 과정에서 있게 된 인간과 인간의 싸움은 은유적이다. 결국 인간이 인간을 배려하는 공동체문화를 이 굿은 보여준다. 대동(大同)의 굿이다.

싸움이 화해이고, 다시 화해가 싸움이다. 자연을 쳐다보고 있을 수 없으니 인간은 자연에 도전해야 한다. 화해가 싸움이지만 다시 화해로 돌아간다. 상생이 상극이고 상극이 상생인 세계를 이런 싸움굿이 일깨우고 있다. 남북의 문제도 그렇다. 싸움이 결국 화해로 이어진다. 화해가 지속되면서 자잘한 싸움이 또 있게 마련이다. 싸움은 큰 화해를 가져올 것이다. 우리는 그런 대동(大同) 화합의 목전에 있다. 싸웠다고 평생 원수로 지내면 늘 전쟁의 공포 속에 살 수밖에 없다. 60~70년이 지났으면 화해하는 시기다. 제주 4.3도 70주년을 맞아 화해로 돌아섰다. 남북도 그래야 옳다. 그런 지혜를 굿놀이에서 배운다.

3. 전상놀이의 의미

감은장아기는 누구 덕에 먹고 사느냐고 물었을 때 자기 복에 산다고 했다. 부모에게 불효한다고 쫓겨나긴 했지만 자기의 인생은 자기가 책임져야 한다는 말을 했다. 집을 나온 감은장아기는 무소의 뿔처럼 홀로 길을 떠나다가 마를 캐는 남자 셋을 만나는데, 그중에 가장 바른 생각을 하는 셋째를 자신의 배필로 삼는다. 누가 시켜서가 아니라 가장 싹수가 있는 남자를 골라 정한 것이다.

자신은 부모에게 쫓겨난 신세지만 부모에게 효도하는 남자를 택하고, 며느리로서 역할을 하기 위해 집에서 나올 때 가져온 금붙이를 팔아 쌀밥을 해드린다. 수렵과 채취를 하는 세상에 들어가 농경문화를 전하는 문화영웅의 모습도 보여 준다. 그 놀라운 밥을 먹은 셋째는 귀한 음식을 얻은 연유를 묻자 금을 보여 준다. 그런 쇳덩이는 자기가 마를 파는 곳에 지천으로 널렸다는 이야기를 듣고 금을 캐서 큰 부자를 이루게 된다. 감은장아기의 지적 능력으로 금을 발견하고 부를 이룬

것이다.

그 후 다시 부모의 운명을 바꾸어 드리고 감은장아기는 전상신이 되었다고 한다. 자발적인 능력으로 운명을 개척하여 운명의 신이 된 것이다. 전상이란 전생(前生)에서 왔을 것 같은데, 그 의미는 다르게 쓰인다. 전상은 습(習)과 행위와 마음가짐을 뜻하고, 술을 많이 먹거나 씀씀이가 커서 가산을 탕진하는 행위나 마음가짐을 나쁜 전상이라고 한다. 한편 전상을 '사록'이라고도 하는데, 하(下)사록을 내몰고 상(上)사록을 불러들이는 일이 중요하다고 일깨워 준다. 〈전상놀이〉에서 감은장아기 부모가 막대를 들고 나쁜 전상을 두들겨 패서 내쫓는다. 그렇게 해서 좋은 전상을 남게 하는 의례라 하겠다. 좋은 사록이 집 안으로 들어오도록 하고 모질고 악한 사록을 쫓아버리면 천하 거부가 된단다. 삼공신은 나쁜 인연을 털어내고 좋은 인연을 만들어주는 신, 운명의 신이다.

우리 인생은 전생의 인연에 지배되기도 하지만 과거 인연의 사슬을 끊고 새로운 인연을 만들 수도 있는 셈이다. '시절 인연'을 바꿀 수 있는 것이 인간이다. 국화 씨앗에서 나팔꽃이 피게 할 수는 없지만, 가을에 피는 꽃을 봄에 피게 할 수 있는 것이 인간의 힘이다. 나쁜 전상을 버리고 좋은 전상을 만나 보자. 스스로 노력하면 얻어진다. 운명의 반은 정해진 것이 있을지라도 나머지 반은 바꾸어 나갈 수 있는 가능성이 열려 있다. 운명은 개척하는 것이다.

제주 무속은 타력신앙(他力信仰)인 줄 알았다. 무속이 늘 엑스터시나 트랜스에 의존하기 때문이다. 신에 의존해 신에게 갈구하고 희망의 끈을 이어가는 원시종교라 했고, 하급 종교라고도 했다. 그런데 제주의 감은장아기는 인생이 스스로 개척하는 것이라 일깨워 준다. 무속이 자력신앙(自力信仰)의 경지에까지 이르렀다. 제주 무속은 우리에게 인생 한 수를 가르치고 있다. 귀 기울여 보라. 철학이 다른 데 있는 게 아니다. 무당의 노랫가락 속에 철학이 있다. (2018. 8.)

제주 신화의 운명신과 자연에 대한 태도

제주 신화 중에 〈삼공본풀이〉는 감은장아기가 운명의 신으로 좌정하여 가는 이야기다. 운명은 무엇인지, 운명은 정해진 것인지, 아니면 운명은 바꿀 수 있는 것인지에 대해 알려 준다. 그 내용을 보자. 강이영성 이서불은 윗마을에 살았고, 홍은소천궁에 궁전궁납은 아랫마을에 살던 거지였는데 부부가 되어 함께 구걸과 품팔이로 연명하였다. 얼마 후 태기가 있어 첫째 딸아이를 낳았다. 마을 사람들이 은그릇에 죽을 쑤어 먹이고, 이로 인해 '은장아기'라 부르게 되었다. 둘째 딸아이가 태어나자 동네 사람들이 놋그릇에 밥을 해 먹이니, 이로 인해 '놋장아기'라 불렀다. 셋째 딸이 태어나 전과 같이 나무바가지에 밥을 해다 먹이니, 이로 인해 '감은장아기'라 부르게 되었다.

세 딸이 태어나고 이상하게 운이 틔어 거지 부부는 부자가 되었다. 세월이 흘러 딸들도 열다섯이 넘는 즈음, 부부는 심심하여 딸들을 불러 누구 덕에 먹고 사는지 물었다. 큰딸과 둘째 딸은 하늘과 땅의 덕, 부모의 덕으로 산다고 대답했는데, 셋째는 하늘과 땅의 덕, 부모의 덕도 있지만 '내 배꼽 아래 음부' 덕으로 먹고산다고 대답한다. 부모는 화가 나 셋째 딸을 내쫓고, 얼마 후 걱정이 되어 나가보려다 눈이 벽에 부딪혀 둘 다 봉사가 되었다.

한편 집을 나간 감은장아기는 밤이 되어 한 초가에 기숙하게 되었는데, 마를 캐서 들어온 마퉁이 삼형제를 만나게 된다. 첫째와 둘째는 마를 삶아 대가리와 꼬리를 부모에게 드리지만, 셋째는 살이 많은 잔등을 부모와 감은장아기에게 주자, 셋째가 쓸만한 사람임을 깨닫고 그와 연분을 맺게 된다. 감은장아기와 셋째 마퉁이는 마를 파던 곳에 가서 주위에 널려 있는 금덩이를 발견하고 부자가 되었다.

살림이 좋아지면서 감은장아기는 부모 생각을 간절히 하게 되는데, 부모가 거지가 되어 방랑하고 있을 것이라 여겨 거지 잔치를 열어, 결국 백 일이 되는 날에 부모를 만나게 된다. 감은장아기가 자신이 쫓겨났던 딸임을 밝히자 부모는 깜짝 놀라 받아 들고 있던 술잔을 떨어트리는 순간 눈이 번쩍 뜨이고, 딸의 배려로 여생을 편안히 살게 되었다고 한다.

부모가 누구 덕에 먹고 사느냐고 물었을 때, 첫째 둘째 셋째 딸 모두 첫머리에 하늘과 땅의 덕을 말한다. 인간세계에서 인간의 관계만을 관심 갖고 관계망을 이야기하는 우리와는 사뭇 다르다. 그들은 우선 하늘과 땅의 고마움을 말한다. 셋째 감은장아기에 비해 첫째와 둘째는 부모에 의존적이었고 셋째에 대해서도 악한 마음을 가졌기에 지네가 되고 버섯이 되는 응징을 당했지만, 그 못난 자식들도 하늘과 땅의 덕을 알고 있다.

마야문명권에서는 인간의 심장을 태양신에게 바치는 잔인한 희생제의를 거행하였다고 하는데 그 연유를 들여다보면 이해가 간다. 마야인들은 자기네가 먹고살 수 있도록 은혜를 베푼 하늘과 땅에 고마움을 표하고 싶었다. 그래서 인간이 지닌 가장 귀한 심장을 내서 신에게 바치는 의례를 생각해 냈다. 마을의 대표가 축구와 같은 경기를 하고 이긴 팀의 주장이 자발적으로 자신의 심장을 바쳤다고 한다. 명예로운 죽음과 신성한 제물은 하늘과 땅의 은혜에 대한 보답인 셈이다.

구제역이 돌고 AI가 만연하면 반경 500미터 이내의 동물을 산 채로 땅에 묻고, 그 1차 방어선이 무너지면 반경 2킬로미터 이내의 동물을 아무 이유를 묻지 않고 땅에 묻는 우리의 잔인함을 떠올려 보자. 무엇이 잔인한 것인지 반문해 보자. 원시인에게도 동물을 사냥하는 일은 중요한 생존수단이었다. 그러나 필요한 만큼만 사냥했고 사냥감에 대한 보답으로 동물을 숭배하고 영혼을 달래는 의식을 거행했다. 동물을 숭배해야 그들의 먹을거리가 더욱 잘 보장될 수 있었다. 늘 동물을 먹을 수 있기 위해서는 동물을 위하는 마음과 보답의 마음을 지녀야 했다. 그게 우리 선조들의 마음이었다. 우리는 그 생명들에 대해 도대체 어떤 고마움을 표하고 있고 어떻게 보답하고 있는지 반문해 볼 일이다.

우리가 사는 까닭은 자연이 우리에게 무한정 제공하는 생명들이 있기 때문이다. 그것들이 풍성한 것은 하늘의 빛이 골고루 비취고 땅이 실어 키우기 때문이다. 하늘이 비를 내리면 땅이 머금었다가 만물을 먹여 살리기 때문이다. 그러니 하늘의 덕이요, 땅의 덕임을 한시라도 잊어선 안 된다. 옛 신화는 우리에게 하늘과 땅과 자연의 고마움을 일깨운다. 은혜를 생각하기 때문에 자연을 마구 파헤치거나 함부로 가져오지 않는 지혜다. 대량생산과 대량소비를 하면서 생태계를 파멸로 이끄는 현대인들은 70년 뒤 현대문명이 절벽으로 곤두박질칠지도 모르는 현실을 외면하고 산다. 무한한 욕망을 멈추고 **'오래된 미래'의 지혜**에 귀 기울이길 바란다. 우리의 운명은 하늘과 땅의 덕을 이해해야 지속 가능하다. 그래야 지구는 50억 년을 더 버틸 수 있다. (2018. 1.)

문전제에 감추어진 제주 전통과 삶의 철학

제주에는 1만 8천 신들이 산다고 한다. 그리스 로마 신화에 나오는 숱한 신들과 비교할 만하다. 창세신, 산육신, 곡식신, 저승차사, 운명신, 무조신, 풍요신 등 다양한 신이 있고, 제주도 마을마다 마을의 수호신인 본향당신이 있다. 본향당신만 해도 500~600여 신위가 있을 정도다. 제주 의례의 '초감제'에서는 옥황상제에서부터 높은 신들을 차례로 모신다. 신들이 많기 때문에 초신맞이, 초상계, 제오상계를 하면서 여타의 신들을 모신다. 그런데 이름 없는 신도 많다. 이것들이 영혼, 혼백이기도 하고, 군병(軍兵), 군졸, 잡귀이기도 하고, 새(邪)나 '매'인 경우도 있다. 이런 이름 없는 신들을 합하여 1만 8천 신이라 하고 그 숫자는 많은 신을 의미한다.

집안 곳곳에도 신들이 산다. 그 내력이 〈문전본풀이〉라는 신화에 담겨 있다. 남선비와 여산부인 사이에 아들 일곱이 있었는데, 아버지가 첩에 의해 위기에 처하고 일곱 아들 중 막내인 '녹디생이'에 의해 위기를 극복하고 집안은 평안을 되찾는다. 집안을 수호한 녹디생이는 집안의 가장 중심인 '상방'(마루방)의 신인 문전신이 되고, 여섯째는 뒷문전신, 나머지 다섯 형은 동·서·남·북·중 5방의 신이 되었다. 어머니는 부엌의 신(조왕신)이 되었고 아버지는 대문과 올레를 관장하는 신

(정낭신)이 되었고, 첩도 신이 되었는데 냄새나는 화장실의 신(측간신)이 되었다. 어머니 신이 첩을 싫어해 지금도 부엌과 화장실은 멀수록 좋다는 말이 있게 되었다. 어머니는 집안의 온기와 먹을 것을 관장하고 아버지는 집 밖의 일을 주재하는 역할 분담의 재치도 읽을 수 있다. 부엌의 먹을 것이 화장실의 똥으로 가고, 그것이 퇴비가 되어 다시 먹을 것을 키우는 순환의 재치도 깃들어 있다.

제주에서는 최근까지도 새해가 되면 '문전제'를 하는데 바로 가옥의 신에 대한 제사다. 문전제는 정월에 문전신을 비롯한 집안 곳곳의 가신(家神)들에게 가족의 건강과 안녕을 기원하는 일이다. 이것을 '문전철갈이'라고도 하는데 문전신에 대한 제사와 함께, 밧칠성을 모신 '칠성눌'에 새로 수확한 오곡을 넣고 그 위를 덮는 띠를 새로 갈아주는 일을 덧보태 그렇게 부르기도 한다. 그러니 이 신년 제사는 문전신, 조왕신, 올레신을 비롯해 칠성신을 모시는 것이다. 거기에 삼승할망(아이의 탄생과 양육을 보살피는 신)과 갈매(농기구를 수호하는 신)들도 함께 모신다.

대개의 경우 문전제는 맹감제(맹감코사) 뒤에 하게 되는데, 맹감제는 생업수호신에게 집안의 풍요를 비는 의례다. 생업은 사는 위치에 따라 갈리고 모시는 신도 달라진다. 산간 지역에서는 산신맹감을, 중산간 농업지역에서는 제석(혹은 세경맹감)을, 밭농사(특히 감귤) 지역에서는 드르맹감을, 바닷가 어업 지역에서는 용왕맹감을 모시기도 한다. 그러니 제주의 새해맞이는 생업수호신과 가옥수호신에게 제를 올리는 것으로 시작되었다. 밥 먹고 사는 일과 가족과 화합하고 사는 일이 중요함을 일깨운다.

요즘 먹고 살기 위해 뿔뿔이 흩어져 산다. 중학교 학생부터 입시지옥에 들어간다. 고등학교 위상과 성적이 인생을 좌우하고 직업을 결정하기 때문이다. 과외와 학원강의, 독서실로 이어지는 힘겨운 삶을 15세 어린 나이가 감내해야 한다. 중학생들에게 물었다. 그렇게 공부하여 원하는 삶이 무어냐고. 그랬더니 세속적인 출세나 돈 버는 일이 아니라 '화목한 가정'이라고 했다. 그들 부모님은 아이들을 과외시키기 위해 밤늦게까지 일하고 아이들은 부모들의 바람대로 성공하기 위해 밤늦게까지 떠돌아다니고 식사 한 끼 제대로 함께 못하는 콩가루 가정인데 그 희망은 '화목한 가정'이라니. 우리가 정작 중요하게 여겨야 할 것이 스쳐 지나가고 있었다.

제주에서 가정의 중요성을 일깨우는 문전제가 잊혀져 가는 듯하지만 아니다. 무속의례를 버리고 근대의 물결 속으로 강하게 합류하는 것처럼 보이지만, 설날과 추석이란 조상제사로 스며들어 살아남게 되었다. 설날과 추석의 조상제를 지낼 때 맨 먼저 하는 일이 바로 문전제다. 육지식으로 바뀌어 가고 있으면서도 '문전제'를 명절 의례에 고스란히 남겨 전통을 이어가고 있다. 조상에 대한 제사도 집안의 화합을 다짐하는 것이니 문전제와 부합한다. 그러나 제주의 전통적인 문전제는 보다 큰 의미를 환기시킨다. 집안 곳곳에 신들이 머물며 집안사람들을 수호하고 있으며 집안 모두가 신들이 머무는 신성한 공간이어서 그곳에 사는 인간도 신성하다고 믿는 마음이 특별하다. 집안에서 부모자식이 서로 대립하기도 하지만 한 공간에 어울려 살아야 한다고 가르치고, 집안의 일과 집 밖의 일을 역할 분담하면서 화합으로 이끌어야 한다고 가르친다. 모든 것이 순환하는 이치를 새해맞이 '문전제'로부터 배운다. 제주에는 아직도 1만 8천 신이 살고 있다.

(1) 시체화생(屍體化生)

여산부인의 일곱 형제가 어머니를 죽이고 자신들마저 죽이려 한 노일제대귀일의 딸에게 복수하는 장면은 우리나라 이야기에 흔치 않은 일이고 잔인하기 이를 데 없다. 말하자면 '두 다리를 찢어 드딜팡(디딤돌)으로, 대가리를 끊어 돼지먹이통으로 만들고, 머리털은 끊어 던지니 해조류가 되고, 입을 끊어 던지니 솔치가 되고, 손톱과 발톱은 굼벗으로, 배꼽은 굼벵이로, 음부는 전복으로, 육신을 빻아 날려 보내니 각다귀와 모기가 되었다'고 한다.

본풀이 속에는 악인에 대한 응징의 교훈이 있고, 고대인의 지략과 지혜가 담겨 있다. 해조류나 해산물의 유래를 설명하는 이야기인데 그것이 사람의 시체에서 왔다는 사유다. 인간세계의 것과 자연세계의 것 중 닮은 것을 짝지어, 인간과 자연이 순환하는 관계임을 은연중에 밝힌다. 여성의 음부와 전복을 관계 짓는 흥미담 속에 옛사람들의 유머가 묻어난다. 시체화생신화의 대표 격은 중국의 반고신화다. 반고가 죽은 후 그의 몸에서 해와 달, 산과 강, 흙과 초목, 그리고 인간이 탄생하였다는 이야기로 창세의 내용을 담고 있다. 그런데 문전본풀이에는 그런 창세적인 화소는 없다. 창세 이야기가 화석화되어 해초와 해산물 기원신화적 흔적을 남기고 있다.

(2) 정낭과 도둑

제주의 독특한 대문 형식인 정낭은 집안에 사람이 있는지, 가까운 곳에 출타했는지, 먼 곳에 가서 한참 뒤에 돌아올 것인지를 알려주는 신호등과 같은 체계다. 이런 표식은 도둑에게 집이 비어 있으니 털어가라는 신호가 아니냐고 우려하기도 한다. 그러나 걱정 없다. 정낭을 지키는 정낭신이 있기 때문에 누군가 함부로 집안을 드나들 수 없고, 그 것을 어기면 동티가 나거나 벌을 받는다고 믿고 있기 때문이다. 정낭뿐 아니라 집안을 수호하는 신들이 도처에 좌정하고 있으니 도둑과 병마가 얼씬거리지 못한다. 그래서 제주의 가옥은 신성한 구조이고, 그곳에 머무는 인간도 허튼짓하지 못하고 경건하게 살아간다. 제주 가옥에서 중심은 상방의 앞문이고, 대표적 신은 역시 '문전신'이다. 육지에서는 '성주신'을 중히 여기는데, 제주에서는 대부분의 제사와 명절에 문전신을 위한 제상을 차리고 문신을 중하게 여기고 있다. 육지에는 보이지 않는 이 정낭은 필리핀, 라오스, 스리랑카에까지 분포되어 있다. 제주와 해양문화의 교류를 짐작할 수 있다. 막내아들을 중시하는 사유는 유목문화의 잔재다. 제주에는 해양, 유목문화 복합의 흔적이 산재한다.

(3) 과학과 믿음

부엌신인 조왕과 변소의 신인 측도부인은 처첩 관계였기 때문에, 부엌과 변소는 마주보면 좋지 않고 멀어야 좋다고 한다. 변소의 것은 돌 하나, 나무 하나라도 부엌으로 가져오면 좋지 않다고 한다. 옛사람들의 과학정신이라 하겠다. 부엌과 변소를 가급적 멀리 두려는 옛사람들의 상식과 믿음이 한 덩어리가 되어 나타난다. 현대과학의 맹신과는 분명 다르다. 현대인들은 과연 무엇을 믿고 살아야 할까. 노일제대귀일의 딸 같이 못된 짓 하면 벌 받는다고 믿고, 못된 짓 하는 사람을 귀일의 딸이라고 손가락질하면서 악행을 경계하던 과거의 일상이 훨씬 인간적이다.

(4) 처첩갈등의 의미

본처인 여산부인은 부엌의 신이 되고 첩인 노일제대귀일의 딸은 측간의 신이 되는 것으로 귀결된다. 제주의 처첩갈등은 미미한 편이다. 배를 타고 위험한 일을 감내해야 했던 제주의 남성들은 자주 사고로 죽었고 남자보다 여자가 훨씬 많은 인구 구조를 낳았다. 그래서 남편을 잃은 여성은 남성에 의탁하여 새로운 가정질서 속에서 아이들을 기르고자 하였고, 그러다 보니 한 남자에게 둘 셋의 부인이 있게 되었다. 이런 당연한 집안 가족구조 때문에 처첩갈등이 미미할 수밖에 없었다.

여기서 첩이 응징을 당하는 것은 '악에 대한 응보' 때문이다. 여산부인을 물속에 밀어 넣어 죽게 한 죄는 몸이 찢어지는 벌로 응징된다. 몸이 해산물이 되고 다시 해산물은 몸이 되는 순환구조가 있다. 화장실의 똥이 채소밭에 뿌려지고 채소가 다시 부엌으로 가는 순환구조도 있다. 처첩은 멀수록 좋기 때문에 부엌과 화장실은 멀게 자리 잡았다는 과학적 사고도 있지만, 똥이 다시 먹을 것이 되고, 측간의 것이 부엌으로 가는 순환의 질서를 우리는 주목하게 된다. 이 세상 모든 것이 이렇게 순환한다. 혼자 외로운 것은 없다. 누군가 인드라망으로 연결되어 있고, 우리의 운명은 죽음으로 연결되지만, 또 언젠가 삶으로 순환될 것이다.

우리는 처첩갈등이라거나 녹디생이의 영웅성과 아버지의 무능함을 대비적으로 바라볼 수 있다. 그러나 〈문전본풀이〉는 우리에게 집안의 신성성을 일깨운다. 집안 모든 곳이 신이 좌정한 곳이어서 어느 하나 신성하지 않은 곳은 없다. 거기에 머무는 사람 또한 마찬가지다. 신이 있다고 믿는 사람들은 대상을 신처럼 여긴다는 말이 사실이다. 신은 죽었다고 신을 부정하는 사람들은 사람들 속에서 신성을 느끼지 못한다. 신을 부정하는 세상에서 인간은 그저 오물푸대일 뿐이다. 그래서 상대를 함부로 대하고 감정이 많이 상하면 그냥 찌른다. 폭력이 난무하는 세상, 학살이 커져가는 세상을 우리는 경계해야 한다. 다음에 오게 될 학살과 폭력은 우리가 상상하지 못할 정도의 엄청난 것일 가능성이 높다는 경고를 지나쳐서는 안 된다.

이제 우리는 사람에게서 신성을 되찾아야 한다. 그러기 위해서는 우리 사는 공간 속에 신성을 회복해야 한다. 〈문전본풀이〉는 그래서 우리에게 값진 신화다.

(5) 남편과 아내, 정낭신과 조왕신

어머니는 부엌을 책임지고 아버지는 정낭과 올레의 신이 되어 대문 안팎을 책임진다. 어머니는 집안을 책임진다. 먹는 것과 아이들의 양육, 그리고 교육을 담당한다. 과외를 시키고 늦게 들어오는 아이를 나무라기도 한다. 아버지는 집의 안팎을 연결하는 임무를 갖는다. 동네 사람들과의 관계, 마을 공동의 일을 책임진다. 그리고 집안의 중요한 결정이 있을 때 관여한다. 아버지가 집안의 사소한 것에 잔소리하면 집안의 질서가 흔들린다. 반대로 이웃과의 문제에 여자가 나서면 싸움이 커진다. 역할 분담의 지혜다. 물론 현대에는 그 역할을 바꾸어도 좋다. 그러나 아이가 학원에 가지 않고 놀았다고 엄마도 잔소리를 하고, 아버지도 화를 내면 아이는 갈 곳이 없다. 시험성적이 떨어졌다고 엄마가 혼을 낸 후, 뒤늦게 들어온 아버지가 또 혼을 내면 아이는 갈 곳이 없다. 가출하거나 15층 옥상으로 올라갈 수밖에 없다. 엄마가 꾸중하면 아버지는 감싸야 하고, 아버지가 꾸중하면 엄마가 감싸는 역할 분담이 소중한 때이다. 〈문전본풀이〉는 이런 안팎의 역할 분담 지혜를 일깨운다. (2017. 12.)

제주 신화 속의 평화 정신

1. 4.3과 평화

오랫동안 4.3을 떠올리면서 아파했다. 내가 태어나기도 전에 일어났던 일인데 진상규명이 이루어지고 국가 원수가 사과하고 추념일이 된 것은 근자의 일이다. 긴 세월 상처가 치유되지 못하고 많은 사람이 고통받았다는 증거다. 이제 60주년을 지내고 70주년을 눈앞에 두고 있다. 상처와 고통과 분노를 씻고 치유와 상생과 평화를 노래할 시기다. 고통은 기억하되 명랑한 미래를 준비하는 문화가 만들어질 차례다. 내 아는 풍수쟁이는 제주도가 어둡고 음습한 기운을 걷어내고 명랑한 땅으로 바뀌어가고 있다고 했다. 그래서 요즘 육지 쪽에서 문화이민을 오는 사람들이 늘어난 걸까. 볼만한(可望) 땅에서 살만한(可居) 땅으로 바뀌고 있다.

4.3을 기억하면서 약진과 화해의 문화를 떠올리게 만들어야 할 전환점이다. 그래야 4.3 평화공원의 이름에 걸맞은 시대정신을 지니게 된다. 그래서 우리 주변에 평화를 확산시켜 나가고 동아시아와 세계에 평화의 발신처가 될 수 있게 된다. 4.3의 정립하는 과정의 세월이 얼마나 평화적이었는가를 밝혀주고, 그 이전에도 평화적으로 살아왔음을 밝힐 필요가 있다. 4.3의 땅 제주에 평화적인 전통이 흘러가고 있음을

더듬어 볼 필요가 있다.

그래서 우리는 제주 전통문화 속에서 수눌음의 공동체의식이 피어나, 마을 단위 신앙공동체를 중심으로 모두의 풍요와 안전으로 기원하고 남을 배려하는 화해와 상생의 정신을 발견하게 되었다. 그렇다면 제주의 뿌리로 거슬러 올라가면 탐라국 역사를 만나게 될 터인데 거기에도 이런 정신이 기록되어 있을까. 이것이 내게 주어진 과제다. 평화의 정신을 찾아서 나는 탐라 건국신화(삼성신화)를 들여다 볼 것이다.

2. 탐라 건국신화 속의 평화

태곳적에 이곳에는 사람도 생물도 없었는데 3명의 신인(神人)이 땅으로부터 솟아 나왔는바 맏이는 양을나(良乙那), 둘째는 고을나(高乙那), 셋째는 부을나(夫乙那)라고 하였다. 이 셋은 먼 황무지에 사냥을 하여 그 가죽을 입고 육식을 하며 살았는데, 하루는 나무 상자가 물에 떠 와서 동쪽 바닷가에 닿은 것을 보고 곧 가서 열어 보았다. 상자 속에는 돌함과 사자(使者)가 따라 와 있었다. 돌함을 여니 그 안에서 푸른 옷을 입은 세 명의 처녀와 각종 망아지와 송아지 및 오곡(五穀) 종자가 나왔다.

세 신인(神人)은 나이에 따라서 일본국에서 온 세 처녀에게 장가들고 활을 쏘아 땅을 나누어 살았다. 양을나(良乙那)가 사는 곳을 일도(一都), 고을나(高乙那)가 사는 곳을 이도(二都), 부을나(夫乙那)가 사는 곳을 삼도(三都)이라고 하였으며 이때 처음으로 오곡을 심어서 농사를 짓고 망아지와 송아지를 길러서 목축하여 날이 갈수록 부유해 가고 인구가 늘어 갔다.(『고려사』)

탐라국 건국 주인공은 땅에서 솟아났다. 하늘에서 내려왔다는 신화는 서시베리아의 알타이족이 동쪽으로 와서 토착족을 지배한 신화다. 탐라국 신화는 육지의 정복신화와는 다르다. 6부족이 박혁거세를 맞이했다는 신라 신화나 9간(干)이 수로를 맞이했다는 가야 신화는 강성한 도래자의 정복 역사를 시사한다. 그러나 탐라 신화에는 새로운 강력한 지도자가 기존의 부족을 지배한 모습이 보이지 않는다. 그리고 1인의 전제적 지배 통치와는 다른 3인 개국의 내용으로 이루어져 있어 부족 연합의 평화적 공존관계가 느껴지고, 똑같은 신의 자손이라는 평등의식이 느껴진다.

세 신인(神人)은 화살을 쏘아 1도, 2도, 3도에 나누어 살았다고 한다. 그곳은 지금 제주시의 1도, 2도, 3도일 수 있지만 제주의 옛 행정구역인 제주목, 정의현, 대정현일 수 있다. '광정당본풀이'에서는 삼성신화에서 3형제가 활을 쏘아서 경계를 구분했듯이 3형제가 각기 활을 쏘아서 정의와 대정과 목안(牧內)의 경계를 가른다. 그래서 큰형님은 목안 광양당에 좌정하고, 둘째는 정의 서낭당에 좌정하고, 셋째는 대정 광정당에 좌정하여 각기 목안, 대정, 정의를 차지한다.(『제주도무가본풀이사전』) 신들이 땅을 독점하기 위해 갈등하지 않고 공평한 방식으로 활을 쏘아 나누어 사는 평화의 정신이 느껴진다. 물론 부족공통체적 현실을 반영하는 예이지만 이런 방식이 오랫동안 지속되었다.

탐라국 건국신화의 삼여신이 오곡종자를 가져왔다는 것은 바로 새로운 문명을 가져온 사연이다. 철기나 비단을 가져왔다거나 오곡종자를 가져왔다는 이야기는 고대문명과 연관된 것이고, 이것들은 고대국가 형성에 긴요한 것이었음을 알 수 있다. 철기와 비단과 오곡을 가지고 새로운 땅으로 가 그곳에서 새로운 문명을 일구어낸 이야기가 고대 건국신화의 주류를 이룬다. 탐라국 건국신화도 이런 문명 전래의 역사를 반영하고 있다.

삼신인이 사냥을 하면서 먹고 살던 수렵사회가 서서히 농경사회로 진전하는 과정을 보여주고 있다. 토착족과 도래족이 결합하여 고대문명을 일으키면서 화합하였던 흔적이다. 새로운 문명을 가져온 것이 남성 지배자인 것과 달리 여성이다. 주도권 다툼 없이 다른 문명을 받아들였다. 이주한 집단을 갈등 없이 받아들인 탐라의 상생 정신이라 할 만하다. 그러니 새로운 이주민이 찾아드는 제주에서 살던 사람과 육지에서 온 사람이 잘 섞여 살면서 상생의 방식을 모색할 것은 자명하다. 단, 육지 사람들이 제주의 공동체 문화를 존중해야 한다.

3. 여성 신화 속의 평화

제주에는 신화가 많이 남아 있다. 일만 팔천 신을 다 거느려야 하기 때문에 다양한 이야기가 남아 있게 마련이지만, 다른 사정이 있다. 제주는 새로운 사상과 종교를 받아들이는 데 더딘 편이다. 거부하고 저지하다가 한번 받아들이면 오래 남겨놓는다. 그러니 여성중심 사회가 남성중심 사회로 바뀌고 난 다음에도 기존의 여성 영웅신화를 배제하지 않고 남성 영웅신화와 함께 남겨 놓고 대등하게 대접한다.

새로운 가치와 규범이 나타나더라도 과거의 가치와 규범을 훼손하거나 제거하지 않고 잘 남겨 놓는 전통이 있다는 것이고, 기존 세력과 새로운 세력이 늘 공존을 모색하였다는 흔적이기도 하다. 중세 사회는 이미 남성중심 사회로 바뀌었지만 제주에서는 변화를 인정하되 기존의 여성성을 여전히 중시하고 있는 셈이다. 그래서 제주에는 여성신이 많이 남아 있고, 그 여신들은 자신의 운명을 스스로 개척하고 좌절하지 않으며 누구에게도 의존하지 않는 여성의 적극성, 자발성, 능동성을 갖추고 있다. 물론 남성 영웅의 '투쟁과 승리'를 중시하는 이야기와 달리 여성 영웅의 '상생과 화합'을 중시하는 이야기를 남기고 있다.

여기서 우리는 중요한 시사점을 발견하게 된다. 중세에서 근대에 이르는 긴 시간 동안 남성 중심의 문화가 지배했고, 그래서 '힘과 경쟁'을 중시한 문화가 세상을 지배했다. 근대 자본주의의 탐욕성은 이 남성성을 극대화한 형상이다. 이제 근대를 벗어나 새로운 시대를 준비하여야 한다. 남성성을 반성하고 땅처럼 만물을 깃들게 하고 양육하는 여성성을 회복해야 한다. 그런 근거가 제주에 풍부하다는 것은 자랑이다. 탈근대의 방향은 잃어버렸던 연민과 공감을 회복하여 공존과 공생을 도모하는 쪽으로 나아가는 길이다. 조금 덜 쓰고 덜 파괴하는 연습을 하고, 물질적 풍요를 덜 추구하면서 생기는 허전함을 메울 수 있는 방식은 바로 이타성과 호혜성에 입각한 경제다. 그 중심에 공감과 공존의 사유가 필요하다.

제주 신화에는 그런 원천이 살아 숨 쉰다. (2016. 6.)

왜 지금 제주 신화를 논하는가

1. 근대문명의 파탄과 돌파구

짧은 인간 문명사 속에서 두 번의 빛나는 정신혁명이 있었다. 하나는 종교의 탄생이었고 그다음이 근대 과학문명의 탄생이었다. 합리주의를 표방한 과학정신은 직관적인 신화의 사유방식을 무시했다. 종교적 초월성도 뛰어넘었다. 과학적 발견 덕분에 사람들은 자연을 마음대로 조작하고 운명을 개선할 수 있었다. 생명 연장의 의학 기술, 무한 소통의 디지털 기술, 하늘을 넘어 우주로 향하는 운송 기술 등등. 인류가 날마다 깨어나면서 놀라는 진보의 기술이 기세등등하다. 그런데 그 기술이 인류를 대량살육하고 집단학살을 자행하기 시작하였다. 엄청난 전쟁이 있었고 핵무기는 더 큰 살육을 예비하고 있다.

물질적으로는 대단한데 정신적으로는 그렇지 못하다. 현대인의 삶은 소외, 권태, 허무주의, 이기주의에 빠져 있다. 파스칼은 이미 오래전에 '어둠 속에 홀로된 인간'이라 예견하였다. 과학기술이 모든 삶을 행복하게 해 줄 수 있다는 '테크노피아'의 미신에 사로잡혀 있다. 신화와 종교가 미신이 아니라 바로 과학이 미신이다. 우리는 유토피아로 향하지 않고 파멸로 향해 가고 있다. 종교가 1차 형이상학 혁명이라면 과학은 2차 형이상학 혁명이라 했는데 그게 아니었다. 과학기술을 앞세운 실용주의는 형이하학이 되어 버렸다. 지구 환경도 철저히 파괴해 버렸다. 우리의 정신을 날로 황폐화시켜 버렸다.

현대문명은 무의식을 다룰 방법을 잃어버렸다. 그래서 미쳐 날뛴다. 지금도 광기(狂氣) 속에 있고 더 큰 광기가 파멸을 예고하고 있다. '이성'을 그토록 외치지만 무섭고 파괴적인 비이성 역시 현대 삶의 일부분이다. 그래서 우리에게 무의식을 다룰 방법을 내장하고 있는 신화가 필요하다. 정신적 마비와 무력감에서 벗어날 방법이 필요하다. 신화는 인간에게 자신의 인간다움을 일깨우고 숭고함을 회복시킬 수 있다. 신화는 인간이 신을 닮으려 하는 과정에서 신성(神聖)을 일깨운다. 그리고 막혀버린 세상과 다른 세상에 대해 알려 준다. 신화 영웅의 투지가 우리의 약해진 내면에 용기를 북돋는다. 보이는 세상만이 아니라, 보이지 않는 세상에 대해 이야기한다. "만약 우리의 눈에 보이는 세상이 전부가 아니라면?"이라고 질문을 던진다. 죽음과 허무에 대비할 시간적 여유를 준다. 과학이 주도한 근대문명을 극복할 3차 형이상학의 혁명은 기계적 이성을 초월하는 상상력에서 비롯될 것이다. 신화는 바로 상상력의 원천이 되어 줄 것이다.

최근 태평양 불의 고리가 요동치고 있다. 문명을 일구고 사는 인간을 위협하고 있다. 자연의 거대한 재앙은 어찌할 수 없지만 인간이 만든 재앙은 극복해야 할 것 아닌가. 인간의 재앙 중에 가장 비극적인 것이 전쟁과 기아다. 서구 제국주의 세력이 20세기에 그토록 두들겨 패고 그래도 성이 차지 않은지 21세기에도 중동 지역에는 전쟁과 혼돈과 탈출극이 이어지고 있다. 시리아의 혼란 뒤에는 유럽이 있고 독재자의 권력욕이 있다. 그 내부에 민족 간의 다툼, 종교 간의 다툼이 있다. 근대 민족주의는 아주 많은 파탄을 만들어 냈다. 문명권의 갈등을 조작해 냈다. 그리고 같은 문명권 안에서도 시아파와 수니파가 싸우도록 부추기기도 했다. 근대 민족주의는 과학문명의 도움을 받아 이렇게 파탄의 극단으로 치닫는다.

2. 우리에게 신화란

우리에게 신화란 무엇인가. 우리에게 신화가 필요하다면 어떤 것이어야 하는가. 우리에게 필요한 신화는 모든 인간이 민족이나 국가나 이념을 뛰어넘어 서로에게 동질감을 느낄 수 있게 도와주는 신화이다. 우리에게 필요한 신화는 생산적이지도 능률적이지도 않지만 연민과 사랑의 중요성을 깨우쳐 주는 신화다. 물질적 부족함을 넘어서게 하고, 이기주의를 극복하게 하고 정신의 초월적 가치를 경험하게 해주는 신화가 필요하다. 우리가 다시금 대지를 신성한 것으로 받들고, 단순한 '자원'으로 이용하지 않게 해주는 신화가 요구된다.

대지와 자연을 자원으로 바라보고 이용하는 데 골몰했던 문명을 반성하여야 지구를 살릴 수 있다. 인간과 자연을 대등하게 바라보는 연장선상에서 인간과 인간을 대등하게 바라보고, 인간 정신을 중시하고 그 정신의 내부를 관통하는 '연민'의 중요성을 일깨워야 새로운 시대로 진입할 수 있다. 지구를 살리기 위해서는 과학기술을 능사로 여기지만 말고 그에 상응하는 정신의 혁명이 필요한데, 그 해답이 신화에 있다. 물질적이고 현세적 가치를 넘는 초월적 가치를 경험하기 위해 우리는 신화를 주목해야 한다.

우리의 정신 내부에 담긴 '사랑과 연민'을 회복해야 하는데, 제주도의 설문대할망 이야기는 그런 '연민'을 환기시킨다. 의도하였든 실수였든 간에 자식들을 위해 애쓰다 죽 솥에 빠져 죽은 어머니는 지극한 사랑의 상징이다. 권력가와 재벌에 만연한 증여와 교환의 범람을 실감하는 현실에서 '순수증여'의 의미는 남다르다. 물질성을 초월하고, 아무런 보답도 바라지 않는 것, 눈에 보이지 않는 힘에 의해 이루어지는 것이 순수증여의 실상이다. 연민이 자기 위주라면, 공감은 다른 사람의 입장이 되어 생각하는 감정이입의 단계를 거친 단계다. 인간이 물질적이고 이기적이고 실제적인 존재이지만, 공감을 넓히려는 본성을 찾아내 타자는 물론이고 심지어는 동물에 이르기까지 공감을 확대하여 지속 가능한 균형을 회복해야 한다.

연민과 사랑과 공감의 차원을 논하면서 다다르게 되는 시간과 공간은 신석기시대에 농경과 함께 등장하기 시작한 대지모신의 품 안이다. 농사를 짓고 공동으로 분배하던 원시공산사회의 평화는 고대국가의 출현으로 마감된다. 강력한 남성 정복자가 땅을 넓히고, 지배한 곳의 백성을 노예로 삼으면서 거대한 땅을 건설하고, 잉여농산물과 가축을 길들여 얻은 잉여가치를 바탕으로 고대제국의 영역을 더욱 확대해 갔다. 그 이후 힘을 바탕으로 한 쟁투를 일삼고 자연의 자원을 끌어다 쓰며 파괴가 극에 달하는 데에까지 이르렀다.

우리는 이성 중심, 사유 중심, 또는 전두엽 중심적인 문명에서 벗어나야 한다. 현대문명의 냉혹함은 파충류적인 본능과 전두엽의 기계적인 지성이 섞인 결과다. 지성이 연민과 공감을 상실한 채 파충류적 생존본능과 결탁한 것이 괴물 같은 현대문명이다. 이제 다시 힘 중심의 쟁투를 반성하고 공존의 문명을 만들어 나가야 한다.

과거 어느 시대건 미래를 밝혀줄 빛이 있다. 고대신화가 지닌 고난을 극복하는 투지는 취업과 결혼과 아이 낳기까지 포기하는 21세기 젊은이에게 '자각의 근거'가 되어 줄 수 있다. 원시 신화는 '사람과 다른 생명체, 인간과 자연의 바람직한 관계'를 일깨운다. 자연을 얼마든지 정복해서 이용할 수 있다는 생각을 버리고, 우주 안의 모든 것이 서로 대등한 관계에서 화합을 이룩해야 한다. 자연을 함부로 파헤치고, 쓰는 것을 아끼지 않고 함부로 버리며, 자연을 소유하여 인간에 유익한 것을 무한정 얻으려 했던 무모함을 반성해야 새로운 미래가 열릴 것이고, 그 해답을 오래된 신화의 정신에서 느낄 수 있다. 그래서 우리에게 신화가 필요하다.

3. 제주 신화 속에 담긴 '공생, 공존'

탈근대의 방향은 잃어버린 연민과 공감을 회복하여 공존과 공생을 도모하는 쪽으로 나아가는 길이다. 조금 덜 쓰고 덜 파괴하는 연습을 하고, 물질적 풍요를 덜 추구하면서 생기는 허전함을 메울 수 있는 것은 바로 이타성과 호혜성에 입각한 경제다. 남을 생각하고 나를 버리는 것이 아니다. 우리가 잘 돼야 내가 잘된다는 공동체성을 회복해야 한다. 그 중심에 공감과 공존의 사유가 필요하다. 제주 신화에는 그런 원천이 살아 숨 쉰다.

제주 신화는 **선악**을 뛰어넘어, 순환의 질서를 환기시킨다. 〈문전본풀이〉에서 노일제대귀일의 딸은 악인의 전형처럼 보인다. 그래서 징치의 대상이 된다. 그러나 악을 증오하고 짓밟고 삶에서 퇴출시키려고 몸부림치지는 않는다. 선한 것은 칭찬되지만 악한 것을 철저히 배제의 대상으로 삼지 않고 삶의 한 부분이 되도록 허용한다. 삶 속에 선과 악은 공존할 수밖에 없다는 지혜일지도 모른다. 그래서 노일제대귀일의 딸은 측간신이 된다. 그리고 측간의 똥은 다시 사람을 살리는 퇴비가 되어 입으로 돌아온다. 똥에서 입으로의 순환이다. 그리고 그녀의 몸은 해체되어 온갖 해산물이 된다. 머리카락은 미역이 되고, 손톱은 굼벗이 되고, 음부는 전복이 되는 식으로 시체화생(屍體化生)의 모티프를 담고 있다. 주검이 창조의 실마리가 된다. 그래서 죽음이 끝이 아니고 시작이 되는 순환적 질서가 제시된다. 자연계의 순환적 질서 속에서 고대 사유가 묻어난다.

제주 신화는 **처첩의 갈등**을 뛰어넘어, 화합으로 귀결된다. 〈일렛당본풀이〉에서 육식 금기를 어긴 처가 버려지고 첩을 얻게 되는데, 첩은 처를 구하기 위해 애쓰고 별거한 사이에 낳은 일곱 아이를 데리고 본가로 돌아온다. 육지의 설화에서는 처첩의 갈등이 해결될 기미가 없는데, 제주에서는 가족의 화해가 첩으로부터 비롯되고 있으니, 그것은 가족에 대한 이야기일 뿐 아니라 제주 문화 전반에 대한 담론이기도 하다. 가족은 문화사의 최소단위이기 때문이다. 시비와 분쟁의 불씨일 수 있는 첩이 오히려 화해의 실마리가 된다는 것은 제주문화사에 대한 거시적 제안이기도 하다. 민족 간 혹은 이웃 간 분쟁의 불씨를 살피면 거기서 화해의 실마리를 찾을 수 있게 해 주는 지혜가 제주 신화 속에 내장되어 있다.

제주 신화는 **好惡의 감정**을 뛰어넘어, 함께 좌정한다. 〈세경본풀이〉에서 자청비는 정수남의 위협에서 벗어나기 위해 그를 죽였지만 서천 꽃밭의 꽃으로 도로 살려낸다. 정수남 때문에 결국 집에서 쫓겨나는 신세가 되지만, 곡식의 신이 되면서는 죽어가는 정수남을 밥을 먹여 살리고 하세경으로 좌정시킨다. 왜냐하면 농경에서 필수적인 것이 목축이기 때문에 목축과 농경이 화해하는 것이다. 백성의 풍요를 위해서는 사사로운 호오의 감정을 벗어나 화해할 수밖에 없다.

제주 신화에는 가난한 사람들에 대한 복음도 있다. 〈세경본풀이〉에서 자청비는 오곡종자를 가지고 인간세상에 내려온다. 적선하지 않는 부잣집을 망하게 하는 저주도 있지만, 당시 대부분의 가난한 농민의 처지를 이해하고, 작게 짓는 농사꾼이 배불리 먹고 살 수 있도록 풍년을 내려준다. 백성들이 가장 큰 고통과 갈등으로 부터 해방되는 순간이다. 가난한 사람들이 부자들과 함께 살아나갈 수 있는 근거를 마련해준 셈이다. 1%의 부자와 99%의 가난한 사람들로 나뉜 21세기 자본주의의 폐허화된 풍경 속에서 제주 신화는 공존의 삶을 일깨운다.

4. 제주에 신화가 잘 전해져 오는 이유는 무엇인가

섬이기 때문이다. 육지로부터 멀리 떨어져 중세문명을 받아들이는 데 더뎠다. 그래서 고대국가인 탐라국이 망한 원인이기도 했지만, 조선 후기까지도 유교의 영향력이 크지 않았고, 불교와의 만남은 타협적으로 이루어진 듯하다. 원래 지니고 있던 무속신앙이 오래도록 지속되었기 때문에 그 안에 있던 신화도 파괴되지 않고 보존될 수 있었다. 일제 치하와 근대화 과정에서 큰 시련을 겪었다. 마을굿이 상당 부분 사라지고 심방의 숫자도 현격히 줄었다. 그래도 신앙민의 지속적인 애정 속에서 굿과 신화가 명맥을 이어 나갔다. 의례의 현장에서 지금도 신화 본풀이가 불린다는 것은 기적적이다.

제주는 무언가를 받아들이는 데 더딘 편이다. 그 대신 무언가를 한 번 받아들이면 오래 남기고 중요하게 여긴다. 원시적인 신앙이라 할 무속을 오래도록 중요한 삶의 원리로 여기고 살아왔다. 유교나 불교보다 더 유용한 측면도 있었으니, 당장의 위협과 불안과 공포 속에서 찾을 수 있는 신앙이 바로 무속이다. 제주의 삶은 척박한 현실만큼 위태로움을 안고 살아가는 것이었다. 늘 죽음이 가까이 있었다. 그래서 그들을 도와줄 신도 가까이 있어야 했다. 그들 곁의 산과 바다와 하늘에 신이 있다고 여기고, 생산과 안전과 수명을 보장받을 수 있는 즉각적인 신앙체계였기 때문에 무속이 오래도록 지속될 수 있었다. 그런 가운데 오래된 신화도 지금까지 잘 전승되고 있다.

고대적인 영웅의 탄생과 건국의 신화도 남아 있지만, 그보다 앞선 원시 신화도 많이 남아 있다. 마을의 당신에 대한 신앙적 신화가 남아 있고 농경보다 앞선 수렵신의 이야기도 많다. 다른 곳에 없는 신화가 제주에 있다는 것을 제주도민은 잘 모른다. 신화에 관한 한 제주가 보물창고다.

5. 제주 신화의 운명

제주 신화는 굿 속에 살아있는 신화다. 지금도 신화가 심방들에 의해 노래 불리고 있다. 제주 신화가 그리스 로마 신화보다 가치 있다고 하지만 이제 곧 사라질 것 같다. 근대화 과정에서 1차 죽음이 있었고, 우리의 교육 현장에서 2차 죽음을 겪었다. 이제 마지막 숨을 몰아쉬고 있다. 굿이 사라지면서 신화도 사라지고 있다. 이젠 책 속에서나 만날 수 있을 것 같다. 전통문화로 아끼고 보살펴야 한다. 무언가를 한번 받아들이면 오래 남기고 중요하게 여긴 조상의 정신을 돌아봐야 한다. 자기 문화를 잘 지키면서 변화하는 정신이 필요하다. 제주에는 그런 훌륭한 정신이 있었는데 그것마저 해체되고 있다. 제주의 아름다운 자연이 파괴되어 서울 삼류 변두리가 되어가듯이, 제주의 아름다운 정신도 파괴되어 근대문명 도시의 살벌하고 천박한 변방이 되어간다.

세계적인 신화의 보고를 지켜야 한다. 굿을 지키고 굿을 이어가는 심방을 중시하고 그 속에 있는 신화를 초등학생 때부터 가르쳐야 한다.

신화와 민속문화를 담은 문화 교과서도 만들어져야 한다. 그 문화의 그릇이라 할 제주어를 잘 보존해 나가야 한다. 이제는 당당히 제주어 뉴스도 하고, 영국의 웨일스처럼 제주어 방송을 30% 정도 늘려 나가야 한다. 제주 신화를 세계적인 공연물이나 축제로 보여줄 문화콘텐츠 사업에도 눈을 돌려야 한다. 제주를 바탕으로 한 창조적 문화의 발신처는 바로 제주 신화다. (2016. 5.)

궤네깃도와 제주 삼성신화

삼성(三姓)신화

탐라현(耽羅縣)은 전라도 남쪽 바다 가운데 있다. 그 고기(古記)에 이르기를 태곳적에 이곳에는 사람도 생물도 없었는데 3명의 신인(神人)이 땅으로부터 솟아 나왔는바〔이 현의 주산(主山)인 한라산 북쪽 기슭에 모흥(毛興)이라는 굴이 있는데 이곳이 바로 그때의 것이라고 한다〕 맏이는 양을나(良乙那), 둘째는 고을나(高乙那), 셋째는 부을나(夫乙那)라고 하였다. 이 세 사람은 먼 황무지에 사냥을 하여 그 가죽을 입고 그 고기를 먹고 살았는데 하루는 서 자색 봉니(封泥)로 봉인을 한 나무 상자가 물에 떠 와서 동쪽 바닷가에 와 닿은 것을 보고 곧 가서 열어 보았더니 상자 속에는 돌함과 붉은 띠에 자색 옷을 입은 사자(使者)가 따라와 있었다. 돌함을 여니 그 안에서 푸른 옷을 입은 세 명의 처녀와 각종 망아지와 송아지 및 오곡(五穀) 종자가 나왔다. 그 사자가 말하기를 "나는 일본의 사신인데 우리나라 왕이 이 세 딸을 낳고 말하기를 '서쪽 바다 가운데 있는 큰 산에 하나님의 아들 3명이 내려와서 장차 나라를 이룩하고자 하나 배필(配匹)이 없다'고 하면서 나에게 명령하여 이 3명의 딸을 모시고 가게 하여 이곳에 왔습니다. 당신들은 마땅히 이 3명으로 배필을 삼고 나라를 이룩하기를 바랍니다" 하고 말을 마치

자마자 그 사자는 홀연히 구름을 타고 가 버렸다. 3명은 연령에 따라서 세 처녀에게 장가들고 샘물 맛이 좋고 땅이 건 곳을 택하여 활을 쏘아 땅을 점치고 살았는데 양을나(良乙那)가 사는 곳을 첫째 서울, 고을나(高乙那)가 사는 곳을 둘째 서울, 부을나(夫乙那)가 사는 곳을 셋째 서울이라고 하였으며 이때 처음으로 오곡을 심어서 농사를 짓고 망아지와 송아지를 길러서 목축을 하여 날이 갈수록 부유해 가고 인구가 늘어 갔다.(『고려사』 지리지)

제주에는 탐라국이 어떻게 건국되고 고·양·부 3성이 어떻게 탄생했는가를 보여주는 〈삼성신화〉가 있다. 이 신화를 들여다보면 제주의 독자적 문화를 느끼게 된다. 왜 그런가? 육지의 건국신화와 닮아 있으면서도 그 핵심은 다르기 때문이다. 고대국가가 태동하는 시기에 고구려·백제·신라·가야와 함께 탐라국이 건국되었다. 1세기 무렵에 탐라는 사회경제적인 부를 배경으로 서서히 국가적 기반을 마련하게 된다. 당시 주호(州胡)라는 나라는 한(韓)과 말이 달랐지만 그 상인들이 한에 들어가 장사를 하였다고 했다. 상업을 통해 부를 축적하였고, 아울러 한중일 3국의 중간에 위치하여 해상 중개무역의 근거지였을 것으로 추정된다. 일제 초기 산지항이 개발될 당시 그곳에서 오수전 등이 발견되었는데, 이는 후한의 동전으로 2~3세기에 통용되던 것이라 한다. 그러니 활발한 교역관계를 점칠 수 있다.

고구려나 신라는 철기문명의 도래와 함께 나타난 고대국가이다. 기존의 청동기문명을 지닌 부족이 있었는데, 철기를 지닌 기마민족이 내려와 토착족을 복속시키고 왕이 되었다. 그 주인공이 바로 고주몽과 박혁거세와 같은 영웅이다. 그리고 고대국가 건국과정을 신화로 만들어 지배의 정당성을 확보하였다. 그들이 하늘에서 내려왔다는 신화는 이렇게 마련되었다. 가야의 김수로왕도 하늘에서 내려왔다고 하였으니 철기문명을 지닌 지배부족의 우두머리였던 것이다. 그런데 제주에는 하늘에서 내려왔다는 신화 대신에 땅에서 솟았다는 신화가 전해진다. 제주가 강력한 철기문명의 지배를 받았다면 여기에도 분명 하늘에서 내려온 영웅담이 있어야 할 텐데, 그런 신화가 없다. 물론 제주에도 청동기문명이 전해지고 이어서 철기문명이 전해졌다. 용담동 고인돌에서는 요령식 동검과 철제장검이 발견되기도 했으니, 육지의 강성한 부족이 제주에 와서 새로운 문물을 전해주었고, 이것이 문화 발전의 큰 원동력이 되었을 것이다. 그러나 그들이 지배자가 되지는 않았다. 신화가 그걸 증명한다. 토착의 고·양·부 세력이 새로운 문물을 가져온 부족과 연합하여 고대국가의 기틀을 마련하였으되, 그 주도권은 토착의 부족이 쥐고 있었다. 그들은 땅에서 솟아났다는 신화를 지닌 부족이었다.

하늘이 신성한 곳이듯이 땅도 신성한 곳이다. 만물을 생육하는 생명력을 지닌 것이 땅이다. 육지의 신화가 유목민족의 이동과 관련이 있다면, 제주의 신화는 농경민족의 문화적 전통을 지니고 있다. 3신인과 혼인한 3여신이 오곡의 종자를 가지고 들어오면서 농경문화는 더욱 정착한다. 3여신도 문화의 전달자 역할을 하였다.

제주의 서사무가 중 궤네깃당본풀이 또는 이의 상위 유형인 송당본풀이는 삼성신화의 근원적 신화에 해당된다고 한다. 여기에서 소로소천국이 사냥을 하여 생업을 꾸려나갔는데, 자녀들이 많아지자 백주또가 농경을 권하고 있는 것으로 보아 여성신에 의해 농경이 시작된 것으로 해석될 수 있다.

제주도 하송당리에 남신 소천국이가, 여신 백주또는 강남천자국에서 솟아났다. 백주또가 소천국을 찾아와 가약을 맺고 아들 5형제를 낳고 여섯째를 잉태하고 있었다. 백주또는 소천국의 권유로 농사를 하고 있었는데, 워낙 대식(大食)하는지라 밥도 아홉동이, 국도 아홉동이를 차리는데, 하루는 태산절 중이 점심을 몽땅 먹어치워서, 배고픈 나머지 밭 갈던 소를 먹고도 모자라 곁에 있던 남의 암소도 먹어치우게 된다. 백주또는 이 사실을 알고, 말다툼을 하다 살림을 분산하고, 소천국은 원래 사냥꾼으로 돌아가 사냥하며 정동칼첫 딸을 만나 첩으로 삼았다. 한편 백주또는 여섯째 아들을 낳아서 아버지를 찾아 주니, 소천국은 아들의 어리광이 귀찮아서, 무쇠석갑에 담아 동해바다에 버렸다. 무쇠석갑은 용왕국에 들어가 산호나무 가지에 걸렸는데, 그날부터 용왕국에 이상한 풍운조화가 계속되어 사정을 알고자 용왕이 차례로 딸을 보내나 해결을 못하고, 마지막 셋째딸이 석갑을 발견하게 된다. 우여곡절 끝에 셋째딸은 궤네깃또와 혼인하나, 궤네깃또 역시 대식하여 용왕국에서 쫓겨나와 강남천자국으로 가니, 마침 강남천자국은 강성한 남북적이 쳐들어 오는 때라 궤네깃또가 물리치고, 보화와 양식, 백만 군사를 대동하여 제주도로 귀환한다. 궤네깃또가 돌아오는데 천지가 진동하게 포성을 울리니, 소천국과 백주또가 놀라, 소천국은 알송당 당신, 백주또는 웃송당 당신이 되었고, 궤네깃또는 김녕의 큰 굴에 좌정하나, 대접하는 자가 없어 조화로써 신성을 알리고 1년에 한번 돼지 한 마리를 먹는 당신이 되었다.(궤네깃당 본풀이)

우선 삼성신화와 세부적인 일치를 보이는 당본풀이를 비교하여 탐라국 건국서사시의 원형을 재구할 필요가 있다. 궤네깃당본풀이는 송당본풀이의 하위 유형인데, 송당본풀이는 삼성서사시의 원형으로 볼 수 있고, 다음과 같은 유사점이 있다.

첫째, 송당본풀이의 소로소천국이 땅에서 솟아나듯이 삼성신화의 삼신인도 땅에서 솟아남.

둘째, 송당본풀이가 '웃송당' '셋송당' '알송당'의 상·중·하당의 세 신당이 공존하듯이, 삼성신화에서는 고을라·양을라·부을라의 삼신인이 등장함.

셋째, 송당본풀이의 여신 백주또가 무쇠철갑에 실려 제주에 표착하고 있듯이 삼성신화의 삼여신도 목함과 석함에 담겨 제주에 표착하고 있음.

넷째, 송당본풀이의 남신이 사냥을 위주로 하고 여신(백주또)는 남신으로 하여금 농사를 새로이 시작하게 하듯이 삼성신화에서 남신들은 사냥을 주업으로 삼고 있는데 삼여신은 오곡종자를 가져와 농사를 시작하게 만든 점.

다섯째, 송당본풀이의 남신(문곡성, 소로소천국의 아들)이 제주도 전체를 지배하는 신격이 되듯이 삼성신화의 삼신인이 탐라국을 건국하여 제주 전체를 지배하는 신격이 되는 점.

제주의 고·양·부 3신인은 사냥을 하면서 지내다가, 3여신과 혼인하여 농경문화를 정착시킨 것으로 볼 수 있다. 그러므로 송당본풀이와 삼성신화는 함께 남성신의 수렵문화와 여성신의 농경문화를 보여 준다. 두 문화의 결합은 큰 힘을 발휘하게 하였고, 고대국가의 건설에까지 미치게 된다. 특히 송당본풀이의 문곡성과 같은 주인공이 부모에게 버려진 후 강남천자국에 표착하여 난리를 평정하고 군사를 거느리고 제주에 돌아온 내력은, 주인공의 해상능력을 보여주는 바이다. 그래서 조동일 교수는 '탐라국 건국서사시'는 "재래의 수렵민과 외래의 농경민이 결합되어 생산력을 발전시킨 토대 위에서 안으로 정치적인 통합을 이룩하고 밖으로 주권을 지키는 영웅이 해상활동을 통해 힘을 키워 작지만 당당한 나라를 세운 위업을 나타냈다"고 하였다. (2012. 4.)

신화의 섬 제주

제주는 일반적으로 우리나라의 가장 훌륭한 관광지로 알려지거나 귤의 산지로 알려져 있다. 그러나 전통문화가 잘 보존되어 있는 땅, 신화가 살아 있는 섬이라는 점은 간과한다. 제주공항에 내려 시내로 들어오면서 제일 먼저 '먹돌새기'란 낯선 마을 지명을 접하게 된다. 조선조의 계속된 한화정책(漢化政策)에도 불구하고, 일제 강점기에 우리의 고유 지명들이 거의 한자 지명으로 바뀌는 혼란 속에서도 그 고유 지명을 지니고 있듯이, 제주는 쉽게 변화하기를 거부하고 전통적인 것을 고수하고 있다. '맑은 줏대'라고 할 만하다.

일제가 우리의 공동체적 삶의 의식을 뿌리뽑기 위해 당집을 훼손하고 동제(洞祭)를 강제적으로 폐지시킨 뒤에도 제주는 그들의 당집을 지켰고, 그들의 공동체적 삶의 방식을 고수했다. 60년대 박정희 정권이 근대화의 기치를 드날리며 초가집과 함께 미신을 타파한다고 하며 무속을 핍박할 때도 그들의 신앙을 잘 지켜냈다.

현대의 우리들이 합리적인 사고와 명료한 과학정신으로 마련했다고 하는 근대가 진정 인간을 행복하게 해 주었는가. 우리는 행복을 느끼려는 순간 불행을 예감하게 되었다. 현대의 투명한 의식의 눈이 발견한 인간의 모습은 너무나 초라한 것이었다. 인간의 의식이 지금처럼 밝지 못했을 때, 오히려 인간들은 자신을 어떤 신(神)적인 속성과 결부시켜 보며 스스로의 존엄성에 숙연해 하기도 했다. 그러나 신적인 것을 벗겨버리고 초라해진 현대 인간에게 간절한 것은 초월에의 동경이라 하겠다. 제주는 이런 풍요로운 정신이 살아 있다. 제주는 신을 인간의 테두리에 살게 하고, 인간을 신처럼 대하는 전통을 아직 지탱하고 있는 '신화의 섬'이다.

종교가 지배계급의 통치 도구로 전락하고, 인간에게 환상적 행복만을 제시할 뿐만 아니라, 삶의 고통의 원인을 치유하기보다 고통을 참으라고 설교하는 것이라면, 신화는 고통의 극복과정을 일깨우고 불만족한 상황을 함께 극복하는 방법을 제시하는 것이다. 제주의 무가(巫歌)에 전해오는 수많은 신화는 척박한 땅을 일구고 살던 사람들이 어떻게 고통을 이겨내며 공동체적 삶을 만들어 갔는가 하는 '문화사의 발달과정'이고, 현세의 긍정적인 역사이다. 문학이 진실에 가까운 허구라고 한다면, 신화는 허구에 가까운 진실이다. 신화에는 삶의 리얼리티가 배어 있다. 제주의 신화에는 고통스런 삶을 어떻게 극복해 갔는가 하는 리얼리티가 있고, 어떻게 살아야 할 것인가 하는 전망이 담겨 있다.

인류가 중석기시대를 맞으면서 신화를 갖게 되었을 것으로 본다. 지금으로부터 3만 년 전이다. 이 오랜 신화의 전통이 제주에는 온전하게 남아 있다. 물론 중세를 지나며 문화적 충격에 따라 굴절되기는 하였지만 많은 신화가 풍부한 과거의 역사를 담고 전해온다. 역사 기록이 빈약함 때문에 주눅들 필요는 없다. 주변의 역사 기록조차 불과 몇천 년 전의 것에 불과하니까. 한반도의 기록은 불과 이천 년 전의 것이니까. 지구의 역사 40억 년, 인류의 역사 1,700만 년, 현생인류의 시조

출현이 300만 년 전인 것에 비하면 기록의 역사는 아주 초라한 것이다. 오히려 입에서 입으로 전해지던 구비서사시의 전통이 더욱 위엄 있는 것이다. 제주는 이런 긴 역사의 전통이 무가 속에 담겨 있는 셈이다.

신화 속에는 인간과 세계의 소통구조가 있다. 신화는 그 관계 속에 질서를 부여하고 당대의 삶을 규정한다. 이것은 과학의 역할을 해 왔고, 철학이 至高(지고)의 善(선)을 지향했던 점과 일치한다. 그러나 근대 과학과는 괴리되고 상반되는 면이 있다. 그렇다면 신화에 녹아 있는 삶의 정신은 근대정신에 위배되는 것이고, 더 이상 그 효용성이 남아 있지 않은 것일까. 혹시 근대성이 잘못된 것은 아닐까. 아니면 과거의 과학이 근대의 과학과 만나는 방식이 잘못된 것은 아닐까. 이런 반성 속에서 신화의 가치와 의의를 새롭게 탐색한다면 제주 신화의 가치도 되살아날 것이다. (2009. 10.)

제주 이야기

제주도 운명신이 들어 올린 매

제주도 신화 속에 〈삼공본풀이〉라는 이야기가 전한다. 거기에는 매우 적극적이고 자발적인 한 여성이 등장하는데, 이름은 감은장아기다. 부모가 가난하여 이웃이 검은 나무그릇에 죽을 쑤어 줘서 얻은 이름이다. 이 셋째 딸이 태어나고부터 집안이 서서히 일어난다. 부자가 된 후 부모는 세 딸을 불러 묻는다. 감은장아기는 누구 덕에 먹고 사느냐고 물었을 때 자기 복에 산다고 했다. 부모에게 불효한다고 쫓겨나긴 했지만 자기의 인생은 자기가 책임져야 한다는 말을 했다. 집을 나온 감은장아기는 무소의 뿔처럼 홀로 길을 떠나다가 마를 캐는 남자 셋을 만나는데, 그중에 가장 바른 생각을 하는 셋째를 자신의 배필로 삼는다. 누가 시켜서가 아니라 가장 싹수가 있는 남자를 골라 정한 것이다.

자신은 부모에게 쫓겨난 신세지만 부모에게 효도하는 남자를 택하고, 며느리로서 역할을 하기 위해 집에서 나올 때 가져온 금붙이를 팔아 쌀밥을 해드린다. 수렵과 채취를 하는 세상에 들어가 농경문화를 전하는 문화영웅의 모습도 보여 준다. 그 놀라운 밥을 먹은 셋째는 귀한 음식을 얻은 연유를 묻자 금을 보여 준다. 그런 쇳덩이는 자기가 마를 파는 곳에 지천으로 널렸다는 이야기를 듣고 금을 캐서 큰 부자를 이루게 된다. 감은장아기의 지적 능력으로 금을 발견하고 부를 이룬

것이다.

그 후 다시 부모의 운명을 바꾸어 드리고 감은장아기는 전상신이 되었다고 한다. 자발적인 능력으로 운명을 개척하여 운명의 신이 된 것이다. 전상이란 전생(前生)에서 왔을 것 같은데, 그 의미는 다르게 쓰인다. 전상은 오래 지닌 습(習)과 마음가짐에서 나오는 현실 속의 행동을 뜻한다. 생각이 맑거나 남과 나누어 먹는 행위나 마음가짐을 좋은 전상이라 하고, 술을 많이 먹거나 씀씀이가 커서 가산을 탕진하는 행위나 마음가짐을 나쁜 전상이라고도 한다. 한편 전상을 '사록'이라고도 하는데, 하(下)사록을 내몰고 상(上)사록을 불러들이는 일이 중요하다고 일깨워 준다. 이런 신화 뒤에 오는 놀이(전상놀이)에서 감은장아기 부모가 막대를 들고 나쁜 전상을 두들겨 패서 내쫓는다. 그렇게 해서 사람들에게 좋은 전상만 남게 한다. 상(上)사록이 집 안으로 들어오도록 하고, 하(下)사록을 쫓아버리면 천하 거부가 된단다. 삼공신은 나쁜 인연을 털어내고 좋은 인연을 만들어주는 신, 운명의 신이다.

우리 인생은 전생의 인연에 지배되기도 하지만 과거 인연의 사슬을 끊고 새로운 인연을 만들 수도 있는 셈이다. '시절 인연'을 바꿀 수 있는 것이 인간이다. 국화 씨앗에서 나팔꽃이 피게 할 수는 없지만, 가을에 피는 꽃을 봄에 피게 할 수 있는 것이 인간의 힘이다. 나쁜 전상을 버리고 좋은 전상을 만나 보자. 스스로 노력하면 얻어진다. 운명의 반은 정해진 것이 있을지라도 나머지 반은 바꾸어 나갈 수 있는 가능성이 열려 있다. 운명은 개척하는 것이다.

인생이 그러하듯 우리 사회의 운명도 개척하는 것이다. 회초리를 들고 나쁜 전상을 두들겨 패서 내쫓는 적극적 마음가짐이 필요하다. 그냥 가만히 있으면 되는 것이 아니다. 나쁜 것은 내몰고 바꾸어 나가야 한다. 나쁜 지도자를 만났다면 나쁜 지도자를 내몰고, 나쁜 정책이 시행되려 한다면 나쁜 정책을 막아서야 한다. 제2공항이 제주를 파괴하는 근원이 된다면 당연히 막아서고, 회초리로 때려 몰아내야 옳다. 제주시 탑동에는 신항만을 위해 40만 평의 매립이 예정되어 있다. 이 엄청난 시련에 맞서야 운명이 개척되는 것이다. 제주의 미래 삶이 낙관적으로 바뀌는 법이다. 그래서 싸움이 화해가 되고, 이어 화합이 되는 법이다.

제주 신화 속의 감은장아기는 인생을 스스로 개척하는 것이라 일깨워 준다. 제주 신화는 우리에게 인생 한 수를 가르치고 있다. 귀 기울여 보라. 철학이 다른 데 있는 게 아니다. 제주도 본풀이 노랫가락 속에 철학이 있다. 하늘이 높아도 비는 내리는 법이다. 우리가 꾸준히 비가 올 때가지 빌면 되지 않겠나. (2019. 10.)

돌문화공원 '돌탑'(거욱대) 랜드마크를 위해

제주는 삼다(三多)의 섬이라 부른다. 예전에는 풍해(風害) 수해(水害) 한해(旱害) 세 가지를 들어 삼다의 섬이라고도 했다. 비를 동반한 바람, 태풍이 많이 부는 해에 농사를 망치고 태풍이 없는 해에는 물이 부족해 농사를 망치던 자연재해의 본고장이란 의미일 것이다. 요즘은 돌과 바람과 여자가 많다고 한다. 그 앞자리에 돌이 있다. 땅에는 돌이 많아 농사짓기 어렵고 바다에는 바람이 많아 고기 잡기 어렵고, 바람 많은 바다에서 일하던 남성들이 많이 죽어 여자가 많다고 했다.

제주는 땅을 파면 돌이다. 토심이 얕아 씨를 뿌리고 나면 꼭 마소로 밟아주어야 하는 뜬 땅이 주를 이룬다. 화산회토여서 물 빠짐이 심해 벼농사도 어려운 땅이다. 애초에 사람이 제주에 살기 시작했을 때 땅을 일구며 닥친 어려움은 돌과의 싸움이었을 것이다. 파도 파도 끝없이 나오는 돌을 어디에건 처치해야 했을 것이다. 여기저기 돌무더기를 쌓아 두었을 것이다. 그 돌무더기에 의미를 부여한 것이 방사탑이 아닐까. 바람이 심한 제주의 여건을 고려하며 밭담을 쌓기도 했을 것이다. 밭담 쌓기의 기원은 고려 때 김구(1211~1278)라고 『신증동국여지승람』 등에 기록되어 있는데, 나는 믿지 않는다. 세도가가 남의 땅을 차지하니 경계를 만들어 농민을 보호했다는 의미 정도일 것이다.

자연을 거스르며 문명은 시작되었다. 거대하고 험한 자연에 맞서 인간의 노력이 시작되었다. 제주에서는 돌과의 싸움이 시작되었고 이 돌들이 쌓여 밭담이 이루어졌다. 인위적인 노력이 깃든 밭담을 돌문화의 시작이라 할 만하다. 쌓인 돌을 가지런히 하여 방사탑을 만들었고 사악한 기운을 쫓는 신앙의 대상이 마을 곳곳에 섰다. 돌문화가 종교적인 차원에 이르렀다. 원시인들이 큰 돌을 세워놓고 숭배하던 '선돌'도 있고, 작은 돌을 모아 돌무더기를 만들고 여기에 손을 모았다. 제주에서는 돌과 싸우며 돌을 신앙의 대상으로 삼았다.

설문대할망이 돌로 다리를 놓다가 만 흔적이 조천의 엉장매코지다. 흙과 돌을 날라다 한라산을 만들었고 구멍에서 샌 흙이 360여 개의 오름이 되었다고 한다. 죽 솥에 빠져 죽은 설문대할망의 500 아들은 영실에서 바위가 되었다. 설문대할망은 제주섬을 만든 할망으로 숭앙되고 영실의 500장군도 영험의 대상이 되었다. 제주에서는 돌이 신앙이었다.

"주성 안에 돌로 쌓았던 옛터가 있었다. 고 양 부 3성이 처음 이 땅에 나와 3도를 나누어 차지하고 북두칠성 모양으로 대를 쌓았으므로 칠성도(七星圖)라 이름하였다."(『신증동국여지승람』) 〈탐라지〉는 이를 칠성대라 했다. 돌을 쌓아 제사 지내는 풍속은 성안이나 성 밖 민초들이나 마찬가지였다. 제주에서는 돌이 신앙이었다.

이런 제주의 전통을 감안하여 돌을 쌓아 제주도민의 안전과 풍요를 기원하는 큰 돌탑이 필요하다. 돌문화의 출발이 돌무더기에 신앙을 얹힌 방사탑이니 돌문화공원에 큼직한 방사탑을 하나 쌓아야 문화적이지 않겠는가. 방사탑은 사악한 기운을 없앤다는 의미만 환기시키는데 허약한 곳을 보하는 풍수의 의미도 있었던 점을 감안하자. 제주민이 원래 부르던 거욱, 답다니, 답, 솔내왓, 까마귀 이름 중에서 어느 하나를 골라 쓰면 좋겠다. 답다니와 거욱대가 많이 쓰였는데 돌로 대를 쌓았던 칠성대와 견주어서 거욱대로 하면 좋겠다.

제주시에 드림타워라는 이름으로 공룡 같은 건물이 들어서고 랜드마크를 자처하는데 웃기는 말씀이다. 최초의 돌문화 거욱대를 제주의 랜드마크로 삼자. 돌문화공원에 큰 거욱대를 세우고 제주를 넘어 민족을 넘어 인류의 안전과 평화를 기원하는 메카를 만들어 보자. 자연과 어울리면서도 자연을 극복해 온 조상의 지혜를 이어받아 큰 거욱대 하나 세워 보길 기대한다. (2018. 12.)

도지사의 퇴진 운동에 동참하며

재선 도지사가 이젠 본격적으로 폭력을 행사하기 시작했다. 도민을 대상으로 공공의료를 해치는 심각한 주먹질을 시작했다. 그 파고는 커서 대한민국에 대한 주먹질로 번질 것이 빤하다. 문재인 정부는 '의료공공성을 훼손하는 의료영리화 정책'을 추진하지 않겠다고 하면서도, "녹지국제병원 개설허가권자는 제주도지사이므로 제주도 보건의료정책심의위원회 심의결과에 따라 허가 여부를 판단해야 할 것"이라고 권한을 도지사에게 위임한 바 있다. 정부가 자신의 책임을 방기한 측면도 있지만, 자율권을 침해하지 않으려는 면모도 충분히 간과해선 안 된다. 당연히 공공조사 결과도 영리병원 반대쪽으로 결론이 나고 제주도의 민심을 읽은 바가 있어 크게 고민하지 않은 점도 있다. 그런데 도민의 정서와는 무관한 청천벽력 같은 발표가 나왔다. 이런 폭력이 어디 있단 말인가.

이에 시민단체가 도지사 퇴진 운동에 나서려는 움직임이다. 영리병원 문제가 단순한 것은 아니어서 사태의 정실을 모르고 무조건 두려워하는 면도 있다. 그리고 도지사가 말한 대로 큰 변화와 충격은 없을 것이고, 찻잔 속의 폭풍을 두고 제주도가 부화뇌동하는 면도 있다. 그러나 큰 안목으로 보면 무서운 결과도 예상된다.

우리 시대는 상상하지 못할 4차 산업 혁명이 일어나고 있고, 나노기술, 생체 복제, 로봇과 인공지능, 상상 실현 등 이루 말할 수 없는 과학기술이 등장한다. 우리 시대의 삶도 이런 변화와 함께 급격하게 바뀔 것이다. 그런데 과학기술이 앞서가는데 인간적 가치의 문제는 좀 뒤처져 있다. 그런 문제도 돌아보아야 한다는 취지로 심각한 문제를 예상해 본다.

영리병원 문제에 삼성 등 대기업 재벌이 가담하려 했던 것은 미래의 의료 산업과 의약 산업에 주도권을 쥐려 하였던 면이 있다. 차후 의료기술이 유전자 조작이나 생체복제 등으로 불치병에 도전하고 아울러 인간 생명을 늘리려는 산업을 꿈꾸고 있다. 심장이 망가진 경우 남의 심장을 이식하여야 하는 상황이 지금의 의료 기술인데, 향후 복제된 심장으로 인간의 불치병을 고치게 될 것이고, 이런 기술이 가능하기 위해서는 상당히 높은 의료 수가가 보장되어야 할 것이다. 그러니 영리병원을 꿈꾸는 재벌들에게는 이런 시장을 개선할 필요가 있을 것이고 제주의 영리병원은 호기가 된다고 생각했을 것이다.

물론 그 위험성이 당장 닥칠 일은 아니다. 그러나 20~30년 뒤에 실현될 수 있는 미래 산업임에 틀림없다. 우선 돈 많은 사람들이 이런 의료 기술의 혜택을 입게 된다. 돈 없는 사람들은 기술의 위대함을 찬미하면서 죽어가야 한요. 이게 자본주의의 정의다. 의료 격차를 당장 경험해야 한다. 그러니 의료 영리화 문제를 깊이 들여다볼 필요가 있고, 장기적인 준비가 필요하다. 도민들에게 피해가 없고, 만약 허가를 취소하면 녹지그룹에게 당장 물어줄 돈이 크니 허가해야 할 문제가 아니다. 서귀포 토평 주변의 경제 활성화나 주민 취업 등은 아주 미미한 성과에 그칠 것이 명확한데, 무작정 영리병원을 허가하는 일에 신중할 필요가 있다.

핵 문제가 피해가 없는데 반대한다고 하면서, 경제 이득을 논하는 대한민국의 핵 마피아들을 우리는 기억한다. 영리의료 문제도 마찬가지로 피해가 없고 오히려 경제 이득이 있다고 예측하는 것은 어리석다. 핵은 피해가 여전하다. 폐기물 확산은 우리 후손들이 감당해야 할 무서운 문제다. 마찬가지로 새로운 의료기술도 큰 인간적인 문제를 담보하고 있다. 살아있는 장기를 배양하고, 그것의 독자적 생명 문제는 도외시한 채 환자에게 이식된다는 것이 고민할 문제로 등장한다. 복제기술로 만들어진 세포가 단순히 기계적이고 생물학적 부산물이라고 하면 문제를 외면하는 일이다. 생명 존중의 문제를 깊이 고민해야 할 것이라 본다.

세상은 너무 빠르게 변화하는데 그 변화를 외면하는 것은 아닌가 스스로 자책한다. 그러나 인간적인 문제를 도외시할 수는 없다. 그런 인권 존중의 차원에서 고민하고자 한다. 삼성과 같은 부도덕한 기업이 우리나라를 주도하고 있다는 것도 불행이다. 어찌 되었든 노동자 한 사람 한 사람의 인권을 중시해야 하는데 삼성은 노동조합조차 불허하는 부도덕한 기업 아니던가. 그런 부도덕한 기업들이 영리병원을 획책한다면 우리 사회의 정의는 허물어질 것이다. 자본주의의 정의가 아니라 인간의 정의를 위해 영리병원은 불가하다.

도지사가 도민을 무시하고 녹지병원을 두둔하면서 보여준 얼굴은 지극히 폭력적이었고 강변하는 말속에 부패의 그늘도 보였다. 이제 싸움이 시작되었다. 시민단체의 도지사 퇴진운동에 힘이 실리고 있다. 대중의 공공의료를 위해 도민이 함께 나설 것이다. 그 끝이 어딜까. 하늘처럼 높고 먼 일일까. 아니다. 하늘은 높아도 비는 내리는 법이다.

지도자가 하늘을 버리면 반드시 망한다는 교훈을 다시 새기길 기대한다. 마지막 기회다. (2018. 12.)

100년 뒤 제주도

근대문명이 끝나가고 있는데 모르고 살아가는 사람들이 많다. 큰 변혁이 눈앞에 있는데 우리는 현실에 안주하고, 2018년 앞뒤 몇 년에만 매여 있다. 5년 전의 살림살이와 5년 후의 희망을 생각하기에 급급하다. 많은 희망 중에서도 경제적으로 좋아지는 변화에만 몰두하고 있다. 우리의 근대는 자연을 정복과 투쟁과 획득의 대상으로 삼아 대규모의 파괴를 저질렀고, 인간을 우승열패의 함정으로 몰아넣었다. 이제 3차 형이상학 혁명이 필요한 때다.

파충류적 본능과 기계적 이성이 결합하여 만들어 낸 냉혹한 근대적 인간상을 탈피하는 것이 시작이다. 세상 모든 것을 연민과 공감의 눈으로 보고, 타인을 배려하는 세상을 꿈꾼다. 이용과 파괴의 대상이었던 자연과 화해하고, 불평등한 인간 사회를 공존의 세상으로 바꾸어야 한다. 생명을 배려하고 차등을 없애야 한다. 자연으로부터 마구 가져오면 된다는 욕망을 반성하고, 인간의 욕망의 부피를 줄여나가야 한다.

그런데 아직도 우리의 정치적 담론은 '발전과 개발의 논리'에 머물러 있으니 두렵다. 2018년 6월 지방선거를 앞둔 즈음, 민생정치를 부르짖으며 내건 공약을 보면 아직도 욕망 부풀리기에 열중하고 있다. 우리 주변이 철저히 파괴되고 있는데, 아직도 개발을 계속해야 하는

가. 지구의 종말이 눈앞에 있는데 더 '발전'해야 하는가. 아직도 '국제자유도시의 완성'을 내걸고 있는 현실을 감내해야 하는가. 관광객이 넘쳐나서 '오버 투어리즘'의 문제가 거론되는데, '제2공항 건설'과 '관광 활성화'는 진지하게 고민해 볼 문제가 되었다. 그런 시대정신을 우려하면서 우리의 현실과 미래를 조망해 본다.

첫째, 발전과 개발의 논리를 이제는 내려놓자. "제주와 같이 아름다운 섬이 우리나라에 있어 정말 자랑스럽다."던 내 친구가 작년에 제주에 와서 "이제 제주를 떠올리면 가슴 아프다. 이토록 처참하게 개발할 수 있니?"라는 말을 던지고 떠났다. 앞 시대 도지사와 현 도지사도 문제고 개발 공약을 부끄럼 없이 내건 미래의 도지사도 걱정스럽다. 이런 천박한 정치권을 이번 선거에서 제대로 꾸짖어 주어야 한다.

둘째, 환경을 중시하고 '세계 환경의 수도'의 구호를 살려 나가자. 욕망 구조와 파괴 속도를 감안할 때 지구의 멸망은 70년 앞으로 다가왔다는 말을 실감한다. 제주의 자연환경도 지구의 파괴 속도와 크게 다르지 않다. 제주도 지하수 수위도 평균 10미터 이상 감소하여 물 부족 지역이 될 우려, 하수 처리 포화상태, 쓰레기가 과다하게 넘쳐나는 현상 등이 제주의 종말을 예감하게 한다. 이제 잘살기와 소득 증대 구호를 끝내자. 환경과 생태의 생존 조건을 우선으로 하는 지방정권을 만들어 나가야 한다.

셋째, '국제자유도시'의 구호를 이번에는 벗어던지자. 자본과 사람의 자유로운 넘나듦이라는 구호에 감추어진 음모를 우리는 이해하기 시작했다. 최근 해외 투자자본의 제주 투자도 시들해졌다. 자본이 오더라도 그것이 제주도민의 삶의 질을 위협할 수 있다. 나쁜 자본이 들어오고 도박장 시설만 비대해질 수 있다. 도박장과 함께 갱단이 총질이 난무할 수도 있다. "이전에는 왜 그런 악질적인 카지노를 방치했냐?"(2015년 4월)고 묻던 도지사가 결국 대형 카지노를 용인하는 것을 보면서 국제자유도시의 폐기를 도민이 앞장설 수밖에 없음을 절실히 느낀다.

자유도시는 진정 자유를 느끼는 곳이어야 한다. 도박과 폭력이 난무하는 곳이어서는 안 된다. 제주도민의 자유자재함을 위해 새로운 패러다임을 만들어야 한다. 그 방향은 '치유와 힐링의 섬 제주'를 만드는 일이다. 한라산과 청정바다, 자연이 아직은 살아 있어 희망이다. 4.3의 집단학살이 빚은 상처를 잘 치유해낸 역량도 여기에 덧보탤 수 있다. 사람을 치유하고 '생명 평화의 정신'을 발신하는 섬으로 거듭나면 좋겠다.

몇 년 전 유홍준 씨가 문화재청장으로 있을 때, 산림청장과 MOU를 맺어 백두대간의 춘양목을 잘 길러 150년 후에 문화재 복원을 위한 목재로 기증하자는 약속을 한 바 있다. 그들도 우리도 없게 될 150년 뒤를 염려하던 그들의 미래지향은 우리에게도 희망이 된다. 우리도 100년 대계를 세우고, 100년 뒤의 제주를 염려해 보자. 100년 넘게 이어질 선거 공약을 기대한다. 한 후보의 '행복지수 높이기' 공약 같은 차분하고 착한 공약이 많아지길 기대한다. 미래의 지도자들이 생명·공존·공동체를 중시했던 제주의 철학을 찾아내 미래 제주의 정신으로 삼길 기대한다. 100년 뒤를 걱정하면서 지속 가능한 세상을 만들길 기대해 본다. 아이들의 미래를 생각하면서. (2018. 7.)

음식을 통해 본 제주 섬의 척박함과 반전(反轉)

'제주의 가난과 재해'는 심한 편이었다. 삼다는 지금 돌, 바람, 여자 셋을 일컫는다. 그러나 예전에는 삼다란 수해, 풍해, 한해를 일컬었다고 한다.

1792년에서 1795까지 이어진 흉년에는 이 수해와 풍해와 한해가 겹쳐서 62,698명이던 제주의 인구가 47,735명으로 줄어든 것(『정조실록』 20년 1월 15일, 여기서 17,963명이나 죽었다고 했는데, 14,963명의 오기인 듯)을 보면, 그 폐해는 심각한 수준이었다. 그중에서 수시로 찾아오는 태풍과 많은 비에 의한 피해는 늘 제주를 괴롭히는 재앙이었다. 그런 정황을 염두에 둔다면 최근 50년 전까지 제주의 음식문화는 매우 열악한 수준이었을 것으로 보이고, 톳밥과 콩죽과 메밀범벅으로 이어지는 구황식품은 일상식에 가까운 것이었다고 보인다.

해산물이 풍부하고 산채와 열매도 풍부한 편이다. 그리고 작은 인구가 누리기에는 작지 않은 토지를 염두에 둔다면 제주가 가난할 이유가 없다. 중산간의 경우 1인당 3,000평 정도의 토지를 가진 소농이 주를 이뤘다. 해안가는 1,000평 정도의 토지와 수산물 채취로 반농반어의 생활이었다. 그런데 문제는 주식이다. 탄수화물의 공급원, 즉 주식이 부족하다면 문제가 생길 수밖에 없다. "제사·명절 때가 아니면 입쌀 구경을 못 하던 그 시절, 우리의 주식은 당연히 보리와 조였고, 대용식으로 고구마도 많이 먹었다. 가을·겨울에는 저녁 한 끼쯤은 으레 고구마로 때웠다(오죽 고구마를 지겹게 먹었으면, 훗날 내가 군고구마도 입에 못 대는 식성으로 변했을까)"(『지상에 숟가락 하나』, 254쪽)

태풍과 수해 때문에 겪게 되는 곡식의 부족은 늘 문제였다. 그래서 밥의 양을 늘리는 작업이 소중했다. 밥에 여러 가지를 섞었는데, 조와 보리가 반 정도씩 들어가는 반지기밥 이외에 고구마와 감자, 메밀을 섞어야 했고 해초를 덧보태는 일도 허다했다. 그 대표적인 것 중 하나가 톳이었다. "미역도 새 미역과 먹는 모자반은 뜯어 먹고, 톳은 그 당시는 마구 뜯어다가 흉년에 가루 약간씩을 버무려서 범벅을 만들어 먹기도 했다. 그것이 '갑오년 흉년'에 섬사람들의 구황식물이 되었던 것을 섬에서는 모르는 사람이 거의 없었다. 나도 해방이 되던 이듬해 흉년에 우리 식구들과 함께 톳밥만을 무려 열이틀이나 먹은 적이 있었는데, 그러고 나서 변을 볼 수가 없어 '똥구멍이 째지는' 고통을 참아내야 한 적이 있었다. 돼지를 기르는 재래식 변소인 돗통에 앉아서 디딜팡 아래서 도새기는 꿕꿕거리지, 똥은 안 나오지, 이런 때의 괴로움은 당해보지 않은 사람은 모를 것이다."(오성찬, 『보제기들은 밤에 떠난다』, 푸른사상사, 2001, 176쪽)

그 후에도 어려운 집안에서는 톳밥을 자주 해먹었다. "쌀이 떨어져 굶는 사람들이 바닷가에 있는 해초를 뜯어다 삶아 먹고 있었던 것이다. 톳으로 만든 것을 '톳밥' 이라고 불렀다. 행림은 가난한 친구의 집에서 뜻밖에 톳밥을 맛본 것이다. 맛이 있었는지 없었는지는 기억이 없다. 친구와 먹은 톳밥은 별미였다는 정도의 기억이다. 행림은 돌아와 어머니에게 톳밥을 만들어달라고 졸랐다. 어머니가 대뜸 눈을 부라리더니 부지깽이를 쳐들었다. "기껏 키워놓았더니 거렁뱅이 되려고 하는구나. 다시 또 그 집에 놀러갈 테냐, 응? 아주 그 집에 가서 톳밥 먹으며 살테냐."(오경훈, 『침묵의 세월』, 디딤돌, 2001, 514쪽) 그 양을 늘리려면 여러 가지 재료를 넣었는데, 그 대표적인 것이 바다에 흔한 톳나물이었고, 톳밥은 제주에서 유명한 구황식이 되었다. 그것도 모자라 더욱 양을 늘리려면 범벅을 해 먹었다.

겨울철 곡식이 부족할 때 그 자리를 메꿀 수 있는 것이 콩죽이었다. 콩죽은 콩을 갈아서 죽을 쑤는데 감자 조배기를 같이 넣었다. 모인좁쌀(메조)을 넣어 콩죽을 끓이고, 감저가루로 조배기를 해서 넣어 먹기도 했는데, 이 감저가루 반죽은 찰기가 없으나 끓이면 쫄깃해진다. 혹은 고구마 빼때기를 갈아서 넣기도 하였다. 물을 팔팔 끓여 콩가루와 쌀(보리 혹은 조도 포함)을 넣고 거기에 무나 배추를 썰어 넣기도 하고, 몸(모자반)을 넣기도 하였다. 봄에는 쑥과 냉이를 넣어 콩죽을 끓였는데, 콩죽이 익어갈 즈음 꿩마농(달래)을 넣으면 구수하다. 할머니들은 "옛날 콩죽을 제일 많이 먹었주"라고 하는 것을 보아도 콩죽은 가장 간편하고 보편적인 음식이었다. 또 다른 경우는 좁쌀과 콩을 한 그릇씩 섞어 넣어 죽을 끓이는데, 중간쯤에 무채를 썰어 넣거나 퍼런 배추를 넣기도 하고 수제비를 넣기도 한다.

제주의 주식이 잡곡밥이다 보니 거친 밥을 먹기 위해서는 국이 필수적이었다. 그래서 국이 발달하였고, 그중에서도 된장국이 주를 이룬다. 제주에서는 바다에서 채취한 톳나물 같은 해초나 밭에서 뜯어온 배추나 나물을 넣고 된장을 풀면 바로 국을 만들 수 있었고, 조리시간도 길지 않다. 특히 냉국은 된장을 풀고 간편한 재료를 넣으면 바로 먹을 수 있어 노동에 바쁜 제주인들에게는 선호되었다. 물회도 유명했고, 돼지고기를 끓인 국물에는 몸(모자반)을 넣어 끓인 몸국이 대표적인 국이다.

메밀도 구황식품의 하나였고 제주의 음식에서 빼놓을 수 없다. 메밀은 늦게 갈아도 수확할 수 있는 구황식품의 대표 격이다. 제주에서는 뜬 땅(척박하고 토심이 깊지 않은 토질)에서도 잘 되고, 조를 갈다 치운 곳에 메밀을 갈아 먹었다. 메밀범벅은 가을에 타작하여 겨울에 주로 해 먹었다. 메밀을 가는 체로 치면 가루가 얼마 안 나와 굵은 체로 쳐서 거기에 감자를 썰어 넣어 범벅을 해 먹는 것이 보통이다. 때로는 무를 넣기도 한다. 메밀 범벅도 양을 늘리는 수단이었다.

제주는 벼농사가 안 된 탓에 주식이 조와 보리였다. 조와 보리 흉년에는 그것을 대체할 구황식품이 메밀이었다. 겨울철 곡물의 부족을 대신할 것이 콩이었다. 콩죽과 콩국이 겨울철 보양식이 되었다. 제주는 주식이 부족했던 편이었으나 해산물과 산채가 풍부했던 것으로 보인다. 부족한 주식을 보완하기 위해 해초를 넣거나 무 등을 넣어 밥의 양을 불리는 방식, 여러 가지 음식 짝짓기의 방식을 고안해 냈다. 음식 가짓수가 많은 이유가 이런 데 연유한다.

수렵과 어로를 통해 주식을 해결한 것을 상정할 수도 있다. 그러나 시간이 흐르면서 수렵민이 계속 수렵채취로 남아 있는 경우는 드물다. 농경문화가 들어와 식량을 저장할 수 있게 되고 식량자원의 밀도가 높게 되면 수렵채취인이 이동을 멈추고 정주하게 된다.(로버트 켈리, 성춘택 옮김, 『수렵채집 사회』, 사회평론, 2014, 215~217쪽.) 제주 고산리 신석기 유적은 한국에서 가장 이른 시기의 신석기 유적으로 1만 년 전 것으로 알려졌다. 제주에서는 일찍 농경이 시작되었던 것으로 보이는데,

이동하는 수렵민은 거의 토기를 만들지 않으며, 그 대신 무언가를 끓여야 할 경우 가죽을 단단히 꿰매고 송진을 입힌 바구니에 뜨거운 돌을 넣는 방식을 취한다.(로버트 켈리, 『수렵채집 사회』, 256쪽.) 토기의 출현은 이미 사냥의 시대가 끝났음을 알려주는 징표다. 생업이 바뀌어도 이따금 수렵하는 문화가 남아 있다면 수렵의 신과 신화도 남게 된다. 하지만 신의 이동(중산간에서 해안가로)을 통해 서서히 농경민이 되어가는 흔적을 남겨 놓았다. 수렵은 겨울철 국한된 시기에만 이루어졌고, 나머지 기간은 농경을 주로 삼았다. 그러니 곡식을 주식으로 삼는 문화 속에서 생존을 고려해야 한다. 주곡의 측면에서 제주의 삶은 어려운 점이 있었지만, 반드시 자연환경이 척박하다고 할 수는 없다.

특산물을 비롯한 곡식의 수탈도 큰 문제였다. 『상찬계시말』(1813년)을 통해 알 수 있는 사실은 향리 등이 저질렀던 부정과 비리가 심해 "백성들의 살갗이 다 벗겨지고 살이 다 터지고 피가 다 마르고 뼈가 다 부수어진다."고 하였던 점이다. 이속에서부터 군노와 사령, 통인과 방자에 이르는 300여 명의 조직이 목장전 허가, 미역 세금, 山訟 등에 관여, 군역 부과, 목동 문제, 벌금이나 형벌 문제에 이르기까지 이권에 관여하였고 부임하는 목사와 결탁하여 그 폐단이 극에 달했던 것으로 보인다. 조선 후기 내내 상부의 수탈과 이에 동조하는 이속의 폐단이 제주민의 일상생활을 전면적으로 파괴하였던 것으로 보인다. 19세기 후반, 20세기 초의 민란이 바로 이런 폐단의 연속이었음을 반증한다. 그러니 제주 토지와 바다의 생업 조건만으로는 척박하다 할 수 없겠지만, 이속과 노비까지 가담한 이익집단의 수탈구조가 제주민을 더욱 척박하게 만들었을 것으로 본다.

제주에는 지정학적 차원에서의 태풍과 같은 재해, 진상과 수탈 때문에 재물 축적이 불가능하였고, 육지의 양반가에 있었던 것과 같은 음식문화의 발달은 없었던 것으로 보인다. 그렇다고 음식문화가 없다고 해서는 안 된다. 자연풍토와 태풍, 진상과 수탈이라는 제약된 환경 속에서, 밭농사 위주의 잡곡밥, 잡곡밥을 보완할 수 있는 다양한 국과 물회, 국에 첨가되는 싱싱한 해초류와 채소류, 잡곡밥으로 해결되지 않는 포만감을 보완하는 범벅과 국수와 죽류, 이것들이 제주 음식문화의 근간이 된다. 가난하고 힘겨웠지만 다양한 종류의 음식을 섭취하고, 적게 먹고, 많이 움직이며 노동하고, 공동체문화를 존중하며 살아온 덕에 장수의 섬이 될 수 있었다. (2016. 12.)

드림타워 시리즈

1. 무섭고 또 무섭다

60층 고층 건물이 제주의 상징물이 되어야 하는가.

2008년의 가을은 실망과 좌절의 초라함뿐이다. 새로운 경제 대통령에 거는 희망과 기대는 사라진 지 오래다. 그 정도였는지는 정말 몰랐다. 미국의 경제 위기설에 잇따라 한국 경제가 함께 몰락한다고 하기도 하고, 제2의 외환위기를 맞을 수도 있다고 한다. 이 무시무시한 환율 때문에 외국에 유학을 보낸 사람들이 곤란을 겪고 외국 여행을 계획했던 사람들이 제주로 발길을 돌린다니 제주도민은 웃어야 할지 울어야 할지 참 애매하다.

요즘 제주를 찾는 사람들이 달라졌다. 물론 예전처럼 신혼여행을 오는 사람들도 있지만 눈에 띄게 줄었고, 요즘은 중고생들의 수학여행이 많아졌음을 실감한다. 그리고 가족 단위의 여행객이 늘었다. 내 주변의 사람들도 가족끼리 제주에 와 2박 3일 정도 푹 쉬고 가는데, 그들은 여전히 제주의 아름다움을 이야기한다. 푸른 숲과 깨끗한 바다와 싱그런 바람 속에서 싱싱한 회와 천연의 맛을 즐겼다고 하고, 우리나라에 제주도가 있는 것이 자랑스럽다고 한다. 그때 나는 제주에 사는 것이 자랑스럽다.

그런데 제주도가 바뀌었다고 말하는 여행객도 늘어간다. 제주도의 중심지 신제주에 들어서서 아파트 숲을 보면서 서울의 변두리 같다고 말한다. 덧붙여서 **삼류 변두리** 같다고 한다. 제주는 아름다운 자연과 어우러지는 주택정책이 필요할 텐데 왜 이렇게 형편없이 변해 가는지 모르겠다고 한다. 아마도 행정당국과 토지 공사와 아파트 건축업자의 야합과 단결력이 이런 꼴을 만들었을 것이라고 개탄한다. 제주도를 한 바퀴 둘러보고 제주에서는 이제 과거의 향기가 사라지고 농약 냄새가 진동한다고도 한다. 수많은 골프장이 만들어지고 지금도 계속 맹독성 농약이 도처에 살포되고 있다. 허가된 것이 다 만들어지면 45개가 된다고 하니 골프 왕국 속의 농약왕국이 될 것 같다.

최근 제주시의 사라진 초지(草地)가 3년간 160만 평(530ha)이라고 하니 놀랍다. 2004년과 2005년에 256ha였고 2006년에 274ha라고 하고, 그중에서 골프장을 짓기 위해 훼손된 초지가 그 반이 넘는다. 그러니 제주도 전체를 가늠해 보면 3년 동안 500만 평의 초지가 사라진 셈이다. 아직 한라산 국립공원이 버티고 있어, 숲과 초지가 사라진 것이 실감이 나지 않을 수도 있지만, 전국에서 제일 빠르게 숲이 사라지고 난개발이 이루어지고 있다고 하니, 10년 후에는 제주에서 서울 변두리 아파트촌과 골프장만 볼 수 있을 것이 아니냐고 우려하는 목소리가 높아간다. 너무한 것 아닌가.

불법선거가 분명하지만 강제 압수된 증거물은 증거물로 볼 수 없다고 무죄를 선고받았다. 그건 그렇다고 치자. 도지사가 정작 법의 심판을 받아야 할 이유는 바로 제주의 아름다운 산하를 마구 파헤친 죄일 것이다. 특별자치도를 한다고 하면서 경제개발의 명목으로 제주를 파헤치고 파괴하는 도지사는 또 도지사에 도전한다고 한다. **무섭고 또**

무섭다. 3년 사이에 500만 평의 초지를 파헤친 죄는 감옥에서 12년을 살게 하여도 모자랄 듯하다.

제주는 주택정책부터 바꾸어야 한다. 자연친화적인 주택을 공급해야 하고, 숲과 인공물이 잘 어우러지는 도시계획을 지금부터 준비해야 한다. 제주도는 전 지역이 1시간 거리에 있으니 반드시 제주시 지역만을 주거지로 선택할 이유가 없다. 제주도의 이곳저곳에 자연 속에 깃들 수 있는 집을 지어 놓으면 진정한 관광지의 면모를 가질 수 있고, 제주시에 편중된 개발을 저지하여 제주 전역이 균형발전할 수 있고, 세계에서 가장 생태적인 관광지를 만들 수도 있다. 저 흉물스런 아파트 단지 문화를 극복하여야 한다.

이런 지경인데 도지사는 은근히 지상 60층 주상복합 건물을 신제주에 허가하겠다는 심사다. 그것이 제주의 랜드마크가 되어 관광객을 더욱 유치할 수 있을 것이라고 한다. 어느 미친놈이 제주에 60층짜리 건물을 보러 오겠는가. 길을 막고 아이들에게 물어보라. 제주에 무엇하러 여행을 가느냐고. 아름다운 자연 풍광과 오랜 민속이 제주의 관광유인 요소임을 누구도 부인하지 않는데, 도지사와 건설사만이 엉뚱한 주장을 하고 있다.

엊그제도 그랬다. 국가 전체가 위기에 빠져 있을 때 우리는 남들보다 한발 먼저 경쟁력을 키워야 한다고. 그러면서 "남겨진 땅을 부지런히 개발하고 제주를 대표할 건물도 지어야 한다고" 했다. 무섭고 또 무섭다. 60층 건물이 흉물처럼 들어서게 될 제주를 생각하면 그 높이만큼 절망도 깊어진다. 위압적인 독재자는 위압적인 건물 짓기를 좋아한다고 했다. 독재의 광기(狂氣)가 하늘 높은 줄을 모른다. 무섭고 또 무섭다.

앞으로 10년 후면 아파트는 사람들에게 배척받을 것이다. 지금은 투기를 조장하는 아파트들이 우후죽순처럼 지어지지만, 땅값과 아파트의 거품이 빠지면 사정은 달라질 것이다. 웰빙 더 나아가 굿빙(good being)을 추구하는 시대가 오면 아파트를 헐어내게 될 것이다. 제주도는 10년 앞서가야 한다. 앞서가는 방법은 천천히 가는 것이고, 미래지향적인 슬로시티의 사유방식이다. 그러면 훌륭한 주거문화도 만들 수 있고 자연도 잘 보존될 수 있을 것이다. 제주도가 제주에 걸맞은 슬로시티의 도시계획을 준비하기를 간절히 기대해 본다. (2009. 9.)

2. 다시 66층에 대하여

사람들이 무섭다. 무서워지기 시작했다. 제주시 한복판에 66층 건물이 들어선다고 하는데도 반응이 없다. 그 무시무시한 건축이 이루어진다고 하는데 대수롭지 않게 생각하는 사람들의 그 반응이 무섭기 그지없다.

제주도에 높은 건물이 하나 생기면 관광에 도움이 될까. 도지사의 바람처럼 제주도의 랜드마크가 될 수 있을까. 그런 소박한 질문에 '그렇다'고 할 사람은 건축업자들뿐이다. 그런 높은 건물은 서울 같은 대도시에 흔한데 누가 그것을 보러 제주에 오겠는가. 그리고 서울에는 112층(555m)짜리 제2롯데월드가 들어설 예정인 것은 다 아는데 높은 건물로 랜드마크를 삼는다는 것은 시대착오다. 서울에는 상암동 월드컵경기장 옆에 130층(580m) 건물이 계획되고, 용산랜드마크타워는 150층(620m)으로, 송도 인천타워는 151층(610m)으로 계획되는데 세계 3위와 2위 건물이 될 전망이란다. 서울뿐이 아니라 부산에서는 월드비즈니스센터가 106층(448m)으로, 부산 롯데월드가 107층(465m)으로 계획되고 있다.

뉴욕, 두바이에 이어 세계 3위의 고층빌딩숲이 이루어질 것이라는데 걱정이 아닐 수 없다. 뉴욕은 이미 망했고 두바이도 곧 망할 것이라고 전망하고 있다. 무조건 높은 건물로 승부하겠다는 이 천박한 발상에 대해 토건공화국의 국무총리는 양심적인 말씀을 하셨다. "한 번 지어지면 허물 수도 없는 일이니 신중하게 결정하라"고.

제주특별자치도가 4단계 제도개선으로 분주하다. 중앙정부로부터 권한을 이양받기 위해 독립권을 주장하는데, 정작 필요한 '감사위원회 독립권'은 관심이 없고 주장하는 바는 카지노와 케이블카, 영리병원이다. 한승수 총리는 제주도의 속도전에 부담이 된 듯, 66층 건물에 대해 걱정스럽다고 말했다. 그 이면에는 서울과 부산 등 대도시면 됐지 제주까지 고층빌딩 경쟁에 뛰어드냐고, 제주는 자연의 아름다움으로 승부하라고 충고하였는지도 모른다.

고층건물은 위험하다. 그래서 전문가들은 바람의 영향 등을 심각하게 고려해야 한다고 충고한다. 화재에도 매우 취약하다. 서울에도 18층 높이의 고가사다리를 장착한 소방차가 있을 뿐이라고 한다. 그 이상은 옥상에서 구조를 기다려야 하는데 연기로 인해 구조가 쉽지 않다고 한다. 제주에는 어떤 불자동차가 있을까. 제주에는 화재진압용 헬기가 한 대도 없다는데 어떤 대응책이 마련되었을까.

40층 이상 건물은 에너지 효율도 급격히 떨어지고, 건축비가 눈덩이처럼 상승한다고 한다. 그 높은 분양가를 제주도민은 어떻게 감당할 수 있을까. 66층 건물은 지어지더라도 입주할 사람들이 없을 가능성이 높은데 그 대책은 무얼까. 만일 66층 건물에 입주가 되었다고 한다면 신제주 노형로터리 이외의 다른 지역은 공동화현상을 겪지 않을까. 요즘 제주도는 무근성 근처의 구도심을 되살리겠다고 공언하고 있는데, 그런 계획과는 반대로 신제주로의 쏠림 현상이 더욱 심해지지 않을까. 균형발전이 무엇인지 모르는 발상이 아닐까.

66층 건물을 짓는 일이 무모하고, 위태롭고, 아름다운 경관을 해치고, 균형을 깨트리는데 사람들은 왜 말이 없는가. 도지사가 너무 허황된 일들을 많이 벌리다 보니 둔감해진 탓인가. 의문에 의문이 꼬리를 문다.

무덤 속의 주인들이 살아생전 천마도(天馬圖)를 그린 것은 죽어서도 지배가 끝이 없길 바랐기 때문이다. 천마를 타고, 천마를 타고 저 높은 곳까지 올라 세상을 호령하려고 했다. 지금 66층 마천루를 짓고, 그 높은 곳에 오르고자 한다면 그 높은 곳에 군림하고자 하는 욕망일 뿐이다. 걸음 걸음 높이 오르기만 좋아하였지, 민초의 바다 아래 머물 줄 모른다면 그 간격은 위태로울 지경이다. 올라가면 올라간 만큼 내려와야 하는 것이 인생임을 기억하라. 차 한 잔 들고 천천히 생각하길 바란다. (2009. 12.)

3. 드림타워는 제주의 꿈이 아니다

화창한 봄 날씨다. 머리에 눈을 이고 있는 한라산이 신령스럽게 빛난다. 알프스보다 더 장엄하고 아름답다. 이렇게 가까이 한라산이 있다는 것만으로도 우리는 행복하다.

한라산의 신성함을 닮아 제주의 사람들도 범속하지 않다. 제주인의 마음속에는 한라산이 들어차 있다. "한라산 정기를 품고~ 아아 우리 중학교" 등의 가사는 제주 초등학교에서 고등학교까지 공통이다. 대개가 한라산의 정기를 이어받아 훌륭한 인재로 자랄 것이라고 노래한다.

제주 사람들이 성공한 밑바탕에는 한라산이 있다.

한라산을 우러르고 사는 것이 제주에서는 일반이다. 저 높은 곳에 한라산이 있고 그 아래 우리는 안락하게 살아왔다. 그런데 이제 그런 세월은 끝나간다. 한라산보다 더 높아 보이는 건물을 지으려 하기 때문이다. 이름은 '드림타워'다.

이 건물에는 자본의 힘을 믿는 근대 개발주의자들의 꿈이 고스란히 반영되어 있다. 외국 자본과 결탁한 부도덕한 한국 자본과 제주도의 통치자들이 추악한 꿈을 꾸고 있다. 임기 말년 도지사의 실적주의가 반영되어 있다. 그들의 꿈은 돈과 권력을 지키는 것이고, 그들의 꿈 때문에 우리의 현실은 늘 위태롭다.

얼마 전 건축·교통 통합심의가 있었는데, 63층에서 56층으로 낮추고 노형동 로터리 좌회전을 금지하는 선에서 통과되었다.

218미터의 위용은 그대로 두고 좌회전 금지로 45%의 교통개선이 이루어질 것이라는 희망과 함께, 우회도로 건설에 360억이 드는데 건설회사가 10%인 36억을 부담하는 획기적인 사회공여를 공표하는 것으로 위원들의 책무는 끝났다. 정말 교통이 개선될까? 도로비용 90%를 제주도민이 부담하는 것이 온당할까? 218미터 높이의 건물은 얼마나 안전이 보장될까? 화재진압용 헬기는 고사하고 18층 높이의 고가사다리차도 없는데 화재에는 어떻게 대응하나? 화가 나고 불안하고 위태롭기 그지없다.

서울 삼성아파트에 LG전자 헬기가 충돌한 이후 서울의 〈제2롯데월드타워〉(123층 555미터) 계획을 전면 재검토하자는 움직임이 일고 있다.

비행장과 5~6km 떨어져 위험하다고 하다는 이유인데, 제주의 〈드림타워〉는 제주공항에서 불과 2~3km 떨어져 있으니 얼마나 위험하겠는가. 바람 많거나 안개 낀 날이 많은 제주로서는 걱정이 태산이다.

건물의 안전 문제, 교통 문제, 경관 문제, 도심화 문제 등 문제꺼리만 있는데 왜 그런 공룡 같은 건물을 지으려 할까. 〈드림타워〉 때문에 제주도민의 꿈도 사라지고 위태롭기만 하다. 지옥 같은 도시를 만들어 놓고 나중에 해결하려 하기보다 다시 생각하고 오래 생각해 보아야 한다.

가장 좋은 방법은 건물을 짓지 않는 길이다. 주변 경관과 산을 위압하는 건물은 현대 건축에서도 피하는 법이다. 그게 상식이다. 한라산은 제주이고, 제주가 한라산이다. 한라산을 지키자. 한라산은 자연이기 앞서 우리에게 인문이다. 한라산 정기가 온 제주에 퍼져 슬기롭고 착한 인재가 이 땅에 살기는 우리는 바란다.

제주도정은 왜 별도의 랜드마크 인공 건축물에 매달릴까. 제주는 한라산이 랜드마크다. 별도의 랜드마크 건물이 필요 없다. 멋진 풍경을 만드는 것은 사람과 자연이다. 제주 사람들이 한라산을 잘 아끼면 제주는 늘 아름답다. 드림타워의 미몽에서 벗어나자. (2014. 3.)

4. 꿈 깨고 멈춰 서서

"도둑질과 도박만 빼고 무엇이든 해 봐라" 극단적이긴 하지만 다양한 삶을 경험해 보란 이야기입니다. 도둑질은 이 세상 어디에서건 금하는 길입니다. 물론 비밀리에 도둑질하는 재벌들이 돈을 모으고 있긴 하지만요.

그런데 '도박'은 법으로 금하면서 일부 허가하는 경우도 있는데, 외국인만 허용한다는 것입니다. 나는 안 되고 남은 된다?

참으로 못된 짓입니다. 그 못된 짓을 제주도가 허가하려 합니다.

2015년 내년 사업 절충과 예산 심의로 세밑이 뜨거웠다. 제주도와 제주도의회가 힘겨루기를 하는 동안 진정 제주도민의 정서는 반영된 걸까. 뒷골목의 정서는 2014년 뽑힌 새로운 도지사와 도의원에게 벌써 실망하는 분위기다. 여러 해 묵은 현안도 채 감당하지 못하고 있다. 그중 대표적인 것이 드림타워의 카지노 허가 문제다. 선거기간 중에는 도지사가 단호히 반대하던 사안이었다. 모두 그렇게 되길 바랐을 것이다. 십중팔구는 도심 속 드림타워에 대해 회의적이다. 66층을 38층으로 낮추었다고 해서 허가하자는 분위기는 느낄 수 없다. 80~90%가 반대하는 일을 왜 만지작거리느냐고? 개발이 언제 민의를 토대로 이루어졌던가.

드림타워가 불가능한 이유를 간결하게 정리해 본다. 첫째, 도심 과밀을 해소하고 구도심을 살려야 한다면서 신제주에 거대한 건물을 지을 일이 아니다. 신제주 교통마비는 불 보듯 뻔하다. 둘째, 낮추었어도 168미터의 건물은 화재 등 사고에 무방비다. 제주도에는 52미터짜리 고가사다리가 고작이다. 셋째, 공항과 인접해 있어서 비행기와의 충돌 등 사고 위험이 높다. 넷째, 랜드마트를 신설하는 것은 이제 후진적인 조치라고 판명 난 즈음에 경관가치를 파괴하면서 고층 건물을 지을 이유가 없다. 더구나 제주의 랜드마크인 한라산을 위압하는 처사는 참을 수 없다. 다섯째, 도박장은 미래 산업이 아니다. 물론 과거에는 입에조차 담을 수 없는 사안이었다. "도둑질과 도박을 제외한 어떤 일을 해도 좋다."는 극단적인 말속에 우리 선조들이 가장 경계하는 일이 '도박'이다. 그래서 드림타워의 드림(꿈)은 깨야 한다.

또 하나의 도박장이 하나 감추어져 있다가 세상에 알려졌다. JDC가 추진하는 〈신화역사공원〉 속에 엄청난 크기의 도박장이 설계되어 있었는데 그 규모가 3,000평이라나! 우리는 중국기업의 투자 유치에 부정적인 것은 아니다. 다만 중산간을 개발하여 경관을 파괴하거나 제주도민의 일상적 삶을 파괴하는 무자비한 개발 사업에 반대할 뿐이다. 이런 부도덕한 땅장사를 제주의 공기업인 JDC가 앞장서서 하고 있다니 놀랍다. 그뿐만이 아니다. 내국인 면세점 수입에서 300억을 영어교육도시에 퍼붓고 있으면서 제주도 공교육에 공헌하는 바는 극히 작다. 넘치는 관광객을 위해서라도 새로운 면세점을 열어야 하는데, 삼성의 신라면세점 로비에 놀아나며 스스로 수익을 포기하고 있는 실정이다.

큼직한 사안이 10년 째 해결되지 않고 있다. 김태환 도정 때 이루어진 강정 해군기지 사기사건도 원희룡 도지사가 관심을 둔다고 했지만 갈등이 해결되지 못하고 있다. 우근민 도정 때 있었던 세계7대 자연경관 사기사건과 함께 이루어진 66층 드림타워 허가 사기사건도 해결하겠다는 의사만 전달되었을 뿐 아직 미결이다. 원희룡 도정의 진정성도 이제 서서히 의심하는 단계다. 기대가 분노로 바뀌는 순간이 멀지 않았다. 우선 김태환과 우근민 전 도지사를 법정에 세워 그 죄를 물어 합당한 형벌을 받게 해야 옳다. 땅장사에 몰두하면서 제주를 파괴하는데 앞장서는 JDC를 법정에 세워 죄를 물어야 옳다. 그래야 원희룡 도정의 선명성과 추진력이 인정받게 될 것이고, 제주도는 희망을 갖게 될 것이다.

2015년의 새로운 희망을 세우기 위해 드림타워의 꿈을 깨고, 2014년 세밑에 멈춰 서서 과거의 죄를 묻는 '역사바로세우기'부터 하시면 좋겠다. 바깥을 내다보는 일에 큰 성취 있길 바라면서, 우선 안을 들여다보는 일에 몰두하길 바란다. 그 안에 제주도민, 우리가 아파하고 있다. (2014. 12.)

5. '도박섬' 제주도를 위해

드디어 제주도에 엄청난 도박장이 들어선다. 올해 9월 착공이란다. 과거 66층 규모에서 63층으로, 다시 56층으로 낮추더니 크게 양보하여 38층으로 지어지게 되었다. 그래서 제주 사람들은 안심한 모양이다. 38층 정도야 양보해도 되는 것이라고? 그런데 218미터가 169미터로 낮춰진 것뿐 그 괴물 같은 크기는 여전하다. 한라산을 위압하고 제주시를 억누르는 외형에는 변함없다. 그 '드림타워'가 제주도의 랜드마크가 된다 하니 억장이 무너진다. 제주도에 169미터 크기의 엄청난 '도박장'이 제주의 상징이 된다고 하는데 잠이 오는가?

위험하고 복잡해질 것이다. 40층 이상은 늘 안전문제가 도사리고 있고, 교통을 감당할 수 없게 된다. 착한 풍경으로 세계적인 관광지가 되었던 제주도 경관을 깨트리고 도심 과밀화가 이루어지고 이제 제주는 더 이상 아름다운 관광지의 명성을 유지할 수 없게 된다. 서울 변두리 풍경으로 전락할 것이다. 에너지 효율이 떨어지는 반환경적 건물이 들어서고 공항과 가까운 거리에 공룡 같은 건물이 들어섬으로써 위태로운 도시의 대명사가 될 것이다. 호텔 숙소를 표방하지만 도박장임에 틀림없고 제주도는 도박의 섬으로 낙인찍힐 것이다.

어린 시절 늘 듣던 이야기가 있다. 세상의 모든 일은 다 해보아도 되지만 단 두 가지, 해서는 안 될 일이 있다고. 그것이 도박과 도둑질이다. 도박에 빠진 사람의 두 손을 도끼로 잘랐더니 두 발로 노름을 하더라는 말을 덧보태, 그 중독성이 심각함을 경계하였다. 말이 좋아 '카지노'

라 하지 실상은 도박장일 뿐이다. 도박장의 주변에는 고리대금업과 전당포가 판치고, 환락가가 들어서고 깡패와 갱단이 판치는 것이 예삿일이 된다. 이제 제주는 도박의 섬이 되면서 폭력과 사기가 판치는 세상이 되는 수순만 남았다. 남쪽 신화역사공원 쪽에도 10,000평방미터 크기의 도박장이 함께 들어서니 제주도는 일확천금을 꿈꾸는 범죄자의 소굴로 변할 가능성이 높다. 라스베이거스 주변에서 총격전이 벌어지고 유혈이 낭자하여 공포에 떠는 그 장면들, 할리우드 영화에서 보던 그 풍경을 제주도민이 직접 목도하게 될 것이다. 너무 흥분되지 않는가.

너무 충격적이다. 너무 급작스럽다. 너무 빨리 발전하고 너무 빨리 부자가 되려는 지나친 욕망이 부른 불행의 전조이다. 왜 제주가 도박으로 돈을 번다는 오명을 뒤집어 서야 하는지 모르겠다. 일부 개발론자의 조급증이 만든 화근일 것이다. 미래 세대가 누려야 할 자원을 현재 세대가 마구 써버려 일어난 위기가 작금의 환경파괴인 것처럼, 먼 미래에 우리 젊은 세대가 누려야 할 수입을 미리 끌어다 쓰는 꼴이 되어버렸다. 빚을 장부상 먼 미래로 돌려놓는 꼼수 때문에 국가 부도사태를 겪은 그리스가 떠오른다. 조금 천천히 가야 한다. 조금 낮추어야 한다. 건물의 높이도 우리의 눈높이가 되어야 하고, 우리의 욕망도 낮추어야 한다. 그래서 드림타워는 안 된다. 제주를 도박섬으로 방치해서는 안 된다. 제주도민의 각성을 촉구한다. 그동안 제주도에 위험한 카지노가 있었는데 도민들은 뭐 하고 있었냐고 질타하는 도지사의 목소리는 옳다. 그 '위험한 카지노'의 건축 허가권을 신중히 반려하거나 거부해 줄 도지사의 현명한 판단을 기대한다. (2015. 9.)

이념의 4.3

봄이 오고 곧 4.3이다. 20세기는 좌절의 연속이었다. 해방의 기쁨도 잠시, 좌우익의 갈등이 폭발하면서 4.3의 살육이 있었고 이어 민족 전쟁과 분단이 있었고, 남북한 민족 갈등이 이어졌기 때문이다. 전쟁과 분단의 시발점에 4.3이 있다. 20세기 비극의 출발점은 4.3이다. 어떻게 3만여 명이 살육되었는가. 그 광기(狂氣)는 바로 우리 근대 역사다. 미쳐 날뛰면서 근대화 과정이 이어진다. 60여 년이 지나면서 그 바람이 잦아들었다. 변화가 시작되었다.

나는 제주가 아픔에서부터 벗어나는 장면을 지켜봤다. 어둡고 눅눅했던 감정들이 세월의 바람에 날리고 이 땅은 명랑해지기 시작했다. 땅에 생명과 평화의 기운이 감돌기 시작했다. 그즈음 제주를 찾아오는 관광객이 불어나고 제주에서의 모든 경험을 기꺼워했다. 세월만큼 치유가 되었고 아픔만큼 사랑이 커졌다. 제주는 이제 아픔보다 사랑이다. 4.3은 이제 아픔에서 벗어나 평화의 시발점이어야 한다.

그런데 상황이 바뀌었다. 제주는 또다시 전쟁과 갈등의 중심이 되어 가고 있다. 강정 해군기지는 동아시아 분쟁의 중심지다. 한국 해군이 주둔하는 곳은 미군이 항상 쓸 수 있다는 방위조약을 들어, 미군의 주둔을 물었지만 해군 당국은 확인해 줄 수 없다고 단언한다. 무슨 뜻인가. 여기 강정에 미군 핵잠수함이 들어오고 미군 방위의 최전선이 될 것이 확실하다. 대중국 MD 체제가 완성되는 것이고 제주도에는 전운이 감돈다.

나는 제주가 아픔에서 벗어나 명랑해지는 시간을 기쁘게 지켜보았고, 제주는 평화 메시지의 시발점이 되고 오랫동안 평화롭게 남아 있길 기대했다. 그러나 그 엄청난 아픔의 대가를 치러 얻은 잠시의 평화가 자리 잡기도 전에 또 다른 아픔이 기다리고 있다. 그래선 안 된다. 대한민국은 제주를 좀 더 오래 치유되도록 배려해야 한다. 역사는 아픈 지역을 배려해야 한다. 당신들의 대한민국이 제주를 국토의 일부분으로 여긴다면 그대로 내버려 두라. 우리들에게 4.3은 그런 대답을 던져주고 있다. 그런데 그대들에게 4.3은 무엇인가. 이녁의 4.3은 무엇인가. 우리는 다시 4.3 노래를 상기해 본다.

외로운 대지의 깃발 흩날리는 이녁의 땅
어둠살 뚫고 피어난 피에 젖은 유채꽃이여
검붉은 저녁 햇살에 꽃잎 시들었어도
살 흐르는 세월에 그 향기 더욱 진하리
아! - - -
아! 반역의 세월이여 아! 통곡의 세월이여
아! 잠들지 않는 남도 한라산이여! (잠들지 않는 남도)

60년이 지나면서 통곡의 세월이 잠들어 가고 있었고 유채꽃은 싱그러운 향기를 뽐내고 있었다. 이제 한라산은 편히 잠들 수 있는 세월이 흘러왔다. 이제 4.3은 아픔의 대명사가 아니라 평화의 발신자가 되어 가고 있었다. 그러나 4.3보다 더 큰 반역의 세월, 통곡의 세월이 기다리고 있다. 제주도는 잠들지 못하고 있다. 유채꽃은 붉은 피 머금었어도 노랗게 피어나니 분노가 아니고 평화다. 4.3은 평화의 시발점이어야 한다. 70번째 4.3을 생각하며 불안한 예감을 떨치고 싶다. 제주는 평화이고 싶다. (2015. 4.)

제2공항, 초등학교 1학년 아이들에게 맡기자

자연, 문화, 사람! 이 얼마나 아름다운 조합인가. 자연과 문화가 살아 있고 사람이 자연을 보살피며, 문화의 향기 속에 사람들이 사는 세상은 참 아름다울 것 같다.

연말 제주 TV를 장식하는 화면이 당연 압권이다. 도지사의 통치 이념인 '자연, 문화, 사람'의 슬로건과 함께 자유롭게 뛰노는 말과 들판, 그리고 1,200만이 넘는 관광객이 찾는 제주의 위상을 소개하는 도정 홍보 영상은 이 아름다운 제주에 사는 것이 행복할 수도 있겠다는 환상을 심어주는 동시에 환상을 깨기도 한다.

그래! 1,200만이 넘는 관광객이 와서 정말 제주가 행복해졌나? 1년 예산이 3조 8천억을 넘는 데 진정 복지는 좋아졌을까. 제주도 인구가 60만을 넘어서고 100만 도시를 꿈꾸는데 그런 큰 도시가 되면 행복해질까. 관광객이 1,000만이 넘게 들어왔다고 해서 제주 사람들에게 어떤 혜택이 주어졌나. 대형 여행사와 호텔과 면세점만 호황일 뿐 제주도민들에게 미친 혜택은 미미하다. 제주시의 택시 운전사에게 물어보라. 동문시장 아줌마에게 물어보라. 무엇이 그렇게 나아졌는지.

물론 양적으로 많아졌다. 숫자로 보면 많은 관광객이 오고 많은 경비를 지출하고 제주도 예산도 크게 늘고 우리 욕망의 부피도 덩달아 늘어났다. 욕망이 커지니 웬만한 수익에 만족하지 않게 되었고 더 큰 자본을 추구하게 되었다. 우리도 덩달아 부자들의 욕망을 따라가 보지만 격차만 들어나고 상대적 결핍만 커질 뿐이다. 그래서 우리 시대는 '양적인 것'이 행복의 척도가 되었다.

그러나 이것을 알아야 한다. 부자들은 양적으로 많은 것을 가졌지만 질적인 것은 없다. 가난한 사람들은 부자들보다 질적인 것을 더 많이 가지고 있다. '질적'인 것이 무언가. 사람이 자연을 보살피고, 문화의 향기 속에 살면서 이웃과 함께 나누는 감성과 공감의 영역이라 하겠다. 그것이 행복의 척도여야 한다. 양을 버리고 '질'을 찾아야 한다.

우리 현대문명은 어리석다. 과학과 기술문명과 공업을 잘 다루는 법을 배워 휘황한 도시문명을 만들었지만 그 문명을 이해하지는 못한다. 르완다의 한 아줌마가 백인을 보면서 한 말이다. "저들은 저 많은 것을 배웠지만 이해하지는 못해." 지식만 전수되어 수많은 재화를 생산하고 물질적 풍족을 누리지만, 21세기 우리가 딛고 있는 이 땅과 사람을 잘 알아서 이해하지는 못하고 있다는 말이다. 무지하다는 말이다. 사람이 왜 아파하는지, 땅이 왜 아파하는지 모르는 무지의 세상이다. 이제 이 무지의 문명을 끝내야 한다.

그래서 '양적인 것'을 추구하는 욕망을 한 20년 동안 멈추었으면 좋겠다. 지금 초등학교 1학년 아이들이 성인이 될 때 그들이 결정하도록, 무언가 결정할 '꺼리'가 있도록 놓아두면 좋겠다. 1,200만을 넘는 관광객을 위해 신공항과 공항 확장을 논하는데, 그런 결정도 초등학교 1학년 아이들이 어른이 될 때까지 미루어두면 좋겠다. '양적'으로 많아졌다고 행복해지는 것이 아니지 않은가. 이제 멈춰 서서 사람과 자연과 문화가 조화되는 세상을 꿈꿔 보자. (2015. 1.)

미래 제주의 정체성을 위하여

1. 그동안 우리 학계나 사회에 만연되어 왔던 지역과 혈연 위주의 틀을 깨는 시도가 필요하다. 민족은 '상상의 공동체'임을 알아야 한다. 민족과 국가란 '상상의 공동체' 인식이 유럽 제국주의 모든 곳에 상식처럼 된 시기는 언제였을까. 20세기를 한참 지난 후에도 그런 인식은 쉽게 뿌리내리지 못했다. 1950년대 시칠리아 내륙에 사는 사람들이 이탈리아에 대해 한 번도 들어본 적이 없다는 사실(마가릿 맥밀런, 권민 역, 『역사사용설명서』, 공존, 2009, 123쪽)은 충격적이면서, 한편 그 개연성을 인정할 만하다. 일제 침탈 이전까지 제주인의 삶도 그러했을 것이다. 더구나 출륙금지령에 의해 섬 밖 인식은 불가능했기 때문이다. 제주인들은 제주 밖을 나가 살면서, 특히 식민지 시절 일본 땅에 가서 살면서도 한국인이란 인식보다는 제주라는 지역민 인식이 더 강했다. 그래서 그들은 재일한국인이기보다는 재일제주인이었다. 재일경상도인, 재일전라도인이 없는 것과도 잘 대비되는 사실이다. 이런 제주의 지역민 인식은 교통과 통신 수단의 발달, 교육의 확대, 도시화라는 20세기적 상황 속에서 해체되어 가고, 또한 민족 소속의식과 영토의식의 확장 속에서 가속화되었다고 하겠다.

2. 탐라국이 12세기 고려에 의해 지방으로 편입되면서 그 자주성은 상실되었다. 그러나 이것이 탐라 주민의 정서적 유대를 촉발하였을 것이고, 이러한 저항의 과정에서 탐라개국신화가 부활되었을 것이다. 본격적인 중세제국에 의한 지배가 공고해진 고려시대 초기에 탐라국이 복속되고 이어서 탐라현이 설치되었으니, 망국의 설움이 탐라국의 정체성을 부축인 점은 당연하다. 그런데 중세 제국에 편입된 처음 시기는 우리가 잘 알고 있는 백제에 복속된 5세기이고, 중세화에 더뎠던 탐라국은 고대국가 존망을 위협받게 됨과 동시에 중세 보편주의의 도전을 받게 되었다. 그러므로 정체성이 처음 태동한 시기는 6세기쯤이었을 것으로 본다. 최근 호남학연구단이 발굴한 6세기(AD 500년) 자료에 의하면 '탐라인은 매우 고집스럽다'라는 기록이 발견된 바 있다. 7세기 3국 통일전쟁 시기에 동맹관계에 있었던 백제의 멸망에 즈음하여 백제에 부흥군을 파견한 적도 있음을 보아 탐라 주민의 정서적 유대는 훨씬 빠른 시기에 이루어졌을 것으로 판단된다.

3. 근대를 맞으면서 제주인이 한국인이 되었다. 그런 민족의식이나 국가관은 19세기 이후 강요된 근대의 산물이다. 제주 사회의 공동체 의식은 지금까지도 제주의 정체성이라 할 만하다. 지금도 마을공동체가 살아 숨쉬고, 전국적으로도, 세계적으로도 유례가 없는 마을지(里誌)가 경쟁적으로 출간되었다는 사실은 주목을 요한다. 일본에 가서 정착한 제주인들도 마을 단위의 향우회(신촌향우회, 판포향우회)를 지속하고 있음을 보아, 제주가 민족의 일원으로 편입되었다고 하지만, 아직도 지역 정체성과 마을 정체성을 온전히 지켜나가고 있음을 주목해야 한다.

4. 제주인에게 있어 “중앙정부 권력이든 제국주의 침략자이든 외부의 적”이란 의식이 아직도 남아 있다. 제주가 일제 침탈기에 식민지 백성으로 고생을 해왔던 점은 대한민국의 역사와 다르지 않다. 전쟁과 분단의 아픔을 겪었던 것도 그렇다. 그런데 제주는 2중의 식민지를 경험했다. 대한민국의 부속도서의 하나로서 중앙정부의 지배를 받아왔으며, 다른 한편으로 동아시아의 패권을 장악하기 위한 군사적 요충지로서 제국의 지배를 받아 왔다(고명철, 「구미중심주의의 ‘너머’를 위한 ‘넘어’의 문학」, 『바리마』 창간호, 2013, 국학자료원, 57쪽).

제주는 중앙정부로부터 수탈당하고 또 동아시아 제국으로부터 수탈당했다. 몽골 침탈 이후 제주 섬 전체가 마목장으로 폐허가 되었다. 몽골 침탈기에 그랬던 것처럼 일제 말에는 본토 사수를 위한 ‘결7호작전’으로 제주도 곳곳에 수백 개의 진지동굴이 뚫리고 섬 전체가 누더기가 되었다.

해방 후 중앙정권에 의해 제주 백성 3만여 명이 학살당했다. 4.3의 상처가 60여 년을 지나 아물려 하는데 또 전쟁의 회오리바람 속으로 끌어들이려 한다. 해군기지를 만들고 거기에 미군을 끌어들이려 하고 있다. 천 년 전부터 이어져 온 제국의 침탈이 다시 반복되려 하고 있다. 대한민국의 평택과 군산과 목포를 잇는 서해안의 대중국 MD 체제의 완성을 위해 대한민국은 미군의 강요를 뿌리치지 못하고 있다. 제주는 희생양이 되어가고 있다. 19세기에서 20세기로 넘어오는 100여 년 동안의 역사가 전쟁이었다면 이제는 사랑과 평화여야 한다. 중국은 우리의 따뜻한 이웃이어야 한다. 전투대형으로 서로 겨누고 겨루는 전쟁으로 동아시아의 평화는 지켜지지 않는다. 이제는 평화를 지켜내는 화해와 상생의 정신이어야 한다. 왜 대한민국은 제주를 이중 식민지로 내몰고 있는지 모르겠다. 제주인이 명료하게 인식해야 할 부분이 바로 '이중 식민지'라는 지점이다.

5. 제주의 정체성이 무너지고 한국화, 세계화하는 상황을 그냥 지켜볼 수는 없다. 맹목적인 세계화의 폐해를 경계하자는 말이다. 아토피 환자 전국 1위, 인공분만율 세계 1위의 오명을 벗어나는 것에 그치지 말고 제주인이 지녔던 장수의 비결, 건강하게 오래 사는 전통적 지혜를 되찾아야 하며, 문화적 고양도 필요하다. 인생을 살아가는 데 세계화의 원심력뿐만 아니라 제주화의 구심력도 함께 작용해야 우리는 온전해질 수 있다. 그런 측면에서 제주의 정체성을 더욱 중시해야 하고 제주문화에 대한 새로운 인식이 필요하다. 그리스 로마 신화가 기록된 것으로 세계 최고라면 구비전승되는 것으로는 제주 신화가 세계 최고다. 그런 신화가 굿 속에 오롯이 살아 있는데도 그 전통의 가치에 대해 아직도 모르고 있다. 이제 진정 필요한 것은 제주의 전통문화를 토대로 한 제주 정체성 찾기라 하겠다. (2013. 4.)

제주에 살며 제주를 생각하다

― 떠나옴과 신화에 대한 애정

30대 초반 박사학위를 마칠 무렵 바다 멀리 제주로 향했다. 내 어머니가 어느 용한 점쟁이를 만났더니 큰아들 덕분에 해외여행을 자주 하게 될 것이라고 했을 때, 국문학을 전공하는 내가 무슨 해외를 나갈 것이며 내 어머니는 무슨 재주로 해외여행을 자주 하게 될 것이냐며 콧방귀를 뀌었는데, 바다 멀리 해외로 떠나올 줄이야.

'번뇌의 매듭을 끊어버리고 무소의 뿔처럼 혼자서 가라'(숫타니파타)란 각오가 설 즈음 나는 제주대학으로 떠나올 수 있었다. 바람처럼 인연이 닿는 곳에서 소리를 울릴 뿐이다. "아주 제주 사람이 되"라시던 최영희 선생님의 말씀과, "뼈를 묻을 각오로 살라" 하던 최진원 선생님의 말씀대로 제주 사람이 되어 갔다. 안정감을 갖고, 그러나 분가한 두려움을 갖고 새로운 인생을 시작하였다. 그때 나는 나를 받아준 한라산 산신께 숙배드렸다.

제주에 와서 처음 관심을 가진 것은 신화였다. 제주대학에는 신화와 민속의 대가인 현용준 선생이 계셨기에 그분의 무가본풀이 사전을 읽으며 큰 충격과 흥분에 휩싸이게 되었다. 내가 알던 한국 신화란 고작 건국신화 정도였는데, 제주의 무가 속에는 우주의 창조에서부터 창세 신화, 생산과 풍요신격의 이야기, 탄생과 죽음을 주재하는 신격의 좌정담, 당신과 조상신 본풀이 등 어마어마한 신화가 담겨 있었다. 사람들은 천한 무당이 부르는 노래가 무슨 큰 의미가 있을 것이며, 글로 쓰이지 씌어지지 않고 입에서 입으로 전해지는 신화가 얼마나 대단한 값어치가 있겠는가 하고 지나치기 일쑤였다. 그러나 기록된 신화만큼 구비전승되는 신화도 귀중하다. 문헌으로 남겨진 지배자 지식인의 기록 이상으로 비기록적 표징들은 인간 삶의 도도한 흐름인 것이다. 그래서 민속이 중요하고 구비문학이 중요하다. 그리스와 로마의 신화가 기록된 것으로 세계 최고라면 제주 신화는 입으로 전해지는 것으로 세계 최고라는 사실을 깨달았다. 구비 신화의 측면에서는 제주가 세계의 중심이었다.

제주에 온 이듬해 제주 건국신화라 할 '삼성신화'에 대한 논문을 현용준 선생님의 회갑논문집에 바쳤다. 나는 이 논문에서 삼신이 땅에서 솟아난 의미, 세 여신이 도래한 의미에 대해 논해 보았다. 한국의 건국신화가 대부분 하늘에서 내려온 것인데 제주의 신화는 왜 땅에서 솟아났다고 했는가에 대해 고민하고, 제주의 독자적인 문화성을 인지할 수 있었다. 수렵생활에서 농경과 목축생활로 바뀌는 즈음 제주는 중국과 일본의 중개무역을 관장하고 삼한에 장사하면서 경제적 토대를 구축하면서 서서히 해상 고대왕국으로 부상하게 된 사정을 밝혀냈다. 나는 1세기쯤 제주에 고대 탐라국이 설 수 있었다는 글을 쓰면서 제주의 자존심을 세울 수 있었다고 자부한다.

그 이듬해에는 제주 민요에 대한 논문을 쓸 수 있었다. 당시 한국 민요학계에서 원로 대접을 받던 김영돈 선생의 회갑논문집에 무얼 쓸까 고민하다가 이왕 그분의 전공분야인 민요에 대해 써 보겠다고 작정하고 제주의 맷돌방아노래를 연구했다. 육지와는 다른 토양에서 성장한 제주 민요의 독자적인 위상도 느낄 수 있었다. 여성민요가 두드러지게 많은 점, 가창방식이 다양한 점, 세계적으로도 희귀한 해녀노래가 있는 점, 고난을 골계로 극복하는 강인한 삶이 돋보이는 점을 알게 되었고 육지가 아리랑 문화권이라면 제주는 이여도 문화권이라고 명명할 수 있겠다고 생각했다.

— 제주 문화와 공동체성에 대한 발견

제주는 낯설면서도 친숙한 문화가 도처에 남겨져 있었다. 우리 학과 김동윤 선생 결혼식에 갔다가 허탕을 치고 돌아온 것은 두고두고 기억난다. 점심밥을 얻어먹을 수 없었기 때문이다. 왜 밥을 주지 않느냐고 했더니 가문잔치를 하기 때문에 결혼식 전날 신랑의 집에 찾아가 식사 대접을 받는 습속이 있다고 했다. 결혼식 전날 돼지를 잡아 마을 사람을 대접하고 결혼식 당일에 일가친척이 집에서 식사를 하고, 다음 날에는 집안사람들이 결혼식에 수고한 마을 사람을 대접하는 3일 동안의 잔치를 가문잔치라고 한다. 어릴 적 기억이 났다. 내 고모님 결혼이 있던 40년 전에 돼지를 잡아 3일 동안 잔치를 하였던 그 오래된 관습이 육지에서는 이미 산업화와 더불어 사라졌지만 제주에 남아 있었다.

제주에는 무언가가 들어오면 오래 간직하는 곳이다. 늦게 받아들이면서도 오래 간직한다. 조선조 서슬 퍼런 유학이 이형상 목사의 당 오백 절 오백을 파괴한 뒤에도 쉽게 받아들여지지 못하였는데, 뒤늦게(아마 19세기 이후) 유교적 제사가 정착하고 지금도 제사에 열성인 제주도 사람들을 보게 된다. 모듬벌초, 묘제, 기제사에 집안사람 대부분이 정성으로 참여하는 모습을 보면 이 땅에 유교가 제대로 남아 있는 곳이 안동 지방 말고는 제주일 것이라는 생각이 든다. 유교뿐만 아니라 먼저 들어 온 종교인 무속과 불교도 온전하게 남아 제주인의 생활의 일부분이다. 참 아이러니처럼 느껴진다. 그러나 무속과 불교와 유교가 공존한다. 한 마을에서 마을제는 전통의 무속 제사를 여성 중심으로 드리고, 같은 시기에 남성을 중심으로 유교식 포제를 드린다. 먼저 지내던 의례를 파기하지 않고 나중에 들어 온 것은 유교적 예법에 따라 남성이 담당하는 역할 분담이라 하겠다. 그리고 제주인들은 중요한 비념이 있으면 절을 찾는다. 육지의 경우와 달리 아직 제주도에는 기독교가 정착하지 못하고 있다. 대부분의 경우 자신의 종교를 불교라고 한다. 개인적으로는 불교를(초월적인 부분에서는 불교이고, 현세적인 측면에서는 유교), 마을 단위 공동체 의례로는 무속과 유교를 택하고 있으니, 무·불·유의 통합종교 현상이라 하겠고 제주만의 독특한 색깔이라 하겠다.

이 땅에 들어온 문화를 잘 간직하는 제주. 제주는 쉽게 받아들이지 않지만 쉽게 버리지 않는 문화의 장점을 지니고 있다. 새로운 것을 받아들이되 옛것과 버무려 문화의 비빔밥을 만들어 제주적인 것을 만든다. 전통과 현대를 조화시켜 받아들이는 제주는 한국 사회가 궁리해야 할 문화적 대안이라 확신한다.

자기 것이 있어야 남의 것이 있다. 자기 것이 없으면 남의 것에 종속된다. 자기 것을 가지고 있으면 남의 것을 취사선택하여 좀 더 강하고 아름다운 자기 것을 만들 수 있다. 제주에는 자기 것을 강고하게 지켜왔다. 큰 자랑거리다. 그렇기 때문에 남의 것을 받아들이면서 남의 것에 경도되거나 흡수되지 않을 수 있다. 제주는 남의 것을 받아들이는데 인색하다는 말도 한다. 그러나 마구잡이로 받아들여 외래적인 것에 휩쓸리지 않는 점이 오히려 강점이라고 해야 한다. 자기 것과 남의 것이 경계선을 이루어 길항작용을 하지만 그 둘을 천천히 통합해 나가는 데에 제주문화의 정체성이 있다고 생각한다. 상쟁과 상생의 조화를 제주에서 본다.

하지만 이것은 근대를 만나기까지 제주의 모습이었지 지금은 다르다. 제주는 외래적인 것들에 몹시 흔들리고 있다. 근대 산업사회의 거센 물결 앞에서 서서히 자기 것을 포기해 가고 있다. 송두리째 버리고 잘 먹고 잘사는 일에만 몰두한다. 제주도가 앞장서서 그 일을 하고 있다. 국제자유도시니 특별자치도니 하면서 제주를 국제도시로 만들려고 하고 있고, 그 과정에서 제주의 모든 전통적인 가치를 포기하고 있다. 오름 곳곳의 무덤 속에서 제주의 조상들이 흐느끼고 있다. 조상들이 지닌 그 강고한 정신이 실종되고 있다. 되돌아보고 자신의 장점을 되찾아야 할 일이다.

— 제주 멋, 그리고 제주 맛

나는 제주의 문화적 장점을 도처에서 찾을 수 있었고, 그 감격을 일간지 칼럼에 발표하기도 하였다. 그리고 그 도도한 문화가 최근의 개발주도의 행정에 서서히 실종되는 모습을 보면서 아쉬움을 표하는 글을 쓰기도 하였다. 제주의 아름다움을 찾아내 참여환경연대의 기관지인 『참세상 만드는 사람들』에 '제주 멋'이란 연재를 하고 있었다. 그때 내가 느꼈던 제주의 아름다움 중에서 가장 인상 깊은 것을 제시하라면 역시 한라산과 돌담, 그리고 그 자연과 부합되는 제주인의 궨당정신이라고 하겠다.

한라산과 오름과 마을이 어우러진 정경은 비행기를 타고 내려다보는 것이 제격이다. 한 폭 한 폭 모자이크화 같은 그림이 펼쳐진다. 자연과 인공이 어우러진 그림이니, 설문대할망과 제주인이 오랜 세월 동안 함께 만든 공동성·적층성의 예술이다. 하늘에서 내려다본 모자이크화의 실체는 돌담에 의해 구획된 밭과 밭, 밭과 길, 숲과 오름의 총체이다. 경계선은 갈라놓는 구실만 하지 않는다. 나와 남을 다르게 하면서도 아름다운 하나이게 한다. 다양성 속의 통일성이다. 제주 문화가 그렇다. 나와 남을 엄밀히 구획하여 나의 일을 남에게 미루거나 의존하지 않는 철저한 독립성을 지니지만, 남의 일을 나의 일로 여기는 화합성도 지닌다. 집을 안거리와 밖거리로 구획하고 부모와 자식 간에 따로 살지만, 큰 일이 닥치면 하나가 되어 일사분란하게 움직인다. 이웃의 어려운 일이 있으면 함께 풀어가는 수눌음 정신이 대표적이라 할 만하다. 결국 전통적인 삶의 방식을 제주인은 근대화 이후에도 굳건히 지키고 있다고 보아도 좋다. 아직도 이웃의 관혼상제에 부지런히 관여하면서 공동체의식을 잘 간직해 나간다.

이 궨당 의식이 이따금 불화를 낳기도 한다. 자기 집안, 자기 마을, 자기 출신교를 지나치게 감싸다 보니 다른 집안, 남의 마을, 타교 출신을 배제하게 되는 폐단도 낳는다. "우리가 남이가"라는 어느 깡패영화의 부정적 집단의식을 닮기도 한다. 진실과 거짓, 의와 불의, 옳고 그름을 분별하지 않아 사회를 정체시키거나 혼란스럽게 만들기도 한다. 자기 견해는 없고 대의를 따르는 복합적 명분론에 의해 의사가 결정되기도 한다. 그러나 그것이 어디 제주에만 있는 현상이던가. 지연·혈연·학연에 의해 한국 사회가 움직여왔고, 사람들이 모여 사는 인간사회에는 엄연하게 존재하는 의식의 일단이다. 그런 사고가 근대화 이전의 봉건적·중세적 사고라고 비판되는 수도 있다. 그러나 근대적인 것은 무조건

좋고 중세적인 것은 전근대적이라고 비판되어야 하는 것은 아니다. 공동체의식은 근대 속에서도 발전적으로 계승되어야 할 덕목이다. 제주가 '오래된 미래'를 간직하고 있다는 믿음을 왜 나만 해야 하는가.

오래된 미래라는 말은 노즈베리가 인도 북부 유목생활을 온전하게 간직하고 있는 라다크를 두고 한 말이다. 환경파괴가 극심한 현대문명을 치유할 대안이 전통 속에 있다는 말일 게다. 오래된 과거의 것이지만 미래의 대안이 될 수 있는 것이 제주에 또 있다. 그것은 제주의 음식문화이다. 나는 3년 전 『제주일보』에 '제주 맛'을 1년 여 연재한 적이 있다. 그 첫 번째가 건입동의 '돌하루방식당'이었고, 그때 나는 이렇게 썼다. "각제기 국이 유명한 집이다. 각제기국 속에 사철 살결이 다른 배추를 넣어 싱싱한 맛을 우려낸다. 연한 놈은 약하게, 억센 놈은 세게 익혀 낸다. 순리를 터득한 주인의 비결이다. 작은 아이에겐 작은 옷을, 큰 아이에겐 큰 옷을 입히는 아주 쉬운 도리가 맛으로 피어난다. 여름에는 다소 짠 듯하게, 겨울에는 싱겁게 끓여낸다고 한다. 땀을 많이 흘리는 여름철에는 우리 몸이 소금기를 요구하는 이치를 이 노인장은 알고 있다. 계절의 변화를 담아낸 이 집의 각제기국 속에 봄이면 꽃이 피고 가을이면 낙엽이 진다"고 적었다. 자연에서 얻는 싱싱한 재료를 계절에 맞게 조리하는 제주의 음식에서 '음식의 도리'를 찾을 수 있었다.

가짓수가 많고 꾸밈이 많고 양념이 많고 조리시간이 긴 현대 한국의 음식은, 남기게 되어 버려지는 것도 많고 지나치게 많은 조미료를 써서 본래 재료의 순수한 맛을 잃고 결국 긴 조리시간을 참지 못하는 주부들에 의해 외면당하기 시작했다. 제주의 음식은 가짓수가 적어 버려지는 것이 적으니 환경친화적이요, 양념이 적게 들어가 자연식품 그대로의 맛을 낼 수 있고, 조리시간이 짧아 주부들로부터 외면당할 우려가 적으니 미래지향적 음식이다. 제주의 음식에서 오래된 미래를 발견하고, 이를 한국음식의 대안이라고 제안한 바 있다. 가공식품과 패스트푸드에 물들어가는 제주의 젊은 세대를 일깨울 책임을 우리 모두 가져야 한다.

― 축제, 마무리

나는 제주에 기차가 놓여야 한다고 주장한 바 있다. 그런 내용을 '협궤열차에 관한 보고서'란 글에서 밝혔다. 당시 수인선을 뜯어 고철로 판다고 했을 때 제주에 그 협궤철로를 복원하고, 중산간 들판을 달리는 협궤열차를 상상해 보았다. 행정부처 여러 곳에 제안을 하였지만 실패로 끝났다. 제주에는 관광열차가 필요한데 아직 요원하다. 또 나는 용두암 해안에 관광 인프라로 야간 포장마차를 도입하자고 제안하고 '제주를 포장마차로 덮는 꿈'이란 글을 쓰기도 했다. 이젠 그곳에 카페가 들어서 소용없는 일이다. 제주에는 야간관광 코스가 없어서 아쉬움이 남는다. 어딘가에 그런 야간 관광명소가 생기길 기대한다.

제주는 신화의 땅이고 민속의 보고이다. 이를 토대로 괜찮은 축제를 많이 만들어야 한다. 나는 온평리에 세 여신이 도래하였다는 설화를 방증하여 '삼녀신 도래와 축제 가능성'이란 논문을 쓴 바 있다. 제주의 무속에서 힌트를 얻어 무속 서사시와 함께 결합하면 제주 신화를 축제로 만들 수 있고, 대박을 확신한다. 그 외에 해녀축제, 덕수리 '불미축제' 등을 잘 구성하면 세계적인 축제의 땅이 될 수 있다.

제주에는 제주를 사랑하는 사람은 많지만 제주문화의 장점을 잘 아는 사람은 많지 않다. 제주를 연구하는 학자도 갈수록 줄어든다. 제주학을 정립하여 제주의 역사와 민속과 문화를 재정립하여야 하고, 제주학을 하는 젊은 학자를 많이 배출할 수 있어야 한다. 그렇지 않다면 자꾸만 사라져가는 제주의 문화적 자산을 지킬 수 없다. 10년 내에 서울의 변두리가 되고 만다. 근대사 50년 동안 국가주의의 횡포가 제주 언어와 문화를 주변적인 것이고 버려야 할 것으로 가르쳐 피폐한 지경이다. 제주가 중심이라는 인식을 갖고 제주를 중심으로 하는 지도를 제작하는 일부터 나서야 할 때이다. 늦었지만 지금이야말로 그런 각성을 해야 한다. 육지에서 온 한 몽상가의 말에 온정을 가져주길 기대한다. (2012. 4.)

어디서 보는 한라산이 아름다울까?

어디에서 보는 제주의 모습이 가장 아름다울까. 제주의 아름다움은 한라산에서 뿜어 나온다. 그런데 어디까지가 한라산일까. 제주도가 결국 한라산 자락이니, 그렇다면 어디에서 보는 한라산이 가장 아름다울까. 제주 사람들은 제각각 말한다. 자기 고향 마을에서 보는 한라산이 가장 아름답다고 한다. 삼의오름 뒤편으로 삼각봉과 왕관봉이 보이는 한라산이 나에게는 가장 멋져 보인다. 제주대학의 내 서실에서 바라다보는 경치이다. 하지만 한라산과 오름과 마을이 어우러진 정경은 비행기를 타고 내려다보는 것이 제격이다. 형형색색의 모자이크화 같은 그림이 펼쳐진다. 자연과 인공이 어우러진 그림이니, 설문대할망(한라산과 360여 개의 오름을 만들었다는 거인 여신의 이야기)과 제주인이 오랜 세월 동안 함께 만든 공동성·적층성의 예술이다.

하늘에서 내려다본 모자이크화의 실체는 돌담과 같은 경계선에 의해 구획된 밭과 밭, 밭과 길, 숲과 오름의 총체이다. 경계선은 갈라놓는 구실만 하지 않는다. 나와 남을 다르게 하면서도 아름다운 하나이게 한다. 다양성 속의 통일성이다. 제주 문화가 그렇다. 나와 남을 엄밀히 구획하여 나의 일을 남에게 미루거나 의존하지 않는 철저한 독립성을 지니지만, 남의 일을 나의 일로 여기는 화합성도 지닌다. 집을 안거리와 밖거리로 구획하고 부모와 자식 간에 따로 살지만, 큰일이 닥치면 하나가 되어 일사불란하게 움직인다. 이웃의 어려운 일이 있으면 함께 풀어가는 수눌음 정신이 대표적이라 할 만하다. 결국 전통적인 삶의 방식을 제주인은 근대화 이후에도 굳건히 지키고 있다고 보아도 좋다. 아직도 이웃의 관혼상제에 부지런히 관여하면서 공동체의식을 잘 간직해 나간다.

하지만 이것은 근대를 만나기까지 제주의 모습이었지 지금은 다르다. 제주는 외래적인 것들에 몹시 흔들리고 있다. 근대 산업사회의 거센 물결 앞에서 서서히 자기 것을 포기해 가고 있다. 송두리째 버리고 잘 먹고 잘사는 일에만 몰두한다. 아름다운 자연은 서서히 파괴되고 사라지고 있다. 최근 3년간 곶자왈(곶은 제주어로 숲을 말하고, 곶자왈은 나무와 넝쿨 따위가 엉클어져 있는 수풀을 말하고, 여기는 지하수가 스며드는 제주의 숨골에 해당한다) 지역 10만 평이 사라졌다고 하고, 전국에서 숲이 사라진 비율이 가장 높다고 한다. 수많은 골프장과 위락시설에서 지하수를 파내 먹다가 결국 물 부족 섬이 되어 '폐섬'이 될 날도 멀지 않다. 삼다수가 하루 2,100톤의 물을 퍼내는데, 18홀 기준 골프장이 하루에 쓰는 양이 약 2,000톤이니, 30여 개의 골프장이 하루에 퍼내는 지하수의 양이 삼다수 공장 30개를 가동하는 것과 맞먹는 셈이다. 지하수가 없는 제주는 죽은 섬이나 마찬가지다. 관광과 개발을 빙자하여 세계자연유산까지 파헤치는 실수를 김태환 도정처럼 저지른다면, 우지사의 말로도 그와 같게 될 것이다. 개발만 앞세우면 제주에는 미래가 없다.

제주는 과거 고대국가 탐라국이 있던 곳이다. 탐라국은 중세문명을 받아들이는 데 인색하여 망했다. 중세보편주의 국가로 나아가지 못해 중세화에 성공한 백제, 그리고 신라에 복속되었다. 그리고 탐라라는 이름도 빼앗겼다. 제주는 근대문명을 너무 급히 받아들이려다 망할지도 모른다. 너무 빨리 근대 물신주의에 빠져 섬을 송두리째 파괴하고 말 수도 있다. 한 번은 너무 더뎌서, 한 번은 너무 급해서 자신의 땅을 망치게 된 셈이다.

아직은 희망이 있다. 새로운 도지사는 문화와 환경을 지키는 일에 중점을 두겠다고 했다. 해군기지도 원점에서 검토하고 주민의 동의를 구하고 있다. 물론 새로운 입지를 선정하고 정부로부터 큰 지원을 이끌어내 또다시 해군기지를 추진할 의도가 없는 것은 아니다. 자신의 정치적 입지가 위태로워졌을 경우 악수를 둘 수도 있고, 실적주의에 빠져 기득권층과 손을 잡을 수도 있다는 점을 우리는 우려한다. 공약처럼 문화와 환경을 지키는 일에 매진하길 기대한다. 너무 급하지 않게 천천히 둘러보며 여유 있게 변화해 가길 바란다.

자기 것을 잘 지켜온 제주의 강고한 정신이 부활되어야 한다. 자기 것과 남의 것을 조화시키는 상생의 정신이 되살아나야 제주는 제주다운 모습으로 온전할 수 있다. (2010. 9.)

오름

제주도는 섬 전체가 한라산 자락이다. 그런데 한라산만 있는 건 아니다. 백록담을 에워싸고 있는 오름 330여 개가 함께 한라산을 구성하고 있다. 『오름나그네』의 저자 김종철 선생은 지중해 시칠리아섬 에트나산의 기생화산이 세계에서 가장 많은 것으로 알려졌는데 260개라 하면서, "한라산의 기생화산이 세계 제일"이라고 자랑한다. 오름은 오르다(登, 上)의 명사형이다. 옛 문헌에는 岳音(오름) 吾老音(오롬) 兀音(오름)이라 적혀 있으니, 오래전부터 한라산 주변의 기생화산을 오름이라 불렀다. 신라시대 향가 〈혜성가〉에도 岳音(오름)이란 표기가 눈에 띄는 걸 봐서는 과거 육지에서도 이 명사가 쓰인 것 같다.

제주의 오름은 산 혹은 봉우리의 의미만으로 이야기할 수 없다. 오름은 우선 신성한 지역으로 숭앙의 대상이 되었다. 송당 같은 곳에는 본향당을 모신 당오름이 있고, 칡오름에는 당신이 이곳에서 솟아났다고 하여 신성시한다. 술오름의 술은 신성한 지역(神域)의 의미를 갖는다고 한다. 오름은 희귀식물과 생태의 보고이다. 가는잎할미꽃·가믄탈낭·가새쑥부쟁이·가시낭·각시붓꽃·개망초에서 홀아비꽃대·후박나무·흰진달래에 이르기까지 천연기념물과 약초와 산나물과 나무들이 깃들어 있다.

오름은 역사이기도 한다. 다랑쉬오름은 4.3의 아픈 상처를 지니고 그 치유를 기다리고 있다. 오름은 문화적 유산을 껴안고 있다. 오래된 성곽이나 봉수대를 두르기도 하고 머리에 이고 있기도 하다. 오름은 마소들의 방목처, 죽은 이들의 안식처이기도 하다. 오름은 제주 삶의 근거지이다.

팽나무가 많다 하여 폭낭오름, 샘이 있다 하여 새미오름, 연자방아를 닮았다 하여 방애오름, 바구니 모양을 하고 있어서 바굼지오름, 용이 누운 형상을 하고 있어서 용눈이오름, 벼랑이 있어서 베릿내오름 등등 오름의 형상 혹은 생태에 따라 다양한 이름을 지니고 있다. 두세 개가 붙어 있는 오름은 웃(위)·알(아래), 큰·아끈(작은)으로 구분하기도 한다. 제주시에도 웬당오름·봉개오름·절물오름·민오름·베두리오름·벨도오름·사라오름·도두리오름 등 아침운동을 하러 다니는 친숙한 오름들이 많다. 오름은 하루를 시작하는 곳이다.

오름들이 모두 한라산에 부속된 더부살이들이다. 다른 것에 기대어 살거나 의지하는 것이 본체를 해치는 부정적인 의미로 해석되기도 한다. 그러나 세상 모든 것이 다 서로 의지하며 사는 처지인데, 인간만 유독 자기가 세상을 지배하는 것으로 착각하고 있다. 이 독선적 근대 사고가 자연 생태계를 망쳤다. 인간은 자연 만물에 빚을 지고 산다. 우리의 옛 사고를 회복해야 한다. 제주는 아직 옛 사고를 지닌 사람들이 많다. 제주 사람들은 한라산과 오름에 기대어 산다. 그곳에서 생성되는 물과 공기와 나물을 먹으며 살고 있다. 죽으면 한라산과 오름의 품으로 돌아간다. 그곳은 생사의 터전이요 우주의 자궁이다.

오름에 오르면 한라산이 명료히 바라보인다. 멀리 바다도 시원하게 내다볼 수 있다. 가장 높은 장구목오름(1810m)이나 백록담에서 가장 가까운 웃방애오름에 올라야만 시야가 트이는 게 아니고, 야트막한 오름에 10분 정도만 올라도 눈이 시원해지고 머리도 맑아진다. 아침에 본 오름을 저녁에 보면 또 달리 보인다. 석양에 식은이오름을 보면 황금 피라미드를 보는 듯한 황홀함을 느낄 수 있다. 그러고 보니, 이 오름들이 연이어 펼쳐진 동부 송당지역을 둘러보면 신라 왕릉을 보는 듯한 착각에 빠진다. 왕릉에서 경험한 곡선의 부드러움이 느껴진다. 제주 사람의 심성도 오름을 닮아 순박하고 푸근하다.

오름에 올라 한 주의 피곤을 씻고 다음 한 주의 생기를 얻는 경지에서 한 발짝 나아가, 아름다운 자연을 둘러보며 시 한 수를 노래할 수 있는 인생은 풍요를 꿈꿀 수 있을 것이다. (2000. 1.)

환경과 평화, 그리고 슬로시티 1

제2공항을 전문가에게 맡기면 다 됩니까

지금 우리가 기억하는 제주의 가장 큰 아픔은 4.3이다. 70주년이 지나면서 조금씩 치유된다고 하지만 아직 해원해야 할 일이 산적하다. 국가의 폭력을 반성해야 한다고 하면서 또다시 국가 폭력이 벌어졌으니 그것은 바로 강정해군기지 사건이다. 최근 경찰청 인권침해 사건 진상조사위원회가 밝힌 바에 따르면, 강정마을 해군기지 건설과정에서 이를 반대하는 주민들에 대한 과잉진압과 인권탄압이 확인되었다. 2011~2012년 본격적인 공사가 전개되는 즈음에는 반대 시위를 저지하기 위해 육지 경찰을 파견하여 무차별 폭력을 행사한 점이 4.3과 너무나 닮았다.

해군과 보수단체가 결탁하여 찬성 측 주민들에게는 향응을 제공하고, 반대 측 주민들에게는 비난을 퍼붓는 인터넷 댓글 조작도 서슴지 않았다. 정부의 추진 과정에 불법이 자행되었음을 진상조사위원회가 적시하였다. 그런데 그 추진 주체가 이명박 정권과 박근혜 정권이어서 비난을 피할 수 없다고 하지만, 실상은 노무현 정권 때 해군기지 건설이 결정되고 강제 집행이 시작된 것이다. 그 비난받아야 할 주요 대상은 민주당 노무현 정권이다.

해군기지 찬반의 상처가 채 아물기도 전에 다시 제2공항 건설을 들고 나와 제주도민을 불안하게 하고 있다. 이 제2공항 건설 문제도 강정 해군기지 건설과 닮아 있다. 민주당 문재인 정권이 추진하고 있는 것이다. 국토부가 밀어붙이고 있는 배경에 청와대가 있다. 대한민국 전국 방방곡곡을 토건세력이 파헤치고 이제 더 이상 갈 곳을 잃자, 그 목표지가 제주도가 되었다. 우선 땅 위에는 공항을 세우고 바다에는 신항만을 건설하는 프로젝트가 암암리에 추진되고 있다. 이 토목건축의 배후가 결국 문재인 정권이고, 그 하수인이 원희룡 도정인 셈이다.

하수인 원희룡 도정은 엊그제 발칙한 말을 전했다. 제2공항 건설 문제는 공항 전문가에게 맡겨라. 토건세력과 개발독재의 폭력적인 추진 문제를 함께 논의하자고 하는데, 공항을 짓는 일을 공항 전문가에게 맡기자는 엉뚱한 말을 전하고 있으니 이런 코미디가 어디에 있는가. 그렇다면 가뭄이 들면 가뭄 전문가에게 맡기고, 홍수가 나면 홍수 전문가에게 맡기면 그만인가. 가뭄과 홍수 때문에 백성이 어떻게 고통받고 있는지 물어야 할 때 아닌가. 도정도 제주도민에게 아프냐고 묻고, 문재인 정권도 제주도민을 위무해야 할 때다.

제2공항 찬반이 어려우면 10년 뒤로 미루자. 그동안 차분히 전문가의 의견과 도민의 의견을 청취하고 그때 결정하자. 뭐 그리 밀어붙이는가. 제주도민이 그렇게 만만한가. 백성이 그렇게 만만한가. (2019. 6.)

도민에게 물어보자. 600억이 하찮은가

12월이 다가오는 요즘 도로가 분주하다. 20년 전 12월의 풍경이 반복되고 있다. 여기저기 보행 도로가 파헤쳐지고 보도블록을 교체하고 있다. 지나가는 행인이 하는 말, "멀쩡한 길을 뒤집어엎는 이유가 뭐야. 제주도에 돈이 남아도나." 아닌 게 아니라 제주시대 도처에 보도블록을 교체하고 있다. 1년 예산 남는 것을 12월 보도블록 교체에 퍼붓다가 요즘엔 한 달 빨리 11월에 이런 짓을 하고 있다고, 도민들은 따가운 시선을 보낸다.

젊고 새로운 도지사를 만났던 장밋빛 감회가 4년이 지나며 회색빛 어둠으로 저물어 간다. 예전 3김 시대를 빗대어 제주도의 3김 도지사(우근민, 김태환, 신구범)가 있다고 자조하던 때가 4년 전이다. 급격한 개발과 파괴의 바람이 몰아치던 그 우울한 시대를 끝내주길 기대했고 우리 도민들의 희망은 70%가 넘는 지지도로 환호했다. 낡고 병든 행정이 치유되길 바랐다. 그런데 원희룡 지사 때에 들어 더 많은 개발과 파괴로 몸살을 앓게 되고, 보도블록을 교체하는 이 더러운 관행은 여전하다.

도민이 원하는 곳에, 공사가 필요한 곳에 교체를 진행하고 있다고 변명할 것이다. 언제 도정이 도민의 정서와 부합된 적이 있던가. 며칠 전 도지사가 멀쩡한 도로를 파헤치고 중앙차로를 마련함과 동시에 교통체제 개편을 하는 데 600억을 쓰면서도 도의회의 승인을 받지 않은 사건에 대해 도의원들의 질타가 있었다. 도지사는 행정안전부에 질의하고 도의회의 승인이 필요치 않다는 답을 얻었다고 했고, 도의원들은 변호사 여럿에게 질의하고 도의회의 승인이 필요한 사항이라고 맞섰다. 도의원들은 '감사원 감사'를 받아야 하는 사항이라 했고, 도지사는 도민들에게 물어 평가를 받자고 당당하게 말했다. 도지사가 도의원들에게 윽박지르는 모습을 보면 마치 도민들을 혼내는 모습과 같아 무섭다.

도지사의 말처럼 도민에게 물어보자. 600억을 쓰는 데 여론을 듣고 의견을 물은 후 써야 하는 것이 아닐까. 항간에는 부대비용까지 840억이 들었다고도 한다. 600억이면 어떤 돈인지 환산해 보았을까. 요즘 젊은 청년 실업자 문제로 나라가 걱정하고 대통령까지 일자리 창출에 나서는 시대다. 제주대학교에서는 한 해 2,000명 정도의 젊은 청년이 사회로 나가는데, 한 사람 연봉을 3,000만 원으로 잡고 2,000명이 취업하는 예산이 바로 600억이다. MB 시절에는 김태환 씨가 당시 대통령의 토목 관행을 닮아, 별 소용없던 저류지를 만든다고 한 해 600억을 쓰더니 그 관행은 고쳐지질 않고 있다. 제발 큰소리만 치지 말고 '도민에게 물어보자'. 600억이 하찮은 돈인가. 보도블록 교체 비용이 하찮은가.

내년 지방선거가 다가오고 있다. 교통 개선이라고 했던 일, 최근 카지노 개발을 방치했던 일, 대단위 관광단지 허가를 눈앞에 두고 저울질하는 일, 제2공항 선정의 일 등 도민의 지탄을 받을 사항이 많을 것이다. 지금이라도 멀쩡한 보도블록이 뜯겨나가고 교체되는 일이 남의 일이 아님을 알아야 할 것이다. (2017. 12.)

설국열차의 방식은 어리석다

민주주의 국가에서 군대란 국민이 자신의 의지대로 잘 써먹기 위해 민주적으로 통제해야 하는 대상이고 도구다. 만일 군대가 국가가 원하지 않는 전쟁으로 가거나, 국익이 아닌 군익(軍益)을 도모하게 되면 국가를 파멸로 이끄는 군국주의에 해당된다고 할 수 있다. 군국주의의 가장 큰 특징은 군대가 국민을 통제한다는 것이고, 여기에는 이데올로기의 확대재생산 구조, 사회적 동원체제가 작동한다.

김종대는 '민주적 통제를 받지 않는 군'(『인물과 사상』 2013.7, 103쪽)이란 글에서 대한민국 군대의 이기주의가 군국주의를 부추기게 됨을 위에서처럼 경계했다. 그리고 솔즈베리의 극단주의의 무모함에 대한 다음의 예를 들고 있다. "만일 의사가 언급하는 것을 믿는다면 세상에 완전한 것은 아무것도 없다. 만일 신학자를 믿는다면 죄 없는 사람은 한 사람도 없다. 만약 군인이 말하는 것을 믿는다면 안전한 것은 아무것도 없다."(솔즈베리 존, 『폴리크라티쿠스』) 너무 무사안일에 빠져서도 안 되지만 지나치게 위기감에 떨어서도 안 된다. 우리는 이제 자신감 있게 평화를 이야기해야 한다.

강정 해군기지를 이야기하는 사람들은 민족의 생존 문제를 외면하고자 해군기지를 반대하는 것이 아니다. 해군의 이기주의를 경계하는 것이고, 그로 인한 군국주의의 확장과 전쟁의 위험함을 피하고자 하는 미래지향적 포석이다. 중국을 겨냥하여 해군력을 강화시키면서 위협한다는 오해에서 벗어나 평화를 추구하는 견해다. 아베의 일본이 군국화로 치닫는 것은 경계하고 비난하면서도 정작 우리의 모습은 보지 못하니, 우리도 한심한 존재다. 동아시아의 평화를 위해 미래를 준비해야 하는데 거꾸로 가고 있다. 중국과 일본이 위협적이라면 민족 간의 화해와 통일을 더욱 준비해야 하는데, 보수 기득권층은 더욱 위기감과 분열을 조장하고 있다. 주변국에 대한 강경책은 늘 이익집단의 몫이다. 그래서 기득권층을 반대하는 대부분을 빨갱이로 몬다. 정부와 재벌이 이익을 위해 전쟁을 원하고, 빨갱이를 만들던 옛날이야기가 하나 있어 소개한다.

찰리 채플린의 40년대 영화 중 〈뮤슈 베르두〉가 있다. 이 영화는 평범한 은행원이자 병약한 아내와 아들이 있는 베르두가 대공황으로 실직한 뒤 돈 많은 처녀들과 결혼하고 그들을 죽이는 식으로 돈을 번다는 이야기였다. 선과 악을 동시에 갖고 있는 베르두라는 인물을 통해 채플린은 자본주의 체제와 합법화된 대량 살상인 전쟁에 대해 비판했다. "전쟁과 투쟁은 모두 비즈니스다. 한 건의 살인은 악당을 만들고 100만 건의 살인은 영웅을 만든다. 수는 행위를 정당화한다."는 베르두가 법정에서 한 말이다.(최을영, 『찰리 채플린: 20세기 최고의 어릿광대』)

결국 찰리 채플린은 전쟁을 비난하면서 서서히 미국 매카시즘의 희생양이 되기 시작했고, 결국 빨갱이로 몰려 미국에서 떠나는 신세가 되었다. 이 땅의 많은 사람들이 다시 빨갱이로 몰리고 매카시즘의 광풍이 불고 있다. 국정원이 선거에 개입하고 민주주의를 죽이고 사상적인 편향을 통해 세상을 얼어붙게 하고 있다. 어렵게 얻은 민주주의가 2013년 여름의 살인적인 더위 앞에 녹아나고 있다. 통일과 희망은 갈수록 멀다. 무슨 놈의 역사가 이리도 제 갈 길을 가지 못하고 또 역류한단 말인가.

그러나 중국을 대상으로 해군기지를 만들어 불화를 꿈꾸고, 북한을 적으로 몰아 전쟁불사론을 내놓는 이 무모함은 곧 세상의 질타를 받게 될 것이고 우리는 강정의 평화, 민족의 평화, 그리고 동아시아의 평화를 얻게 될 것이다. 우리 문명이 치유불가능하다고 열차에 타고 있는 모두를 죽이는 봉준호식 〈설국열차〉의 해결방식은 어리석다. 지혜와 용기가 없어 저열한 결말을 만들어 내고 말았다. 우리 모두가 함께 살 수 있는 공감의 세월을 만들어야 한다. 1등 칸과 4등 칸이 공존하는 세상을 만들어야 하고, 한중일이 견제하면서도 균형을 맞추는 세상을 향해 나가야 한다. 절망 때문에 무지한 이 시대의 권력을 밀어내고 지혜의 세월이 승리할 것을 믿는다. (2013. 8.)

해군기지보다 평화의 섬으로

〈제주문화의 정체성과 세계화〉 세미나가 언론인클럽 주최로 있었는데, 그 글에서 다음의 내용을 사족으로 달았다. 문화를 이야기하기에는 너무 처참한 현실이 느껴졌기 때문이다.

"우리는 어린 시절부터 지혜가 힘보다 중요하다고 배워왔다. 한 나라의 융성은 힘을 키우는 데 있지 않고 문화에서 비롯된다고 믿었다. 그런데 강정 해군기지가 국가를 지키고 융성하게 한다고 하면서, 상생의 지혜보다는 '힘'을 믿으라고 다그친다. 제주의 아름다운 자연이 해군기지 건설로 파괴되고 있고, 제주의 문화 가치가 군사기지의 등장으로 훼손되고 있다. 이런 시절에 무슨 제주문화 담론이 가능하겠는가. 당연히 부국강병의 세미나, 예를 들면 '제주 해군 군사력의 세계화'가 필요하지 않을까. 그런 의미에서 오늘 언론인 클럽의 〈제주문화 세계화 담론〉은 시대착오적인 주제는 아니었을까 상상해 본다."

오늘도 그 힘자랑은 계속되고 있다. UN 인권옹호자 특별 보고관의 실태조사가 올 6월 있었는데, 공권력의 과도 사용과 인권유린 문제를 거론하였다. 공권력도 과도하면 폭력이다. 세상 사람들은 모두 다 알고 있는데 공권을 사용하는 정치인과 그 하수인만 모르고 있다. 공공의 이름으로 힘을 사용하는데, 왜 공공의 이익은 생기지 않고 사사로운 이득을 챙기는 해군과 삼성재벌만 있는지 참으로 모를 일이다. 해군이 무슨 이익을 챙기는지 모르는 사람은 없을 것이다. 자기들의 '밥그릇'을 챙기는 것일 뿐이다. 거기엔 해군만 있고 '민간 시설'은 없고 '아름다운 항구'는 더더욱 없다.

제주 해군기지가 '민군복합형관광미항'이라는 명칭과는 달리 건설 예산의 95%가 국방부 예산이라는 지적이 김재윤 의원에 의해 다시 제기되었다. 1조 300억의 예산 중 5%만이 국토부 예산이라는 것만 봐도 잘 알 수 있다. 애초 민간을 배제하더라도 남쪽 바다의 치안은 군이 아니라 해양경찰에 맡겨야 될 일이었는데, 결국 해군의 자기 부피 부풀리기에 앞서다가 그만 일을 그르쳤다. 지금이라도 대한민국의 치안을 위해서는 해군을 대신해 해양경찰이 나서서 민간질서를 책임져야 한다. 중국과 일본의 의혹을 벗어나 동아시아 평화를 구축하기 위해서는 군의 힘이 아니라 민간의 힘이 들어서야 한다.

민주공화국일진대 범죄자도 교화시키는 것을 우선으로 삼는 사회에서 힘만 앞세워 공권력을 남용하는 것은 문제다. 공권력보다 교화를 앞세워야 한다. 국가의 힘으로 밀어붙여 힘없는 서민에게 벌금을 수천만 원 부과하고, "또 덤벼! 우리는 힘이 아니라, 벌금으로 두드려 줄 것이니!"라는 태도다. 힘없는 자가 돈도 없는데 그들을 벌금으로 두들겨 패고 있다. 그런데 그 해군의 배후에 누가 있는지도 알려 주지 않고 있다. 대한민국을 위한다고 해놓고, 실은 배후의 미군의 핵잠수함 기지를 만들어 미국의 세계제패를 돕고 있는지도 모른다. 그러니 미국의 군사력이 대한민국의 하수인을 부추겨 '밥그릇' 차지하기를 하고 있고, 강정주민은 그들을 위해 열심히 벌금을 내고 있는 셈이다.

4.3 60주년을 넘기고 제주는 '평화의 섬' 기치를 내 걸었다. 상처를

치유하고 세계 평화를 위한 메시지를 전하기 위해서다. 그런데 미국과 중국의 대치상황에서 한국은 평택-군산-목포-제주를 잇는 MD체제를 구축하게 되고, 제주에 해군기지가 들어서게 된다면 제주는 더 이상 평화의 섬이 아니다. 그러나 미국의 음모와 한국 해군의 무력을 이겨내고 해군기지 건설을 저지시켜, 힘보다 지혜가 중요하다는 보편적 진리를 실현시킨다면 그때 제주는 진정 세계 평화의 섬이 되고, 그런 화해와 상생을 이루어낸 정신은 '제주 정체성의 원리'가 될 것이다. 그런 세상까지 잘 버텨 나가자. (2013. 8.)

사랑과 전쟁

〈사랑과 전쟁〉은 흔한 주제다. 〈사랑과 전쟁〉이란 드라마가 사라지지 않고 대중의 인기를 얻고 있는 것을 보면, 부부싸움과 불륜은 인간사의 주된 관심거리인가 보다. 사랑하다가 미워하게 되고, 싸움을 하다가 지쳐 이혼하게 되는 경우가 흔한 세상이 되었다. 그래서 제주도에서는 지난해(2012년) 하루 평균 10건의 혼인이 있었고, 하루 4건의 이혼이 있었다고 한다. 전체적으로 보면 3,971건의 혼인이 있었고, 1,592건의 이혼이 있었다. 인내심 없고 자기 위주로 생각하는 이기심이 극단이 이르다 보면, 얼마 후에는 결혼한 사람 둘 중의 하나는 이혼하는 세상이 되고 말 것이 뻔하다.

'사랑'과 '전쟁'이란 단어는 대칭적 개념이다. 그리스 로마 신화에서 사랑의 여신 아프로디테는 사람들의 존경을 받는 반면, 전쟁의 여신 아테네는 미움의 대상이다. 그리스 로마 신화에서는 사랑과 전쟁이 각각 다른 신들로 분할되어 있지만, 〈길가메시〉의 이슈타르 여신은 상반된 듯 보이는 힘을 함께 가지고 있다. 길가메시를 유혹하는 여신 이슈타르는 세상에 사랑의 에너지를 뿜어내지만, 화가 나면 세상과의 전쟁을 벌이는 이중성을 지니고 있다.

사랑과 전쟁이 사실은 아주 가까이 있고 어떤 때는 한 몸임을 입증

해주고 있다. 사랑하기 때문에 미움이 생기고 싸운다. 미워하다가 또 사랑하는 것이 인지상정이다. 때로는 헤어지기도 한다. 매일 지지고 볶는 연속이면 헤어져야 한다. 그러니 인간사에 이혼이 필요하기도 하다. 그런데 한 번 만나 부부가 되었다면 오래 살아보려 노력하고 사랑의 불씨를 이어가려 노력해야 하는데 너무 쉽게 헤어지는 것이 문제다. 요즘 사람들은 몸속에 화가 너무 많다. 분노하고 의심하고 탐욕스러워 늘 마음에 불길이 이글거린다. 왜 그런가. 각박한 세상을 전투하듯 살아왔기 때문이다. 경쟁의 세상에서 영혼이 지쳐서 그렇다. 집안의 불화는 세상과의 불화로 이어진다.

1%만 잘살고 나머지 99%는 점점 불행해지기 시작했다. 그래서 '경제민주화'는 지난해 대선의 중심 이슈였다. 하지만 쉽게 해결날 것 같지 않다. 부자들은 부를 지켜내기 위해 대통령과 다시 담합하기 시작했고, 나머지 민중들은 속수무책이다. 1%의 그들도 빼앗으려 하고 나머지 대중들도 그들로부터 빼앗으려는 마음이 부딪쳐서 세상은 불화 덩어리다. 이제 경쟁의 시대를 접고 화해의 시대로 가야 한다. 상생(相生)의 마음은 상쟁(相爭)에서 생겨난다. 서로 싸우고 나서 그 싸움으로 함께 멸망할지 모른다는 위기감으로 상생의 길을 걷게 되어야 한다. 상생이 지속되다 보면 또 다른 모순과 대립이 싹트게 되고 우리는 다시 끊임없이 조정을 해나가는 존재다.

지난 100년 동안 제주는 어떠했나? 상생은 없었고 상쟁만이 횡행했다. 일제 침탈기에 식민지 백성으로 고생을 해왔던 점은 대한민국의 역사와 다르지 않다. 전쟁과 분단의 아픔을 겪었던 것도 그렇다. 그런데 제주는 2중의 식민지를 경험했다. 중앙정부로부터 수탈당하고 또 동아시아 제국으로부터 수탈당했다. 몽골 침탈 이후 제주 섬 전체가 마목장으로 폐허가 되었다. 몽골 침탈기에 그랬던 것처럼 일제 말에는 본토 사수를 위한 '결7호작전'으로 제주도 곳곳에 수백 개의 진지동굴이 뚫리고 섬 전체가 누더기가 되었다.

해방 후 제주 백성 3만여 명이 학살당했다. 4.3의 상처가 60여 년을 지나 아물려 하는데 또 전쟁의 회오리바람 속으로 끌어들이려 한다. 해군기지를 만들고 거기에 미군을 끌어들이려 하고 있다. 천 년 전부터 이어져 온 제국의 침탈이 다시 반복되려 하고 있다. 대한민국의 평택과 군산과 목포와 제주를 잇는 서해안의 대중국 MD 체제의 완성을 위해 대한민국은 미군의 강요를 뿌리치지 못하고 있다. 제주는 희생양이 되어가고 있다. 19세기에서 20세기로 넘어오는 100여 년 동안의 역사가 전쟁이었다면 이제는 사랑과 평화여야 한다. 중국은 우리의 따뜻한 이웃이어야 한다. 전투대형으로 서로 겨누고 겨루는 전쟁으로 동아시아의 평화는 지켜지지 않는다. 이제는 평화를 지켜내는 화해와 상생의 정신이어야 한다. 왜 우리는 사랑을 해보지도 않고 다시 군사력 증강과 전쟁만이 살 길이라고 하는지 모르겠다. 왜 대한민국은 제주를 이중 식민지로 내몰고 있는지 모르겠다. '사랑과 평화'의 해법을 모른다면 〈사랑과 전쟁〉 드라마만이라도 보고 사랑하는 법을 배워야 옳다.

제주에서 군사기지 갈등과 전쟁의 분위기가 사그라지면 이혼율도 내려가지 않을까. 해군기지 불안이 없어지면 제주의 신혼부부도 전쟁보다 사랑을 택할 것 같다. (2013. 7.)

감사원장님! 제주를 잊으셨나요

감사원장님. 원장님은 제주를 어떻게 생각하고 있나요. 아름다운 관광지로 생각하나요, 아니면 국토방위의 최전선이라 생각하시나요. 국토방위를 위해 해군기지가 들어서는 것보다는 낭만적인 섬으로 남아 있는 것이 더 어울릴 법하다고 여기실 겁니다. 최근 제주도는 유네스코가 지정한 생물권 보존지역, 세계자연유산, 습지 보호지역으로 선정되어 유네스코 3관왕을 석권하였다고 기뻐했습니다. 그런데 제주를 관광지로 알리기 위해 도지사께서는 세계 7대 자연경관에 도전하여 그 타이틀마저 따냈습니다. 굉장하지요.

그런데 알다시피 7대 경관 선정이 무슨 권위 있는 기관에서 한 일이 아니고, 국제적 이벤트 회사의 깜짝 쇼였다는 것이 판명나지 않았습니까. 뉴세븐원더스의 버나드 웨버가 세계 각 지역의 후진국 단체장을 농락하는 사건이었고, 일정 정도 사기극의 성격이 짙었다는 점은 이미 국민들도 아는 바입니다. 더구나 KT와 짜고 국내 전화를 국제전화인 양 국민을 속인 점은 공분을 넘어 심판받을 일이었습니다.

12월 18일 제주지방 검찰청에서는 세계 7대 자연경관 선정 범도민 추진위원회와 도지사에 대해 무혐의 처분을 내렸습니다. 예비비 81억을 행정 전화비로 전용한 사건을 두고 횡령의 범위에 들 수 없다고 했고, 불법으로 인정하기 어렵다고 결정을 내렸습니다. 행정전화비만 170억이 들었는데 이것을 무죄라고 할 수는 없겠지만, 법리상 '횡령'에는 해당하지 않는다는 판결이겠지요. 7월에 시작한 수사가 "법률 검토에 시간이 소요"되었다는 것도 검찰의 고민이 숨어 있습니다. 선악(善惡)을 판별하는 검찰의 잣대에 '불법'은 아니라는 점도 수긍합니다. 그러나 검찰도 '도덕적 문제'는 별개라고 단서를 달았습니다.

감사원장님은 어떤 생각이신가요. 시비(是非)를 판별하는 감사원의 잣대는 어떤 것인가요. 역시 7월에 이미 조사를 완료하고도 감사 결과 발표를 미루시는 것은 무슨 연유인가요. 검찰처럼 법률 검토에 시간이 더 소요되는 것인가요. 옳고 그름을 판별하기 몹시 어려운 사건이어서 고민 중이신가요. 국가 재산을 엉뚱한 곳에 썼으니 당연히 행정처분을 해야 하는 대상이라고 믿고 있고, 지금까지 쌓아온 감사원의 신뢰를 바탕으로 보더라도 170억 원을 낭비한 도지사에 대해서는 명확한 징계가 있어야 옳지 않겠습니까.

감사원장님도 KT 전화요금 일부를 제주도와 추진위원회가 나눠 가졌다는 의혹에 대해 검찰처럼 "흘러 들어갔다는 증거가 없다."고 여기실 건가요. 7대 경관에 선정된 곳이 밝힌 계약서에는 틀림없이 42~47%의 지분이 추진위원회의 비용으로 쓰였다고 하는데, 그 계약서조차 확인하지 못하고 감사를 종료하실 수가 없어, 지금까지 감사 내용을 발표하지 못하시는 것은 아닌가요. 그 모든 것을 양보한다고 하더라도 이벤트 회사의 사기극에 170억이 넘는 행정비용을 낭비한 것에 대해서는 옳게 지적하셔야 합니다. 그래야 국가의 권위가 바로 서고 시비(是非)가 명백한 세상이 되는 것 아닌가요. 감사원장님의 솔직한 답변과 감사 결과를 기다립니다. 해를 넘기실 일은 아니라 여겨집니다. 검찰이 다룰 사안이 아니었던 '도덕적 해이'에 대해서도 감사원장님은 엄중한 지적이 있으셔야 옳을 줄 압니다. 제주도민들은 감사원을 바라보고 있습니다. 시비곡절이 바르게 서는 2012년을 기대합니다. (2012. 2.)

당신의 백성이고 싶습니다

세종실록을 읽으며 눈에 띄는 기록이 있었다. “세종이 다스린 30년 동안 백성들은 그의 백성으로 사는 것을 기뻐했다”는 구절이었다. 사실 그런 시절은 조선왕조에서 드문 일이었다. 중세 봉건왕조라는 것이 늘 인간을 억압했기 때문이다. 특히 조선 후기에 행복했던 역사를 떠올리는 것은 어렵다. 그러면 근대를 맞이한 우리는 언제 한 번이라도 마음에 마땅한 지도자를 만난 적이 있던가. 독재와 부패와 무능으로 백성을 불행하게 해왔다. 이승만의 백성으로, 전두환의 백성으로 사는 것은 불행이었고 슬픔이었다. 민주화 이후의 사정도 크게 다르지 않다.

지방자치가 본격화된 지난 20여 년 동안 가까이서 정치를 만나게 되었다. 우리 손으로 우리 지도자를 뽑아 우리 지역과 우리 동네의 행복을 꿈꾸어 보았다. 그런데 55만 제주에서 우리 손으로 뽑은 도지사는 모두 감옥에 갔고 중도에 그만두었다. 한국 정치판이나 제주도 사정이나 마찬가지였다. 지금은 어떤가. 너무 빤하게 미래가 보이지 않는가? 백성을 무시하고 원망의 소리조차 외면하는 도지사. 탑동 매립 10만 평도 모자라 또 개발을 서두르는 도지사. 왜 대통령도 도지사도 임기 내에 대형 개발사업을 서두르는지 모른다고? 우리 백성들은 다 아는데 도지사와 도지사 측근들만 모르는 것 같다.

더욱 심각한 것은 국가가 나서서 제주도를 도륙하려 하는데 도지사가 팔짱을 끼고 모르는 체한다는 사실이다. 강정 해군기지는 국가가 제주도의 여론을 무시하는 처사인데, 제주도를 위험에 빠트리는 처사인데 왜 침묵할까. 혹 '7대 경관 유치사업'에서 저지른 도덕적 결함 때문이 아닐까. 우리가 모르는 도지사의 범법 행위가 있어서일까. 제주도에 파급되는 경제적 이익이 없는 것으로 판명 났고, 중국의 반발이 예상되는 위험한 군사기지를 왜 만지작거리고만 있을까. 쉬운 길은 도민들에게 다시 묻는 것인데 왜 주저할까.

500년도 훨씬 넘은 조선시대에 국민투표가 있었다. 1430년(세종 12) 세종은 '공법'이라는 새로운 세법 시안을 갖고 백성들에게 찬반 의사를 묻는 국민투표를 3월 5일부터 8월 10일까지 5개월간 실시했다. 백성들을 최우선으로 하는 세종의 마음을 읽을 수 있다. 17만 명이 참여하였고 양반에서부터 노비에까지 그 의견을 물었다. 이 세법 시행에 대한 의견 수렴은 이후 몇 년간 계속되었다. 이처럼 백성의 마음을 읽었기 때문에 500년이 지난 지금도 세종을 다시 이야기하게 된다. 그리고 그때 그들처럼 우리도 세종의 백성이 되고 싶다.

지금 우리는 부자로 '잘살고' 싶다. 그리고 안전하게 평화롭게 '잘살고' 싶다. 경제적인 것도 중요하지만 목숨의 안전, 땅의 평화가 보장되는 곳에 살고 싶다. 우리 아이들이 아름다운 자연 속에서 행복해하며 동아시아가 평화롭게 사는 미래를 물려주고 싶다. 이런 세상을 만드는 도지사를 만나고 싶다. 백성들의 안위를 걱정하고 백성들의 의견을 묻는 도지사를 만나고 싶다. 그래서 100년 뒤에도 "우근민이 다스린 4년 동안 백성들은 그의 백성으로 사는 것을 기뻐했다"는 이야기를 하고 싶다. 당신도 듣고 싶지 않은가. (2012. 10.)

강정, 힘이 없다. 그래도 평화!

90년대 후반부터 해군기지 건설을 위한 주민과의 집요한 전쟁이 제주에 시작되었다. 2002년에는 주민들의 반대에 의해 포기한 것으로 알았던 '화순항 해군기지' 건설이 재론되었다. 그 후 해군기지 장소가 남원항으로 갔다가 갑자기 강정항으로 정해졌다. 해군본부는 20년여에 걸쳐 해군기지 건설을 기정사실화하고, 제주도민을 위한 복지혜택, 고용 창출, 경제부양 효과, 의료 서비스, 문화사업, 지역사회 안보 강화 등 장밋빛 전망을 제시하며 지루하게 도민들을 설득해 왔다. 그러나 이런 기대효과보다는 불안 요소와 위험부담이 너무 크다. 특히 우려되는 바는 제주가 또다시 동아시아 전쟁의 중심부로 떠오를지 모른다는 점이다.

제주도는 일본과 중국의 군사적 표적지가 될지도 모른다는 불안감을 떨칠 수 없다. 특히 일본은 평화헌법을 고치며 군국화하고 있고, 빌미가 주어지면 언제든지 군사력을 증강하고자 할 것이다. 집단방어체제를 내세우며 한반도에 다시 개입할 태세다. 중국도 대국주의를 지향하며 미국의 견제를 뿌리치려 하는데, 지정학적으로 동아시아의 중심부라 할 제주도에 해군기지가 생긴다면 대단히 경계하는 입장을 견지할 것이고, 군사적 동향에도 변화가 있을 것이다.

최근 독도와 이어도 문제가 크게 부각되면서 자주국방의 필요성이 강조되고 있는 것이 사실이다. 한반도의 어느 곳에건 군사기지가 필요하다는 논지에서 본다면, 우리 지역만 안 된다는 논리는 설득력을 잃는다. 그러나 '**제국주의가 폭력이듯이 국가주의도 폭력**'일 수 있다. 근대에 들어 민족국가가 탄생하면서 소수민족 혹은 소수 집단을 무시하고 묵살하면서 국가 획일주의를 지향하였고, 소수의 역사나 생존권을 국가의 역사와 생존방식에 종속시켰다. 그리고 국가를 위한 희생을 강요하기만 하였다. 그러나 다음 시대는 소수 집단의 역사와 문화, 생존권이 중시되는 쪽으로 나가야 한다. 지역과 국가가 함께 존중되고, 변방 제주의 소수자 의견에도 귀 기울일 줄 알아야 한다. 그러나 국가는 막무가내다. 존중과 평화와 조화라는 강정의 바람은 옳지만 승리할 것 같지 않다.

사상을 진리로 만드는 것은 사상의 논리적 적합성이라기보다는 권력의 양적 크기다. 우리는 사상을 현실화시킬 수 있는 힘(권력)의 크기를 고려해야 할 것이다. 정치권력을 장악한 새누리당이 신념하는 것이 바로 진리다. 그래서 국가는 진리처럼 강정 해군기지와 평화를 외친다. 강정을 지키려는 주민과 시민단체는 패하고 있다. 힘이 없으니까. 그 힘을 키울 수 없으면, 그 힘에 정면으로 저항하는 모습을 지속해 나가 보라. 반드시 이긴다. 권력은 영원하지 않으니까. 그러나 그 권력이 망하기 전까지 국가주의 횡포는 제국주의를 닮아 있다.

우리나라도 언제부턴가 제국주의를 닮아 간다. 경제 영토 확장이라 하면서 실은 그 무서운 제국주의 욕망을 키워가고 있다. 미국을 추종하고 주변의 중국과 일본을 닮아가고 있는 셈이다. 이제는 우리가 스스로 우리를 무서워하는 지경에 이르렀다. 우리가 욕망을 키워 가면 우리보다 더 큰 중국과 일본은 거인의 몸짓으로 바뀌어 전의(戰意)를 더욱 불태울 것이 뻔하다.

우리 주변을 돌아보면, 중국은 우리뿐만 아니라 여러 민족과도 영토 분쟁을 계속해 왔다. 냉전이 지속되는 것조차 모르고 대비책은 생각지도 않은 채, 우리는 고구려사나 발해사를 되찾기 위한 열전을 벌였다. 일본도 러시아, 중국, 우리와 영토를 위한 분쟁을 벌이고 있는데, 우리는 뜨겁게 달구어진 감정만 폭발시키고 있다. 차근히 대비하여야 실마리가 풀린다. 일본이 독도의 영유권을 주장한다고 해서, 우리도 대마도의 영유권을 주장하는 어설픈 행동을 하게 되면, 국제적인 사법적 판단에서 불리하게 될 뿐만 아니라 정당성과 도덕성까지 그르치게 될 수도 있다.

중국이 대국주의로, 일본이 군국주의로 흘러가는 이 시점에서 우리는 동아시아 문명권의 중심이 되어 상생의 원리를 이끌어내야 한다. 민족과 역사와 문명을 지키는 길은 부국강병이 아니라 문화의 힘이다. 해군 기지를 증설하고 함정을 많이 갖는 것만이 안위의 방법이 아니라, 외교적 능력을 배양하고 문화를 가꾸어 문화 강국이 되면, 무력을 제압할 평화를 얻게 된다. 힘을 숭배하는 제국주의를 버려야 평화가 가능하다. 힘으로 지방을 몰아세우는 국가주의를 버려야 평화가 가능하다. 힘을 버려야 평화가 온다. 대한민국이 행복하게 살기 위해서는 강정은 평화여야 한다. (2012. 7.)

우리의 사랑은 끝나지 않았네

고려 말 조선 초 우리나라 해안에는 왜구의 출몰이 거셌다. 최영 장군과 이성계도 나서서 왜구를 막아냈다. 조선 초 대마도 정벌도 왜구 침탈에 대한 응징이었다. 일본은 늘 태풍 피해를 입는 쌀 부족 국가였고, 그래서 주변 국가를 노략질했다. 조정은 일본에 일정량의 쌀 수출을 약속하고 나서야 왜구의 피해에서 벗어날 수 있었다. 먹고 남는 정도는 아니었지만, 백성들의 안위를 위해 조정은 일본에 쌀 수출을 결정하고 평화를 얻었다.

조선이 건국된 지 꼭 200년 뒤에 임진왜란이 일어났다. 왜의 침탈은 전에 겪지 못한 큰 충격이었고 치욕이었다. 해전에서 이순신 장군이 애쓴 덕분에 승리하였지만, 전쟁 자체가 남겨 준 패배의 상처는 컸다. 왜는 전과를 남기기 위해 사상자의 코와 귀를 베어 갔다고 한다. 지금도 교토에는 귀무덤이 남아 있다. 전란에 수많은 포로들이 잡혀갔다. 이 포로 송환을 위한 조정의 노력은 눈물겨웠다. 우리에게 엄청난 치욕을 안긴 왜와 같은 하늘을 이고 산다는 것조차 용납할 수 없었던 상황에서, 조정은 왜와 화해를 택했고 친선교류를 시작했다. 조선통신사를 파견하여 포로들 송환에 나섰고, 이후 그 교류정신은 이어졌다. 조선은 전쟁의 피해를 잘 알았고 그래서 평화를 선택했다.

당시 조선 조정은 일본이 크고 강한 나라라는 것을 알았다. 또 다른 전쟁을 억제하기 위해서는 일본을 자극해선 안 되고 평화 화친이 필요하다는 것을 알았다. 물론 곁의 중국을 잘 모시는 일도 외교적 전략이었다. 당시 세계 제국이었던 명과 청을 친선외교로 대해 전쟁에서 벗어날 수 있었고 많은 문물을 접할 수도 있었다. 그들이 발명한 어떤 것이라도 금세 받아들이면서 소중화를 꿈꾸기도 했다. 중국은 자신과 닮아있고, 자기네 문명을 받아들여 소화하는 조선에 놀라기도 했다. 조선의 장점은 측우기를 발명한 것도 한글을 발명한 것도 아니다. 외래문화를 받아들이는데 인색하지 않던 유연한 태도에 있다. 우리나라의 장점은 남의 것을 잘 받아들이고 얼마 후에는 자기화하는 개방성과 유연성이다. 그래야 강대국 틈바구니에서 살아남을 수 있었다.

대한민국은 어떤가. 조상의 장점을 잘 계승하여 이웃 나라와 잘 지내고 있는가. 어느 정도는 그렇고 어느 한 편에서는 아니다. 지금도 중국과 일본은 강대국이고 패권주의와 파시즘을 부활시키려 하고 있다. 주변국의 위협을 막아내기 위해서는 율곡 선생의 10만 양병설을 지금도 따라야 할까. 그들이 하는 대로 따라서 군비증강을 하더라도 그들을 능가할 수 없다. 우리는 10만을 훨씬 넘는 60만 대군을 지녔지만 중국과 일본의 군사력을 앞지르기 위해서는 엄청난 희생을 감수해야 한다. 그리고 그렇게 강해지면 안전해지고 평화를 지킬 수 있는 것도 아니다. 무력은 무력으로 지켜낸다는 논리와는 다른 방식이 필요하다. 바로 우리 조상이 얻은 지혜를 되살려 우리 상황에 맞게 재창조하면 된다. 그것은 평화를 만드는 방법이다. 우리의 장점은 평화를 만드는 방법을 잘 안다는 것이다.

2009년 대한민국에서는 평화를 만들고 있는가. 북한이 핵 개발을 하면 우리도 덩달아 핵을 이야기하고, 북한이 위성을 쏘아올리면 덩달아 위성을 쏘아야 한다고 조급해하지 않았던가. 이젠 대양 해군을 위해 제주에도 해군기지가 필요하다고 했다. 국가 안위와 평화를 위해 군사력 증강이 필요하다고 했다. 그러나 평화를 지켜내는 방식은 달라야 한다고 시민단체가 나섰다. 강정 주민과 30여 개 시민단체와 양심적인 제주도민이 나서서 평화는 군사기지가 아닌 평화적인 방법으로 지키자고 나섰다. 그래서 해군기지 건설을 밀어붙이는 김태환 도지사를 주민소환운동으로 응징하고자 했다. 그러나 참패했다. 제주도민의 3분의 1이 투표에 참여해야 하는데 고작 11%였다. 시민단체는 자숙하면서 지금의 민주주의와 소통하는 법을 다시 캐물어야 한다.

마지막으로 평화를 갈구하는 제주도민의 정신을 보여주었다. 평화를 단계적으로 만들어가는 방법을 터득하고, 그 길을 향한 첫걸음을 뗀 셈이다. 동아시아의 평화, 세계의 평화가 어떻게 만들어지는지를 제주도민은 지속적으로 보여줄 수 있을 것이다.

우리는 지금 평화를 만들고 있다. 우리는 제주도민과 함께 그 길을 갈 것이다. 평화를 향한 우리의 사랑은 아직 끝나지 않았다. 강정주민을 향한 우리의 사랑은 아직 끝나지 않았다. 평화를 향한 우리의 사랑은 이제 시작이다. (2009. 12.)

슬로푸드와 로컬푸드

인문학적 시선으로 자연을 보면 인간과 동물, 식물, 귀신까지 모두 같은 신에서 태어나 동등한 존재이고, 모든 것이 자연계의 구성원이다. 인간이 생존을 위해 동식물을 먹을 수밖에 없다면, 그것을 제공해주는 자연에 최소한의 예의가 필요하다. 자연(동식물)을 지배의 대상으로 보는 사고방식으로는 자연과 인간의 공존을 이루어낼 수 없다.

먹는다는 행위가 문화의 핵심 요소가 되었으며, 무언가를 먹는다는 것은 단순히 신진대사를 위한 것만이 아님은 분명하다. 그 음식 속에는 자연환경에 대한 이해와 도전과 순응, 역사적 부침과 전환, 공동체와 개인의 희로애락 등이 다 담겨 있는 것이다. 한마디로 음식은 인간의 얼굴을 비추는 거울과 같다. 무엇을 먹고 어떻게 먹느냐 하는 것은 인간의 정체성을 규정하기도 한다. '당신이 무엇을 먹는가를 알려주면 당신이 누구인가를 알아맞히겠다'는 선언도 가능하다. 인간이 무엇을 먹을 것으로 생각하는가, 그 음식을 어떤 근거로 성(聖)과 속(俗)의 차원으로 구분하는가, 음식물에 대한 독점과 공유는 어떻게 이루어지는가 하는 의문은 문화적·사회적 맥락과 맞닿아 있는 행위이기 때문이다.

우리의 먹을거리는 다음과 같이 변화해 왔다.

가) 천연식품 → 가공식품

나) 슬로푸드 → 패스트푸드

다) 채식위주 → 육식위주

라) 로컬칼푸드 → 글로벌푸드

이러한 현대 음식의 문제점은 경제·사회적 문제점으로 보이지만, 그 근원에 근대 인간 사고의 문제점과 근대 패러다임의 문제점이 도사리고 있다. 가)의 문제점은 화학성분과 발암물질을 첨가하여 상품화하는 과정의 문제인데, 우리는 환경파괴와 건강체계 파괴의 문제점을 반성해야 해결될 수 있다. 나)의 문제점은 신자유주의 경쟁체제의 문제인데, 우리는 음식산업에서 재벌의 독점과 음식의 획일화 조장을 반성해야 하고, 기존 식단의 장점 파괴를 고민해야 한다. 다)의 문제점은 농산물의 사료화로 기아가 급증하고 있다는 문제인데, 축산물의 공장생산과 가축을 바라보는 반이성적 비윤리적 시각을 반성해야 한다. 라)의 문제점은 근거리의 음식을 배제하고 원거리의 음식을 취하게 되는 유통과정 속에서 지역 농산물 생산을 위축시키는 것뿐만 아니라 방부제와 화학물질 첨가가 심각하다는 문제인데, 지역경제 파괴와 불공정무역을 반성해야 한다.

결국 이런 문제점의 핵심은 음식을 향유하는 문화의 패턴을 바꾸는 과정에서 치유될 수 있다. 이제 음식은 자연과학, 영양학, 경제학만의 문제가 아니라 문화의 문제로 부상하였고, 음식문화에 대한 적절한 대처가 필요한 때이다. 특히 최근의 쇠고기 사태에서 보듯이 음식은 우리의 건강과 생존을 크게 위협하고 있는 상황에서, 음식의 문제를 의학적 판단과 지식으로만 돌릴 수는 없고 인문학적 사유로 해결할 과제가 되었다.

가공식품에서 벗어나 천연식품을 지향하고 육식 위주의 식단에서 채식 위주의 식단으로 돌아가기 위해서는 우선 전통적 음식문화에 대한 연구가 선행되어야 한다. 수만 년 이상 인간의 지혜가 보존되어 온 음식 민족지(民族知)를 파악해야 한다. 슬로푸드와 로컬푸드를 지향하기 위해서는 제한된 종류의 먹을거리에서 다양한 종류의 먹을거리를 회복하여 식물 종 다양성을 확보하고 순환적 생태적 음식문화를 지향해야 한다. 그리고 식량주권을 확보하여 기존의 음식문화를 지키려는 노력이 선행되어야 한다.

1) 가공식품에서 천연식품으로: 제주의 천연식품에 대한 관심을 갖고, 제주 전통음식에 담긴 민족지를 중시해야 한다. 제주의 해산물과 산채를 이용하는 지혜를 되찾아야 하고, 제주의 장수식품이 지닌 장점을 재인식해야 한다.

2) 패스트푸드에서 슬로푸드로: 제주의 전통 먹을거리의 간편한 조리법은 시사하는 바가 크다. 장시간 조리하는 불편함 때문에 주부들이 부엌을 떠나 간편한 주문 음식을 즐기거나 외식을 하고 있는데, 제주의 전통 음식은 슬로푸드이면서 간편하게 조리할 수 있다. 죽 떡국과 같은 단품 식품 위주의 식단은 슬로푸드이면서 지구의 환경을 지킬 수 있는 소박한 밥상이다.

3) 육식 위주에서 채식 위주로: 미국산 쇠고기 파동으로 가시화된 육식의 문제는 쉽게 해결될 수 없을 것 같다. 인간 광우병이나 조류 인플루엔자의 감염으로 육식에 대한 위기감이 고조되고 있는데, 그 육식의 위기 상황에서 제주의 돼지고기와 말고기를 대체식품으로 삼을 수 있다. 삶아 먹기를 즐기는 제주의 돼지고기 조리법이 중시되어야 한다. 아울러 돼지 사육의 리싸이클링과 생태적 문화를 복원해야 한

다. 그러나 궁극에 가서는 식량위기를 타개하기 위해서는 채식을 중시하는 쪽으로 서서히 바뀌어야 한다.

4) 글로벌푸드에서 로컬푸드로: 제주지역에서 그리고 전통적 사회의 한국에서 모두 중시하던 지역식단과 계절 식단을 중시해야 한다. 지역 농수산물의 장점을 알고, 그것이 지역 농민과 공동체를 보호할 수 있다는 점을 깨달아야 한다. 글로벌푸드에서 야기된 불공정무역의 문제를 심각하게 고민하고, 글로벌푸드의 비윤리성과 비위생성을 지각해야 한다. 그리고 지역의 먹을거리를 보호함으로서 지역의 생물 종다양성 확보도 고민해야 한다.

우리는 음식의 모든 문제를 제주의 먹을거리에서부터 모색할 수 있을 것이다. 제주는 지역의 풍토, 자연조건, 관습, 종교에 기인하여 독특한 문화를 형성하고 있다. 제주 지역의 음식도 나름의 독자적 음식문화를 구축하고 있다. 최근에는 웰빙 바람을 타고 유기농, 천연재료, 건강식품이 인기를 끌고 있다. 그런 점에서 제주는 매력적이다. 2차산업이 빈약한 산업구조 덕분에 청정지역으로 남아 있고 제주의 농수산물은 큰 인기를 끌고 있다. 제주만의 흑돼지, 말고기, 전복, 옥돔, 자리돔 등의 어류가 있고, ᄆᆞᆷ(모자반), 톨(톳) 등의 해초류가 있고, 물화와 같은 독특한 요리법도 관광객의 관심을 끈다.

제주의 음식은 생태적 먹을거리이며 웰빙음식이며 육지와 변별되는 독자적 음식문화를 지니고 있음에 틀림없다. 그러나 제주 음식이 웰빙이라는 이름의 사치로 변질될 수도 있다. 유기농 야채가 일반 야채보다 비싼 값에 팔리고, 결국 부자들의 먹을거리로 전락할 수도 있기 때문이다. 웰빙(well-being)의 기본적 정신은 '잘사는(부자로 사는) 행복한 삶'이 아니라 '잘 사는'(인간답게 제대로 사는) 삶이어야 한다. 웰빙 대신 함께 잘 사는 '착한 삶' 굿빙(good-being)의 단계로 나아가는 것이 필요하다.

현대의 가공식품과 패스트푸드 음식문화가 낳는 폐단을 극복하기 위해 슬로푸드 운동이 전개되고 있다. 전통적인 조리법을 중시하고 친환경적 먹을거리를 지향한다는 점에서 웰빙 혹은 굿빙의 한 방식이라 하겠다. 느림은 단순히 빨리의 반대가 아니다. 환경, 자연, 시간, 계절과 우리 자신을 존중하면서 느긋하게 사는 것(파올로 사투르니)이고, 이렇게 느리게 사는 법을 현대 도시적 삶에 적용시켜 '슬로시티'운동이 전개되었다. 우리가 지향하는 '웰빙 음식문화'와 '생태적 사고'는 이 현대 음식문화의 폐단을 극복할 한 방법이 되고 있다. 이러한 새로운 사고를 통해 지금의 문화적 파탄을 극복하고, 먹을거리에서 오는 위험과 불안을 제거하면서 문명 대안(미래지향적 패러다임)을 궁리해야 할 필요성이 절실한 때이다.

환경론자가 아닌 미식가는 어리석고, 미식가가 아닌 환경론자는 슬프다. 무작정 잘 먹고 잘살려고 탐욕스러운 것은 어리석다. 진정한 환경론자는 가려서 먹을 줄 알고 무엇을 먹어야 지속적으로 먹을 수 있는지 아는 사람이다. 환경의 중요성만 말하고 참된 맛을 모르면 지구의 미래를 모르는 자이고 그래서 슬프다. 자알 먹자. (2008. 6.)

천분의 삼

물은 천분의 삼(3/1,000)의 기울기로 흐른다고 했다. 물론 천분의 십(10/1,000), 천분의 백(100/1,000)이어도 물은 더 잘 흐를 수 있을 것이다. 그러나 그런 기울기로 흐르는 물은 너무 급하다. 훌쩍 흘러가 버리는 물이다. 반면 천분의 이(2/1,000)가 되면 물이 흐르지 않고 고일 것이다. 그 이하이면 고여 썩을 것이다. 나는 여기서 인생의 비유를 찾을 수 있었다.

너무 빨리 흘러가 버릴 수도 있고, 너무 천천히 흐르다 고여 썩을 수 있는 것이 인생이라 생각했다. 도도한 강물처럼 유유히 흘러 목적지에 다다르는 것이 인생이 아닐까 생각했다. 천천히 흐르면서 강가에 핀 꽃도 보고, 두 손을 꼭 잡고 데이트하는 연인의 모습도 보고, 엄마와 다정하게 손잡고 거니는 아이의 모습도 구경하고, 홀로 강가에 앉아 여울물 소리를 듣고 있는 소녀의 모습도 볼 수 있다면 인생은 멋질 것이다. 내 인생도 목표를 향해 빨리 흐르지 않고, 사랑과 고독과 환희를 느끼면서 천천히 흘렀으면 좋겠다고 생각했다. 감상에 머물러 있다 고여버리거나 아예 썩어버리지 않을 정도로 천천히 인생을 음미하며 살고 싶었다.

이 '천분의 삼(3/1,000)'은 내 좌우명이 되었고, 후에 우리집 가훈이 되었다. 아이들이 학교에서 숙제로 가훈을 써간다고 하길래 이것을 가르쳐주었다. '인내' '성실' '희망' '성공' 등이 교훈이고, '정직하게 살자'나 '참 나를 이루자' 등이 가훈인 형편에서 숫자로 이루어진 우리집 가훈은 아이들의 코웃음 거리가 되었다. 그러나 아이들에게도 그 내력을 일러주었다. 입시를 몸에 두르고 전투적으로 살면서 명문대학의 목표만을 이루려는 이 꼴사나운 세상에서 여유 있게, 당당하게 살아가는 방식임을 강조하였다. 그래서 아이들도 우리집 가훈을 자랑스러워하게 되었다.

물은 인생의 비유다. 헤르만 헤세의 『싯달타』에서 강물의 소리를 듣고 깨달음에 이르는 수행자를 만날 수 있다. 물에 귀 기울이는 자는 친구 고오빈다의 말소리에도 귀 기울인다. 물의 흐름을 아는 자는 인생이 어떻게 흘러가야 하는지 알게 된다. 물은 인생이다. 그 인생의 원천을 느끼게 해 주니 물은 생명이다. 그 생명줄을 귀하게 여겼던 한 신하는 왕이 되었다. 중국의 요 임금은 아버지를 잘못 만나 죽을 고생을 했고, 자식도 잘못 만나 결국 왕위를 순 임금에게 넘겼다. 순 임금은 잘난 자식을 두었는데도 왕위를 우 임금에게 넘겼다. 우 임금은 물을 다스리던 관리였는데, 10년 동안 황하의 치수(治水)를 위해 집에도 들어가지 않고 오로지 백성을 위한 임무를 수행하였기 때문에 그 공로로 왕이 되었다. 결국 왕이란 물을 다스리는 존재이고 생명을 관장하는 존재였다.

그런데 21세기 이 땅의 대통령은 물을 돈으로 보고 있다. 물론 물의 경제적 잠재력이야 지대하지만 물길을 해쳐 돈으로 만들겠다는 발상은 생명을 해치는 일이다. 그곳에 깃든 모든 생명을 죽이고 돈을 얻겠다는 천박한 발상이다. 물속에 사는 온갖 풀과 물고기를 쫓아내고, 물가에 자라는 아름다운 세상을 파괴하여 돈을 얻은들 무엇하랴. 이 나라이 백성들이 뽑은 대통령이니 우리의 책임이라고 단정하고 말 일이 아니다. 생명을 살리라고 맡긴 자리이면 그건 통치자의 현명한 판단 아래 수행되어야 할 일이고 역사적 소명으로 감당해야 할 일이다. 역사는 모르고 근대 개발주의만 아니 문제다. 역사도 모르고 생명의 존귀함도 모르니 참으로 문제다.

며칠 전 발표된 통계자료에 의하면 우리나라 물의 질은 153개국 중 8위인데, 물의 양은 130위란다. 1인당 연간 재생 가능한 수자원량을 계산하였더니 우리나라는 1488m^3여서 물 부족국가가 될 것이란다. 8위인 캐나다가 연간 9만 3천m^3이니 우리의 상황이 얼마나 심각한지 알만하다. 2030년에는 물 부족으로 신음할 인류가 39억이라 한다. 기후변화로 물 부족은 더욱 가중될 것이다. 그러니 물을 잘 지키는 것이야말로 생명을 지키는 일이고 나라를 지키는 일이라 하겠다.

제주도는 아직 걱정할 단계는 아니라고 한다. 엄청난 지하수 매장량이 있다고 안심하는 심사가 역력하다. 삼다수를 하루 2,100톤 뽑아 팔아먹고 있는 처지에서는 그럴 수 있다. 그러나 10년 후에 물을 팔아 17조 원의 소득을 올리고 제주를 먹여살리겠다는 발상은 제주를 죽이는 일이다. 엄청난 지하수를 팔아먹고, 제주에 45개 골프장에서, 18홀 기준으로 매일 2,000톤 이상의 지하수를 퍼내 쓰게 된다면 지하수는 고갈될 것이다. 바닷물이 역류되어 지하수가 오염될 날도 멀지 않다. 그렇게 되면 제주는 죽음의 섬이 되고 만다.

너무 빨리 발전하고 빨리 소멸하고 싶은 것이 인생은 아닐진대, 조금만 속도를 조절하자. 적당한 기울기로 흘러가자. 너무 고여 있다가 썩어서도 안 되지만, 목표만을 향해 너무 빨리 흘러가지도 말자. 천천히 흐르면서 봄 꽃도 구경하고, 단풍 든 가을 산도 구경하자. 근대의 이 속도전을 끝내지 않고는 파멸을 막을 수가 없다. 인생을 위한 적당한 기울기와 속도를 모르면 물이 흘러가는 모습을 보라. 생명을 위한 발전 속도가 무언지 모르면 물을 생각하라. 물이 살아 있는지 죽어가고 있는지 둘러보면 알게 될 일이다. (2008. 3.)

자연 속의 평화

한 시대가 가고 또 새로운 시대가 열리고 있다.

통일과 화해의 시대를 주도했던 노 정권이 지고, 경제개발 제일을 꿈꾸는 새 정권이 들어서는 길목에 우리는 서 있다. 오고 가는 것이 세월만이 아니구나. 오랫동안 지녔던 것을 버리고 새로운 것만 추구하는 나라. 온 국민이 부자 되려고 몸부림치는 나라. 그래서 온 국토를 갈가리 찢고도 잘살기만 하면 되는 나라를 꿈꾸고 있다. 산과 강도 예전의 모습으로 남아 있을 수 없는 나라가 되어가고 있다.

청산은 어찌하여 만고에 푸르르며
유수는 어찌하여 주야에 그치지 아니하는가
우리도 그치지 말고 만고상청(萬古常靑)하리라.

산은 늘 푸르고, 강은 영원히 흘러간다는 말은 이제 옛말이 되고 말았다. 우리도 저 산처럼, 저 강물처럼 변치 말자고, 늘 푸르름을 지키자고 노래했던 고결함은 사라져 간다. 옛사람들은 변하지 말자고 했는데 요즘은 변해야 산다고 말한다. 지금껏 많이 변했는데 또 변화해야 한다고 다그친다. 다가올 변화는 더 엄청날 것 같다.

산을 부수고 터널을 뚫고 강바닥을 파고 강변을 헤집어서 남한강과 낙동강을 잇는 대운하를 건설하겠다고 한다. 신자유주의 경제체제 아래에서는 산도 강도 모두 이용 도구에 불과하다. 이래도 되는가. 한 주의 피곤을 풀기 위해 산에 오르고 그곳에 깃든 생명들에 의해 충만한 삶은 헛것이던가. 강에 깃든 모든 생명을 죽여가며 인간만이 잘살 수 있을까.

신문에서 꿈의 리조트를 선전하고 있다. 앞에 수영장, 온천 시설을 두고 서양식으로 잘 꾸며진 집 구조, 서울에서 50분 거리. 아름다운 자연 속의 휴양단지임을 자랑하고 있다. 개발로 온 세상, 자연을 파괴하고, 개울도 숲도 없애고, 인공의 숲과 개울을 만들어 자연이라고 안위하는 21세기의 가련함. 그리고 눈속임, 착각.

이중관리된 자연은 자연이 아니다. 지속 가능한 개발이란 존재하지 않는다. 이 정권은 개발독재를 추진력으로 포장하고 있다. 밀어붙이기 식의 개발이 온 천지를 흔들 것이고, '안 되면 되게 하라'의 군대 구호를 전면에 내세울 것이다. 그리고 대운하 사업을 밀어붙일 것이다. 5년 안에 대운하의 완성을 장담할 것이다. 그러고는 2미터 수심의 강바닥을 6미터 깊이로 파고들어 갈 것이다. 한참 동안 강바닥의 모래와 자갈을 파내 건설 자재로 써먹는 활약을 눈부시게 펼칠 것이다. 산을 뚫고 강을 죽이는 무모함에 대한 환경단체와 시민의 거센 반대에 부딪히고, 결국 대운하 사업은 5년 안에 이루지 못할 것이다. 그들은 이렇게 말할 것이다. "안 되면 말고"

피폐해진 대지를 굽어보며 우리는 '자연 속에 평화'를 갈구할 것이다. 지속 가능한 개발이란 없다. 이제 우리에게 자연 속에 평화란 없다.

(2008. 2.)

아름다움에 대하여

우리는 작년(2007) 7월, 제주도가 세계자연유산에 등재되는 감격을 맛보았습니다. 한라산과 거문오름동굴계와 성산일출봉이 묶여 자연유산에 등재되었다고 하지만, 제주도 전체가 자연유산임에 틀림없습니다. 제주도의 아름다운 자연이 유네스코 위원들에게도 대단한 것이었기에 그런 결정이 내려졌겠지요. 아름다움은 그저 우리를 기쁘게 해주고 편안하게 해 줄 뿐만 아니라 우리에게 자긍심을 심어주기도 하는군요. 그런데 정말 우리는 기뻐해야 하나요? 우리나라에서 제주도가 최근 개발이 가장 극심한 곳이고, 숲이 사라진 면적의 비율이 가장 높다고 합니다. 해안선 파괴와 해안 매립도 지난 10년간 탑동 매립 10만평을 훨씬 상회하고 있습니다. 이 지경인데 어떻게 세계자연유산을 지켜 나갈 것인지 심히 걱정됩니다.

우리는 작년 가을 제주의 자연과 삶이 둥둥 떠내려가는 아픔을 겪었습니다. 불과 네 시간 정도의 폭우였지만, 아주 많은 것을 잃고 회한의 반성을 하였을 것입니다. 인간이 저지른 환경 파괴가 이상기후 현상을 불러오고, 결국 그 피해가 고스란히 인간에게 돌아오는 인과의 법칙을 경험하였습니다. 우리들이 마구 베어낸 나무가 교량을 가로막아 물길을 바꾸고, 우리들이 버린 쓰레기가 하수구를 막아 물이 역류하는 모습을 보았고, 중산간을 마구 파헤치고 내창을 파괴하는 오만함 때문에 온 세상이 아수라장이 되는 모습을 지켜보며 가슴을 쓸어내려야 했습니다.

9월 16일의 태풍 '나리'는 아주 오래도록 제주의 기억 속에 남아 있을 겁니다. 이런 처참함을 경험하고도, 우리가 자연을 잘 보존하여 세계자연유산을 가지고 있다고 자부할 수 있을까 고민하였습니다. 아직은 크게 걱정하지 않아도 된다고 마음을 다독거리고 싶었습니다. 허나 개발의 광풍은 멈추지 않고, 자연유산에 등재된 거문오름계의 코 밑에까지 리조트가 들어서고, 일출봉 곁에서 거대한 매립이 계획되기도 하는 현실입니다. 현대의 덕목이 '개발과 보존'을 적절히 조화하는 것이라고 하지만, 세계자연유산 – 제주도를 지키기 위해서는 더 큰 분발이 있어야 옳을 줄 압니다.

지난가을 허베이 스피리트호가 뿜어낸 기름이 태안반도를 거쳐 온 서해안을 오염시키는 현장을 우리는 망연히 바라볼 수밖에 없었습니다. 수많은 어민들이 통곡하는 모습을 보았고, 기름때를 닦아내는 분주한 손길을 보았습니다. 그 피해는 유조선이 감당할 3,000억을 넘어 1조 원을 훨씬 상회하는 액수라고 합니다. 환경파괴를 복구하는 비용보다 그 파괴를 대비하는 비용이 훨씬 적게 든다는 사실을 우리는 새삼 알게 되었고, 환경 보존은 그 자체로 엄청난 경제적 행위가 된다는 사실도 알게 되었습니다. 아픔과 실패의 경험은 인간을 일깨웁니다. 지혜를 얻게 됩니다.

새로운 관광도시를 위해, 국제자유도시를 위해, 아니면 젊은이의 일자리를 위해 개발이 불가피하다는 것을 잘 알고 있습니다. 개발이익을 얻기 위해 혈안이 되어 있는 지배계층의 논리라는 것도 잘 압니다.

도지사의 선거비용과 은퇴 후의 쾌적한 삶을 위해 멀쩡한 숲이 길이 되고 아파트 단지가 되는 사정을 우리는 잘 알고 있습니다. 제주도가 누구를 위한 땅입니까. 권력을 가진 자에 의해 휘둘리지 말아야 합니다. 그러기 위해서는 잘 감시하고 이따금은 싸워야 합니다. 그러나 우선 우리 자신과 싸워야 합니다.

우리에게도 그 개발이익이 돌아오지 않을까 환상을 갖고 기대해서는 안 됩니다. 사기꾼이자 범죄자인 사람을 대통령으로 뽑는 그런 심리를 버려야 합니다. '부자 되세요'가 우리 일상의 인사여서는 안 됩니다. 100년, 1000년을 바라보며 차분히, 찬찬히 계획을 세우고 천천히 바꾸어 나가야 합니다. 우리는 참다운 현대적 문명은 알지 못하고, 다만 속도문명에 놓여 있습니다. '빨리빨리' 변화해야 잘 사는 것으로 착각하고, 아주 많은 것들을 잃어버리고 있지요. 이제 좀 느리게, 느긋하게 살아야 합니다.

먹는 것도 너무 급합니다. 우리 주변의 패스트푸드를 벗어나 슬로푸드를 지향해야 한다고 합니다. 그러나 슬로푸드가 웰빙이란 이름의 사치로 변질되어서는 안 됩니다. '느림'은 단순히 '빨리'의 반대말이 아닙니다. 환경, 자연, 시간, 계절과 우리 자신을 존중하며 느긋하게 사는 것을 의미합니다. 아름답고 넉넉한 공간을 가꾸며 여유 있고 느긋한 시간을 갖는 것이, 개발을 막고 환경을 지키고, 더욱이 자신의 삶을 평화롭게 지키는 방식이라 생각합니다. 결국 아름다운 인생은 공간과 시간의 관계 속에 놓여 있네요. 자신이 머무는 시간과 공간을 늘 생각하며 깨어 있는 삶을 가꾸길 바랍니다.

마지막으로 아름다운 시간과 공간을 보여주는 시 한 편을 소개합니다. 이옥이 북한산의 아름다움을 보고 적은 시인데, 마치 제주의 아름다움을 표현한 것 같아 가져왔습니다. 제주의 아름다움을 생각하면 가슴이 쿵쿵 뛥니다. 여러분도 그럴 것입니다.

아침에도 아름답고 저녁에도 아름답다.

맑은 날에도 아름답고 흐린 날에도 아름답다.

산도 아름답고 물도 아름답다.

단풍도 아름답고 바위도 아름답다.

멀리 보아도 아름답고 가까이 다가가도 아름답다.

불상도 아름답고 스님도 아름답다.

좋은 안주가 없는 탁주라도 아름답다.

들어줄 아름다운 사람이 없는 초동의 노래도 아름답다.

요컨대 그곳에는 그윽한 아름다움, 상쾌한 아름다움, 툭 터진 아름다움, 아슬아슬한 아름다움, 담박한 아름다움, 화려한 아름다움, 그윽한 아름다움, 조용한 아름다움이 있다.

어디를 가든 아름답지 않은 것이 없고, 어디를 함께 하여도 아름답지 않은 것이 없다.

아름다움이 이토록 많을 수가 있을까.(이옥, '중흥유기' 중에서)

(2008. 1.)

자연치유의 섬 제주도를 위하여

온 세상이 허물어지고 있다. 땅과 물과 공기가 죽어가고, 자연이 죽어가는 속도로 인간도 벼랑 끝에 서 있다. 70년 혹은 100년 뒤에 지구가 멸망한다고 하며 탄소 배출량을 줄인다거나 쓰레기를 줄인다고 호들갑이다. 인간의 욕망은 줄이지 않고 소비가 줄어들까? 지구가 아프고 인간이 아프니 치유하여야 옳은데, 요즘 제주에서 '자연치유'를 들고 나섰다. 다른 곳보다 제주의 자연이 잘 보존되어 있으니 그것으로 인간의 육체적·정신적 병을 다스려 봄직도 하다.

그러나 우선해야 할 것이 있다. 치유를 위해 '상처의 본질'과 대면하는 과정이 필수적이다. 제주의 자연이 다른 곳보다 잘 보존되어 있는 것은 틀림없지만, 숲의 파괴(최근 3년 새 530ha)와 해안선의 매립은 전국 최고를 기록하고 있다. 파괴가 극심하니 보존책이 나온다. 제주에 생태숲 100ha를 지정하고 150억 원을 지원하겠다고 한다. 자연이 파괴되고 있는데 일부 숲을 '생태 숲'으로 지정하여 자기 위안을 하면 무엇하나? 혹 돈으로 치장하면 파괴되는 것은 아닐까?

자연치유 속에는 자연식품 위주의 음식치료도 중요할 것이다. 그런데 제주의 먹을거리도 자연식품에서 인공식품으로 급속히 변화하고 있다. 제주에 아토피 환자 비율이 전국 최고라고 하니 공기 오염을 핑계 삼지 않는다면 당연히 음식 문제를 거론하지 않을 수 없다. 전통음식 문화가 전반적으로 붕괴하고 있고 현대 패스트푸드가 도시를 점령하고 있으며, 도농의 경계까지 허물고 제주 전역으로 확산되는 조짐이 보인다.

인문환경도 거듭 주목해야 한다. 제주는 '자연적'인 것에서부터 '인공적'인 것으로 옮겨 가고 있다. 한 예로 인공분만율은 세계 최고 수준이다. 영국 포커스 2010년 2월호에 '7대 죄악' 순위가 발표되었는데, 한국은 '정욕'(포르노 산업 지출 등) 부문에서 세계 1위였고, 탐식 6위, 분노와 시기, 교만(개인 허영, 성형시술 등)을 합쳐 종합 8위를 기록했다. 제주는 관광산업에 심혈을 기울이다 보니 자연 풍속산업이 번창하고, 신제주를 중심으로 맛사지 샵과 같은 퇴폐 문화는 가히 세계적이라 할 만하다.

이런 부정적인 요인들이 산재하기 때문에, '자연치유'를 위한 토론회에 발제로 나선 고병수 원장은 "우선 제주도민부터 건강해져야 한다"고 강조하고 있다. 제주도민의 건강 점수가 낙제에 가까우니 우리 주변부터 친환경적 마인드를 갖추어야 한다는 충고로 들린다. 사실 제주도가 장수마을이라는 것은 이제 과거의 기억일 뿐이다. 지금 70~80대 노인들의 비율이 높다는 것 또한 과거의 틀에서 연유한 것이지 '지금 제주'의 모습은 아니기 때문이다. 그리고 제주도민부터 건강해져야 하는데, 제주도는 헬스케어타운을 만들고 돈벌이에만 급급한 현실이다. 고 원장은 헬스케어타운의 지나치게 큰 규모가 자연 파괴를 불러올 것이고, 대규모 사업이기에 적자운영이 예상된다고 적절하게 지적했다.

'국제자유도시'라는 브랜드 대신 '자연치유의 섬'이란 브랜드로 바꾸자는 제안을 한 신용인 변호사는 특별자치도라는 여건을 잘 활용하여 자연치료 의술을 조례로 제도화하자고 주장했다. 먼저 해야 경제적 효과도 보장된다고 했고, 더불어 농업과 관광이 연계되어 대단한 시너지 효과가 가능하다고 진단했다. 제주도의 패러다임을 바꾸어 제주가 본래의 모습을 찾으면서도 경제적 측면을 배제하지 않는 탁월한 선택이라 하겠다. 신 변호사가 제안했듯이 자연치유는 Holism의 사고를 토대로 해야 한다. 몸과 정신, 개인과 사회와 자연을 하나로 생각하는 유기체적 일원론이 절실하다. 현대의술의 분석적인 태도를 지양하고 몸을 전체적으로 파악하는 자연치유 의술의 전통을 세워야 한다는 주장도 위와 상통한다. 현대 의술은 몸의 각 부분을 기계의 부속품으로 여기고 고장난 부분을 수리하고 부속품을 교체하는 식의 접근을 해 왔다. 거기에는 부분의 상호관계라거나 정신과의 관계가 배제되어 있다. 이런 태도를 극복하여 우리의 전통적 의술이 지닌 장점을 보완재로 삼아야 옳다. 우리 몸은 '옴살스러운'(장회익 교수의 핵심어) 전체이고 우주도 또한 옴살스런 전체이니 상호보완적 관계를 중시하여야 한다.

자연치유는 현 정부의 저탄소 녹색성장이란 슬로건과 부합한다고 한다. 그러나 녹색에 성장을 결부하는 것은 불가능하다. 녹색엔 생명의 확산이 있을 뿐 그것은 애초 경제적 성장과는 무관하다. 지속 가능한 발전이란 말도 허구다. 발전에는 지속이 불가능한 여건이 있을 뿐이다. 결국 성장과 발전을 지향한다면 거기엔 녹색도 없고 지속 가능성도 없다. 우리가 녹색과 지속 가능을 염두에 두면서 자연치유를 고민하는 출발점과 도달점은 '아이들'이다. 미래에 살아갈 이 아이들이 건강하고 행복하게 살 수 있는 여건을 우리가 준비해야 하고, 그런 측면에서 '자연치유 아이 건강 교육'은 우리 운동의 중심이어야 한다. 자연의 생명력과 아이들의 생명력이 만나는 자리가 제주에서 전국으로 확산되길 기대하고, 새로운 운동을 제주에서 시작하는 의미를 다시 새겨 본다. (2010. 2.)

중산간에 새로 지어진 산성(山城)을 보셨나요?

며칠 전 서울의 지인으로부터 메일 한 통을 받았다. 불교환경운동을 하는 그 친구는 수경스님을 도와 4대강 반대 성명을 썼다고 하면서 다음의 글을 보내왔다.

"4대강 사업에 대해 어떻게 생각하고 계신지요? 우리 국토, 생태와 자연, 생명을 위해서도 막아야 하지만, 이것이 계획대로 추진될 경우 토건카르텔은 수조 원을 축적하고 카르텔 구조를 더욱 공고히 하여, 일본의 자민당이 그랬던 것처럼 장기집권을 할 수 있습니다. 가뜩이나 지자체도 토건카르텔을 형성하여 지방 토호세력의 이권을 정당화하는 제도로 거의 전락한 상황에서, 이마저 진행될 경우 건설사와 관료, 토호세력의 유착과 부패로 이 땅의 민주주의도 끝장나고 경제도 위기에 놓이고 부패는 더욱 구조화하고 일상화하리라고 봅니다. 복구비가 거의 10배 이상 들기에 어쩌면 토건카르텔은 복구까지 염두에 두고 속도전을 하는 것이 아닌가 하는 생각까지 듭니다.

그렇다면 4대강 사업 비판의 초점은 환경과 생태와 함께 토건국가 해체에, 운동의 목표는 4대강사업 중지가 아니라 조속 중지로 설정해야 한다는 생각이 듭니다. 아무튼 모두가 힘을 다해 더 늦기 전에, 더 많은 생명이 죽기 전에, 더 토건카르텔이 뿌리내리기 전에, 더 이 땅의 복지와 교육이 4대강 사업으로 고갈되기 전에, 반드시 막아야 한다고 봅니다."

이것은 제주의 일이 아니라고 방관만 할 것인가. 제주는 강이 없어 이 환란을 피해 가니 다행스럽다고 안심할 일이 아니다. 제주에서도 4대강 사업이 벌어지고 있다. 강이 없으니 하천에 대규모 토건사업이 벌어지고 있는데, 제주도민은 편안하다. 제주도는 한라산만 걱정하면 되는 것으로 착각하고 있는데, 계곡 하천 주변도 한라산 자락이고, 거기 또한 세계자연유산 지역이다. 5,000년 동안 없었던 대역사가 이루어지고 있다. 놀랄 일이다. 그것이 바로 저류지 공사다.

KBS가 지난해 말 이 '저류지'에 대해 일갈했다. "수백억 원이 공중에 날아갔다"고 한숨을 쉬었다. 나리 태풍 피해를 겪은 후, 하천으로 흘러드는 엄청난 수량을 줄이기 위해 저류지가 필요하다고 서둘러 공사를 했건만, 모두 허사로 돌아가고 말았다는 결론이었다. 왜 그런가? 이 저류지는 해발 100m 미만에 두어야 하는데 해발 200~300m에 설치되고 있기 때문에 무용지물이라는 보고였다. 지자체 담당자는 100m 미만의 지역은 땅값이 비싸기 때문에 어쩔 수 없이 중산간 위쪽에 저류지를 설치했다고 하는데, 그 비탈에는 물을 가둘 능력이 없는데도 공사를 한 셈이다. 태풍에 큰 효용성이 없는데 왜 했는가? 그게 전시행정이다. 그리고 때마침 국가에서 토목공사를 하라고 엄청난 자금을 내려보냈으니, 하늘이 내린 기회를 마다할 이유가 없지 않던가.

가 보았는가? 그 저류지를. 듣기만 했던가. 병문천과 한천 중상류로 한번 가 보시길. 5000년 역사에 보지 못한 엄청난 산성(山城)이 거기 새로 지어지고 있다. 왜구를 막으려던 환해장성은 애들 장난이다. 제주목을 둘러친 읍성은 장난감 블록 정도다. 명박산성은 위대하다. 제주에 있으니 이를 태환산성이라 해야 하지 않을까. 중국 자금성이나 만리장성을 떠올릴 정도로 웅장하니, 우리 시대의 이 건축술에 대해 우리는 찬사를 보내야 할 일이다.

홍수 피해를 막기 위한 공사를 탓하고자 함이 아니다. 홍수를 막는 데에 소용없는 저류지를 해 놓았다가 더 큰 물 폭탄을 맞을 제주시 하류를 걱정한 때문이다. 그 물로 인해 또 다른 침수지가 생길 것을 걱정한 때문이다. 그 무자비한 공사로 제주의 아름다운 산하를 망치고, 얼마 후 복구비로 10배가 넘는 공사비를 쓰게 될 후일이 걱정된 때문이다. 토건카르텔이 더욱 완고한 힘을 비축하여 이 땅의 민주주의를 압살할 것이고 제주의 지방자치를 위협하게 될 것이기 때문이다. 토건세력과 토호세력이 유착하여 이 땅의 건전한 경제를 송두리째 망쳐버릴지도 모른다는 악몽 때문이다.

그 토목건축비가 교육과 복지에 쓰였다면 어땠을까. 잘못 만들어진 길을 복원하고, 중산간의 난개발지역을 복원하고, 하천을 본래의 모습대로 흐르게 하고, 복개를 걷어내고, 쓰레기를 함부로 산천에 투기하지 않는 노력을 위해 그 돈을 썼다면 어땠을까. 제주가 이토록 바뀌는 아픔을 외면하면 편히 살 텐데, 그 산성을 보러 가지 않았다면 조금은 편히 살 수 있었을 텐데, 그랬다. 여러분도 제발, 그 산성을 보지 말길 바란다. 행복하기 위해서라면 눈감고 그냥 살기 바란다. (2010. 4.)

자연유산의 가치

1. 2009년 우리는

2009년 상반기는 주민소환운동으로 뜨거웠습니다. 도지사가 주민에게 소환될 빌미는 무엇인가요. 해군기지 문제에서부터 촉발되었고 그 언저리에는 영리병원 문제와 카지노 문제가 덧보태졌다고 하지만, 궁극은 '소통의 부재' 때문이었습니다. 노무현 전 대통령이 죽는 사건과 함께 현 정권도 소통의 부재로 비판받고 있으니, 지금 대한민국은 꽉 막힌 세상에서 답답해하는 한숨소리로 아픕니다.

여래(如來)의 눈으로 세상을 보면 참으로 보잘것없는 갈등 때문에 사람들이 우왕좌왕하는 모습이 아닐까요. 마음을 풀어 놓고 이해를 구했더라면 쉽게 해결될 일이었고, 가슴에서 우러나오는 사과 한마디면 마음을 추스를 수도 있었을 겁니다. 결국 인간 감정의 문제가 우선 치유되어야 하는 건가 봅니다. 그러나 인간들끼리 화해하더라도 인간과 자연의 관계는 도무지 해결될 수 없는 일이니 문제가 심각한 것입니다. 강정마을의 아름다운 자연은 한 번 훼손되면 영영 회복될 수 없는 일이고, 한라산의 신령스런 모습네 철탑이 박히면 그 상처 또한 영영 회복될 수 없는 일입니다. 제주의 자연은 국가시책의 논리나 경제논리로 좌우할 수 있는 것이 아니라, 인간과 자연의 공존방식과 평화 논리로 해결될 수 있습니다.

제주가 세계자연유산에 등재된 지 2년이 지나고 있는데, 벌써부터 파괴의 조짐이 있다니 심히 우려됩니다. 자연 그 자체가 잘 보존되어야 함은 물론 그 자연경관까지도 유념해야 옳은데, 66층 건물이 곧 들어선다고 하니 인간과 자연, 인공과 자연의 공존방식에는 틀림없이 문제가 있습니다. 우리는 세계자연유산을 잘 관리해야 할 인류적 책무를 갖고 있고, 자연과 공존하는 삶을 정착시킬 수 있습니다. 더 나은 방식은 자연을 관리하는 것이 아니라 사고의 중심에 자연을 놓는 일입니다. 인간이 자연을 관리하지 말고 자연이 인간을 포용하도록 하는 방식 말입니다. 이것은 지속 가능한 삶의 방식입니다.

2. 2009년 자연은

제주도는 요즘 많이 아픕니다. 산과 숲이 파헤쳐지고, 해안가가 매립되고 바다가 오염되는 등 심각한 훼손이 이루어지고 있습니다. 자연유산 등재 대상지역과 가까운 선흘곶자왈 지역은 지난 몇 년간 수없이 파괴되고 있어 우려를 금치 못하고 있습니다. 몇 년 전(2006)에는 선흘곶자왈 인근 농장에서 4만 5천 평방미터에 달하는 삼나무 삼림이 베어지고 팽나무, 종가시나무, 떼죽나무 등도 벌목된 바 있습니다. 지난달에는 개발을 목적으로 곶자왈에 있는 나무 2천 그루를 무단으로 벌목하여 우리를 경악시켰습니다. 또한 주변에 우후죽순 격으로 골프장이 개발되어, 제주도가 정말 자연유산 등록을 원하는 것인지 의문이 들게 하였습니다. 제주도의 미래를 위해 개발도 필요하지만 적절한 보존도 필요합니다. 그 보존의 의지를 높일 수 있는 단서가 바로 '세계자연유산 등재'이고, 자연유산 등재를 실행에 옮긴 제주특별자치도의 행보는 시의적절하였습니다. 세계적으로 자랑할 만한 제주의 자연 생태계를 잘 보존하여 조상들이 물려주었던 이 아름다운 땅을 후손들에게 잘 전해주는 계기로 삼아 봅시다. 자연환경을 지키는 주역이 바로 여러분입니다.

자연 파괴가 얼마나 심각한 결과를 가져다주는 것인가를 이렇게 학습하였는데도 우리는 아직 그 경고를 모르는 듯합니다. 아무 일 없었다는 듯 2008년에 이어 2009년 현재에도 무수한 자연이 뭉개지면서 리조트가 건설되고, 해안이 매립되고 숲이 사라지고 있습니다. 30여 개가 넘는 골프장도 부족하여 45개까지 골프장이 건설되고, 18홀 기준 한 골프장에서 2,000톤이 넘는 물이 낭비되고 있습니다. 제주시와 예래동에 60층이 넘는 건물이 들어설 예정입니다. 제주도는 저류지 공사로 800억 원을 쏟아부었지만, 해발 150미터에서 300미터 사이에 만들어졌기 때문에 나리 태풍 때와 같은 홍수를 감당하는 데에는 무용지물이라고 합니다.(2009년 5월 17일 KBS 9시 뉴스) 2009년 경제살리기 일환으로 시작된 하천정비 사업은 결국 자연만 훼손하고 만 형국입니다. 제2차 연안정비 10개년 계획으로 한림·애월 등지에 국비 224억이 배정되었다고 하는데, 이 또한 제주의 아름다운 해안을 훼손하는 것은 아닌가 두렵습니다.

3. 2009년 우리의 자연

자연이 위협받고 있는 만큼 우리의 생존도 위협받고 있다. 그래도 제주도는 가능성이 있다. 세계가 인정하는 세계자연유산이 있기 때문이다. 세계유산 보존사업과 함께 잘해 나간다면 유산 지정은 행운이다. 낙관하지 말고 기회로 만들어야 한다. 생태위기를 극복하는 데는 세 가지 차원의 담론이 필요하다. 첫째 규제적 담론은 환경정책을 세우고 결정하는 제도의 담론이고, 둘째 과학적 담론은 환경과학자들이 주로 관심을 두는 담론이고, 셋째 시적 담론은 문학예술가들이 자연의 아름다움이나 가치 또는 정서적 힘을 말할 때 흔히 쓰는 담론이다.

첫째는 정부와 행정부서가 추진하는 국립공원, 절대보존지역, 그린벨트 등의 규제와 세계적 차원의 자연유산 지정 보호 등의 규제다. 의미 있는 노력도 있지만, 녹색성장이나 4대강 살리기 등 현 정부가 시행하고 있는 환경정책은 모두 가짜다. 토목건축 공사를 통해 전 국토를 파괴하는 충격적인 역사 사건이 될 것이다. 제주도가 자연유산 보존방안을 궁리하면서 돈네코 등산코스를 개발한다는 논리도 역시 문제다. 세계자연유산을 빌미로 관광 증대에만 혈안인 셈이고 이는 파괴의 전주곡이다. 이미 파기된 케이블카 건설을 재추진한다는 것도 세계자연유산 지정과 결부시켜 볼 때 앞뒤가 안 맞는다.

둘째는 오염 수치와 위험 정도를 과학적으로 측정하고, 탄소 배출량 조절과 신기술 도입 등으로 위기를 타개하고자 하는 적극적 담론 생산 영역이다. 전 지구적 상황을 시간과 공간의 문제로 접근하고 있다. 현재 인간의 욕망 구조와 파괴 속도를 감안할 때 지구의 멸망은 100년 남았다고 한다. 지금의 소비 정도라면 200년이라고 하는데 소비욕구를 유지하거나 줄일 수는 없을 것 같다. 코 앞에 와 있는데 왜 위기를 못 느끼는 것일까. 우리가 죽은 뒤의 일이니 관심 밖이란 말인가.

셋째는 자연이 주는 행복과 평화에 대한 담론이다. 자연은 인간의 생존조건이기에 환경적 담론이 생겨나고, 자연이 경제적 이용의 대상이 되었고, 관광도 역시 경제적 측면에서 논의되었지만 그 사정은 달라지고 있다. 자연은 치유의 공간이 되고 정신적 여유의 공간으로 사유되기 시작했다. 곽박은 좋은 땅으로 可行(갈 만한 곳), 可望(볼만한 곳), 可遊(놀 만한 곳), 可居(지낼 만한 곳)으로 나누었다. 제주는 지금 어떤 곳일까. 가볼 만한 곳 혹은 놀 만한 곳 정도에 그친다면 싸구려 관광지일 뿐이다. 오래 머물면서 천천히 지낼 만한 곳이 되어야 하고 여유를 느끼고 정신적인 치유를 제공할 수 있어야 세계자연유산에 걸맞다.

제주도는 국제자유도시 개발이라는 헛된 욕망을 버리고 '자연과 치유'라는 대안을 수용해야 한다. 아름다운 섬 제주, 세계자연유산 제주, 청정 제주라는 브랜드 가치를 최대한 활용할 수 있는 방안은 '자연 치유의 섬'으로 거듭나는 일이다. 자연에서 건강한 먹을거리를 얻어 몸을 건강하게 하고, 자연에서 정신적 휴식을 취하여 마음을 건강하게 하는 일이 21세기 인간에게 가장 중요한 것이며, 제주가 이런 조건을 충족시킬 수 있는 곳이다. (2009. 6.)

환경과 평화, 그리고 슬로시티 2

문대통령의 무관심

제주는 뜨겁고 헐떡거린다.

도처의 무자비한 개발에 한라산이 파헤쳐져서 그렇고, 영리병원 문제도 그렇다.

생활의 현장 문제가 아니라 생존의 문제에 직면했다. 아파서 병원에 가는 일이 이제는 공공의료가 아닌 영리 병원에 의해 좌우될 수도 있는 상황이다. 그런데 이런 중한 문제를 앞에 두고 정부와 제주도가 서로 책임을 떠넘기고 있다. 문 대통령, 남북문제만 중요한 게 아니라 민생 문제에도 귀 기울이셔야 합니다.

문재인 정부는 '의료공공성을 훼손하는 의료영리화 정책'을 추진하지 않겠다고 하면서도, "녹지국제병원 개설허가권자는 제주도지사이므로 제주도 보건의료정책심의위원회 심의결과에 따라 허가 여부를 판단해야 할 것입니다."라고 방관하고 있다.

관망해야 할 일에는 간섭하고, 개입해야 할 일에는 정작 방관만 하는 정부. 이것이 요즘의 현실이다.

지방정권에 권한을 주어 간섭하지 말고 관망을 해야 지방 분권이 잘 이루어질 것이다. 그러나 국가적인 생존권의 문제에 있어서는 책임의식을 갖고 적극적으로 개입하여 국가의 권위를 세우고 관심을 보여

주어야 하지 않은가. 아직 그런 기본적인 일조차 가늠하지 않으면 언제 그런 중한 일을 다 해나갈 작정인가. 마치 내일 임기가 끝난다는 각오로 문재인 정권이 일해주길 기대한다. 나서라. 문통이 평화와 조국 통일을 이루라. 관망하지 마라. 백두에서 한라까지 훈풍이 불게 하라. 그리고 제주 영리병원 문제에 적극 개입하여 민생이 죽지 않게 보살피라.

국가적인 문제 중 초관심사는 사실 부동산이 아니다.

문제는 교육이다. 많은 문제가 교육에서 비롯된다. 부동산 가격의 널뜀 현상도 교육과 무관하지 않다. 고감하고 단호하게 교육부를 해체하라. 교육부 조직의 문제를 엄호하다가는 교육이 실종된다. 교육부가 감당하고 있는 초중고의 많은 기능을 지방 교육청으로 분산하고, 대학 입시는 대학에 맡기면 되는 그 수월한 길을 망설이지 마라. 과감히 수행하고 백성을 사랑하라.

백성 마음을 어루만져라. 자본주의의 꽃이라 할 자동차에 문제가 생겼는데도 잠잠하다. 독일 정부와 BMW에 수천억 원의 과징금을 매기고 단호히 대처하라. 민심은 불이 났는데 정권은 불구경만 하고 있다. 무관심이 무기력을 낳는다. 지금 문재인 정권이 그렇다. 단호하게 민심을 어루만지는 정책을 시도하길 기대한다.

민심은 감성이다. 일자리 문제니 주택 문제니 그때그때 나서서 감성을 어루만지는 부지런함을 보여라. 통일 정책 논리처럼 살얼음판을 걷는 듯 처리할 일이 있고, 과감히 처분할 일이 있다. 그런데 아직 문정권은 초보 걸음마 단계다. 과감히 일어서 걸음을 걷고 민생 행보에 나서라. 하늘이 높아도 비는 내리는 법이다. (2018. 9.)

중앙일보와 JTBC 사이

중앙일보와 JTBC는 한 지붕 두 가족이지만, 좀처럼 동거할 수 없는 분위기여서 우리 언론의 현주소를 적실하게 보여주고 있다. 지난 사장 홍석현과 지금 사장 홍정도 사이에 손석희가 있다. 신구 두 사장은 진보와 보수 사이에 널뛰기를 하고 있고, 손석희는 자기만의 길을 가고 있는 셈이다. 중앙일보는 거대 언론의 욕망을 쉽게 저버리지 못하고 갈등하고 있다.

중앙일보 내에도 진보와 보수가 긴장하고 있는 양상이지만, 2017년 삼성으로부터 300억 광고를 받지 못해 고생을 겪고 십수 명의 직원을 잘라내는 아픔도 겪었던가 보다. 그러니 내부 권력들은 사촌 형님 댁에서 광고비를 받는 보수의 길을 걷길 바라는 것 같다. 비중 있는 중앙일보 주요 논객들은 그런 길을 가기 위해 안간힘을 다하고 있다. 중앙일보 칼럼니스트 정영기는 "지난 7개월간 문재인 정권은 핵 가진 북한을 감싸고, 한국을 속국쯤으로 여기는 중국에 굴종했다. 탈원전이라는 미신에 사로잡혀 산업을 파괴하고 수출을 방해했다. 과격한 최저임금 인상, 무리한 공무원 늘리기, 불법·폭력에 관대한 법 집행으로 요구는 많고 책임은 안 지는 풍조를 사회에 퍼뜨렸다."라고 말하면서 문재인의 독주를 막아야 한다고 했다. 이 사람은 논객 중에 급이 낮은 편이다.

격이 낮다고 해야 할 것이다.

진리는커녕 진실조차 모르는 망발을 늘어놓고 있어 안타깝다. 깡패 국가 북한을 조심스럽게 다루었고, 패권 국가 중국에 신중하게 접근했던 외교적 관례를 묵살하는 말품에 천박함이 가득하다. '탈원전이라는 미신'이라는 말에는 무언가 돈 냄새가 난다. 한수원의 보수층을 향한 로비가 지속되고 특히 언론에 집중되는 듯한데, 중앙일보의 논조를 보더라고 그런 의혹을 떨칠 수 없다. 과거에는 샤머니즘이 미신인 적이 있고, 최근에는 자본주의가 모든 사람을 행복하게 해준다는 말이 미신이 되어 사람들의 배척 대상이 되고 있다. 우리가 생각하는 것 이상으로 문제가 생겼고 앞으로 더 크게 벌어지게 될 학살과 파괴의 중심에 원전이 있기 때문에, 원전을 벗어나겠다는 것은 인류의 돌파구가 될 것이 분명하다. 그런데 탈원전을 미신이라 외치는 이 칼럼니스트의 말 속에 바로 혹세무민의 혐의가 놓여 있다. 이 목소리가 중앙일보의 현주소다.

불평등을 해소하려는 몸부림이 21세기 들어 하나의 운동이 된 것을 염두에 두고 본다면, 자본주의를 미신이라 여겨야 한다. 프란치스코 교황도 '자본주의는 끝났다'고 말했다. 자본주의를 잘 고쳐 함께 잘사는 세상을 만들자는 각성이 필요하듯, 우리의 에너지 체계를 잘 고쳐 많은 사람이 희생되지 않는 세상을 만들어야 옳다. 그런 측면에서 최근 정부가 추진하는 친환경에너지 정책은 의미가 있고, 이런 정책 때문에 현 정권이 좌익이고 독주라는 비난은 잘못이다.

우리의 관행에 대한 우려와 새로운 길을 모색하는 선두에 바로 JTBC가 놓여 있다. 최근 JTBC의 행보에 대해 대중들이 환호하는 이유는 공영방송 KBS에 대한 반감을 넘어, 좌우 이데올로기를 뛰어넘어

민족의 안위와 평화를 지켜내려는 진정성을 읽었기 때문일 것이다. 전쟁 위기를 촉발하거나 위기론을 고조시키면서 권력과 부를 지키려던 기득권 세력을 JTBC가 질타하면서 남북관계의 새로운 모색과 민족의 세계적 도약을 이야기하기 때문일 것이다. 세상의 그 어떤 가치보다 안전과 평화가 우선이다. 예수님의 탄생이 있던 날, 2017년 크리스마스에 전쟁과 핵으로부터 안전한 민족을 꿈꾸어 본다. (2017. 12.)

북한을 다루는 법

대개 교린의 도는 화(和)를 최고로 여긴다.

백전백승하는 것보다 전쟁하지 않고 스스로 복종케 하는 게 낫다.

(성호 이익)

부국강병이 2017년 9월의 화두가 되었다. 20세기를 청산하면서 함께 버린 줄 알았던 세계적 구호가 우리나라 주변에서만 유효하다. 북한의 핵폭탄 장난을 보면서 느끼는 감정은 마치 청소년의 불량스런 행동을 보는 듯하다. 미국은 조직폭력배 같은 모습이고 일본은 역시 야쿠자다. 미국은 전쟁을 부추기고, 일본은 북한에 대응하기 위해 총궐기해야 하는 분위기로 몰아간다. 평화헌법을 깨고 군대를 가지려 하면서 군국주의의 확장을 꿈꾸는 일본에게 북한의 불량스런 행동은 얼마나 고맙겠는가. 최근 아베의 노선은 명확히 부국강병이다. 그러면서 전선을 남북한으로 미뤄 일본의 안전을 구하고자 하는 못돼먹은 전법을 버리지 않는다.

우리는 어떤가. 강정 해군기지, 대중국 MD 체제, 사드 배치를 강행하면서 강한 군대를 외치고 있다. 문재인 정부의 나약함을 보게 된다. 자유당에 밀리고 보수층의 북구강병 외침에 밀리고 있다. 부국이란 소인(小人)의 행동이고, 강병이란 무인(武人)의 행동이어서 군자의 길을 저버린 것이다. 불량소년 북한을 대하는 태도가 한번 붙어보자는 심사다. 전쟁이 얼마나 외로운 일일 줄 모르고 하는 짓이다. 불량소년을 대하는 태도가 아직 어른스럽지 못하다. 우리는 지금이라도 불량소년을 다루는 점잖은 방법을 찾아야 한다.

전쟁에서 복수를 하려는 생각을 버리고, 싸움을 능사로 삼지 말고 화합을 이루어야 한다. 화합을 이루려면 서로의 장점을 인정하고 받아들여야 한다. 20세기 독일의 국수주의에 대해 프랑스의 국수주의로 맞서는 것은 잘못이라고 르낭은 질타했다.(조동일) 불량국가를 다루는 방법은 그들에게 실리를 주고 끊임없이 대화를 해나가면서 평화를 잃지 않는 길이다.

불안을 먹이로 삼아 분노를 늘리는 일을 멈추자. 그리고 내 안의 분노를 들여다보자. (2017. 9.)

핵 마피아와 KBS 9시 뉴스

2017년 7월 9일 9시 뉴스는 우리를 경악케 한다. 영국 핵발전소의 예를 들며 지속적인 경제발전에는 핵발전소가 필수이며 탈핵은 무모하다는 메시지를 전하고 있기 때문이다. 신고리 5, 6호기의 건설 중단에 대해 우려의 목소리를 결집한 흔적이다. 이처럼 핵 마피아들이 준동하고 있다. 7월 5일에는 '책임성 있는 에너지 정책 수립을 촉구하는 교수 일동' 60개 대학 417명이 탈원전 정책의 졸속 추진을 즉각 중단해야 한다고 성명을 발표했다. 역시 우리가 추측했던 그대로 경제적 부담, 일자리 감소, 수출 중단 등의 우려를 들고나왔다.

핵발전소가 가동되지 않으면 국가 경제가 마비되듯이 말하는 이 에너지 교수들의 말은 옳을까. "여우가 나타났다."는 거짓말과 너무 유사하지 않은가. 일본은 50여 기의 핵발전소 중 단 두 기만 가동되고 있는데 아무런 경제적 위기가 없지 않은가. 문재인 정부는 '안전'에 대해 이야기하는데 에너지 교수들은 '안정'을 이야기한다. 못 들은 척 '안정적인 에너지 공급'을 논하면서 국가 경제를 들먹이고 있다. 일본 핵 마피아는 전력회사와 정치인과 핵 관련 교수들로 구성되어 있는데, 이 삼총사가 일본의 경제를 주물렀다. 그런데 우리나라의 경우도 마찬가지다. 경제적 이득을 창출하는 기업인과 정치인이 결집하는 것은 당연한데, 여기에 꼭 지식인들이 개입한다. 이상하지 않은가. 그런데 그것이 그쪽 세상에서는 정상이다.

핵 마피아가 가진 돈은 지금 갈 곳을 모르고 있다. 우선 KBS의 고대영 사장이 9시 뉴스 황상무 팀과 결속하여 문재인 정권을 졸속으로 몰아가고 있다. 갑자기 원전 백지화라니, 대한민국 경제는 어찌하려고 그러느냐, 그런 말을 내걸고 현 정권을 압박하고 있다. 순수하고 욕심 없는(?) 교수 400여 명이 핵에너지를 지지하는 성명서까지 내놓은 것은 그들의 수순일 것이다.

나는 문재인 정권이 갑자기 혼란에 빠지게 되는 상황이 온다면 이는 핵 마피아의 결집과 그들의 기획에 의한 것이라고 단언한다. 아직도 적폐 세력이 음습한 곳에서 준동하고 있고, 돈과 세력을 모아 가면서 그들의 이익을 지키고 있다. 가장 과학적이어야 할 집단인 핵에너지 교수들이 핵의 안전에 대해서는 증명한 바 없고, 한국의 핵에너지 기술은 대단하기 때문에 과다한 걱정은 할 필요가 없다고 우리를 위안하고 있다. 과학적인 증명이 필요한데 그들은 감성적인 위안을 하기에 급급하다. 이상하지 않은가.

핵에너지는 너무 비싸고 위험하다. 겉으로는 싼 것 같은데 아주 비싸다. 주민시설과 교부금, 핵 재처리 비용, 그리고 숨겨진 코스트를 합하면 화력·수력·풍력보다 비싸다는 것이 상식이다. 불과 몇 년 전 후쿠시마 원전 사고를 곁에서 지켜보면서 반면교사로 삼아야 할 우리가 너무 태평하게 지냈던 것이 아니던가. 우리나라도 한수원과 핵 마피아가 국가 경제와 핵 수출을 내걸고 적극 홍보한 탓에 너무 안이하게 생각했던 바인데, 이번 정권이 탈핵을 선언한 것은 시의적절했다. 그런데 문재인 정권의 정책이 발목을 잡히고 있다. 엄청난 핵 마피아가 움직이기 시작했다. KBS를 끌어들여 음모를 시작했다. 에너지 교수들과 KBS와 일부 야당 의원들을 조사해 볼 일이다. 핵 마피아를 장악하지 못하면 에너지 정책도 국민의 안전도 존재할 수 없다. 탈핵과 안전을 위해서는 몇 가지 희생도 감수해야 옳다. 우선 방심하고 켜놓은 전등부터 끄자. 무더위 속에서도 에어컨을 끄고 선풍기를 트는 정도는 선택이 아니라 필수다. (2017. 7.)

대선 후 우리가 갈 길

우리는 큰 공포와 고통의 시기에 살고 있다.

축의 시대(공자, 예수, 석가가 살았던 시기)는 우리에게 인간 삶의 피할 수 없는 사실인 고난과 직면하라고 가르쳤다. 우리 자신의 고통을 인정할 때만 타인과 공감할 수 있기 때문이다. 오늘날에는 이전 어떤 세대보다 고난의 이미지들이 넘쳐나고 있다. 전쟁, 자연재해, 기근, 궁핍, 질병이 매일 밤 우리 거실에 비친다.

축의 시대 현자들이라면 이런 사실에 분개하는 대신 이것을 종교적 기회로 보아야 한다고 우리에게 말할 것이다. 우리의 고통이 곪아서 폭력, 불관용, 증오로 터지도록 놓아두는 대신, 그것을 건설적으로 이용하려는 영웅적인 노력을 해야 한다는 것이다. 다른 사람들의 고통이 우리 자신의 고통만큼이나 중요하다는 것을 알아야 한다. 내가 나를 귀하게 여기듯이 타인을 귀하게 여겨야 한다.

"타자에 대한 존중을 실용적으로 표현하는 것은 평화로운 지구 사회를 위하여 불가결한 것이며, 어쩌면 악당 국가를 '개혁'하는 유일한 길인지도 모른다." (카렌 암스트롱, 『축의 시대』)

21세기 들어 우리는 진보와 보수가 첨예하게 대결하는 국면을 겪었다. 그다음 박근혜 전 대통령의 탄핵을 계기로 촛불집회와 태극기 집회의 극단적인 대결을 겪었다. 증오와 공포가 우리의 관계, 꿈, 욕망 속에 스며들었다. 우리의 무의식은 황폐해져 폭력과 전쟁을 불사하는 극한의 상황에 이르렀다. 종교의 차이처럼 자기의 믿음만을 강조하며 호전적이고 편협하며 타자에 불친절해졌다.

여야의 정쟁도 마찬가지다. 극도의 대결을 가만히 지켜보자. 한쪽에서는 북한과의 교류와 평화 정착 노력을 두고 빨갱이로 몰고 있고, 다른 쪽에서는 보수 전체를 썩은 집단으로 함축하고 있다. 누가 옳고 누가 그른가. 마음에 욕심이 가득한 집단은 잘못된 집단이고, 우리는 반드시 이번 기회에 그런 정치집단의 속셈을 들추어내 알아야 하지만, 타자에 대한 존중의 마음은 지켜야 한다.

이제 차이를 인정하고 자비와 존중을 실천할 때다. 북한에 대한 태도도 마찬가지다. 존중하면서 그들의 기본적 욕구를 위해 실천적 원조를 해야 한다. 전쟁을 원치 않는다면 당연히 타자를 달래고 평화를 끊임없이 외치는 것이 악당 국가를 개혁하는 유일한 길이다. 평화와 통일은 우리에게 기회가 될 마지막 선택이다. (2017. 4.)

반기문 유엔사무총장의 반평화

스테판 에셀의 '분노하라'는 구호도 메아리를 남기고 사라졌다. 2013년 타계했다. "분노할 일에 분노하는 것"을 가르치고 떠났다. 폭력에 저항하면서도 비폭력을 일관하였다. 진정한 분노가 사랑이라 가르치고 떠났다. 아쉽고 아프다.

세상은 1%의 힘으로 다스려진다. 정치권력과 대기업이 결탁하고 그들의 횡포를 언론이 비호하며 사법부와 대학교수가 금권유착에 정당성을 부여하고 있다. 정치가와 재벌과 사법부와 교수가 바로 1%의 기득권층이다. 기득권층의 단결로 인해 99%의 서민들은 그들의 가축과 같은 인생을 살아가고 있다고 스테판 에셀은 진단하였다. 그래서 뉴욕에서는 '점령하라'라는 구호가 세상을 떠들썩하게 했다. 자본주의의 상징인 미국에서 월가를 점령하라는 메시지는 큰 반향을 일으켰다. 세계의 젊은이들이 나서서 큰 회오리바람을 일으키는 듯하였지만 이내 시들고 말았다. 아쉽고 아프다.

세상이 전쟁과 기아, 폭력과 살육으로 몸살을 앓고 있음에 스테판 에셀은 분노했다. 달라이 라마와 함께 대담한 내용이 『정신의 진보를 위하여』(돌베개, 2012)라는 책으로 엮여 나왔다. 거기서 둘은 세계 평화에 대해 이야기하면서 유엔의 역할을 강조하고, 유엔 사무총장의 임무를 다시 일깨웠다. "유엔 사무총장의 소임은 평화를 지키는 일, 평화가 널리 확산되도록 돕는 일입니다."라고 했다. 그러면서 신망 있는 인사들, 인류의 안영에 관심을 두는 인물들로 이루어진 '현자(賢者)위원회' 같은 기구가 출범하기를 바랐다. 그리고 거기서 세계 평화를 지키기 위해 만들어진 논의와 결정이 유엔 기구를 통해 실현되기를 바랐다.

달라이 라마와 스테판 에셀은 "유엔 헌장 99조에 따르면 유엔 사무총장에게는 이런 기구가 전향적으로 발전하도록 할 책무가 있습니다.(73쪽)라고 말했다. 반기문 총장은 이런 양심의 목소리를 듣지 못하였던 것일까. 세계는 폭력과 전쟁으로 슬퍼하는데 그 목소리를 유엔 사무총장은 듣지 못하고 미국의 목소리만 들었다. 미국의 논리를 옹호하는 데 8년을 소비했다. 세상이 분노하고 있는데 반기문 총장은 어떤 조치도 내놓지 못했다. 그래서 영국의 〈이코노미스트〉는 반기문을 '최악의 유엔 사무총장'이라고 평했다. 대한민국의 국민으로서 유엔 사무총장이 나왔다는 것이 자랑이었는데 지금은 부끄러움으로 바뀌었다. 최근에는 반기문 씨가 차기 대통령 후보로도 거론이 되는데 어떨까. 대한민국이 이 지경까지 왔나 하는 회한에 사로잡힌다. 유엔이 사무총장의 퇴임 직후 정부직 진출을 제한하는 결의를 공식 채택하였는데도 대선에 나온다면 이는 국제적 망신거리가 될 수도 있겠다.

엊그제도 시리아 테러로 150여 명이 사망했다. 시리아 사태로 수백만 명이 난민이 되어 떠도는데도 아무런 해결책이 없고, 유엔도 속수무책이다. 달라이 라마와 스테판 에셀은 우리에게 정신적 지도(地圖)를 권했다. 우리의 정신 속에 있는 분노와 연민과 관용과 용서와 공감, 이런 상호 소통의 정신을 가져야 한다고 했다. 이런 정신의 지도야말로 유엔 지도자가 가져야 할 지도가 아니겠는가. 그래서 세계인들로 하여금 지구의 저편에서 벌어지는 기아에 아파하고 전쟁을 평화로 바꾸도록 다독거려야 하는데 그런 세계적 지도자는 유엔에 없었다. 지금이라도 시리아 전쟁을 평화로 바꿀 정신의 지도를 가지고 남은 임기를 분투하길 기대한다. 그가 조국에 떳떳하게 돌아올 마지막 기회다. 이 시급한 때 제주에 올 여가가 어디 있단 말인가. 답답하다. (2016. 5.)

예악, 참된 지도자의 덕목

혼용무도(昏庸無道).

작년 한 해를 함축적으로 일컬은 사자성어다. "임금이 어둡고 용렬하여 세상에 도가 없었다."란 뜻이다. 우리가 살아온 지난 한 해는 어둡고 답답했다. 지도자의 도량이 좁아 화를 내고 토라지는 꼴을 겪어야 했다. 부도덕한 사람들이 여전히 잘살고 있는 모습을 보며 "귀신이 뭘 해. 저런 인간 잡아가지 않고."라고 주절댔다. 귀신조차 없는 세상은 가능성이 없는 세상이었다. 그렇게 가슴을 쓸어내리며 살았다.

세월호의 아픔도 묻어두려 했고 서울광장의 집회에서의 희생도 덮는 데 급급했다. 정신대 할머니의 상처도 치유하지 못했다. 무슨 협상이란 것이 희생자의 마음도 어루만져 주지 못한단 말인가. 국가의 이익을 위한다지만 아파하는 백성이 우선이지 않은가. 멀쩡한 배가 뒤집어져 아들을 잃은 어머니의 눈물을 닦아주어야 정치다. 사람답게 살고자 외치다가 죽은 이를 위로해야 정치다. 육체와 영혼이 찢긴 아픔을 위로해 주어야 정치다. 그런데 우리 정치에는 백성도 없고 공감도 없다.

그래서 불통과 독선의 정치라고 하는데 그것만은 아니다. 남을 배제하고 혼자 자기 길을 가고 있다. 그것만이 아니라 아예 남을 무시하고 묵살하고 있다. 그런데 가만히 생각해 보면 지도자에게 '상대방'이 있었던가. 그러고 보면 우리 지도자는 '무관심'일 뿐이다. 상대에 대한 증오도 사랑도 없는 무관심의 일색이다. 상대의 표정도 눈짓도 외면한다. 그래서 백성들은 하소연할 상대조차 없이 망연자실하다.

지도자의 덕목은 백성의 곁으로 가는 것이다. 우선 관계의 끈을 놓지 않고 상대에게 예를 다하는 태도가 필요하다. 그래서 우선 예(禮)를 통해 군주의 마음을 표현했다. 예는 무엇인가. 산 사람과의 관계도 있고 죽은 자와의 관계도 있고 어떤 지역과의 관계도 포함한다. 그래서 새로운 한 해가 시작되면 현충헌을 방문하여 나라를 위해 죽은 영령들을 위로한다. 아버지의 묘소만 참배하진 않는다. 그다음 전국을 순회하며 5.18 묘역에도 참배하고 4.3 묘역에도 참배해야 진정한 군주다. 외국의 군주가 이웃 나라를 방문해도 현충헌에 가서 헌화 분향하는 이유가 여기에 있다. 예를 갖추는 것이다.

그다음은 함께 즐거워하고 함께 슬퍼하는 일이다. 그것이 악(樂)이다. 나라에 먹을 것이 있으면 함께 나누어 먹고 새로운 수입이 생기면 백성들에게 선물을 나누어주는 일이다. 요즘 말로 복지정책일 것이다. 먹을 것이 없으면 그 가난을 함께 이겨나가는 방법도 있다. 노인네들과 '내 나이가 어때서'를 함께 부르면서 그 삶을 껴안는 것이 정치다. "육십 세에 저세상에서 날 데리러 오거든 아직은 젊어서 못 간다고 전해라."를 함께 노래 부르는 것이 정치다. 저 아래로 내려가 백성들과 이애란의 '100세 인생'을 노래하는 지도자를 꿈꾼다. "백성들이 부르면 바빠서 못 간다고 전해라."라는 불통의 지도자를 이젠 보고 싶지 않다.

그 무덤덤한 표정, 위압적인 눈빛, 무시하고 묵살하는 행동이 깊어지는 만큼 백성의 원성도 깊어지고 어느 날, 세상을 전복하는 민중의 힘이 다시 새로운 세상을 만들 것임을 믿는다. 우리 역사는 그런 혁신의 힘을 이따금 보여주었으니까. 그러니 새해 힘내시기 바란다. 새날은 온다. (2016. 1.)

중국의 100만 관광객과 동아시아 중심 제주

제주도 관광객이 한 해 1,000만을 넘고, 중국인도 100만이 넘었다니 놀라운 일이다. 도심의 곳곳에서 언제나 중국인을 만날 수 있다. 사람만이 아니라 중국의 투자도 넘치고 있다. 제주투자진흥지구의 대부분을 최근 중국이 사들여 호텔과 콘도가 중심인 유원지로 만들려 하고 있다. 서귀포 헬스케어타운, 무수천 유원지, 이호 유원지, 2013년 여름에는 송악산 유원지까지 실로 많은 것들이 중국인 손에 넘어갔다. 이번에 팔린 송악산 유원지 10만여 평 땅에는 절대보전지구가 19만 m^2 포함되어 있고, 일본군 전적지와 같은 역사 유적도 있다. 오랜 기간 동안 송악산 부근의 무분별한 개발을 반대해 왔건만 한순간에 중국 자본에 팔려 갔다. 제주만이 아니라 한국 전역에서 우려의 목소리를 높이고 있다.

우선 환경파괴를 걱정하지 않을 수 없다. 제주도정이 파괴를 제어할 적절한 대응방안을 갖추고 일을 저질렀기 만무하다. 헬스케어타운은 10미터에서 20미터로 고도 완화를 추진하고 있는데 제주도정은 특혜 의혹이란 비난에 귀를 닫고, 중국인 투자자의 입맛만 맞출 뿐이다. 중산간 경관지구나 자연보호 지구에 마구잡이 숙박시설이 들어설 태세인데도 제주도정은 방관을 넘어 파괴를 부채질하고 있다. 지사와 투자자로 이어지는 큰 거래만 있고, 아름다운 제주의 자연이나 거기 사는 제주 사람에 대한 배려는 전혀 없다. 도지사가 독재자를 넘어 황제처럼 군림하고 있다. 광기를 차마 눈 뜨고 볼 수 없는 지경이다.

중국인 관광객을 대거 보내준 바오젠 회사를 위해 신제주에 바오젠 거리를 지어주기도 했다. 바오젠이 어떤 회사인가. 다단계 판매를 주도하는 사기업체 아니던가. 아직 다단계의 하위구조를 떠받치는 중국의 인구가 있기 때문에 멀쩡하지만, 언제 무서운 파장을 몰고 올지 모른다. 사기꾼 세븐 원더스나 바오젠과 거래하는 도지사의 도덕성은 이미 땅에 떨어지고 말았다. 신제주 신라 면세점 주변의 상점이나 주민들이 주차장도 구비하지 않고 사업하는 면세점에 대해 불만을 토로하고 있는데도 제주도정은 묵묵부답이다. 투자 성과를 바탕으로 다음 도지사 선거에서 승리하면 그만이라는 오만한 태도다. 도민들이 모를까. 우 지사는 반드시 다음 선거에 나와야 한다. 그래서 성난 도민의 심판을 반드시 받아야 한다.

우리는 중국 관광객을 어떻게 바라보아야 하는가. 우선 손님으로 잘 대해야 한다. 신라면세점에서 매상을 올려주는 봉 취급을 하면 안 된다. 면세점 부근 교통 무질서와 휴게실 부재의 환경을 잘 개선해 주고 제주에서 좋은 경험을 할 수 있게 해 주어야 한다. 지금 중국에서는 제주 선풍이 불고 있다. 예전 한국인들이 하와이를 선망하던 그런 해외여행 붐이 중국에서는 제주를 향하고 있다. 제주의 자긍심을 보여주어야 한다. 한중일이 잘 어울려 지내는 본보기를 제주에서 실현시켜야 한다. 그래야 향후 유럽연합(EU)처럼 '동아시아 공동체'가 결성되었을 때 제주는 그 공동체의 수도로 발돋움할 수 있게 된다. 제주가 동아시아의 중심으로 우뚝 설 수 있다. 그런 미래를 위해 지금 손님을 잘 대접하고 우호적인 관계를 축적해 나가야 옳다.

제주는 미래를 위해 평화의 섬이어야 한다. 군사기지보다는 아름다운 경관과 착한 사람이 어우러지는 평화적인 섬을 만들어야 한다. 중국인에게 넘어간 땅이 2013년 기준으로 301만 m^2라고 하는데, 크게 요동칠 것 없다. 차이나타운도 만들고 일본타운도 만들어 동아시아 공동체가 어우러져 사는 평화로운 땅을 잘 기획하는 마음이 필요할 때다. 마구잡이 땅 투기꾼 혹은 환경파괴 호텔 건축주는 경계하면서도 한중일의 문화적인 교류를 위한 여건은 계속 성숙시켜 나가야 한다. 제주는 동아시아 문화의 중심이 될 거니까. (2013. 10.)

인간의 오만함이 극에 달하다

지독한 겨울을 보냈다. 엄청난 죽음의 사태와 눈사태를 겪고 정신이 아찔하다. 인간의 먹을거리를 위해 길러지던 소와 돼지가 300만 마리 이상 산 채로 땅에 묻혔다. 그 잔인한 현장의 모습은 인간의 종말과 닮았다. 근대는 서구가 발명한 것이어서 서구적 근대라고 하는데, 이 서구의 휴머니즘이라는 것이 인간 종 중심주의고, 서구 문명 전체가 인간 종 중심주의를 향한 광기의 질주였다. 우리도 거기에 편승하여 광기를 키우고 있는 중이다.

그래서 존 그레이(『하찮은 인간 호모 라피엔스』, 이후, 2010)는 인간이 중요하지 않은 시대가 와야 한다고 역설한다. 인간이 동물과 달리 언어와 도구와 불과 옷과 예술, 이념 등을 가졌기에 우월하다는 것도 거짓이라고 한다. 인간의 사고와 행동이 동물적 본성만도 못하다. 먹을 것을 위해 결국 자기 자신을 파멸시키고 지구까지 파괴하는 인간의 문명이 도대체 동물적 본성에서 나오는 윤리에도 미치지 못하니 참으로 웃기는 일이다.

그 잔인한 행동의 결과가 나타나고 있다. 수백만 주검이 인간에게 복수하기 시작했다. 육식을 위한 인간의 욕망이 추악한 결말로 치닫는다. 이제 육식을 반성해야 한다. 사람과 가축과 자동차가 식량을 놓고 경쟁하는 비극적인 시대를 끝내야 한다. 먹는 것을 바이오 연료로 만드는 어리석음을 떨쳐야 하고, 곡물 생산량의 40%를 가축 사료로 소비하는 어리석음을 반성해야 한다.

인간의 추악한 욕망은 끝이 없다. 정욕과 탐식과 탐욕이 극에 달하여 부끄러움을 모를 지경에 이르렀다. 한국은 정욕을 채우기 위한 포르노 산업 지출이 세계 1위 국가다. 육식과 비만으로 탐식의 분야에서 세계 6위를 기록했고, 부자의 탐욕으로 저소득층 비율이 날로 늘어가고 빈부 격차는 더욱 극심해졌다. 전세 대란 속에서 집을 가진 자를 보호하기 위해 전세 대출을 늘려 주는 웃기는 나라다. 1등 칸의 행복이 그대로 지켜질 줄 아는가. 3등 칸과 4등 칸의 병균들이 어느새 1등 칸을 오염시킬 텐데, 부자들은 권력과 결탁하여 추악한 욕망을 더욱 키워 나갈 뿐이다. 부자를 위한 이 쥐새끼 정권이 정말 가관이다.

소, 돼지를 고깃덩어리로만 알고 생명인 줄 모르는 이 시대 이 땅의 권력가들에 의해 300만 마리가 넘는 가축들이 생매장당했고, 그 피가 땅을 오염시켜 인간의 파멸을 불러오고 있다. 서민들의 생존권을 묵살하는 이 권력가들에 의해 수백만 세입자들이 변두리로 밀려나고, 개발로 인해 보금자리를 빼앗기고 떠돌아, 그 분노가 하늘에 닿았다. 정치란 인간과 동물과 자연을 잘 다스리는 일인데, 어느 것 하나 만족스럽지 못하다.

헛된 욕망 때문에 분노가 싹트고, 분노를 부추기는 무지와 교만이 흘러 다닌다. 사람을 위한 정책도 없고 짐승을 위한 정책도 없는 이 무지(無知)의 시대에 허영과 교만이 그득한 현 정권의 죄악을 하늘이 모를 리 없다. 저 오염원을 깨끗이 없애기 위해 큰 비가 내릴 것 같다. 강정 앞바다의 물고기와 산호초들도 기뻐하지 않을까. (2011. 2.)

소와 돼지 살처분에 대한 우리의 변명

1편 — 2010년 화이트 크리스마스와 300만 화소

예수가 오신 지 2,000년이 지났고 또 10년이 저물고 있다. 예수님의 영광이 이 땅에도 예외가 아닌지 눈이 내려온 세상을 환하게 만들었다. 모두 즐거운 모습이고 한 해를 행복하게 마무리 지으려는 기도와 염원이 가득하다. 그런데 예수님의 가르침이 너무 오래 지난 탓인지 그 축복이 많은 생명을 빗겨 가고 있다. 크리스마스이브까지 불과 한 달 사이에 28만 마리의 가축이 살처분되었다. 구제역을 차단한다는 명분으로 감염 여부를 떠나 구제역이 퍼진 지역의 반경 500미터 이내의 모든 소, 돼지, 사슴 등 우제류 가축이 살처분된 것이다. 돼지 23만 마리, 소 4만 5천여 마리 등이다.

단지 구제역이 의심된다는 이유로 멀쩡히 살아 있는 생명을 죽일 수가 있는가. 산 채로 땅에 묻는 그 잔인함을 어떻게 이해해야 하는가. 인간에게 그런 권리가 부여되었단 말인가. 인간의 먹을 권리를 위해서는 그 어떤 야만과 광기(狂氣)도 용서된다고 여기고 사는 이 세상이 조금은 돈 것 같다. 크리스마스이브 가족이 모여 회식을 즐기고 도시는 온통 고기 굽는 냄새로 가득 차 있었다. 경축일을 위한 이벤트 혹은 파티로 도시가 들썩이고 있을 때, 정작 아기 예수가 이 땅에 오신 특별한 뜻을 새기는 부류는 극히 드물었다. 제주는 흑돼지의 나라가 되었다. 간판마다 돼지고기를 내세워, '돈 냄새' '돈 돼지'까지 천박한 지경에 이르렀고 심지어 용두암 근처에는 '돈두암'까지 등장했다. 용머리에서 돼지머리로 탈바꿈한 것이다. 천박한 자본주의가 돈(金)과 돈(豚)의 만남으로 향연을 벌이고, 우리는 도시에 그득한 고기 굽는 연기와 함께 돈 것 같다. 그렇게 2010년 세모가 저물어가고 있었다.

한 인간이 먹어 치우는 고기의 양은 얼마나 될까. 죽는 날까지 8톤 트럭 몇 대 분의 곡식과, 소 몇 마리, 돼지 수십 마리, 닭 수백 마리, 그리고 생선 수천 마리 그리고 메추리에서 꿩과 오리, 말고기까지 치면 살생의 숫자는 셀 수가 없다. 이 지독한 욕망의 구조를 수정하지 않고는 잔인한 학살을 멈출 수도 없고, 지구의 파멸도 멈출 수가 없다. 한 사람이 먹는 육류를 위해서는 스무 명이 먹을 수 있는 곡류가 소비된다, 우리 시대는 고기를 위해 스무 배의 식량을 낭비하고 있는 셈이다. 아시아와 아프리카의 수많은 어린이가 기아로 죽어가는데도 고기를 즐긴다는 것은, 사람의 고기를 가축에게 먹이는 일과 다름없다. 세상에 굶어죽는 사람이 있는데 마구간에 말과 소가 살져 있다는 것은 사람 고기를 마소에게 먹이는 것과 마찬가지라고 일찍이 맹자가 말한 바 있다. 시대가 가난한데 고기를 마음껏 즐기는 일은 참으로 어질지 못한 일이다.

이제 자발적 가난이 필요하다. 자발적 채식도 필요하다. 고기를 일시에 끊을 수는 없을 테니 조금씩 줄여나가야 옳다. 회식 장소도 고기 굽는 식당 이외에 채식 식당이 늘어나야 한다. 학교에서부터 채식을 권해야 한다. 이미 우리 아이들은 단백질과 지방이 과잉공급 상태이니, 학교에서는 육식을 줄이고 생명의 존귀함을 가르치는 곳이어야 된다. 소와 말의 착한 눈을 보고 오게 한다면 아이들 스스로 육식을 멀리하게 될 것이다. 나도 채식동물의 눈망울을 떠올리며 육식을 줄여나갈 것이다. 그리고 저 들판의 소들처럼, 풀을 먹고 착하게 살고 싶다. 어떤 때는 저 식물들처럼 탄소동화작용을 하여 스스로 먹을거리를 해결하면 좋겠다고 생각한다.

3백만 화소는 무엇이냐고? 구제역으로 마구 파묻히는 동료를 떠올리면서 화가 난 300만 마리의 소를 뜻한다. 우리나라 전체 소 사육 수는 약 330만 마리이고, 돼지는 950만 마리로 추산된다. 개그콘서트에서 여자들이 소를 돌보지 않아 화가 난 것을 빗대어 200만 화소를 이야기했는데, 생매장당하는 소를 떠올리며 300만 화소의 인간을 향한 분노를 대신 말해 본다. 인간들의 욕망이 빚어낸 이 잔혹사를 멈추지 않으면 오히려 인간이 당하게 된다. 수많은 생명들이 죽어가며 느낀 분노가 어느샌가 인간에게 와 커가고 있다. 분노가 분노를 낳아 세상은 갈등과 전쟁뿐이다. 인간의 파멸도 멀지 않았다. 세상 사는 일이 지치면 소의 착한 눈을 보고 오라.

2편 — 인간의 이 엄청난 잔혹사(28만에서 253만으로)

살처분이 2011년 1월 10일 130만 마리, 18일 210만 마리란 규모를 접하면서 우리의 충격지수는 마비되고 있다. 지난 24일까지 28만 마리였던 살처분 숫자를 보고 크게 놀랐던 우리는, 잠자고 일어나면 50만, 100만, 150만, 200만으로 늘어나는 그 기하급수적인 증폭에 놀랄 마음조차 잃고 말았다. 한 달이 지난 2011년 1월 24일 현재 253만 마리(소: 14만 2천, 돼지: 238만 3천)로 늘었다. 지난달에 비해 거의 열 배가 늘었다. AI로 살처분된 조류의 숫자는 1월 24일 현재 357만으로 우제류의 규모를 넘어섰다. 살육이 20만에서 200만으로 늘어났는데, 우리는 그 죽음에 둔감해진다. 그렇게 죽어가는 것은 인간이 아니라, 우리가 먹어 치우는 고기일 뿐이기 때문에 그런 것은 아니다. 그 죽음의 규모가 또 얼마나 늘어날지 모르기 때문에 아예 눈감아 버리는 체념의 상황이기 때문이다.

어떤 이는 살아 있는 가축들이 함께 살처분되는 상황을 보며 다행이라고도 했다. 왜 그랬을까. 그 가축들이 결국 인간이 먹을 '살'로 '처분'될 것은 분명한데, 뿔뿔이 흩어지는 비극은 면하고 함께 서로 기대어 죽임을 당하니 그나마 그들에게는 다행이 아니냐며 비꼬았다. 서구적 자본주의의 풍요를 서양인들처럼 육류 먹는 것에서 찾았던 사람들이 고기 먹는 일상에 대해 조금씩 분노하고 반성하기 시작했다. 그간의 잔인한 일상에 대해 돌아보는 계기를 갖게 되었다. 그래서 요즘 '살처분' 이야기가 나오면 누구나 가슴 아파하고 있다. 인간의 잔인함이 이 지경에 이르러서야 비로소 각인되고 돌아보는 계기를 만나게 되었다. 더 이상 잔인해지길 거부하는 모습에서 인간의 가능성을 엿보게 된다. 그 마음이 육류 소비를 줄이는 쪽으로 바뀌면 좋겠다.

우리 마음 언저리에 있는 살육의 본능, 늘 누군가를 이기고 밟고 눌러야 성공한다는 약육강식의 신화도 버려야 한다. 증오 대상을 마음속에서 지우고 욕망을 비우면 행복해진다. (2011. 1.)

KBS를 사기업으로 독립시켜주자

현대문명을 비판하고 미래를 준비하는 사람들은 저녁 9시 뉴스를 보지 말라고 권한다. 하루 동안 일어난 충격적인 사건 사고를 듣고도 편안한 휴식을 취하며 취침에 들 수는 없기 때문일 것이다. 그래도 하루 동안 무슨 일이 일어났는지, 잘 처리되었는지, 주변 사람들에게는 별 탈이 없었는지 궁금하기에 뉴스를 보지 말라는 권고를 어기고 만다. 오늘은 문제가 있었을지라도 내일에는 희망이 있을 것이라고 상상하며 저녁 뉴스를 켠다.

요즘 뉴스를 보면 참으로 이상하다. 국가적인 대역사, MB가 심혈을 기울이는 4대강 사업에 대해 그 어떤 화면도 보여주지 않는다. 표면에 드러난 공사비만 22조 원이 넘는데, 그 엄청난 예산을 투여하는 사업에 대하여 TV는 일언반구 없다. 공사 중인 흉물스런 모습을 국민들에게 보여줄 필요가 없고, 그것을 보고 걱정하게 될 국민의 건강을 배려한 판단 때문인가? 모든 TV가 한결같다. 이런 담합도 없다. 특히 KBS가 심하다. 며칠 전 강풍이 불 때 4대강 사업이 벌어지는 낙동강 유역의 모래바람 때문에 고생하는 인근 주민을 MBC가 취재할 때도 KBS는 4대강 보여주기를 외면한다.

공영 TV인 KBS가 철저하게 정치의 시녀 역할을 하고 있다. 최근

20년 동안 볼 수 없었던 참혹한 상황이 벌어지고 있고, 전두환 독재정권 시절의 오래된 뉴스를 보는 듯한 착각에 빠진다. 오랫동안 민주화의 피를 뿌리며 얻은 언론 자유를 송두리째 무시하고 묵살하고 있다. 오만한 정권과 비굴한 공영방송 KBS가 함께 만들어 내는 참혹한 상황이다.

그런데 시청료를 올린다니? 2,500원에서 3,500원으로 인상한다니? 엄청난 시청료 인상분을 챙기고, KBS의 광고는 조·중·동의 종편에 배려하겠다는 속셈이다. 정권과 언론의 철저한 유착 비리가 대명천지(大明天地)에서 벌어지고 있는데도 아무런 일이 없을 줄 아는가? 국민을 농락하고도 정권이 유지될 수 있다고 믿는가? 국민을 속이는 정보를 제공하고, 국민을 위협하는 기사를 쓰고도 언론이 살아남을 수 있을까? 중학교 아이들도 이 정권의 촌스러운 행태에 대해 실소(失笑)를 금할 수 없다고 하는데, 왜 그들만 모를까. 대학생들은 더 이상 언론의 농락에 속을 수 없다고 눈과 귀를 닫고 있는데, 왜 그들만 모를까.

살릴 것을 살려야 한다. 살릴 것을 죽이면 안 된다. 4대강 유역의 뭇 생명들을 살려야 한다. 그런데 거꾸로 가고 있다. 그것을 증명해 보일 수 있다. 우리 세상은 살릴 것을 죽이고, 죽일 것을 살리면서도 무감각하다. 나이가 들면 성적 욕망을 줄이고 죽여야 하는데, 억지로 죽어가는 욕망을 살려내고 추태를 벌인다. 비아그라가 엄청나게 팔리고 가짜가 수십억 원어치나 돌아다닌다. 욕망이 개입되면 죽일 것을 살리려고 몸부림치고, 살릴 것을 죽이려고 몸부림치는 법인가 보다. 건축 토목의 거대한 욕망이 정경유착으로 흐르면서 정작 흘러야 할 강물을 막고 있다.

없앨 것을 없애야 한다. 정권의 시녀가 되어 비굴한 길을 가는 공영방송을 없애야 한다. 기왕에 '공영성'을 포기했다면 당연히 KBS를 사기업으로 독립시키고, 국민이 의무처럼 내야 했던 시청료를 이 기회에 없애버려야 옳다. 우리는 이제 모든 시청료를 거부한다. 시민단체와 미디어 공공성 연대와 양심적인 학자와 시민들이 연대하여 기왕의 시청료조차 모두 거부하는 운동에 돌입할 것이다. 언론의 공공성과 공영성이 바로 서는 그날까지 우리는 새로운 길을 갈 것이다. 절대 KBS의 시청료 인상은 불가하다. 우리는 KBS가 국민의 편에 서서 자유와 민주와 인권을 보호하던 예전의 모습을 다시 회복하는 그날까지 우리의 의무는 유보다. 대신 언론자유를 꿈꾸며 말할 권리와 올바른 언론이 지켜지는 그날을 기다린다. (2010. 11.)

기후변화와 절망적 보고서, 2050년 바다에 물고기가 사라진다

지구가 이대로 가다가는 70년 후에 망한다고 한다. 사람들은 그런 절망적 말에 끄떡도 없다. 대단하지 않은가. 왜 그런가 하면, 그것은 우리들이 죽은 뒤의 일이니까. 자식들의 대학입시와 출세, 재산상속에 대해서는 그토록 집착하면서도, 정작 지구가 망한다는 말에는, "나 몰라라"라는 반응이다.

캐나디안 로키가 펼쳐진 앨버타주에는 헤드 스매시드 인 버펄로 점프(Head Smashed in Buffalo Jump)라는 세계자연유산이 있다. 알버타주는 강원도와 오래전부터 자매결연을 맺고 있는데, 이곳은 유명한 버펄로 사냥터였다. 19세기 초까지 버펄로 사냥의 한 방법으로, 들소를 절벽으로 몰아 떨어지게 하는 사냥법을 썼고, 그 절벽 아래에는 들소의 뼈가 수십 미터 쌓여 있었다고 한다. 서구 문명이 지구를 지배하면서 사용해 온 지독한 벼랑 끝 전법이다. 인간의 욕망을 위해 모든 것을 벼랑 끝으로 몰아내고 정작 인간만 홀로 살아남을 수 있다고 자부한다. 모든 자연이 파괴되고 모든 동물이 죽는데 인간만 생존할 수는 없는 법.

아주 많은 숲이 사라지고, 화석연료에 의해 이산화탄소가 늘어나면서 지구의 광란은 참기 어려울 정도다. 특히 올해의 사정은 광풍의 전초전이라 할 만하다. 파키스탄 전 국토의 1/3을 휩쓸어간 홍수, 수백만 명의 이재민을 낸 중국과 북한의 홍수, 엄청나게 거세진 태풍과 허리케인, 올 초 유럽의 혹한과 폭설 등을 떠올려 본다. 엘리뇨와 라니냐의 반복 재앙이었다. 미세한 변화에서도 서서히 다가오는 지구 온난화의 무서운 결과를 예측할 수 있었다.

제주 바다에는 예전에 살던 물고기가 사라지고 열대성 어류들이 나타나고 있다. 한라산에는 1,500 고지대까지 조릿대가 밀고 올라가 다른 식물들을 압사시키고 있다. 고지대에서도 온대성, 한대성 식물들이 점점 사라지고 있다. 온대에서 아열대로 대체되고 있다고 단순히 파악해선 안 된다. 제주 자리돔과 한치가 사라지면 제주의 물회는 함께 사라질 것이고, 음식문화에도 대변동이 일어날 것이다. 문경 사과에서 이제 안동 사과로, 얼마 후에는 강원도 사과로 그 주산지가 밀려 올라갈 것이다. 그리고 강원도에선 명태잡기를 포기하게 될 것이다. 설악산에서 금강초롱을 못 보게 될지도 모른다.

모든 것이 사라지기 전에 자숙해야 한다. 많이 소유하고 많이 먹던 그 포식성의 욕망을 줄여야 한다. 우리들의 무모한 서구적 근대성을 반성해야 한다. 그렇다면 지금 근대적 문명 모두를 포기해야 하는가. 그렇진 않다. 살던 평수를 조금 줄이고, 펑펑 쓰던 전기를 조금 줄이고, 육식도 조금 줄여야 한다.

개발광풍에서 벗어나 자연과 생명에 경배해야 한다. '개발'이란 인간에게 유익한 것을 주기도 하지만 결국 자연을 파괴시키고 파국으로 이끈다. '지속 가능한 개발'도 자연을 이중관리하는 트릭이다. 더불어 녹색성장도 개발의 다른 이름일 뿐이다. 인간의 무모한 개발과 발전 논리가 사라지지 않는 한 파멸을 막을 길이 없다. 4대강 사업으로 파탄 난 강줄기에 서서 근대국가의 덧없는 욕망을 한탄해 본다. 유엔 녹색경제보고서에 의하면 2040년엔 물 부족 인구 40억, 2050년엔 모든 수산자원이 사라진다고 하니, 70년 후에 온다는 멸망보다 더 당겨질 것 같다. 지구의 지속 가능한 삶을 위해서는 뭇 생명 앞에서 옷깃을 여미고 좀 더 겸허해져야 할 것이다. (2010. 10.)

고전적 상투성 혹은 폭력성

우리 민족의 전형적 미감은 시조에 많이 담겨 있다. '시조'란 명칭은 잘 알지만 그건 대개 고등학교 시절의 기억뿐이다. 좋은 시가 있어도 옛것은 별로 들추어 보지 않는 것이 현대인의 생활이다. 그렇다고 현대시를 감상하는가? 시집을 사서 읽는 독자도 거의 사라졌고, 그저 신문 쪼가리에 나온 시를 돈 내지 않고 보는 정도다. 나는 오늘 여러분께 오래전에 읽었을 법한 옛시조 한 수를 소개한다.

대천 바다 한가운데 중침 세침 빠지거다
여남은 사공놈이 끝 무딘 상앗대를 끝끝이 둘러메어
일시에 소리치고 귀 꿰어 냈단 말이 있소이다.
님아 님아 온 놈이 온 말을 하여도 님이 짐작하소서.(청구영언)

대천 바다는 충청도 앞 대천해수욕장이 있는 바다이기도 하고, 그냥 큰 바다라고 해석할 수 있다. 그 큰 바다에 중간 바늘과 작은 바늘이 빠졌다고 한다. 그런데 열이 넘는 사공들이 끝이 무딘 상앗대(장대)로 바늘귀를 꿰어 건져냈다는 소문이 있다고 한다. 모든 사람들이 그 말을 하더라도 당신이 알아서 짐작하라고 마지막에 충고하고 있다.

너무 재미있지 않는가. 우리 상황과 딱 맞아떨어진다. 인천 앞바다에서 작은 어뢰를 하나 건져내고 바로 천안함을 맞춘 그것을 용케 찾아냈다고 호들갑을 떠는 행태나, 대천 앞바다에서 작은 바늘 하나를 건져내고 끝이 무딘 상앗대로 그 귀를 꿰어 꺼낸 것이라고 너스레를 떠는 행태나 너무 닮았다. 옛날의 평자 왈, "그런 엉터리 말은 믿지 마"라고 훈수한다. 우리가 "그건 엉터리 말"이라고 했다가는 유언비어 죄로 연행되는 신세가 된다.

참으로 터무니없는 엉터리 같은 소문이 공공연히 떠돌고 있는 세태를 풍자하는 사설시조를 읽으면서, 우리는 어뢰 사건에 대해 웃지 못하고 벌벌 떠는 것은 또 무언가? 우리 사는 세상이 감시와 감찰로 얼룩져 있고, 상식 밖의 상황을 믿으라고 윽박지르는 언론 때문에 이런 상황이 전개된다. 지배층에 벌벌 떨던 조선조의 사람들이나 정경유착의 위세에 벌벌 떠는 대한민국의 사람들이나 마찬가지 신세다. 온 세상이 허위에 가득 찬 거짓말을 쏟아내더라도 당신만은 잘 짐작하라고 당부했듯이, 우리 세상에서도 "당신이 알아서 잘 짐작해"라고 목소리를 낮춘다. 옛사람들은 그런 상황에서 웃고 있는데, 우리는 웃지도 못한다면 그런 세상은 분명 독재 시대다.

대통령은 소통을 말하지만 누구도 소통하고 있다고 생각하지 않는다. 국민 대부분이 4대강 사업에 반대하는데도 토목건축업자를 위한 사업에 몰두한다면 이는 독재다. 대통령이 "전쟁을 원하지도 않지만 피하지도 않겠다."고 했다면 이는 추후 전쟁범죄로 다루어야 할 사안이다. 언론을 차단하고 해야 할 말을 막는 일이 어제도 있었다. MBC의 PD수첩이 방영하기로 한 4대강사업 관련 프로그램이 사장의 독단으로 방송되지 않았다. 이미 방송되기로 편성된 것을 방송 두 시간 전에 마음대로 바꾸어 버린 것이다. 무슨 말을 할 수 있을까. 박정희나 전두환 독재 시절의 복사판이다. 30년 전 즈음에나 있을 법한 일이 다시 벌어지고 있다. 역시 고전은 음미해 볼 만하다. 우리도 옛시조를 읽으면서, "온 놈이 온 말을 하더라도 당신이 알아서 잘 짐작해"라고 목소리를 낮출 수밖에 도리가 없다. (2010. 8.)

극단적인 결정에서 놓여나기

반공교육을 받고 자란 우리 세대들이 보기에 의아한 일이 요즘 마구 일어난다. 우리는 북괴 공산당이 대남선전을 하면서 새빨간 거짓말을 늘어놓던 시절의 몇 가지 일을 또렷이 기억하고 있다. 우선 북한의 전단살포(삐라)였다. 북한이 살기 좋은 천국이라는 선전문구와 함께 남한을 분열시키려는 책동을 일삼던 그 상투적이고 공격적인 언어를 아직도 생생하게 기억하고 있다. 둘째 대남방송이었다. 텔레비전 뉴스를 통해 북한이 남한 국군을 향해 내뱉던 서도 사투리의 격한 언어를 불안하게 들었었다. 셋째, 대남 간첩파견이었다. 수시로 간첩들이 우리 땅에 들어와 불안을 조장하고 일부 시설을 파괴하거나 기밀을 탐지하였다고 들었고, 어느 때에는 내 친구 아버지도 간첩사건에 연루되어 감옥에 갔고, 내 친구는 고향을 떠났다.

그런데 이런 불쾌하기 짝이 없는 일을 우리가 하고 있으며, 아무런 제재도 없이 마구잡이로 행해지고, 아무런 부끄러움도 없으니 어찌 된 영문인지 기가 막힌다. 남한이 먼저 대북방송을 하겠다고 하고, 남한이 주도적으로 대북 전단살포를 하고, 심지어는 대북 전광판도 설치하겠다고 공공연히 말한다. 이거 북한이 하던 일을 남한이 해도 되는가? 북한에서는 전광판을 설치하면 "조준 타격하겠다"고 경고를 하면서 전쟁불사를 외치는데, 우리도 함께 전쟁불사를 외치는 것인가. “전쟁을 원하지도 않지만, 피하지도 않겠다.”는 MB의 발언은 전쟁범죄가 아닐까. 이것 참 헷갈린다.

왜 이리 극단적이 되었을까. 왜 벼랑 끝 발언을 하고, 벼랑 끝 정치에 매달리는가? 국민들의 위기감은 극에 달하였고, 그것이 분노와 저항으로 바뀌고 있는데도 한나라당과 정치권은 묵묵부답이다. 한미합동훈련이 북한을 자극하여 ‘보복성전’을 외치는 데까지 이르렀는데, 이 극단적인 행보를 멈추지 않고 있다. 분노를 삭이지 못하는 부류들이 또 있다.

자살하는 사람들이다. 이 극단적인 선택을 하는 사람들이 점점 늘어나고 있다. 이제 OECD 국가 중에서 자살률 1위에 이르렀다. 1만 명당 26명이 죽는 비율인데 미국의 2.5배란다. 일본도 만만치 않은데 하루에 80명씩 죽는데, 1년이면 30,000명 정도다. 우리나라는 매일 35명이 죽으니, 1년이면 12,600명 정도인데, 인구 1억 3천인 일본보다 높은 수치다.

극단적인 좌우이념 대결, 극단적인 빈부 격차, 극단적인 우승열패(똑똑한 SKY는 살아남고 바보스런 지방 출신은 패배한다)의 분위기 속에서 모든 결정도 극단적으로 될 수밖에 없는 셈이다. 특히 우리의 청소년들이 극단적인 교육현실 속에서 좌절하고 옥상에서 몸을 던지는데도, 이 나라의 어른들은 태연하다. 자살의 전염병이 얼마나 더 몰아쳐야 정신을 차릴까. 우리 아이들이 먹을 자유, 입을 자유, 잠잘 권리 모두를 빼앗기고 사는데 이 아이들이 얼마나 더 죽어야 그들의 권리를 되돌려줄 것인가. 참으로 의아할 뿐이다. 사는 게 행복을 위한 것인데, 이렇게 행복을 희생하면서 무슨 행복이 찾아진단 말인가.

무슨 놈의 세상이 우익이 아니면 모두 좌익으로 몬단 말인가. 양극단이 아닌 곳에서 우리의 머물 곳을 찾아야 한다. 중간쯤에서 양쪽의 소리를 들어야 한다. 이제 개인에게 귀 기울이고, 내면에 귀 기울여야 한다. 중화시키고 화해시켜야 한다. 상생의 길을 가야 한다. 인간이 인간끼리 잘 어울려야 하지만, 인간과 자연이 어울리던 시절의 지혜를 배워야 한다. 사람끼리 해결하지 못하는 일이 너무나 많음을 기억해야 한다. 그럴 때 자연에 귀 기울여 자연의 지혜를 얻어야 한다. 모든 것을 나누고 베풀고 갚는 이치 말이다.

그래서 우리는 생태적인 사유와 생태적인 행동을 회복해야 한다. 그 지름길이 있다. 바로 생태적인 교육으로서의 오감 교육이다. 환경운동가 자넷 파웃이 딸과 함께한 '들을 수 없는 소리 듣기 놀이'가 있다. 그들은 평화로운 자연의 소리에 귀 기울인다. – **나무 수액이 차오르는 소리, 풀잎에 맺힌 이슬의 소리, 싹이 움트는 소리, 땅속 지렁이 소리, 햇빛에 달아오른 선인장 소리, 세포가 분열하는 소리, 깃털 소리, 나무가 단단해지는 소리, 거미가 거미줄 치는 소리 등.**

그다음 우리는 몸과 몸이 소통하는 촉감을 회복해야 한다. 요즘 아이들은 잘 업힐 줄을 모르고 안길 줄도 모른다. 아이를 안는 일이 서투른 젊은 엄마들도 늘어나고 있다. 현대인은 오감으로 느끼기보다 흔히 기호로 반응한다. TV에서 '코코아가 몸에 좋다'는 말이 나오면 식품점 진열장에서 코코아가 동이 난다. 오감보다 기호에 반응하는 인간의 생활은 결국 자신의 부정, 아이덴티티의 상실로 이어진다. 현대생활 속에서 둔화되는 오감을 갈고 닦는 일이 무엇보다 중요하다.

"오늘의 하늘빛은요" "저 꽃의 향기는?" "발바닥의 감촉은?"

오감은 자신과 바깥을 이어주는 통로여서 이를 활용함으로써 몸의 가능성이 열린다. 다음 배의 힘(배포, 뱃심)을 단련해야 한다. 극단적인 증오와 복수심을 버리고, 죽음의 유혹과 같은 허약한 생각을 버리고 지우기 위해서, 뱃심을 길러줘야 한다. 뱃심을 기르기 위해서는 머릿속으로 외우고 머리로 판단하는 일을 접고, 단전호흡과 명상 수련을 해야 한다. 왜 이 나라에서는 땅속 지층을 가르치면서 인간 내면은 가르치지 않는 걸까. 왜 이 나라에서는 몸과 몸 수련을 가르치지 않는 것일까. '내면을 들여다보는 명상 수련' – 우리 정신을 일깨워 주면서 삶을 풍족하게 만들 길이다. 어려운가? 그러면 호흡부터 가다듬길 바란다. (2010. 7.)

올림픽, 베이징과 서울

2008년 8월은 베이징 올림픽으로 달궈졌다. 첫날부터 박태환의 수영 종목 금메달이 나오고, 유도·사격·양궁·역도 등에서 금메달이, 마지막으로 태권도와 야구에서 금메달이 쏟아져 나왔다. 세계 10위권 안에 든 자부심을 마음껏 드날렸다. 그런데 올림픽에서 7등이면 국가의 모든 능력도 그렇게 인정되나? 모든 언론이 선정적으로 국가주의를 부르짖고, "대한민국"을 외치도록 부추기고 있다. 정작 우리의 대한민국 안에서는 파탄과 졸속과 지지부진으로 민주주의마저 뒷걸음질 치고 있는 처참한 현실이었다. 경제가 파탄 나고 청년 실업자는 200만을 넘어 국가적 위기가 고조되는 상황인데, 정권은 부자들을 위한 규제완화와 재벌을 위한 건축경기 부양책이 나오고, 이 정권의 오만과 독선에 대해 촛불을 들고 그 부당함을 지적한 양심들에게는 구속영장이 발부되고, 민심을 조작하기 위해 KBS를 권력의 시녀로 만드는 수순이 진행되고 있었다. 사람들의 시선을 올림픽으로 끌어내고 안에서는 유치한 정권세력들이 저급한 게임을 벌이고 있었다. 서민들의 신음소리가 묻히고 세상에는 "대한민국"의 외침만 있었다.

박태환은 한국인으로 처음 올림픽 기록으로 수영에서 금메달을 땄다. 미국의 한 선수는 혼자서 여러 차례 신기록을 쏟아내며 8개의 금메달을 땄고, 자메이카의 한 선수는 100m와 200m에서 세계신기록을 세우며 우승했다. 20여 년 동안 깨지지 않던 200m에서 0.1초 정도를 단축했다고 난리였다. 그런데 왜 선수들은 1초, 0.1초를 다투고 있는 것인가? 목적지에 그렇게 빨리 가야 할 이유가 있는 것인가. 금메달을 따기 위해서인가? 그렇다면 금메달은 인생에 무슨 의미인가. 세계에서 가장 빠르다는 명성을 위해서인가, 국민의 영웅이 되기 위해서인가, 메달을 따면 포상금과 광고 수익 등 부와 명성을 함께 거머쥐기 때문인가.

한 종목에서 국가대표가 되는 것은 대단한 일이다. 더구나 국가대표가 올림픽에서 메달을 따는 것은 더욱 대단한 일이다. 물론 함께 축하해 주어야 할 일이다. 그런데 국가가 해주는 일은 무엇인가. 국가가 하는 일이란 것이 권력과 재벌과 행정 등 기득권층을 위한 정책만을 주도하면서 국가의 의무만 강조하고, 국가를 위해 희생하는 것은 당연하게 여기고, 해주는 것은 고작 올림픽 7위의 환상을 갖고 살라는 것 정도가 아니던가. 복지는 생색내기 수준이고, 그나마 시행되는 복지정책도 깨부수려 하고 있다. 의료보험이 바로 그것이다. 현 정권은 의료민영화를 주도하고 있는데, 그 논리라는 것이 "이제는 형평성보다 효율성이 필요하다."는 것이다. 너무 똑같이 혜택을 누리다 보니 의료의 질이 향상되지 못하고, 돈이 있으면서도 저 '없는 것'들과 함께 줄을 서서 기다려야 하는 평등이 이제 싫어졌다는 의미다. '있는 것'들도 이제는 자신들의 요구를 주장하겠다는 당당함이다. 법과 질서를 내세우면서 국가 경제의 근간을 모독한 재벌들은 감옥에서 풀어주고, 아무런 대응 수단도 없어 그저 촛불을 들고 시청 앞에 모인 민중들은 감옥으로 보내는 이 모순을 어떻게 이해하란 말인가. 푸른색 물감을 넣은 물대포를 쏘아 가담자는 끝까지 추적하여 잡겠다는 이 엄정한 법 집행자들에게 한 가지 권한다. 물감을 빨간색으로 바꾸고 촛불집회에 가담한 자들을 모조리 빨갱이로 몰아세우면 이 땅에 온전한 평화가 오고 보수들이 환호하리라. 한 마디 첨언한다면, 백성을 무시하고 독선적으로 만든 그 평화는 얼마 가지 못 하리라. 반드시 망하리라.

보다 빨리, 높이, 멀리

근대성과 신자유주의는 지배하고 착취하고 개발하는 데 필요한 지식과 기술을 동원하고 있다. 5만 불 소득과 선진국 수준의 풍요가 보장된다면 영혼이 지옥에 떨어진다고 해도 상관없다. 궁극적인 목적을 성취하여 욕망을 채울 수 있다면 나라가 파헤쳐지건 독극물로 넘쳐나건 상관이 없다. 가장 높은 곳까지, 가장 먼 곳까지 가장 빨리 가야 하는 것이 우리의 욕망이다. 빨리, 높이. 멀리 가고자 함은 서구적 근대성의 속성이고 제국주의 침탈의 논리였다. 무한의 욕망, 무한의 추구가 근대적 정신의 내면이다. 올림픽도 또한 그런 무한 욕망이 반영되어 있다.

아메리카 인디언들이 평화롭게 살던 곳에 백인이 쳐들어와 땅을 빼앗는 방식은 이렇다. 출발 지점에서 말을 달려 허허벌판에 깃발을 꽂는 자가 새 땅의 주인이 된다. 빨리 달려 멀리까지 당도하여 깃발을 꽂아야 자신의 땅이 넓어진다. 애초 인디언은 땅을 소유하지 않았다. 온갖 동물과 벌레와 나무가 함께 사는 터전이기 때문에 잠시 빌려 쓰는 곳이었다. 그런데 백인들이 들어와 엄청난 식욕처럼 땅을 빼앗고 소유했다. 침략자, 지배자의 무한욕망이 바로 "보다 빨리, 보다 멀리"로 나타나는 것이다. 그 무한욕망이 다다르는 목적지는 타락한 곳이고 범죄의 온상이다.

세계에서 가장 빠르다는 것은 인정된다. 그런데 빠르게 목적지에

도달해야 하는 이유가 없다. 자메이카의 볼트라는 청년이 세계에서 가장 빠른 선수가 되었는데, 내가 5분 전에 느긋하게 출발하면 그보다 목적지에 앞서갈 수 있다. 빠르다는 것이 무슨 의미인가. 모두 상대적인 가치이고 일회적인 가치일 뿐이다. 참된 가치란 착한 마음, 사랑, 정직, 동정, 평화와 같은 것들이고, 비이성적 무한 욕망의 추구 - 그 무모한 속도감으로는 얻을 수 없는 것들이다. '**빨리 멀리 높이**'보다는, '**천천히 가깝게 그리고 깊게**' 사색하고 행동해야 얻을 수 있는 가치다.

우리의 욕망은 남들보다 빨리 높은 곳에 오르는 것이다. 남들이 10년 걸려 과장에 오를 일을 5년에 성취한다거나, 40평짜리 아파트를 장만하는 데 남들보다 3년 먼저 이루면, 성공 사례가 된다. 그리고 부러움의 대상이 된다. 제주시뿐만 아니라 저지리에까지 땅을 장만하고 서울 멀리에까지 아파트를 사두는 것이 현명한 사람의 부자가 되는 길이라 여긴다. 여전히 말단 사원에 머무르거나 20평짜리 아파트에 살면 무능한 사람으로 낙인찍힌다. 그러니 어디건 무한 경쟁이 이루어지고, 대물림이 된다. 본인이 못한 일을 자식에게 시켜 대리만족하려는 무한 욕망이 입시 과열과 교육 파행으로 이어진다. 빨리 높은 곳으로, 혹은 자식 세대에서만이라도 높은 곳으로 가려는 무한욕망 때문에 아비의 삶도 파탄이 되고 자식의 삶도 파탄이 되는 시대를 우리는 살고 있다. 천천히, 낮은 곳으로 혹은 깊은 곳으로 우리의 마음을 옮겨야 파탄의 시대를 벗어날 수 있으리라. (2008. 8.)

칫따슬로 운동

슬로시티 운동은 2002년 7월 이탈리아 그레베시의 시장 파울로 사투르니니로부터 시작되었다. 이 운동은 우리의 현대적 도시에 대한 반성에서 출발한다. 바쁘게 살아가는 우리의 삶 속에는 인간 개인의 시간은 존재하지 않는다. 도시는 기계적인 시간 속에서 조직과 체제에 의해 운용되니, 개인의 자율과 의지라거나 독립적인 시간 운용이 있을 리 만무하다. 그래서 자연의 시간을 찾고자 했고, 급하게 돌아가는 매커니즘을 반성하면서 느리게 살고 했으니, 결국 자아 찾기의 여정이라 해도 좋다.

1986년 이탈리아에 맥도날드 햄버거가 상륙하고 패스트푸드를 경계하는 목소리가 높아지면서 슬로푸드 운동이 전개되었으니, 이것으로부터 슬로시티 운동이 시작된다. 무엇을 어떻게 먹을 것인가에 대한 반성은 많은 변화를 가져왔다. 의식주를 둘러싼 개인의 생활 전반에 대한 성찰을 하게 되었고, 개인을 벗어나 마을 환경의 문제, 지역 산업의 문제로 확대되었다. 이 운동은 '칫따슬로'로 명명되어 현재 유럽을 비롯한 전 세계 93개 도시가 동참하고 있고, 우리나라에서는 전라남도 담양군 창평면을 비롯한 네 곳이 인증을 받았다.

칫따슬로의 기본정책은 다음과 같다.

* 전반적인 시민생활의 속도를 늦추고 여유 공간과 시간을 확대한다.
* 자연 친화에 바탕을 둔 식품을 생산하고 활용한다.
* 지역의 문화와 전통이 접목된 토속생산품을 보호한다.
* 지역공동체의 강화 및 대외 네트워크를 통한 관광교류로 인간 삶의 방법과 패턴을 변화시킨다.

이 운동은 전통과 문화와 환경을 보존하는 사유에서 출발하니, 현대의 대도시적 문명을 거부하고 고대에서 중세까지 이룩한 보편주의적 사고를 부활시키는 측면이 강하다. 저 먼 원시시대에서부터 중세까지 천천히 완결되어간 삶의 방식을 되찾고자 하는 새로운 보편주의라 하겠다. 현대의 신자유주의를 반성하는 사고다. 현대의 빈부격차를 고민하는 사고다. 아시아의 36억 중 반 정도가 2달러로 하루 생계비를 꾸려간다고 한다. 수천만 명이 기아로 죽어갈 위기에 봉착하고 있다. 이제 벼랑에 서 있다. 그러나 아직도 부자 국가와 부자들은 대량 생산과 대량 소비의 굴레를 버리지 못하고 있다.

절제된 생활과 부의 공정한 분배만이 인간을 구원할 수 있으니, 소수의 부자와 다수의 빈자를 조장하는 세계화를 재고해야 하며, 세계화는 더 이상 '세계질서'와 동의어가 아닌 반대임을 깨달아야 한다고 했다.(교황 베네딕토 16세의 2008년 주현절 설교) 미국 정보문화의 주도자인 빌 게이츠조차 윤리적·도덕적 자본주의를 주장하면서 약자에 대한 배려를 강조하고 나섰다. 이를 창조적 자본주의라 했다. 전 인류를 위한 새로운 패러다임이 절실한 때이다.

우리의 세상을 열차에 비유할 수 있다. 1등 칸과 2등 칸, 3등 칸이 구비된 열차인데, 소수의 부자만이 1등 칸에 타고 쾌적한 여행을 하며, 3등 칸에는 식당과 화장실도 갖추어져 있지 않다. 3등 칸에서는 긴 여행에 필요한 음식도 제대로 제공받지 못하고 있고, 그 비위생적인 여건 때문에 질병을 앓기 시작했다. 3등 칸의 질병은 서서히 2등 칸을 지나 1등 칸으로 옮아가고 있는 중이다. 세상에 대한 분노가 소수의 부자로 향하고 있다. 길거리에 세워 둔 고급 승용차에 익명의 공격을 가하고, 세상이 살기 싫다고 지하철에 불을 붙이고, 돈이 필요하단 이유로 유괴를 일삼고 있다. 살인, 방화, 상해, 도적질 등의 범죄를 저지르고 있다. 이것이 어찌 가난한 자들의 악이라고만 할 수 있겠는가. 세계 15%의 인구(OECD 국가)가 총소득의 78%를 차지하고 있고, 세계 56%의 하위 인구가 5%의 총소득을 올린다는 것이 1990년대 초반의 통계였다. 2000년대 후반에는 상위 1%의 인구가 82%의 부를 장악할 정도로 더욱 심화되었다. 그러니 3등 칸의 열악함이 1등 칸에 대한 무작위의 공격으로 이어질 것임은 자명한 일이다.

이제 현대문명을 되돌려야 한다고 칫따슬로는 주장하고 있다. 대도시에서 인구 5만 정도의 소도시로, 생태적 자연환경 조성과 전통산업의 부활, 친환경 에너지 개발과 재활용을 기본 요건으로 제시한다. 우리의 운명을 거대 자본과 국가에 맡기지 말고, 우리의 작은 공동체로부터 개척하자고 한다. 우리의 마을을 우리 스스로 만들어 나가는 주체가 되고, 공간의 주체, 시간의 주체가 되어야 한다고 한다. 최근 시민단체가 앞장서는 마을만들기 사업도 이 칫따슬로와 다르지 않다. 우리가 주체가 되어 거대 자본의 손아귀에서 벗어나고, 과거로부터 희망을 찾아내는 작업이다. 우리는 지금 새로운 중세를 꿈꾼다. (2008. 4.)

‘무엇을 먹을까’ 생각하기 1

시장성과 잔인성

우리가 먹는 고기라면 닭, 돼지, 쇠고기를 우선 떠올린다. 닭과 돼지의 경우 우리나라에서도 일정량 생산된다. 그것들을 키우는 곳을 가 본 적이 있는가. “가 보지 않았으면 말을 하지 마라.” 이건 달인의 말도 아니고 한 번만 본 사람이면 내뱉을 수 있는 말이다. 공장식 농장이란 곳은 그야말로 지상에 있는 지옥이다. 닭 한 마리가 A4 용지 한 장 공간에서 앉지도 눕지도 못하고 몸을 돌리지도 못하는 사료만 먹고 달걀만 낳고 있다. 그건 동물의 운명이라고 해도, 거기에서 나는 악취 또한 지옥을 연상케 한다.

돼지 사육장의 악취는 살인적이다. 대정읍 구억리의 도요지 터 노랑굴을 찾다가 길을 잘못 들어섰더니 죽음의 냄새가 나기 시작했다. 수백 마리의 오물에서 나는 냄새는 코와 눈을 마비시키고 뇌를 조여 왔다. 돼지 500마리에서 매일 2톤 정도의 분뇨가 쏟아져 나온다니 고기를 얻으려다가 우리 주변을 모두 똥으로 오염시키고 있다.

그런데 왜 공장식 동물 사육을 그만두지 않는가. 고기를 먹는 우리들이 있기 때문이고, 고기 생산이 상품 생산과 같은 것이니 단가를 낮추어야 할 것이고, 모든 것은 시장성의 지배하에서 이루어진다. 마취

없이 거세가 이루어지는 것도 비용 절감을 위해서이고, 오염에 신경 쓰지 않는 것도 가격 경쟁력을 위해서다. 그래서 동물들이 생명으로 취급받지 못하고 있고, 우리는 형편없는 고기를 먹고 있다. 동물에 대한 잔인성이 극에 달했고 인간은 스스로를 자학하는 단계에 이르렀다. 그래도 무덤덤하다. 왜? 먹고 사는 것에 여념이 없기 때문인 평범한 소시민의 무감각 때문이리라.

윤리적 식사 원칙

우리는 고기가 아니라 쓰레기를 먹고 있다. 생김새만 고기일 뿐이다. 달리 말하면 사료 덩어리를 씹고 있다고 할까. 그만하면 다행이게, 우리는 사육되는 동물 속에 투여된 온갖 항생제와 성장 호르몬을 먹고 있다. 그것뿐일까. 하루 24시간 똥냄새를 호흡하는 동물들이 만들어낸 스트레스와 분노를 함께 섭취하고 있다. 그래서 고기를 먹으면 화가 는다. 공격적이 된다. 그리고 파괴적이 된다. 이유 없이 누군가를 살해하고자 하는 유전인자를 키워 세상이 두렵게 된다. 그래도 고기를 먹어야 한다고?

그렇다면 공장식 농장에서 생산된 고기를 거부하라. 그리고 풀밭에서 자유롭게 키운 소나 돼지를 선택해야 한다. 항생제를 주지 않고 무농약 유기농 사료로 키운 동물을 먹으면 된다. 인도적 사육을 인증받은 동물을 팔고 사는 시스템을 만들어 나가야 한다. 그러나 더 좋은 방법이 있다. 되도록 채소 위주의 식사를 하는 길이다. 곡물로 동물을 키우는 방식이 너무 낭비적이기 때문이다.

1kg 쇠고기를 위해 21kg의 곡물이 필요하다. 육식 위주의 생활은 갈수록 늘어나는 인구를 다 먹여 살릴 수 없고, 기아로 허덕이는 수억

인구를 살릴 수 없다. 생태주의적 소박한 생활방식을 찾아야 한다. 이즈음 우리는 육식의 폐해를 고민하고 있는데, 서양은 벌써 윤리적 원칙을 고민하고 있다. 피터 싱어의 『죽음의 밥상』(산책자, 2008)을 보면 우리가 얼마나 뒤처져 있는지 알 수 있다.

윤리적인 고려사항이란, 노동문제, 기업 책임, 동물 복지를 비롯하여 환경을 고민하는 단계인데, 그 식품의 에너지 효율, 수질 보전, 폐기물 관리, 유독성 부산물의 처리 등이 이에 해당한다. 우리는 어디쯤일까. 우리는 식품의 에너지 효율에 관심조차 있었던가. 제3세계에 살면서 제1세계의 삶을 추종하고 있는데, 그 방식이란 한물간 '이마트 쇼핑하기' 정도에 머물고 있다. 할머니들이 살던 구질구질한 방법을 버리고, 초현대식 건물에 온갖 상품이 구비되어 있고 왠지 거기에 가면 중산층이 된 기분과 쾌적한 삶을 즐긴다는 느낌을 갖게 되는 대형 마트적 삶을 살려고 한다. 지금 유럽에서는 할머니들이 살던 그 구질구질한 삶의 방식으로 돌아가고 있는데, 우린 무언가.

남을 걱정 말고 우리를 걱정하자

맹자가 어느 날 양혜왕을 만났더니 "나를 이롭게 하려고 왔느냐."라 묻자, "하필 이(利)를 말하십니까. 의(義)가 있을 뿐입니다."라고 했다. 맹자는 말한다. 왕이 이익을 생각하면 신하도 백성도 모두 이익을 생각하기 때문에 위에서 아래를 착취하고, 결국 손해를 본 아래가 위를 죽이는 일도 생겨난다고 했다. 멀리 갈 것도 없이, 대통령과 재벌이 합심하여 이익을 챙기는 데 혈안이니 언젠가는 아래가 위를 혐오하고 급기야 아래가 위를 바꾸어버릴 가능성도 짙다. 이 정권이 멀지 않음을 보면서 감옥에 나란히 앉은 형제를 연상한다.

허나 맹자도 잘사는 방법을 일러주고 있다. 연못에 그물을 넣을 때 너무 촘촘한 그물을 쓰지 말고, 잡힌 물고기가 척(30cm)이 되지 않으면 시장에서 팔 수 없도록 하면 사람들이 실컷 물고기를 먹을 수 있다고 했다.

옆집 아저씨는 쌍끌이 저인망으로 물고기를 싹쓸이할지도 모르는데, 나는 성근 그물로 고기를 잡으라고 하면 굶어 죽으라는 소리냐, 하고 반문할 수도 있다. 그러나 남 신경 쓰지 말고 도리를 행하면 된다고 맹자는 가르친다. 남 걱정 말고 자신의 도리를 다하며, 우리가 살아야 할 세상을 걱정하면 된다고 가르친다. 함께 먹고 사는 방식이 바로 의(義)다. 인도적인, 윤리적인 법칙은 의로움에서 온다. 그래서 윤리와 편리는 화합할 수 있다. (2009. 2.)

‘무엇을 먹을까’ 생각하기 2

고기 먹는 방법과 지옥

금생에서 못된 짓을 하면 죽어 지옥에 간다고 늘 들었고, 거기는 끓는 물이 부글거리는 곳이라고 했다. 어린 시절에 목욕탕에 가서 온탕이나 열탕에 들어가 때를 불려야 했을 때 나는 그곳이 지옥과 비슷할 거라고 생각했다. 나중에 알고 보니 그곳은 불교에서 말하는 화탕(火湯) 지옥이었다. 그 외에도 혀를 뽑는다는 발설(拔舌) 지옥, 뜨거운 철판 위에 올려지는 철상(鐵上) 지옥, 나무에서 칼날이 수시로 떨어져 살을 한 점씩 베어내는 검수(劍樹) 지옥 등이 있다고 한다.

그런데 이런 지옥이 우리 현실 속에 있다. 인간이 고기를 먹는 방식을 보면 알게 된다. 산 채로 고기를 뜨거운 물에 넣고, 혀를 뽑듯이 산 채로 다리를 뽑기도 하고, 산 채로 철판구이를 하고, 한 점씩 살을 저며 굽고 끓여 먹는다. 동물의 세계보다 더 잔인한 방식으로 죽이고 먹으면서도 부끄러워하지 않는다. 우리 인간도 이 방식대로 당하는 날이 있을 것이다. 현생에서건 지옥에 가서건 반드시 당해야 옳다.

잔혹사와 동물의 보복

인간의 잔혹사는 이에 머물지 않는다. 조류 인플루엔자 같은 병이

돌면 우선 반경 500미터 이내의 가금류를 도살하여 매장한다. 해결의 실마리가 보이지 않으면 3km 이내의 가금류를 매장 처리한다. 조류 인플루엔자(AI)로 의심받는 생물은 모두 죽여야 한다는 논리다. 인간이 그럴 권리가 있는가. 인간은 동물보다 우월한가. 인간은 동물을 '살해한다는 사실'을 망각한 채 분노나 불쾌감, 죄책감이나 수치심조차 느끼지 않는다.

육식동물의 본능을 빌미로 인간도 다른 동물을 죽일 수 있다고 변명할 일이 아니다. '먹는 자, 먹히는 자가 있는 것은 자연 질서의 일부다'라는 것도 거짓 논리다. 인간이 동물을 가혹하게 대하는 방식으로, 다시 인간이 인간에게 공격을 가하고 있다. 서로가 서로를 죽이는 끔찍한 살육이 도처에서 벌어지고 있다. 이제는 동물도 인간에게 보복을 가하기 시작했다. 비만과 당뇨, 고혈압과 동맥경화 등이 동물의 복수가 아닐까.

육식과 채식

더욱 심한 잔혹사는 인간이 먹을 음식을 동물에게 먹여 인간을 굶어 죽게 하는 일이다. 『맹자』는 다음과 같이 말한다. 마구간에 마소가 살쪄 있는데 인간이 굶어 시궁창에 쓰러져 있다면, 이는 인간의 고기를 마소에게 먹이는 일과 같다고 질타한다. 지구의 반대편에 굶어 죽는 아이들이 수천만을 헤아리는데, 다른 쪽에서는 사람이 먹을 음식을 소나 돼지를 사육하는 데 쓴다면 이 또한 사람 고기를 동물에게 먹이는 일이 된다.

육식가 한 사람의 육류식품 공급을 위해 4,000평의 땅이 필요하고, 유란채식가 한 사람의 식품을 위해 620평의 땅이 필요하고, 완전채식가 한 사람의 식품을 위해서는 단 200평의 땅이 필요하다고 한다.(육식, 『건강을 망치고 세상을 망친다 2』) 지구가 함께 살기 위해서, 모든 인간이 인간답게 살기 위해서 모두가 채식으로 바꾸어 나가야 한다. 채식은 육식의 20분의 1 에너지만 든다. 채식으로 지구 모두를 먹여 살릴 수 있다.

농업과 사회적 일자리

고기를 먹겠다는 욕망을 줄이면 공장식 대형 사육장이 사라지게 될 것이고 고기를 생산하기 위해 쓰이던 음식을 인간에게 돌릴 수 있게 된다. 농업과 농민을 유지해야 가능한 일이다. 고향을 살리고 농업을 살리면 새로운 일자리도 창출된다. 농대(農大)를 키우고 다시 농업에 힘쓰고 농부 만드는 일을 보람으로 생각해야 한다.

로컬푸드를 권장하고 지역사회 경제를 생각하고 공동체를 살려야 한다. 농민과 소비자를 잇는 생협활동이 살아나야 한다. 사고파는 것이 사회정의 실현의 수단이 되어야 한다. 그래야 자본주의를 공동선이라고 할 수 있을 것이다. 제철 음식, 토산 음식, 친환경적 음식을 먹는 일이 우리의 일상이 되어야 우리가 제대로 사는 것이 된다. 우리는 제대로 먹지도 못하면서 근대 산업사회의 눈부신 발전과 성장을 헛되게 이야기해 왔다. 모두 거짓이다. 밥 한 끼 제대로 먹는 것이 참된 삶이다.

하늘은 사람에 의지하고 사람은 먹는 데 의지하나니, 만사를 안다는 것은 밥 한 그릇을 먹는 이치를 아는 데 있느니라.(해월거사) 먹는 것이 만사임을 곱씹어 볼 일이다. (2009. 3.)

자연환경과 인문환경

환경에는 자연환경과 인문환경이 있다. 산에 나무가 베어 없어지는 일과 물이 오염되고 고갈되는 것이 자연환경 문제다. 집 주변에 미술관과 박물관이 있거나 숲이 있어 정신적 여유를 가질 수 있는 여건이 인문환경이다. 환락가가 생기고 싸움이 벌어지고 책보다 돈이 중시되는 사회는 인문환경이 파괴되는 곳이다. 자동차 문제는 양쪽의 문제를 겸한다. 이산화탄소를 배출하여 공기를 오염시키는 문제는 자연환경과 관련되고, 자동차의 소음과 불법주차와 자동차 중심의 골목문화는 인문환경과 관련된다. 산이 푸르게 서 있어서 그 기상을 느끼던 과거와 달리, 잘려나간 산에서 환경 파괴를 느끼고 푸른 기상이 사라진 산에서 정신적 공허를 느끼는 것이 지금 우리네 삶이다. 그러고 보니 우리 삶의 양쪽 환경이 모두 피폐해져 가고 있고 위기의 극한에 와 있음을 실감한다.

정치인과 경제인들에게 개발을 멈추길 기대하기는 어렵다. 국민 다수에게 경제적 문제보다 환경 문제가 더 심각하다고 아무리 설득해야 헛수고다. 그렇다면 경제적으로 발전하면서도 환경을 보존하는 방법이 있는가. 없다. 기껏해야 집 주변에 박물관을 만들거나 골목 주차질서를 바로잡는 정도다. 인문환경의 일부를 개선하며 정신적 상처를 치유하는 방법만이 그나마 위안을 준다. 그러나 인문환경의 내부를 보면 절망적이라 하겠다. 남을 배려하는 문화는 애초 기대할 수 없고 예의와 염치는 전혀 찾을 수 없다.

교육 환경이나 취업 환경은 거의 벼랑 끝이다. 국영수 중심의 암기 교육이 중심부를 차지하고 인간으로서 지켜야 할 예의와 염치를 가르치는 곳은 거의 없다. 그토록 열심히 국영수 공부를 해서 대학에 진학하더라도 졸업 후 갈 곳이 없다. 비정규직만 양산하는 산업사회에서 일부의 국한된 정규직과 대기업 입사에 목숨을 걸고 있으니, 과다한 교육열과 일그러진 교육풍토는 악순환만 되풀이될 뿐이다. 취업도 안 되는 이런 교육환경이 왜 존속하는가 물으면, 그래도 이 지독한 취업환경에 살아남기 위해서 어쩔 수 없다는 입장뿐이다.

나는 우리 사회에서 곧 폭동이 일어날 가능성이 높다고 생각한다. 잠시 사라졌던 0교시가 부활되어 아침 7시에 등교하여 보충수업과 야간 자율학습을 끝내는 10시까지 학교에서 시달리고 일부는 학원으로 가서 새벽까지 전투해야 하는 우리의 청소년들. 잠잘 권리마저 박탈당하고, 학교 운영비와 회의비와 잡비가 잘려 나간 급식비로 만들어진 열악한 급식으로 목숨을 부지하고, 입고 싶은 옷도 기르고 싶은 머리도 제약당한 채, 점수에 목숨 걸도록 길러지는 아이들. 그렇게 목숨 걸고 대학에 가지만 88만 원 비정규직이 되는 일만 남은 불쌍한 인생들이 이 시대 이 폭력에 어찌 가만히 참을 수 있겠는가. 당연히 폭동이 일어나고도 남을 상황이다.

예의와 염치, 사양하고 겸손해하는 마음을 가르쳐야 한다. 남을 배려하는 마음을 가르쳐야 한다. 자연을 배려하고 자연과 공존하는 방법을 가르쳐야 한다. 하늘을 공경하고 땅을 나누는 마음, 이 땅의 부를 나누는 마음을 갖도록 독려해야 한다. 우리 사회는 어떤가. 정반대로 가고 있다. 염치를 알면 가난해지니 뻔뻔해지길, 남을 배려하지 말고 나만 잘 먹고 잘사는 약육강식의 방법을, 자연은 인간에게 유익하도록 언제든지 파헤치도록 가르치고 있다. 땅을 착취하여 신음해도 전혀 걱정하지 않고, 분배보다는 성장을 권하고 있다. 아주 미쳐 돌아가고 있는데 막을 방법이 없다. 왜? 그들은 권력이 있는데 이 모순을 해결할 마음이 없고, 우리는 그 모순을 해결하고 싶은데 권력이 없기 때문이다. 그렇다면 권력을 키워야 하는가. 우리도 폭력을 휘둘러야 하는가.

자본과 기술의 힘으로 얼마든지 자연적 제약을 뛰어넘을 수 있다는 교만심이 분별없이 확대되어 왔고, 그 결과로 지금 우리는 스스로의 생존의 발판을 제거하는 데 열중하고 있는, 인류 역사상 가장 난폭하고 어리석은 시대에 살게 된 것이다.(김종철, 『땅의 옹호』, 50쪽) 무지막지한 시대라 하더라도 우리는 평화로운 방법을 찾아야 한다. 남을 배려하는 마음은 자연으로부터 배워야 한다. 하늘과 땅이 우리를 덮고 싣고, 자연만물이 우리를 먹여 살리지 않았나. 자연의 힘에 기대어 얻어지는 것들로 인간이 살아간다. 우리가 찾은 윤리적 근원 - 겸손한 마음은 농사의 원리에서 나온다. 사람은 먹는 것에 기대어 살고, 먹는 것을 풍족하게 하는 도리는 진실로 농사에 힘쓰고 곡식을 중히 여기는 데에 있을 따름이다. 인간의 도리는 밥 한 그릇을 먹는 이치를 아는 데에 있다고 해월이 말하지 않았던가. 농사를 살리면 인간의 도리가 살아나고 윤리적 공동체도 회복될 것이다.

결국 환경을 염두에 두면서 평화적인 방법을 찾았는데, 그것은 바로 농사였다. 나는 최근 입학시험에서 수년에 걸쳐 미달사태를 겪는 농대를 보면서 "어느 부모가 이 시대에 자식을 농대에 보내겠는가"라 하고,

이제 대학에서 농대를 퇴출시켜야 한다고 주장했었다. 그러나 그것은 현대 문명의 덫에 걸린 무지하고 무능한 지식인의 그릇된 고백이었다. 과학과 기술과 공업이라는 삼두마차가 끄는 과학기술주의에 대한 맹목적인 숭상이 우리 시대를 망치고 있었고 나도 그 맹신 속에 있었다. 이제 그 교만한 그물에서 벗어나고 싶다. 따듯한 자연의 품에 안겨 따듯한 심성을 되찾고 싶다.

"새 소리는 공으로 들으려오. 강냉이가 익걸랑 와 자셔도 좋소. 왜 사냐건 웃지요." 자연이 주는 무한의 선물을 받으며 나도 거기서 익는 옥수수를 누구와 함께 먹고 싶다. 어떻게 사냐고 물으면 "농사를 지어야 한다."고 말하리라. (2009. 7.)

〈1박 2일〉과 〈퀴즈 대한민국〉이 우리에게 주는 것, 반(反)생명

2009년 여름, 주말 TV는 강호동의 〈1박 2일〉과 유재석의 〈패밀리가 떴다〉 〈무한도전〉 등 웃고 까부는 프로그램으로 들썩거리고 있다. 대개 시골에 가서 자연을 체험하는 듯 진지함을 가장하다가 어느새 때리고 넘어지고 억지 코미디가 연출된다. 서울의 번잡함에서 벗어나 대자연에서 느끼는 자유로움이 시청자의 호기심을 자극하지만, 땅의 생명력을 느끼거나 농민의 땀방울을 체험하는 진지함은 온데간데없고, 땅을 능멸하고 농민을 조소하고 있다. 어찌 이런 철부지들의 속절없는 놀이를 주말 가족 시청 시간에 편성했는지 참으로 의아할 뿐이다. 우리의 아이들이 재미있어하는데, 시청률이 높은데 딴지를 건다고? 그렇게 가벼운 웃음으로 세상의 시름이 없어지는가. 아이들이 과외와 입시 스트레스에서 벗어날 수 있겠는가. 달라지는 건 없지 않은가. 우선 나는 강호동과 유재석이 TV에서 사라져야 우리 아이들이 행복해질 수 있다고 생각한다.

2009년 여름, 주말 TV는 억지 코미디 이외에 온갖 '퀴즈'로 채워진다. 무슨 퀴즈 프로그램이 이토록 많은가. 〈퀴즈 대한민국〉 〈도전 골든벨〉 〈스타 골든벨〉 〈장학퀴즈〉 등 퀴즈 문제를 풀지 못하면 상식이 없는 인간으로 매도되도록 부추긴다. 외워서 암기하는 능력이 추앙되고 있다. 암기 능력이 높은 학생이 좋은 성적을 보장받고 일류 대학 입학도 보장받는다는 암시를 주고 있다. 그래서 유명 대학 학생들이 영웅이 되는 모습을 자주 보여준다. 늘 일류인생들이 퀴즈 영웅이 되면 재미가 없으니까, 이따금 초등학생 혹은 시장 아줌마가 퀴즈 영웅에 등극하는 드라마를 연출하기도 한다. 한자의 사자성어나 영어 단어를 연결하여 암기한 단어를 말하는, 지극히 단순한 과정이 반복된다. 결과보다 과정을 중시하고, 단순한 암기보다 사고하여 유추하는 문제 즉, 창조적인 사고를 요구하는 문제는 없다. 심지어 〈진품명품〉도 우리 문화재를 감상하는 시간이기보다는 유물에 담긴 숫자, 한자, 연대를 묻는 퀴즈 프로그램 같다. 예상 가격을 추정하는 단계는 마치 객관식 답을 '찍는' 고등학생의 중간고사를 연상케 한다.

세상의 지식이 어디 하나라도 쓸데없이 버릴 게 있겠으며, 외워두어 어디 손해 볼 일이 있겠냐마는, 우리 시대는 너무 많은 것을 외우도록 강요하고 있다. 김소월의 시를 적어 놓고 "(　)의 약산 진달래꽃"이라 문제를 낸다. 그리고 빈칸에 들어갈 단어를 묻는다. 도대체 '영변'이란 지명이 무슨 큰 의미를 지니겠는가. 우리는 삶의 주변에 흐드러지게 피는 봄꽃의 감격을 스스로 '느끼면' 되는데, 왜 우리의 문학 수업은 늘 무언가를 암기하도록 강요하는가. 그것이 인생에 그토록 중요한가. 영어 단어를 외우고, 수학 공식을 외우고, 시험에 자주 나오는 시를 외우고, "늘 외우며" 우리 아이들은 살아가고 있다. 무엇을 위해?

학교에서 가르치는 지식은 이제 현실 삶과 자꾸 멀어져 간다. 인간을 행복하게 하는 지식의 질적인 문제는 외면되고, 지식의 양을 측정하는 것이 우리나라 학교 교육이다. 암기력이 있는 똑똑한 학생과 그렇지 못한 멍청한 학생을 구별하는 것이 우리나라 입시다. 곁의 친구를 잘 배려한다거나, 학급 미화정리를 잘하거나, 부서진 의자를 잘 고친다거나, 화단의 꽃을 잘 가꾸는 일은 바보들이나 하는 짓이 되어버렸다. 돈이 되거나 점수가 되는 일을 해야지 그따위 써먹지 못할 일을 왜 하냐고 아마 부모님부터 말릴 일들이라 하겠다. 진정 필요한 일은 내몰리고, 건조한 암기력만이 판을 치는 세상이 되어간다.

김종철의 『땅의 옹호』에, 캘리포니아 주립대학에서 그리스 문화를 가르치는 데이비스 헨슨 교수의 일화를 소개하고 있는데, 자신의 한 동료 교수가 '건포도 나무'라는 게 있는지 진지한 어조로 물었던 일이 있음을 들고, "오늘날 대학교수로 대변되는 이른바 현대적인 학자들의 세계가 도덕적, 정신적으로 얼마나 공허하고 불모적(不毛的)인 세계인가"라고 탄식하고 있다. 여기나 거기나 온 세상이 실질적이고 실제적인 삶과는 동떨어진 지식만을 암기시키고 있다. 그래서 건포도 나무가 있는 것이냐는 웃지 못할 소리를 듣게 된다. 얼마나 허탈한 이야기인가. 가만히 생각해 보면 너무 웃기는 이야기다. 나무에 주렁주렁 달린 건포도를 연상하면 허망한 웃음이 절로 나온다. 그리고 금세 슬퍼진다.

우리가 주말 TV에서 보는 〈1박 2일〉의 웃음도 이와 닮아 있지 않은가. 건포도 나무가 있는 것 아니냐는 식의 질문에, 감자가 줄기에 주렁주렁 매달린다는 식의 생각에 깔깔거리는 순간, 요즘 우리 아이들의 지식이 얼마나 자연과 유리되어 있으며, 아이들의 세계가 얼마나 도덕적·윤리적으로 공허하고 불모적인가 하는 점을 여실히 느낄 수 있다. 그러니 강호동과 유재석이 사라져야 우리 사회가 건강해지는 것이 아니라, 공허한 교육이 바뀌고 불모적인 교수들이 사라져야 세상이 나아질 가능성이 있다.

어제 식구들이 함께 교외를 거닐었다. 말리려고 세워놓은 깻단을 보고 아내가 아이들에게 저것이 무어냐고 물었다. 큰 애는 두릅이라고 했고, 둘째는 볏단이라고 했다. 헉. 우리의 아이들이 이 지경인데 영어 단어 하나를 더 외우는 것이, 수학 문제 하나 더 푸는 것이 무슨 소용일까 허탈해했다. 나부터 반성한다. 자연에 대해 무식한 것은 아무것도 모르는 것이다. 자연을 모르는 것은 인생을 모르는 것이다. 『시경』의 詩도 대개가 조수초목(鳥獸草木)의 이름이라고 했다. 동아시아 최고의 문학 속에 자연과 인생이 어우러져 있다. 새와 짐승과 풀과 나무의 이름을 아는 것이 세상 진리를 깨치는 것이라 했다. 지금 우리는 어떤가. 어디에 와 있는가.

자연에 대해 무식한 것은 수백만 년 이어온 인류의 지혜를 버리는 죄악이다. 땅을 알고 그 위에 자라는 풀과 나무를 알고, 함께 어우러져 사는 생명을 알고, 천지자연이 하나임을 알아가는 일이 우리에게 남겨진 최대의 과제다. 지금부터 교육을 바꿔나가야 한다. 땅을 존중하고 이 땅에 함께 사는 생명을 아끼는 것부터 가르쳐야 할 일이다.

(2009. 8.)

옛날의 평화

복잡한 도시 생활을 하면서 고향은 늘 마음의 안식처다. 물론 산부인과에서 태어나 도시에서 사는 아이들에겐 도시가 고향이니 그들에게는 시골이 낯설 것이다. 그런데 나이를 어느 정도 먹은 40대 이상에게는 고향 하면 대부분 시골이다. 그리고 초가집과 골목길과 어머니를 떠올린다. 저녁노을이 지고 땅거미가 밀려올 때면 집집마다 굴뚝에서 저녁밥 짓는 연기가 모락모락 피어오르고, 어머니는 내내 나가돌던 아이들을 불러댄다. "개똥아 밥 먹어라." 아마 상에는 된장국이 끓고 있을 것이다. 고향은 소리와 향기로 피어난다.

우리는 시골을 벗어나 도시로 나가는 것이 출세고 성공으로 알고 살았다. 공부를 잘해서 도시로, 서울로 가면 그것이 출세의 지름길이었고, 현대문명의 화려한 빌딩 속에서 직장생활을 하고 도시의 아파트에서 생활하는 것이 평범한 이상향이었다. 도시는 밝고 화려한 세상이었고, 그 반대편에 어둡고 가라앉은 시골이 있었다. 공부 잘하고, 힘세고, 잘생긴 아이는 도시로 나갔고, 공부도 못 하고 힘도 없는 못난 아이는 시골에 남았다. 굽은 나무가 선산을 지킨다고 했다. 곧은 나무들은 모두 도시로 떠났다. 그리고 그들의 꿈이 이루어졌다. 그러나 도시 속에서 진정 꿈이 피어날 수 있었을까.

도시의 삶은 바삐 돌아간다. 새벽부터 밤늦게까지 할 일이 태산 같다. 하늘을 쳐다볼 여유도 없다. 뒷짐을 지고 자연을 산책하는 여유, 먼바다를 바라보며 공상에 잠기는 여유, 비가 오는 날 시를 읽고 누군가를 기다리는 낭만은 잃어버렸다. 돈과 자동차와 편리는 얻었는데 마음을 잃어버렸다. 그래서 루카치는 "밤하늘의 별을 보며 길을 갔던 예전 사람들은 행복했을 것이라"고 했다. 별을 이야기한다는 것은 사랑을 이야기하는 것이었는데, 이제 그 사랑은 끝났다.

우리가 그랬듯이 우리 아이들도 그렇게 무미건조하게 산다. 아마 우리보다도 더욱 바삐 살고 마음의 여유란 없을 것이다. 북한의 아이들은 비록 굶지만 방과 후 학원을 가지 않아도 되니 행복할 것이라는 데 동감한다. 우리네 학교 교육은 너무 길다. 초등학교 시절부터 배워야 할 것이 너무 많다. 아이들이 불쌍하다.

자연을 벗어나 도시로 들어가는 순간 우리의 행복이 금가기 시작했다. 이제 악착같이 무엇을 하는 것에서 벗어나자. 무언가 해야 할 일을 줄이고 억지로 하지 말자. 그리고 자연 속에서 '저절로 그러하게' 살자. 학교 교육을 줄이자. 아이들이 배우는 지식의 양도 줄이자. 비워두고 아이들이 스스로 느끼는 시간이 많도록 배려하자. 현대 합리주의(合理主義)의 틀에서 벗어나 합정주의(合情主義)로 나가자.

우주가 아주 크다는 것을 아이들에게 가르쳐 주었으면 좋겠다. 그리고 우리가 아주 보잘것없는 존재라는 것을 일깨워 주어야겠다. 그래서 우리가 공부를 잘하건 못하건, 잘생겼건 못생겼건, 힘이 세건 약하건 서로 비슷한 처지라는 것을 알려 주어야 한다. 우리는 30,000일 정도만 사는 한계 속에 놓인 삶이다. 라면 12만 개를 먹으면 인생은 끝이다. 그러니 자유롭게 살아야 한다. 멋지게 살아야 한다. 우리의 학교 교육은 너무 길다. 우리 아이들의 학원과 과외는 너무 많다. 골목길에 나가 놀다가 어머니가 부르면 저녁밥을 맛있게 먹고 곤한 잠을 자던 그 옛날이 다시 그들에게 찾아와 주었으면 좋겠다. 정겨운 소리와 향기와 여유가 있던 옛날의 평화를 꿈꿔 본다. (2009. 9.)

누군가를 위해 한 번쯤 뜨거운 사랑을

'행복'을 이야기하면 촌스럽다고 한다. '희망' 혹은 '평화'를 이야기해도 반응은 마찬가지다. 두 글자로 된 단어는 이제 역사의 저편으로 밀려났다. '부자 되는 법'이거나 '개고생해도 돈 버는 법'이라야 눈길을 붙들 수 있다. 길거리 간판도 마찬가지다. '친구'라거나 '우정' 정도면 촌스러운 곳으로 낙인찍힌다. '친구가 기다리고 있다' 혹은 '친구의 어깨가 외로워 보이는 날 건배' 정도는 돼야 손님을 끈다. 책 제목이나 영화 제목도 그럴 것이다. "마라도 억새는 바람에도 눕지 않는다." "바람 부는 날 나는 압구정에 간다." 정도는 돼야 세인의 관심을 끈다.

정말 '행복'을 이야기하면 촌스러운가? 32년 동안 은행원으로 일하며 중역까지 지낸 사람이 은퇴하고 외국인 근로자를 위한 봉사활동을 시작하고 나서야 진정 '행복'을 느끼게 되었다는 기사를 오늘 읽었다. 왜 그는 32년 동안 행복을 모르고 지냈을까. 왜 직장과 일밖에 모르고 지냈을까. 그렇지 않을 것이다. 그도 행복을 느끼는 순간이 있었을 것이다. 아내와 열심히 돈을 벌어 아파트를 사던 날, 딸아이가 초등학교에 입학하던 날, 아이가 대학생이 되어 대견해하던 날, 부장으로 진급하던 날 등등이 있었을 것이고, 그날들은 점점으로 존재하지 않고 직선처럼 이어졌을 것이다. 그런데 나이 먹고 나서가 문제였다.

이제 더 이상 그런 일들은 자기로부터 연유하게 되지 않을 것이기 때문이다. 손주가 태어난다거나 아들이 진급한다거나 손주의 재롱으로 행복해지는 일만 남았다. 이제 행복은 나의 움직임을 따라 직선처럼 흘러가지 않을 것이 분명해 보인다. 결국 자신과 가정을 위한 삶은 한계에 부딪힌다는 것을 느끼게 된다. 허나 진정 행복해질 수 있는 것은 '봉사'를 선택했기 때문이다. 자기를 위한 길에서 벗어나 남을 위한 봉사를 이어가는 순간부터 그는 행복을 찾았다고 말했다. 큰 변화 아닌가. 우리는 32년을 허비하지 말고 그 지름길을 찾자. 그런 깨달음을 전해주는 곳이 생겼다. 바로 '희망제작소'(박원순 변호사)다. '봉사'를 통해 '희망'을 찾아 나서는 곳에 '행복'이 서 있었다. 무미건조한 두 글자 단어가 생동하기 시작했다.

며칠 전 어느 아프리카 케냐의 의사와 관련된 프로그램을 보았다. 그 힘든 의대 수련과정을 견디고 돈을 벌 수 있는 자리에 왔건만, 그는 시골의 가난한 사람을 택했다. 그 이유를 물었다. 남을 위한 봉사는 돈보다 자신을 행복하게 만든다고 했다. 사는 보람이 느껴진다고 했다. 사람 사는 일 중에 '보람'을 느낄 수 있다면 그것이 최고가 아닌가. '개같이 벌어 정승같이 쓰기'는 어렵다. '정승같이 벌어 정승같이 쓰기'는 무척 어렵다. 대부분 '개같이 벌어 개같이 쓰기'에 몰두하고 있다. 32년의 개 같은 인생을 벗어나는 길이 남을 위한 '봉사'와 '보람'에 있었다.

신문 독자란에서 읽은 어느 장애인 구두 수선공의 일화가 생각난다. 충청도에서 잡화상을 하던 주인은 자신의 가게 앞에서 이 장애인 구두 수선공이 일하도록 배려해 주었다고 한다. 가게 주인의 자녀가 서울에서 결혼식을 하게 되었는데, 이 구두 수선공도 축하하기 위해 전세버스에 오른 모양이다. 그런데 서울을 가고 오는 동안 음식을 전혀 먹지 않았단다. 가게 주인이 구두 수선공에게 왜 음식을 전혀 먹지 않는지, 화가 났느냐고 물었다고 한다. 그 구두 수선공의 말, "남의 좋은 잔치에 많이 먹고 화장실에 간다고 차를 세워달라는 불편을 혹 끼칠까 봐 먹지 않았다"고 했단다. 남을 위한 배려와 보답이 감동적이다. 인생은 이렇게 "베풀고 보답하는" 모습이 제일 보기가 좋다.

우리 사회는 남을 위한 일이 손해 보는 일이라거나 어리석은 일이라고까지 여긴다. 특히 여성에게서 그렇다. 엄마에게서 더 그렇다. 자기 집 아이가 남을 배려하는 일보다는 열심히 공부해서 '성적'이 오르는 것이 엄마들에겐 최고다. 남을 밟고 올라서서 1등이 되는 것이 엄마들의 기쁨이다. 그러니 이것을 현명한 어머니(賢母)라고 추앙해야 옳을까. 진보적 여성들은 현모양처가 되는 것은 죄악처럼 여긴다. 남을 위해 사는 것은 중세 보수 '꼴통'들의 삶이라고 단정한다. 좋은 아내(良妻)보다는 악처가 되어 열심히 돈 벌고 아파트 투기하길 남편도 바라는 것은 아닐까. 아이와 남편을 위해 사는 희생적인 삶도 아름답다. 그러나 진정 아름다운 삶은 남을 위해 희생적인 삶을 사는 길이다. '희생'과 '봉사'라는 의미가 '희망제작소'로부터 새롭게 만들어지고 있어 기쁘다. 누군가를 위해 한 번쯤 뜨거운 인생을 살아보는 것도 좋지 않은가. 우선 누군가를 위해 한 번쯤 뜨거운 사랑을 해보라.

압구정에 가는 아이에게 묻는다. 거기에 가면 비상구가 있는 거니? 마라도 억새가 바람에 누우면 넌 울면서 소주에 취할 거니? (2009. 10.)

'꿈 꿔'와 '꿈 깨'

도법 스님의 설법을 들었다. 꿈결에서 문득 깨어났는데 아직 몽롱하다. 우리는 꿈꾸는 인생을 아름답게 여겼고, 꿈이 있어야 미래가 있다고 알았다. 꿈과 희망은 동의어가 된 지 오래다. 그런데 스님께서는 '꿈 깨'라고 나직하게 외쳤다. 미래를 향한 꿈을 버린다면 그 희망마저 갖지 말란 말이던가. 우리의 장밋빛 꿈과 미래라는 것이 허구라고 하는 말이다.

스님은 '지금 여기'와 '미래 거기'를 나누어 설하셨다. 우리는 '지금 여기'를 버리고 '미래 거기'에 열중하고 있다고 했다. 사실 우리는 미래의 좋은 대학, 좋은 직장을 향해 달려왔다. 좋은 마누라 혹은 남편을 만나기 위해 애썼고, 좋은 아이를 만들기 위해 애썼고, 미래를 위한 투자에는 온몸을 던졌다. 아파트 평수를 늘리기 위해 맞벌이에 나서 아이들은 할머니에게 맡겨지거나 파출부 아줌마 차지가 되기 일쑤였다. 언제든 희생을 감수하고 무엇이든 미래를 위해 유보시켰다. 그래서 다다른 곳이 어딘가. 행복한가? 아니면 조금 있으면, 몇 년 후면 행복해질 수 있을 것인가? 행복하다면 그 행복이 얼마나 더 지속될 수 있을까? 나만 행복하면 그만인가?

우리는 '미래 거기'를 위해 너무 희생해 왔다. 결과만 중요했고 과정은 무시되었다. 그때 그 간절했던 순간들도 미래를 담보하고 늘 스쳐 지나갔던 것 아닌가. 아이의 손을 잡고 놀아주어야 할 때에 우리는 미래를 위해 일을 했다. 그래서 그나마 남들보다 나은 쪽으로 갈 수 있었다고 항변할 것이다. 현재에 충실한 것은 쾌락적이고 순간적인 삶일 것이라고 반문할 준비도 되어 있을 것이다. 그렇다. '지금 여기'에만 충실하다면 무슨 좋은 미래가 있겠는가. 그런데 스님은 왜 '지금 여기'를 주문하셨을까.

중생들에게 '꿈 꿔'와 '꿈 깨'는 선택의 문제다. 끊임없는 고민의 대상이 될 수도 있다. 그런데 스님은 '꿈 깨'라고 하신다. 무슨 미래가 있겠느냐고 힐책하신다. 장밋빛 꿈과 미래는 거짓이고 오지 않는다고 말씀하신다. '지금 여기'에 충실하라고 하시면서, 여기에 가능성이 있다고 하신다.

그러면 욕망대로 살라는 말이던가. 미래는 포기하고 현실에 충실하면 된다는 말이던가. 둘 중에 하나만 선택해야 하는가. 아니다. '지금 여기'의 삶을 지속시키면서 '미래 거기'까지 가져가란 말씀일 것이다. 둘이 하나가 되게 하라는 말씀이다. '여기'와 '거기'가 하나가 되고, '지금'과 '미래'가 하나가 되게 하라는 말씀 같다. 그래서 둘이 하나가 되고, 하나가 둘이 되는 이치 – 여일(如一)함에 다다르라는 말씀이 아닐까 생각해 봤다. 새가 운다고 하면 안 된다. 새는 자기의 소리를 낼 뿐이다.

지리산 밑 실상사의 가을은 조용하고 아늑했다. 문명의 최소한만이 절의 일부가 되었고 대부분 과거의 모습 그대로였다. 화장실도 자연 발효하도록 톱밥을 마련해 두었다. 대웅전도 빛바랜 사진 같은 예전 모습이어서 편안했다. 제주의 올레길처럼 지리산에도 '둘레길'이 생겨, 천천히 걸으며 인생을 느끼는 사람이 늘었음을 실감했다. 실상사 근처에는 귀농학교가 있었고 대안학교도 있었다. 생태적 삶을 사려는 사람들이 모여들고 있었다. 지리산 자락에 스님의 손길이 느껴졌다.

그런데 지리산은 아파하고 있었다. 실상사에서 함양 쪽으로 1킬로 지점에 지리산 댐이 생긴다고 하며, 도법스님은 지리산을 지켜내려고 안간힘을 쓰고 계셨다. 종무소에서 '지리산댐 반대' 스티커를 나눠주고 있었고, 받아와 내 방에 붙여놓고 스님의 마음에 동참하고 있다. 제주의 해군기지 반대 운동에도 오셔서 격려를 해준 스님께 빚을 갚는 심정으로 지리산을 함께 걱정했다.

4대강 살리기는 정말 강을 살리는 일인가. 지리산댐은 정말 산을 살리는 일인가. 아니면 산과 강을 죽이더라도 인간을 살리는 일인가. 해군기지 건설은 미래 제주인과 한국인을 살리는 길인가. 스님 말씀처럼 '미래 거기'는 거짓이다. '지금 여기'에 선 사람들이 아파하고 있는데 미래 거기에서는 안 아플 수 있을까. 지금 여기와 미래 거기가 하나 되는 길은 찾아 나서야 한다. 우리가 지금 여기서 생명평화의 씨앗을 뿌려 산과 강과 땅을 살려내야 한다. 우리 모두 '지금 여기'에서 우리의 할 일을 다 하면서 어디까지 가야 스님의 말씀을 실천하는 것일까. 오늘이 내일로 이어지는 순간까지 수행의 끈을 놓지 말아야 하는 것일까.

순수한 마음이 빚어낸 정의는 반드시 내일의 승리로 이어질 것을 굳게 믿는다. (2009. 11.)

이중관리되는 인간과 자연

리모컨 하나로 손가락만 까딱하면서 TV를 시청하고, 무언가 필요하면 '엄마, 물' 하고 소리 지르면 갈증을 해소하고, 이 세상에서 가장 편한 자세로 TV를 시청하면서 애국가가 나올 때까지 멍하게 있는 우리들. 육체를 고통으로부터 해방시키는 것, 육체의 쾌적이 정신의 쾌적을 가져다준다고 믿고 사는 우리들. 가까운 거리도 걷지 않고 차로 이동하길 즐기고, 안락한 삶으로 인생을 소모하고 있는 우리들. 우리는 무통문명(無痛文明) 속에 있다.

현대 도시는 '스스로를 가축으로 만드는 사람들'로 가득 차 있다. 인공환경 속에서 사육되는 가축처럼 우리도 사육되고 있다. 그리고 쇠고기의 품질관리를 하듯이 우리 인간도 품질관리를 하고 팔려가길 기다린다. 그렇다. 요즘 우리는 육체를 매만지는 데 돈을 쓰는 것은 아깝지 않지만, 영혼을 위한 투자에는 인색하다. 유명 미장원에 가서 한 번 머리를 매만지는 데 5만 원이 들어도 당연하다고 하면서, 정작 책 한 권을 사는 데는 인색하지 않은가. 우리의 어머니들은 딸을 좋은 곳으로 팔아넘기기 위해, 코를 높이고 쌍꺼풀 수술을 하느라 수천만 원을 쓰고 있다. 대학에 대한 생각도 마찬가지다. 적정한 곳으로 팔아넘기기(시집 보내기) 위해서는 대학 정도는 나와야 한다고 자식들을 다그친다. 아이의 특성이나 취미나 소질은 상관이 없다. 좋은 간판만이 필요하다. 결국 한국의 젊은이들은 부모에 의해 품질관리 대상인 가축에 불과하다. 돈 있고 권력 있고 가문이 대단한 집으로 팔려가면, 다시 쾌적한 삶은 계속될 수 있으니까. 결국 무통문명을 향해 나아가며 육체의 욕망을 극대화시키고 있는 셈이다.

사실 우리는 편한 것을 찾는 본능이 있다. 이 본능에 따라 충실하게 생활한다고 해서, 그것이 부도덕하거나 부조리한 삶은 아니다. 다만 우리가 쾌적, 쾌락, 안정만을 찾게 되면 몸의 기능이 저하될 위험이 있지 않겠는가. 운동을 게을리하고 편한 것만을 찾다 보면, 우리 몸이 부실해질 것이고, 우리의 뼈는 유약해질 것이 뻔하다. 쓰지 않으면 퇴화하게 된다. 근육은 써야 더욱 강인해지는 법이다. 그래서 노인들이 뼈가 약해지면, 의사들은 자주 걷고 운동하길 권하는 것이다. 이치가 이러한데, 몸 전체를 편안한 곳에 두는 것만이 상책일 수는 없다. 어떤 미래학자는 인류의 종말을 경고한다. 강한 유전자와 강한 유전자가 만나 더 강한 유전자를 만들어 온 것이 인류의 발전과정이다. 그런데 근대 의료기술에 의해 유약한 유전자도 생명을 유지하면서 다음 세대를 만들어내고, 그 유전자는 온실 속에서 성장하다 보면 인간의 유전자는 더욱 유약해져 지구의 하등동물로 전락할 수밖에 없을 것이다. 이런 현대문명 전체 구조가 신체의 욕망을 떠받들고 있기 때문에 심각한 위기가 초래할 것이다. 그러니 우리의 내부를 바꾸어 나가야 한다.

어떻게 내부를 바꾸어 나간단 말인가. "철저한 고통 속에서 자기를 되묻고, 자신을 해체시키고, 변용시키고, 재생"하길 권한다. 외부의 조건만 바꾸어 쾌적을 꾀할 것이 아니라, 자신의 내부를 바꾸어, 자아발견과 주체적 각성을 이룰 것을 주문한다. 우리는 자신을 합리화시키며 살고 있다. 문득 도리에 어긋나는 행동을 하고서도, 주말에 교회에 가서 절에 가서 하루 동안 참회하면 모든 죄가 용서된다고 믿고, 자신을 '해독(解毒)'하면서 또 죄를 짓고, 우리의 영혼을 황폐화시키고 있다. 자신의 잘못에 눈을 가리고 있고, 물론 남의 잘못에도 눈을 가리고 있다. 외부의 잘못에 대해서는 "저건 내 책임이 아니야"라고 자신을 위안하는 가식의 문명 속에 놓여 있다. 약간의 선행을 하고 "남을 돕고 있다는" 자기 합리화로 자신을 위안하고 있다. 그 자기 위안은 진정한 고통의 치유가 아니라 현실을 잠시 잊게 만드는 '마약 같은 문명'이 아닐까. 우리의 현대적 삶은 무통문명을 지향하고 있는데, 실은 도처에 치유할 고통은 남아 있는 채, 마약 같은 문명에 취해 그 고통을 잠시 잊고 있을 뿐인 상황이다.

그래서 현대인에게 자아는 없다. 마약에 의해 고통을 잊고 사는 '도취된 자아'만 있을 뿐이다. 이런 자기기만의 문명이 아메바처럼 확산되고 있는데, 나는 이것이 진통제의 수준을 넘어서 '마약의 확산'이라 보고 싶다. 몸은 악화되는데 진통제를 투여하고 있고, 정신은 황폐해지는데 신경 안정제만 투여하고 있는 문명, 더 나아가 환각제와 같은 마약을 마시며 인생을 쾌적하게 만들고자, 쾌락을 추구하고자 날뛰는 문명이 도처에 그득하다. 그 치유책을 '생명의 기쁨'에서 찾아야 한다. 기쁨은 고통이 있음을 알고, 그 고통을 스스로 이겨나가면서 이루어진다고 설파한다. 고통을 피하지 말고 그 고통에 도전하고 고통이 삶의 중심에 있음을 알 때, 자기를 '중심축'에 놓는 삶이 이루어지고, 이때 생명의 기쁨이 피어난다고 한다.

우리의 근대문명에서 인생과 생명과 자연조차 관리되고 있고, 심지어 '지속 가능한 개발'이나 '자연 보호'도 가축을 관리하는 것과 같은 관리의 일종이다. 환경운동을 하는 사람들, 스스로 환경 보호를 주장하는 사람들은 뒤통수를 맞은 기분일 것이다. 그러면 어떻게 해야 환경이 보존되는가. 과거의 완전한 환경으로 돌아가는 것도 대안이 아니고, 그런 환경을 지금 만드는 것도 중요하지 않다.

이중관리하려는 생각을 버려야 한다. 자연에 시멘트는 마약과 같다. 잘 정돈되어 아름답게 보일 수 있고 쾌적하게 느껴질 수도 있지만 그것은 자연의 몸에 진통제를 투여하는 것과 같고 자연의 정신에 신경안정제를 투여하는 것과 같다. 아픈데 아픔을 모르고 살게 한다. 청계천이 그랬고, 4대강 사업이 그렇다. 아! 이것을 어쩌란 말인가.

강이 죽어 강바닥에 죽음의 냄새만 그득하고, 강변은 시멘트로 발라져 어떤 생명체도 기댈 수 없는 곳이 되어버릴 텐데, 우리는 후손들에게 어떤 변명을 할 수 있을까. 독재자 때문이라고, 남의 탓으로 돌릴 수 없는 일이라면 우리가 나서야 한다. 몸으로 막아내야 한다. 고통을 고통 그 자체로 감내하면서 그들을 응징해야 한다. 진정한 분노는 사랑이다. (2009. 12.)

아이티의 아이들과 북쪽 아이들

2010년, 아이티의 지진을 겪으면서 마음이 아프다. 15만 명이 죽었고 아직 파악되지 않은 주검까지 생각하면 30만을 헤아린다고 한다. 무너진 도시 풍경 속에서 가장 가슴을 에는 것은 역시 아이들 모습이다. 먹을 것이 없어 울부짖고 부모를 잃고 망연자실한 모습, 큰 눈망울에 눈물이 그렁그렁한 모습은 쉽게 지워지질 않는다.

지진은 자연재앙이어서 인간이 대비하거나 손 쓸 수 있는 따위의 것이 아니다. 그런데도 이 재앙은 환경파괴로부터 비롯된 것이고 인간에게 책임이 있다고 강변한다. 왜인가. 환경파괴가 심했기 때문에 사람들이 겪는 피해가 컸다는 것이고, 이 환경파괴는 독재 하의 재앙이고, 이것은 미 제국주의의 시장지배 때문이란 시선이 매우 설득력을 갖는다. 열대림의 10분의 9가 파괴되고 10%만 남은 아이티에서 허술한 것이 어찌 집뿐이겠는가. 길거리도 벽도 바닥도 모두 허약함과 허술함 투성이었으리라.

우리는 아이티에 대해 좀 더 알게 되었다. 12살 어린 소녀가 생계를 위해 성매매를 하여 1회에 600원을 받는 사정을 들으며 혀를 깨문다. 먹을 것이 없어 진흙 쿠키를 만들어 먹는 장면을 보며 눈을 감는다. 대부분의 농업이 미국의 값싼 식량에 밀려 폐업되고, 미국에서 들어오는 식량의 값은 천정부지로 뛰게 되니 사 먹을 수는 없고, 배급에 의존하지만 늘 부족한 사정 속에서 진흙을 잘 다지고 고운 진흙 가루를 구워 식량으로 대용하는 상황이 오고 말았다. 그게 어찌 쿠키란 말인가. 그게 어찌 인간이 먹을 수 있는 음식이란 말인가.

어느 것이 먼저이랄 것 없이, 인간이 인간에 대해 무지하고 폭력적이면 엄청난 피의 복수가 기다린다. 지금 아이티의 무질서와 약탈과 폭력은 작은 폭풍에 불과하다. 더 큰 폭풍이 기다린다. 인간이 자연에 대해 무지하고 폭력을 행사하면 자연은 바로 그 대가를 인간에게 돌려준다. 자연재앙은 결국 인간의 무능과 폭력이 빚어낸 '인재(人災)'와 통한다. 하늘은 자연현상으로 인간세계에 올 엄청난 위험을 경고한다고 한다. 그런데 그 경고를 알지 못하면 인간세계는 파멸하고 만다는 것이다. 그런 이야기가 우리에게 있다.

아이티의 경우도 자연이 경고하는 메시지에 귀 기울여야 한다. 한데 그들은 지금 먹고사는 문제가 급선무다. 가까운 것을 걱정해야 하는데 어찌 먼 것을 걱정할 수 있겠는가. 정말 그런가. 지금 우리도 먹고사는 문제가 중요하니 4대강이 파헤쳐지건 백두대간이 허물어지건 그것은 다음 문제인가. 북한을 보자. 먹고사는 문제 때문에 자연을 파괴하자마자 홍수에도 엄청난 피해, 태풍에도 엄청난 피해를 입고 결국 국토가 더욱 황폐해지고 만년 빈곤국으로 전락했다. 당장의 먹고사는 일보다 먼저 자연을 치유해야 한다.

그러나 아이티를 보면서 자연 타령만 할 수 없다. 우선 살리고 봐야 한다. 먹을 것을 옮겨서 그들을 구출해 놓고 난 다음 찬찬히 우리 시대의 신자유주의를 해부해야 한다. 우리와는 상관없는 먼 나라를 보면서 가슴이 아픈데, 우리 곁에 있는 북한에 굶주리는 아이들이 많다는 사실에 우리는 가슴이 안 아픈가. 그들은 아직도 우리의 적인가. 공산당 간부들은 미워할 수 있어도 북한의 배고픈 어린아이들을 외면할 수는 없지 않은가. 우리는 북한의 인권 부재를 탓하며 인권을 유린하는 것은 아닐까. 그들이 인간답게 살 수 있도록 먹을 것을 챙겨줘야 한다.

세상의 아이들이 잘 살 수 있는 세상이 참으로 잘 사는 세상이다. 자연이 잘 보존되는 세상이 참으로 살만한 세상이다. 아름다운 자연 속에서 아이들이 마음 놓고 뛰노는 세상이 가장 아름다운 세상일 것이다. 해답은 가까이 있지 않은가. 대량 생산과 대량 소비의 틀 속에서 욕망을 줄일 줄 모르는 현대인의 삶은 파멸만 있을 뿐이다. 우리들이 살아야 할 세상의 모습은 적게 먹고 적게 쓰면서 자연과 인간이 서로 아껴주는 세상일 것이다. 숲속에, 꽃 속에 뛰어노는 아이를 생각하자. (2010. 1.)

MB님, 5년 동안 이 땅에 계셔야 합니다

무소유. 요즘 법정 스님이 떠나고 난 뒤 우리들의 화두다. 스님이 떠나고 난 뒤의 세상은 어떻게 변했는가. 아무것도 바뀌지 않았고 적멸이다. 법정 스님 이외에 숱한 성현이 오래전부터 허무를 말했다. 그러나 진정 가지려면 주어야 한다고 했다.(將欲取之 必固與之) 비워야 채워진다고 했다. 덜 가지려고 해야 더 가질 수 있다고 했다. 인생 평균 80년은 길게 느껴질지 모르나 30,000일에 불과하고 결국 우리는 이 세상 잠시 머무르다 가는 것이다. 그런데 무엇이 그렇게 바쁜가. 무슨 욕망이 그렇게 크단 말인가.

그렇게 우리는 잠시 욕망 구조를 나무랄 것이다. 잠시 들떠 있다가 우리의 욕망도 제자리를 찾을 것이다. 가져야 행복해진다는 원래의 자리로 돌아가고 우리는 신자유주의 속에서 바쁘게 돌아갈 것이다. 무언가를 부지런히 만들어 놓아야 후손들이 먹고 살 터전이 마련된다고 하는 그 말씀은 거짓이다. 지금 이 자리에서 먼저 챙기고 보겠다는 이 자기중심주의가 우리 후손이 살 세상을 얼마나 흔들어 놓고 있는지 깨닫지 못하고 있다.

온 나라가 삽질 중이다. 4대강을 철저하게 죽여가면서 건축과 토목이 사는 세상을 만들고 있다. 현 정권이 뒤집어 놓고 난 뒤 후손들이 이를 복원하는 데 족히 50년은 걸릴 것이다. 나중에 후회해도 소용없다. 3년 뒤 땅을 쳐도 되돌릴 수 없다. 그렇게 해 먹은 정권의 중심 세력은 이 땅을 뜰 것이다. 권력의 종말이 죽음과 죽임인 것을 안 이상 이 땅에 머물 이유가 없지 않은가. 스위스나 미국의 자본주의 품에 안겨 가련한 조국을 물끄러미 쳐다보며 포도주잔을 기울일 것이다. 절대 5년 집권 기간만큼 임기 후 5년 동안은 해외 도피를 막아야 한다. 지금부터 준비하지 않으면 '닭 쫓던 개 지붕 쳐다보기'가 될 것이다.

도지사도 마찬가지다. 저류지 공사, 하천 정비사업, 번영로 확장으로 제주 온 땅을 뒤집어 놓고 죽였다. 토목 도지사의 끝에는 파탄난 제주도를 감추기 위한 대규모 쇼가 진행되었으니, 바로 세계자연유산 등재가 아닐까. "자 봐라. 아름다운 제주도가 남아 있지 않니?" 하면서 삽질의 이익을 두둑이 챙겨 제주도를 뜨지 않을까. 아무튼 대통령을 이 땅에 잘 보호해야 하듯이, 도지사 10년 집권 기간만큼 임기 후 10년 동안은 해외 도피를 막아야 한다.

지방자치를 모독했던 도지사가 3선을 포기했다니 참으로 다행이다. 그러나 아직도 토목건축을 부르짖는 후보들이 도처에 있다.

아직도 제주에는 무수한 개발의 함성이 메아리친다. 강정 해군기지, 한라산과 비양도 케이블카, 모노레일, 그리고 4차선 도로공사와 구도심권 개발 등. 10년 전이나 5년 전이나 개발의 목소리만 들끓는다. 이것들이 제주를 잘살게 만드는 방법이고, 특히 일자리를 창출하여 지금의 우리와 후손들의 먹고사는 문제를 해결할 방안처럼 선전되고 있다. 그런데 얼마나 일자리가 창출되었는가. 여태껏 거짓말만 한 것 아닌가. 이번 선거에서 이들을 심판해야 한다. 개발과 이익만 좇는 후보들을 반드시 솎아내야 한다.

그들은 '소통'을 이야기하는데 그들은 일방적인 '전파'만 할 뿐이다. 그들은 소통할 줄 모른다. 현 정권과 제주도가 꼭 닮은 모습이다. "그들과 소통하는 방법은 조직을 구성하여 그들에게 항의하는 것이다. 이것이 바로 시민의 정당한 행동이다. 그래야 언론 자유와 민주주의를 쟁취할 수 있다."(노엄 촘스키) 젊은이들이 나서서 정규 일자리를 달라고 외쳐야 준다. 6개월짜리 인턴제를 거부해야 정규직을 늘릴 수 있다. 장난치지 말라고 선생님이 학생들에게 말하듯이, 우리의 젊은이들도 정부를 향해 "장난치지 말라."고 말해야 한다. 개콘의 개그맨이 말하듯 "국가가 해 준 게 뭐가 있어."라고 말해야 한다.

이제 더는 무자비한 개발이 산과 바다를 망치는 데까지 이르게 해서는 안 된다. 인공자연을 만들어 놓고 파괴를 교묘히 감추는 우리의 문명을 경계하지 않으면, 우리는 청계천을 복원해 놓고 환호하는 바보들과 다를 것이 없다. 이제는 '자연의 맹위를 극복하는 것이 곧 문명의 진보'라는 화두는 끝났다. 지속 가능한 개발도 허구일 뿐이다. 지속 가능한 보존만이 진실이 된, 문명의 벼랑 끝에 우리는 서 있다. 덜 먹는 것이 더 먹는 방식이고, 덜 갖는 것이 더 갖는 방식이다. 욕망의 무게를 줄여 나가야 한다. 저 자라나는 귀여운 우리의 아이들을 위해. (2010. 3.)

알, 알, 알, 알에 대한 사랑

유엔 환경계획(UNEP)의 녹색경제보고서가 공개됐다. 거기에는 바다와 물고기에 대한 이야기가 담겨 있었다. 초대형 선단이 온 바다를 싹쓸이하여 40년 뒤인 2050년에는 거의 모든 수산자원이 사라질 것이라고 경고하고 있다. 바다에 너무 많은 배들이 돌아다니고 있는데, 적정 규모의 50% 이상이라고 한다. 낚시를 하고 그물을 던지는 것에 국한하지 않고 그야말로 쌍끌이로 모든 물고기를 건져내는 우리 시대의 이 놀라운 기술문명에 대해 경탄하지 않을 수 없다.

40년 뒤 죽음의 바다를 생각하면서, 40년 전 풍요의 바다를 떠올린다. 그때 밥상에는 이따금 큼직한 조기가 오르곤 했다. 조기란 생선이 흔한 것은 아니지만, 그렇다고 귀한 생선도 아니었다. 대개 30센티가 넘는 3년생 정도의 실한 것이어서, 한 마리로 한 식구가 포식했었다. 조금 짜게 하면 두 끼도 먹었다. 옛날 자린고비는 천장에 매달고 눈요기만 했다고 한다. 먹음직스런 큼직한 조기가 그립다. 지금 우리나라에서 잡히는 참조기는 대부분 15센티 이하로 1년생들이다. 큰 것들은 어디로 갔는가. 크기도 전에 싹쓸이했으니 1년생밖에 없다. 남이 가져갈까 봐 작은 것이 크는 2~3년을 기다리지 못한다. 내가 잡으면 작은 것이라도 이익이라는 생각이 우리 시대 천민자본주의의 본질이다. 망조가 들었다. 아니, 바다가 죽게 될 40년 뒤에는 지구는 진정 망할 것이다.

옛날 사람들의 삶은 어떨까. 그저 남을 배려했고, 자연을 배려했고, 욕심내지 않았다. 공존하는 원칙을 지켰다. 『맹자』에는 '척(尺)이 넘는 물고기만을 시장에 내다 팔면 연못의 물고기를 늘 먹을 수 있게 된다'고 했다. 그러면서 3촌(寸)이 넘는 그물코를 허용했던 그네들의 '공존의 법칙'을 제시한다. 우리는 어떤가. 놀라운 기술력으로 촘촘한 그물을 만들어 멸치 새끼조차 빠져나갈 수 없게 하는 대단한 포획 능력을 자랑하고 있지 않은가. 이 얼마나 부끄러운 일인가.

더 끔찍한 일이 있다. 15센티 정도의 1년생을 먹는 것은 그나마 다행이다. 그것들이 부화하기 전인 알을 즐기는 일이다. 조기 한 마리가 수만 개의 알을 낳는데, 사람들은 알이 탱탱한 암컷들을 즐겨 먹으며 엄지손가락을 치켜세운다. 마음껏 먹으려면 조금 기다려 알을 낳은 뒤에 먹으면 되는데, 무슨 놈의 식도락이 이리도 천박하단 말인가.

알이 밴 생선을 시장에 내다 팔지 못하게 해야 한다. 생선알 혹은 알을 가공한 식품을 시장에 내다 팔지 못하게 해야 한다. 알을 파는 자와 먹는 자는 벌금을 부여하고 감옥에 보내야 한다. 알탕이나 명란젓을 먹으면 경범죄로 처벌하거나, 시청 앞에 빨간 줄을 치고 그 안에 가두어 손을 들고 하루 동안 반성하게 해야 한다.

해월 선생은 말씀하셨다. "만물이 시천주(侍天主) 아님이 없으니 능히 이 이치를 알면 살생은 금치 아니해도 자연히 금해 지리라. 제비의 알을 깨트리지 않은 뒤에라야 봉황이 와서 거동하고, 초목의 싹을 꺾지 아니한 뒤에라야 삼림이 무성하리라. 손수 꽃가지를 꺾으면 그 열매를 따지 못할 것이오, 폐물을 버리면 부자가 될 수 없느니라"(「待人接物」) 하늘을 공경하고, 인간을 공경하고, 만물을 공경하는 정신이 느껴진다. 그중에서 알과 싹을 중히 여기면 세상이 풍요로워질 수 있음을 새삼 느낀다.

알과 싹 - 생명 존중의 출발이다. 지구를 지키는 방법이다. 우리 아이들의 미래다. (2010. 5.)

2011년, 핵과 자본주의의 폭발이 남긴 교훈

1. 모든 핵을 포기하기로 한 일본을 보며

일본에 지진이 일어난 3월 11일 오후 관서공항에 내렸다. 8.8의 대지진(나중에 9.0)이 있었다고 했고, 이어 큰 쓰나미가 덮쳤다고 했다. 일본 열도가 충격에 빠졌다. 한국에서도 크게 보도되었고, 위험하니 한국으로 돌아오라는 전화가 빗발쳤다. 16년 전 대지진으로 5,000여 명이 희생된 고베에 안착한 나는, 폭탄이 한 번 떨어진 곳에는 다시 떨어지지 않는다는 오기로 버텼다.

3월 24일 현재 사망자와 실종자를 합하여 25,000을 넘는다고 한다. 30만 정도가 집을 잃고 학교나 체육관 등지에서 피난 생활을 하고 있다. 쓰나미의 피해 지역이 워낙 넓어서 복구에 어려움이 크다. 앞으로 3년이 걸릴 것이라 전망한다. 이재민들은 식품과 의류와 연료, 의약품이 시급하다고 호소하는데, 길이 끊겨 보급이 어려운 형편이다. 더욱 심각한 것은 가족끼리 생이별하여 서로의 안부를 모르는 상황이다.

그래서 NHK는 연일 이산가족 방송을 했다. 30년 전 우리나라에서 6.25 때 잃어버린 가족을 찾던 그 모습 그대로였다. 널빤지를 들고나와 자신의 소재지를 적고 잃어버린 가족의 이름을 써서 안부를 묻는 형식과, 각 피난지 별로 수용된 사람들의 명단과 찾고자 하는 사람들의 명단을 소개하는 형식이 병행되었다. 60년 전 전쟁과 30년 전 이산가족 찾기가 역사적 재앙이었다면, 보름 전 지진과 지금 전개되는 이산가족 찾기는 자연 재앙이라는 차이가 있었다. 자연 재앙을 두고 남을 탓할 수 없듯이 역사적 재앙을 두고도 누구를 탓할 수 없는 일이란 생각이 들었다. 남과 북, 미국과 소련 어디를 탓할 것인가. 혹은 분단의 근원을 일제 식민지 침탈이라 보고 일본을 탓한다고 해결되는 것은 없다. 결국 상처는 우리 스스로가 풀어나갈 문제였다.

지금 일본은 자연 재앙 앞에서 지리와 지형을 탓하지 않는다. 다만 후쿠시마의 원전 붕괴 문제에 봉착하여 향후 원자로를 모두 폐기할 방침이라고 하면서 '핵'을 반성한다. 일본은 세계 최초로 핵폭탄의 피해를 본 국가인데, 그러고도 강대국처럼 핵폭탄을 보유하고자 하는 욕심을 버리지 못했다. 아직 핵을 보유하고 있는지 밝혀지지 않았지만, 상당량의 플로토늄을 보유하고 있고 핵 기술력으로는 세계 최고 수준이다. 플로토늄 보유를 위해 지반이 약한 일본이 원자력에 집착했다는 설도 있다.

지금 일본은 세계에 묻고 있다. 체르노빌 사고 이후 핵 연료가 결국은 인류를 파멸로 이끌 수 있다는 메시지를 전달하고 있다. 에너지 과소비에 부응하기 위해 화석연료를 대체할 마땅한 것이 없는 현재 핵연료에 집착하고 있는 현실이 온당한가 묻고 있다. 후쿠시마 핵 원자로는 동경을 비롯한 관동지방의 전력 수요를 위한 것이어서, 지금 동경에서는 구역별로 '계획정전'을 실시하고 있다. 가정 전기를 시간대별로 제한하고, 전철 운행을 부분적으로 축소하고 있는데, 갑작스런 변화에 큰 불편을 호소하고 있다.

이제 전기는 무한정 쓸 수 있는 것이 아니라는 경각심을 갖게 되었다. TV, 냉장고, 세탁기에서 개인 휴대폰까지 전기에 의존하는 일상을 반성하고 바꾸어야 할 때가 왔다. 현대문명은 자연을 훼손하면서 무한정 자원을 끌어다 쓸 줄만 알았지, 그것이 한정되어 있다는 것을 모르고 살았다. 핵이 위험하다는 것을 가장 잘 아는 일본이 원자로 문제를 겪으며 이제야 핵을 버리고자 하는 것은, 늦은 감이 있지만 잘한 일이다. 현대문명의 기술력이 인간의 부풀려진 욕망을 채우기에 급급한 반면, 그 위험성에 대해서는 둔감했고, 실제로 그 파멸의 힘을 은폐해왔던 것이 사실이다.

이제 느껴야 한다. 에너지를 아껴 써야 하고, 핵을 폐기해야 옳다. 그런데 제주도에는 강정에 해군기지가 들어서고, 이지스함과 굉장한 핵 잠수함이 들어온다고 하는데 괜찮은 것인가? 제주도민이여! 일본을 봐라. 일본 침몰의 전초전을 보고 느끼기 바란다.

2. 일본의 원전 사고, 우리의 불행은 무엇일까

일본의 무더위는 한국인이 상상하는 이상이다. 일본의 여름 더위는 습기가 뼛속으로 파고들고 끈적거리는 것이어서, 10분만 걸으면 내의를 적시고, 20분을 걸으면 셔츠에 땀이 밴다. 그러니 일본에서 여름을 나려면 반드시 에어컨이 있어야 한다. 강한 냉방으로 하루 종일 틀고, 잠잘 때도 틀어놓아야 한다. 상점도 강한 바람이 나와야 손님을 맞을 수 있다. 그러니 이 에어컨 냉방을 위해서는 전력 공급이 원활해야 하는데, 알다시피 후쿠시마 원전 사고 이후 동경 주변 전력 사정이 좋지 않다. 전력 수요의 15~20%를 절약해야 올여름을 날 수 있다고 하여 모든 언론이 시끄럽게 떠들고 있다.

일본 사람들은 전력난에 어떻게 대응하고 있을까. 우선 동경 근처는 절전 중이다. 우선 에어컨 온도를 27~28도 정도로 높여 적정 실내 온도를 유지하고자 한다. 도심 내 상가와 건물의 전등 소비전력을 기존의 반 정도로 낮추고 있다. 전등 둘 중의 하나를 끄기도 하고 LED로 교체하기도 한다. 지하철 내부도 기존의 반으로 줄여 141럭스를 유지하려 한다. 유럽 지하철이 100럭스 이하인 점을 감안한다면 괜찮다는 의견이다.

가정에서의 노력도 눈물겹다. 에어컨 대신 선풍기로 대체하는 가정이 늘어 6월부터 선풍기 품귀현상이 일어나기도 했다. 밤에도 밝게 켜 놓는 전등에 의해 농작물 피해가 컸는데 이번 기회에 이것도 줄이면서 광해(光害)도 해결될 전망이다. 동경의 밤하늘에서 토성이 보일 정도로 도시 절전이 잘 지켜지고 있다. 내가 살고 있는 관서지역은 전력난이 없지만, 동참하는 분위기다. 국가적인 위기에 일본인은 자기를 희생시킬 줄 알고 불편을 감수한다.

신재생 에너지에 대한 관심도 높아졌다. 지열을 이용하는 가구가 많아지고 있는데, 땅에 5미터 정도의 구멍을 뚫고 외부 공기가 그곳을 통과하게 하여 26도 정도의 실내온도를 21도로 낮추는 효과를 보았다고 소개한다. 그래서 에어컨 사용을 자제하게 되었다고 하는데 약 200만 엔(2,600만 원) 정도의 공사비가 들었다고 한다. 태양력과 풍력을 권장하는 방송도 자주 볼 수 있다. 소규모 전기 생산을 적극 권하고 있고, 국가에서는 이렇게 생산된 소규모 전력을 국가 혹은 전력회사가 적극 수용해야 한다고 말하고 있다. 지금 일본에서는 전기를 생산한 회사가 공급하는 일원적 체제였는데, 생산과 공급을 분리하고자 하는 움직임이 일고 있다. 그런데 공룡 같은 전력회사는 자사의 이익을 지키기 위해 간(菅) 나오토 총리의 이런 분리정책에 딴지를 걸고 있다. 菅 총리는 원전을 일본 국내에서 없애자는 정책을 내놓았다가 결국 총리 자리에서 내몰릴 처지가 되었다. 8월 이내에는 총리 자리를 떠나야 하는 시한부 인생이라 하겠는데, 그 뒤에 어마어마한 일본의 전력회사와 이와 담합하는 자민당 정치인들이 있다. 물론 일부 민주당 의원도 菅 총리의 이런 정책에 반기를 들고 자민당과 손을 잡기도 한다. 어차피 정치라는 속성이 돈과 떨어질 수 없는 사이라는 것을 재확인하게 된다.

원자력 발전(원전)의 단가가 가장 싸다는 신화가 깨지기 시작했다. 立命館大의 大鳥 교수에 의하면 지금까지 알려진 단가(kw/h)는 태양력이 49엔, 풍력이 10~14엔, 수력이 8~13엔, 화력이 7~8엔, 그리고 원자력이 5~6엔이었다. 그런데 원전의 경우 지역주민들에게 편의시설을 제공하고 교부금을 제공하는 예산을 덧보탠다면 103엔이 된다고 한다. 주민 시설과 교부금은 국가 부담 예산이니 단가 계산에서 빠졌던 것이다. 그리고 핵 재처리 시설 비용을 합하면 13.7엔이라고 한다. 여기에 기타 숨겨진 코스트를 합하여 재계산하면 17.2엔이 든다고 한다. 원전은 화력, 수력, 풍력보다 비싼 에너지이고, 만일 사고가 난다면 그 비용은 엄청나게 불어날 뿐만 아니라 인간의 목숨을 위협하고 인간을 한 지역에서 백 년 동안 살지 못하게 하는 어마어마한 손실 요인을 지니고 있다. 이 비용을 합하면 원전은 가장 비싼 에너지일 수밖에 없다.

그런데 왜 원전에 집착하는가. 사람을 죽이고 대대손손 사람을 못살게 하는 이 원전을 버리지 못할까. 그것은 정치인과 원전 회사 관계자와 에너지 학자의 끈끈한 이익의 카르텔이 있기 때문이다. 핵폭탄으로 망한 기억이 있는 일본이, 후쿠시마 원전의 그 엄청난 고통을 당하면서도 아직도 핵에 집착하는 것을 보면 그 자본의 결속과 정치적 결단이라는 것이 얼마나 무서운 것인가 새삼 느낀다.

우리나라도 사정은 일본과 크게 다르지 않다. 핵 원전을 팔아먹는 것으로 국위를 선양한다고 여기는 미망의 지도자가 아직 권좌에 있고, 그 기술력에 대해 자부심을 가지고 있는 이 땅의 국민이 있는 한, 원전에 대한 반성은 없을 것이다. 우리 언론도 문제다. 이 엄청난 재난이 이웃 국가에서 벌어지고 있는데, 우리는 지진이 없는 나라이니 안심이라고 문제를 덮어버리고 있다. 이제 우리가 나설 때이다. 신재생 에너지 개발에 박차를 가해야 하고, 에너지 소비를 줄여나가야 한다. 우리 참여환경연대에게 참으로 중요한 임무가 주어졌다. 강정에 해군기지가 서고 거기에 핵 항모와 핵 잠수함이 정박하고 핵폭탄이 배치되는 무서운 현실도 감당해야 하지만, 더 큰 임무는 반핵 운동이다. 일본의 비극을 타산지석으로 삼을 줄 알아야 한다. 제주를 다시 4.3과 같은 비극으로 몰아넣는 육지 정권에 대해 '반핵운동'으로 대응해야 한다. 바다에 군사기지를 세우는 문제가 아니라, 핵을 허용하는가의 문제에 직면하였음을 강조하며, 이제 우리는 새롭게 '반핵운동'을 시작해야 옳다. 서울에서부터 불기 시작한 반핵운동의 정치화 시도 – '녹색당' 창당에도 적극 가담하면 좋겠다. 핵에 관련한 자성이 적극적으로 확산되어야 한다. 일본은 우리에게 좋은 공부거리가 되었다.

일본 管 총리의 행보가 자못 관심거리였다. 그는 신에너지 정책과 점진적인 원전 백지화를 주장한 바 있다. 지진이 일어나고 쓰나미에 3만 백성이 죽고, 거기에다가 원전사고까지 일어나고, 이에 적절한 대응을 하지 못한 총리가 권좌에서 쫓겨나는 판국인데, 이 중대한 사안에 '천황폐하'께서는 어찌 한 마디 말씀도 없는가. 천황폐하께서는 어떤 책임을 질 것인가. 일본인들의 선택과 결심이 자못 궁금하기만 하다. 일본인의 결정에 대해 우리는 어떤 시선으로 바라보게 될까가 더욱 궁금하다.

3. 은행과 전기, 자본주의의 횡포

최근 일어난 두 가지 충격적인 사건은 정전과 저축은행 부도사태였다. 사회 전체와 서민을 불편하게 만들었고, 이 두 가지는 앞으로 지속적으로 우리를 압박할 요소다. 전기와 은행은 근대 자본주의 문명의 대표적 상징물이다.

우리의 모든 문명은 전기로 작동된다. 과거 전통사회와 현재 문명사회를 구획하는 것이 바로 전기다. 나이 50이 넘은 사람들은 중학교 시절까지 전기가 들어오지 않는 시골을 경험한 적이 있다. 전기가 들어온 후 텔레비전과 전화, 냉장고와 세탁기를 들여놓는 일이 바로 잘사는 방식이었다. 우리는 그런 전자제품을 보유하기 위해 부단히, 열심히 일했다고 해도 과언이 아니다. 녹음기, 전축, 비디오에 이어 DVD, 컴퓨터, 복사기, 팩스, 휴대전화기 등 가전제품을 보유하는 정도가 빈부를 갈랐다. 그 문명의 이기를 이용하는 것이 바로 현대적인 삶이라 여기게 되었고, 그것들이 원활하게 작동되는 집과 사무실이 바로 윤택한 삶의 조건인 것처럼 살고 있다. 그것들이 원활하게 작동하기 위해서는 전기는 필수인데 우리는 그 전기의 존재를 잊고 살았다. 너무 소홀히 다루거나 낭비하면서도 반성이 없었다.

전기의 소비에 대해 신중히 생각할 때가 왔다. 아울러 전기의 생산에 대해 고민을 시작할 때가 왔다. 인구가 늘고 각 사람들이 소모하는 에너지의 양도 늘면서 석유와 전기라는 원천도 고갈되어 가고 있다. 일본 원전 사고와 방사능 유출을 경험하면서 원자력에 대한 경각심도 높아지고, 원자력 폐기의 목소리도 높다. 어찌해야 하는가. 생산을 줄일 수밖에 없고 적게 소비해야 한다. 하릴없이 울리는 우리의 휴대전화를 꺼야 옳다. 전기에 의존하는 삶은 결국 지구를 파탄내고 말 것이다.

근대문명을 상징하는 또 하나가 바로 은행이다. 돈 장사로 은행은 거대한 공룡이 되었고 근대국가는 그 공룡을 타고 거대한 자본시장을 지휘하고 있다. 전기처럼 은행도 서민들에게 꿈을 심어주었다. 저축을 하고 돈을 모아 집을 사게 해 주기도 했고 모자란 돈을 융자하여 더 큰 집을 갖게 해 주었다. 좀 더 큰 물질적 욕망을 위해서 은행은 제2금융권을 만들고 파생상품을 팔면서 몸집을 부풀렸다. 그 결과 금융 모기지 사건이 터지고 국가 부도사태에까지 이른 바 있다. 2011년 뉴욕에서 시작된 '점령하라'(occupy) 운동은 전 세계로 확산되고 있고, 1%에 의한 99%의 분노를 반영하고 있다. 금융자본 1%와 그 뒤에 숨어 있는 재벌과 권력의 횡포는 더 심해지면 심해졌지 반성할 기미는 없다. 그래서 2011년은 참담하다.

위기상황은 아직도 진행 중이다. 그런 상황에서 몇 년 전부터 저축은행이란 이름을 단 사채시장이 양성적으로 장사를 하고, 국가는 뒤에서 그 못된 장사를 부추겼다. 금융감독원도 알면서 방치하고 부패를 키웠다. 청와대 권력자들이 개입하여 개인의 주머니는 살찌우고 서민은 빈털터리로 만들었다. 한 기업의 부도가 아니라 국가의 부도가 눈앞에 다가오고 있음을 실감할 수 있다. 99% 중에서도 밑바닥에 있는 서민이 바로 저축은행 피해자다.

전기 수요를 예측하지 못하고 정전사태를 대비하지 못한 국가의 무능이 우선 질책되어야 한다. 특히 한전이라는 몸통과 전력거래소라는 머리를 분리해 놓은 것은 국가적인 큰 실책이다. 정전사태도 결국의 국가와 기업의 교묘한 야합이 빚어낸 결과다. 국가의 공공기업을 작게 분해하여 매각하는 가운데 재벌들은 알토란같은 공공기업을 사유화하게 되었고 국가는 그 반사이익을 챙겼다. 국가가 아니라 정치인들이 사적 주머니를 챙겼다. 정치인들이 개인의 욕망을 부풀리는 가운데 서민들은 은행에 맡긴 돈을 잃고, 정전사태에 불이익을 당하고 말았다.

좀 더 근본적인 문제에 접근해 보자. 근대 문명사회는 그 몸집을 작동시키는 전기 에너지에 크게 의존하고 있다. 그 무수한 전기제품이 팔려나가기 위해서는 지구를 파괴하면서 에너지를 생산하고 기계를 가동시켜야 하겠고, 그 때문에 이 자본주의를 멈추게 할 수 없다면 지구의 파탄도 불가피한 것이 되고 만다. 근대자본주의 시장경제의 한계가 눈에 보이는데도 수정할 수 없는 처지에 몰리고 말았다. 거대한 공룡이 인간을 먹어 치우고 있는 형국이다. 제도가 인간을 압박하고 결국 죽음으로 내몰고 있다.

4. 핵과 국가주의와 강정

은행 부도와 정전사태가 한반도를 뒤흔들고 있을 때 제주도는 다른 방식의 제도적 폭력에 시달리고 있었다. 국가가 나서서 백성들을 겁박하고 사상을 의심하고 재산을 몰수하는 사태가 벌어졌다. 군사시설이 필요한데 공사를 방해하는 자는 가차 없이 법의 심판을 가할 것이라고 단호한 태도를 취하고 있다. 국가가 지방자치단체를 농락하고 있다. 60여 년 전 육지 정권이 제주도를 위협하면서 국가에 저항하는 자이거나 그들에 동조하는 자는 모두 빨갱이라고 수 만 명을 처벌하던 그 방식 그대로 강정해군기지를 강행할 태세다. 더 큰 문제는 바로 핵이다. 대한민국의 해군기지는 미군의 기지로 활용될 것이 빤하고, 핵 잠수함과 이지스함이 정박하면서 오키나와의 미군 기지를 대체하는 핵기지가 될 것인데 어찌 그 위험성을 언론은 함구하고 있는가.

왜 제주도정은 가만히 있는가. 우근민 지사는 무엇을 바라고 이처럼 뒷짐을 지고 있는 것인가. 지사의 뒤에 더 큰 힘이 있으니, 국가적 폭력 앞에 도지사는 허수아비일 뿐이다. 대한민국의 국가적 생존을 위해서는 제주도에 군대가 필요하다고 강요하는 주체는 국가보다 더 큰 힘일 수 있다. 미국과 미국이 주도하는 근대 자본주의 시장이 뒤에 버티고 있음을 의심하지 않는 이는 이제 없다. 그런 측면에서 한국의 모든 민중은 근대문명의 제도적 폭력에 노출되어 있는 셈이다.

에너지와 금융으로 돈을 버는 재벌과 자본주의 시장, 그리고 제국주의가 버티고 있는 한 우리는 또 다른 정전사태와 모기지 사태와 국가부도 사태를 겪지 않을 수 없다. 부자와 부자 국가의 그 많은 자본과 이익을 지키기 위해서는 군대가 필요하고, 군대를 부정하는 불온세력은 빨갱이로 몰아가야 대한민국이 지켜진다고 믿는 이 우스꽝스러운 작태가 우리의 현주소일 뿐이다.

갑작스런 정전으로 엘리베이터에 갇히는 일, 정부가 보증하는 은행이 부도가 나서 저축한 돈을 전부 떼이는 일, 자기 땅에서 쫓겨나면서 국가의 군대를 부정하는 빨갱이라고 몰리는 일, 아름다운 고향을 졸지에 빼앗기고 저항하는 사람이 오히려 범죄자로 고소당하는 사태가 이젠 우리의 일상이 되고 말았다. 공권력이 인간을 능멸하는 극한에 이르렀다. 정부가 이처럼 썩고 무능한 적은 없었다. 국가가 국토와 자연을 마구잡이로 능욕함이 지금보다 심한 적이 없었다. 그간의 민주주의를 위한 모든 노력이 무화되었고, 생명과 평화를 위한 행보가 실종되고 말았다.

무자비한 국가의 공권력을 이겨내고 강정을 살릴 준비와 용기가 없다면 은행도 전기도 우리에게 새로운 공격을 가해올 것이다. 은행이 인간을 배반하는 사태를 직시하면서, 은행이 지배하는 세상에서 벗어나 **지역 화폐**를 활성화하는 기회로 삼아야 한다. 전기가 가해 올 공격에서 벗어나기 위해 제주도는 원자력 혹은 화석연료에서 친환경 **생태에너지**로 전환할 기회로 삼아야 한다. 강정을 정점으로 제주도가 **평화의 섬**이 돼야 한다. 강정을 살려내야 미래가 있다. 파탄의 근대문명에서 벗어나 환경과 평화를 실현하는 섬, 제주도를 만들 수 있는 좋은 기회가 이번 강정 싸움에서 시작되고 있다.

5. 핵을 포기하지 않은 일본, 그리고 한국

노다 총리가 들어선 일본에서 핵은 다시 고개를 들고 있다. 원전 폐기에 앞장선 간(菅) 총리를 내몬 핵 재벌들은 노다와 추종자들, 즉 원전을 반대하지 않는 양순한 지도자를 손아귀에 넣고 다시 원전 장사에 열을 올리고 있다. 작년 말에 원전 건설을 일본과 계약한 베트남, 그리고 올해 원전을 타진하고 있는 인도와 남아프리카공화국, 그리고 지난달 원전 수주를 체결한 터키와 활발하게 원전의 온기를 키워가고 있다. 돈이 되면 모든 짓을 다 하겠다는 천박함이 묻어난다. 그렇게 혼이 나고, 그래서 원전을 포기한다고 선언하기까지 한 일본은 어느새 돌변하고 있다. 동경전력을 위시한 핵 재벌에 휘둘리고 있다.

일본은 지금 원전 폭발 이후 안전한가. 전혀 그렇지 못하다. 농산물에 엄청난 방사능 물질이 검출되어 국민들은 불안에 떨고 있는데도 불감증이 심하다. 최근 동경대의 한 양심적인 교수가 농산물 안전성에 의혹을 제기하면서 일본 정부의 은폐 의혹이 도마 위에 올랐다. 지금 일본은 은폐의 나라다. 바다에 얼마나 많은 방사능 오염수를 버렸는지 절대 확인해 주지 않고 있다. 오염수를 정화하는 비용은 4조 엔 혹은 40조 엔이라 하니 슬슬 바다로 흘려버릴 수밖에 없는 처지인가 보다. 이제 바다 생선은 당분간 먹을 수 없을 것이 분명한데 정부는 이것도 은폐하고 있다.

이런 파탄을 보면서 일본의 불안을 읽는다. 이것을 보면서 한국이 자각하면 좋겠다. 그러나 사정은 그렇지 못하다. 핵에너지의 문제를 한국이 너무 소홀히 다루고 있으며, 일본에서 일어났던 사건이 조만간 한국에서 일어날 가능성이 매우 높다는 가능성을 애써 부정하고 감추려고 하고 있다. 한국의 현 정권도 핵 기술력으로 발전소를 팔아먹는 데 혈안이 되고, 그런 조국의 기술력을 자랑으로 삼는 것이 언론과 여론의 동향이어서 안타깝다.

반핵운동을 이제 본격적으로 시작해야 옳을 것 같다. 녹색당 창당과 동참은 그런 측면에서 고무적이다. 이와 함께 강정에 해군기지와 핵무기가 들어오는 것을 막아내야 한다. 강정을 지키기 위해 애쓰는 모든 이들에게 응원을 보낸다. 강정 주민이 아름다운 바다에서 생업을 이어가길 간절히 바란다. 강정이 승리하길 먼 일본 땅에서 빈다. (2011. 12.)

허남춘

제주대학교 국문학과 교수
제주대학교 탐라문화연구소장, 박물관장 역임
전 한국무속학회, 영주어문학회 회장
전 제주참여환경연대 공동대표

눈 감고 보이는 것
-슬로시티 제주

2023년 8월 22일 초판 1쇄 펴냄
2024년 3월 8일 초판 2쇄 펴냄

지은이 허남춘
발행인 김흥국
발행처 보고사

책임편집 황효은
표지디자인 김규범

등록 1990년 12월 13일 제6-0429호
주소 경기도 파주시 회동길 337-15 보고사
전화 031-955-9797
팩스 02-922-6990
메일 bogosabooks@naver.com
http://www.bogosabooks.co.kr

ISBN 979-11-6587-530-5 03810

정가 22,000원